MONS KALLENTOFT

VERSCHOLLEN IN PALMA

EIN MALLORCA-KRIMI

Aus dem Schwedischen
von Christel Hildebrandt

TROPEN

Die Zitate auf den Seiten 16, 17, 18 und 19 stammen aus dem Song »Maria«, Words & Music by James Destri.
© Copyright 1999 BMG Gold Songs & Dick Johnson Songs.

Tropen
www.tropen.de
Die Originalausgabe erschien unter dem Titel »Se mig falla« im Verlag Bokförlaget Forum, Stockholm
© 2019 by Mons Kallentoft
Published by agreement with Ahlander Agency, Sweden
Für die deutsche Ausgabe
© 2020 by J. G. Cotta'sche Buchhandlung
Nachfolger GmbH, gegr. 1659, Stuttgart
Alle deutschsprachigen Rechte vorbehalten
Printed in Germany
Cover: Zero-Media.net, München
Fotos: GettyImages/Westend61 (Palma), FinePic®, München (Himmel)
Gesetzt von C.H.Beck.Media.Solutions, Nördlingen
Gedruckt und gebunden von CPI – Clausen & Bosse, Leck
ISBN 978-3-608-50460-6

Zweite Auflage, 2020

Beauty is the mystery of life
AGNES MARTIN

Die Nachricht trifft genau in dem Moment ein, als er die Wohnung verlassen will, um neue Klingen für den Rasierapparat zu kaufen.

Er zieht die Tür hinter sich zu, bleibt auf dem Treppenabsatz stehen und liest, während er gleichzeitig hört, wie sich Rebecka mit leichten Schritten von ihm entfernt.

WhatsApp.
Emme online.
kein balconing, Papa, versprochen
Auf dem Selfie lächelt sie in die Kamera. Posiert vor einem niedrigen Metallgeländer um den Balkon des Hotelzimmers. Sie trägt ein weißes Top und hat auf den Schultern und der Brust einen Sonnenbrand, helle Kreise um die Augen von ihrer Ray-Ban. Die grünen Augen glänzen und sind rot gerändert.

Auf einem Tisch im Hintergrund stehen eine Flasche Cola light und Gläser mit Eiswürfeln, die in der Hitze schmelzen. Der Wodka, wie anderes, was es dort sicher gab, ist weggeräumt, aber angekokeltes Zigarettenpapier ist in einem Aschenbecher am unteren Bildrand zu erkennen.

Am anderen Bildrand ist das Mittelmeer zu sehen, wie eine schmale dünne Linie gegen den Abendhimmel, der sein Blau aufgegeben hat für ein glitzerndes Rosa und ein mattes Orange.

Er zoomt in das Bild hinein.

Ein Pool tief unter dem Balkon. Weiße Kacheln lassen das Wasser eisig aussehen. Ein einsamer gelber Schwimmreifen treibt mitten im Bassin und am Beckenrand schläft ein junger Mann. Das Tribal-Tattoo scheint sich an seinen massiven Oberarmen wie ein Wesen aus einem Alienfilm festzuklammern. Neben ihm schleckt ein mallorquinischer Mischlingshund etwas auf, das wie Kotze aussieht.

Das Bild ist gut komponiert.

Er schreibt eine Antwort.

Haha. Wage es nur nicht. Viel Spaß.

Sie antwortet.

U watch me dad, me do da jump

Das Foto, das danach kommt, besteht aus unendlichen Farben in der Unschärfe schneller Bewegungen, als wirbelte derjenige, der das Handy in der Hand hält, durch die Luft.

Emme, zuletzt gesehen um 20.37 Uhr.

EINS

Magaluf, 5. August 2018

Es war einmal ein Strand, und den Strand gibt es heute noch.
Tim Blanck bewegt sich langsam durch die Mittelmeernacht.
Die Wellen kräuseln die graue Wasseroberfläche. Das Licht der rotierenden Scheinwerfer des Tivoli Nightclub reicht bis hierher, und für wenige Sekunden ist ein kopulierendes Paar auf dem Sand zu sehen, ihre Körper werden in dem graublauen Schein sichtbar. Dann verschwinden sie wieder, in der Dunkelheit, ihre Muskeln, ihre Geschlechter und die überhitzten, zugedröhnten Gehirne, in den Augenblicken, die nur ihnen gehören, und das Licht der Scheinwerfer wandert suchend den Berg hinauf, der für kurze Zeit in der Ferne sichtbar wird.
In den Hotelzimmern brennt Licht, Handtücher hängen zum Trocknen auf den Balkonen wie Separatistenflaggen.
Er geht weiter die Straße entlang. The Strip, wie die Partymeile auch genannt wird.
Hier, oberhalb des Strandes, ziehen sie in Gruppen umher. Erwachsene Kinder, oder kindliche Erwachsene, in Bikinis mit Sternen über den Brustwarzen, Tops mit schwindelerregend tiefen Ausschnitten, Kleidern, knielangen Surfershorts, weißen Jeans und Hemden, sie tanzen in den Clubs, recken die Hände zur Decke, die Musik gibt den Takt vor, in dem sie sich bewegen, in einer einzigen gemeinsamen Bewegung, und right here, right now wollen sie besoffen und high werden, lachen, grölen und tanzen, an Bushaltestellen und in Hauseingängen schlafen, alles auf einmal.
Sie sind hier, alle zusammen, um zu sehen und gesehen zu werden.
Jemand hat dich gesehen, Emme. Jemand muss dich gesehen haben.

Anfangs, im ersten Jahr, hatte Tim immer das Bild bei sich, zeigte es vielen Menschen, verteilte die Karten, und bald kannten ihn alle, baten ihn, zu verschwinden. Inzwischen sind die Menschen ausgewechselt. Die wenigen, die ihn wiedererkennen, kümmern sich nicht um ihn, und die Neuen registrieren nicht einmal, dass es ihn gibt, oder sie werden nur wütend, sagen ihm, er solle abhauen.

City Lights, Taboo, Pure Lounge, Sorry Mom Tattoo, Chaplin, Bad Girlz, The Secret, Red Lion, Crystal, Coco Bongo, Benny Hill und THE STRIP.

Frauen tanzen auf Podesten, lassen lasziv die Hüften kreisen, aufgepumpte Türsteher in schwarzen Trikots, nackte Rücken mit Bodybuilding-Akne, kleine Gauner, die gefälschte Rolex verkaufen, alles ist fake, und die nigerianischen Prostituierten, die in den Gassen warten, in Gruppen, mit Messern in den Händen warten sie darauf, die Besoffenen und Verlassenen zu überfallen, die von der Nacht zerkaut und ausgespuckt worden sind.

Die Polizei schaut zu. Wartet ab. Kameras wachen über alles, aber Filme können verschwinden und Kameras können kaputtgehen.

Tim mustert die Kids. Als könnte sie sich unter ihnen befinden.

Sie wollen in der Nacht baden, in der Sicherheit des Neonlichts. Sie schwimmen in die falsche Richtung, werden von dem gleichen Meer geschluckt, das auch die römische Flotte im Ersten Punischen Krieg auf dem Heimweg von Karthago schluckte.

Saufen, rauchen, sniffen, drücken.

Weed von irgendeinem Inder kaufen. *Dem* Inder?

Morgen ist heute. Was eigentlich gestern war. Die Araber verkaufen Kebab, die Chinesen billige Strandmatten, die Südamerikaner putzen und die Rumänen und Bulgaren schrauben. Und der Gestank nach Urin und eingetrocknetem Alkohol, nach frischem kaltem Bier, süßen Drinks und Cider liegt wie eine Wolke in der Luft, berauscht die Mücken und Fliegen, weckt in ihnen Sehnsüchte, den Hunger nach Blut, das nach Messerstechereien auf den Fußwegen und in den Venen der Teenager fließt.

Wer hat dich gesehen, Emme?

Erkennst du dieses Mädchen? Hast du sie gesehen? Nimm bitte diese Karte, zeig sie deinen Freunden.

Whatever, man.

Oft kam Tim schon der Gedanke, dass Magaluf in einer Augustnacht sowohl von Untergang als auch von Schöpfung zeugt, aber es gibt keinen siebten Tag, um zu ruhen.

Am Strand, den es immer noch gibt, zwischen dem Meer und den Bergen, wurden Häuser gebaut, um das Glück und die Träume zu beherbergen, um Kapital aus den Träumen zu schlagen, und hier ist alles erlaubt, solange es nicht schlecht fürs Geschäft ist, und nicht einmal dann können einige an sich halten, denn die Versprechungen trafen bei den Unternehmern wie bei den Touristen ins Schwarze. Du bist in einem gesetzlosen Land. Du kannst hier jemand anderes sein, als du bist.

Einer von den Glücklichen.

Den Euphorischen.

Einer von jenen, die das gewisse Etwas haben, was alle anzieht. Die Superkräfte der Jugend. So hätte es sein sollen.

Jemand wollte das von dir, Emme.

»Das schmeckt ja nach Bonbons! Nach Zuckerstangen! Oder nach diesen Schnullern. Habt ihr auch was, das nach sauren Fischen schmeckt?«

»One more, girls, try the green gummibears this time. I make that shot myself. It's my favorite.«

Two for one.

Shit, ist das stark. Shit, langsam werde ich besoffen, shit, was bin ich besoffen, der Strand, ich will tanzen, yeah. »Give me a drag of that.«

Tim sieht sie. Wie sie versuchen, mit sich selbst zurechtzukommen, miteinander, die Waffe entsichern, er sieht den Zeigefinger, der den Abzug krampfhaft umklammert. Sie schweben auf den grauschwarzen Wellen des Asphalts, das Neonlicht streift den

Strand, und die Scheinwerfer fangen die vögelnden Körper wieder ein. Sandkörner scheuern an ihren Geschlechtsteilen, und morgen werde sie winzige Wunden dort haben, wo es am meisten brennt, Kriegsverletzungen, die beim walk of shame und beim Wodkafrühstück präsentiert werden, bis es wieder Zeit ist für die Sonne, für verbrannte Haut und für die nächste Nummer.

Dann fliegt das Flugzeug zurück.

Aber sie werden nächstes Jahr wieder herkommen.

So nähert sich der Mensch seinem Leben, denkt Tim, als er einer dunklen Seitengasse zurück zum Auto folgt. Zuerst schleichen wir uns heran, dann stürzen wir uns auf die Liebe, von der wir hoffen, dass sie sich irgendwo in der Zeit verbirgt. Die Liebe, von der wir in unserer Sehnsucht träumen, dass es sie gibt.

Wir hören, wie sich Menschen hinter verschlossenen Türen bewegen. Es sind Menschen, die wir lieben, die wir da hören. Sie bewegen sich auf uns zu, und wir weigern uns, den Traum zu beenden. Den Traum von Liebe und Freiheit und Wiederauferstehung.

Magaluf.

Dort, wo alles anfängt.

Dort, wo der Rausch seinen Ursprung hat, dort, wo alles möglich ist.

Magaluf.

Es kann nicht alles hier ein Ende gefunden haben.

Du musst auf dein Leben zurückschauen, Emme.

Er sieht das Licht des roten Benny-Hill-Schilds gegen den Nachthimmel, es zerfließt zu einem unscharfen Muster, und er muss feststellen, dass er vielleicht noch nie etwas so Schönes gesehen hat. Dass es dort, wo die meisten etwas Hässliches sehen, Schönheit gibt.

Die wir alle einmal in uns hatten.

Das Schild vor dem Himmel.

Weder erwachsen noch ein Kind. Eine Welt im Entstehen.

Jetzt fahren wir.
Das ist mir ja wohl scheißegal.
U watch me dad
Whatever.
me do da jump
Lakritzshots?
Ich mag kein Lakritz. Das wisst ihr doch.
Ich weiß es, Emme. Ich weiß.
Gibt es irgendjemanden, der Lakritz mag? Im Ernst? Saure Fische, scheißsaure Fische, bitte.
Papa.

Tim ist ins Gebirge hochgefahren. Er hat auf einem nachtschwarzen Aussichtsplatz geparkt und schaut auf die Lichter von Magaluf hinunter. Von hier aus scheint das Benny-Hill-Schild dunkelrot zu leuchten, und die Nachtbeleuchtung des Tivoli Nightclub flackert immer noch unruhig.

Die extradicke Isomatte war noch im Kofferraum, und er hat sich direkt auf einen Felsen gesetzt. Der Stein drückt hart gegen das Steißbein, aber das gefällt ihm, denn das unbequeme Gefühl hält ihn wach, lässt die Gedanken wandern.

Eine Zeit lang glaubte er, dass es eine Grenze der Gier selbst auf Mallorca gab, sogar in Palma. Doch dem ist nicht so. Vier Professoren am Universitätskrankenhaus Son Espases gründeten einen Fonds für Krebsforschung. Sterbende Menschen bezahlten fünfundzwanzigtausend Euro in den Fonds ein, um dafür eine Behandlung mit der revolutionären Methode zu bekommen, die aus der Forschung resultierte und die ihr Leben retten sollte. Die Patienten nahmen Hypotheken auf, bettelten bei Freunden und Verwandten, um die Kur bezahlen zu können. Die Methode war erfunden, die Pillen nur Zucker und der Fonds eine Geldmaschine für die vier.

Autos, Boote, Häuser, Huren.

Tote Patienten.

Als der *Diario de Mallorca* den Bluff aufdeckte, taten die Einwohner, als wären sie empört. Einige waren es sicher auch. Keiner möchte an seine Schwächen erinnert werden. Und dem Tode nahe, sind wir besonders verletzlich.

Im Las Cruces, seiner Stammbar, empörte sich die Klientel dagegen nicht. Man zuckte mit den Schultern und konstatierte, dass man nicht unbedingt hohl in der Birne werden musste, nur weil man Krebs hatte.

Die Professoren versuchten außerdem, falsche Alzheimermedizin zu verkaufen, Medikamente, die das fortschreitende Vergessen stoppen und das wiederherstellen sollten, was verloren gegangen war, eine Rückwärtskur im Traum.

Tim betrachtet das rote Schild.

lliH ynneB.

Er bleibt lange auf dem Felsen sitzen. Das Licht in Magaluf erlischt nie, es verschwindet nur in der Morgendämmerung, genau wie Emme es tat.

Als Tim den Wagen in Richtung Palma lenkt, schaltet er die Musikanlage ein.

She moves like she don't care
Smooth as silk, cool as air

Debbie Harrys Stimme ruft Erinnerungen hervor an den Anfang von allem.

Emme saß am Küchentisch, zeigte ihm die Homepage des Reiseveranstalters, las laut vor, als zitierte sie zunächst ernsthaft und dann ironisch Rilke, etwas von dem, was er über Kunst und die Erfahrungen junger Menschen geschrieben hatte, über den ungeschliffenen Wert darin.

»Mallorca ist eines unserer beliebtesten Reiseziele. Hier findet man Tapasbars mit gemütlicher Stimmung. Wogende Mohnfelder, grünende Olivenhaine, Meer, Gebirge und wunderschöne Strände. Und außerdem die heiß ersehnte Mittelmeerwärme – von Anfang April bis Mitte Oktober.«

Sie schaute auf.

»Mallorca hat alles«, fuhr sie fort, »familienfreundliche Strände, charmante Dörfer, lebhafte Badeorte, Spa-Anlagen, Fitnesshotels und die Großstadt Palma. Hotels in bester Lage für Paare in den Flitterwochen, Familien mit Kleinkindern, Freundesgruppen oder die gesamte Großfamilie.«

»Das reicht«, sagte er. »Ich habe verstanden, worauf du hinauswillst, so dumm bin ich ja nun auch nicht.«

»Papa, hör dir nur das hier an. ›Viele spezielle Dinge machen Mallorca so einzigartig. Wie der vierzehn Kilometer lange Strand in Alcúdia und die alte Eisenbahn zwischen Sóller und dem Meer. Oder die Weinberge und die Serpentinenstraßen um Deià und Valldemossa. Ganz zu schweigen von Palma mit seinen Jugendstilfassaden, Designergeschäften und seiner mächtigen Kathedrale.‹«

Er lässt die helle Stimme ausklingen, sie erinnert ihn an die Baumwolle eines Bettlakens, das unzählige Male gewaschen wurde, eine Sanftheit, die nur Zeit, Sorgfalt und Träume erschaffen können.

Er hält das Lenkrad fest in den Händen, die Musik hallt im Wageninneren wider, er muss sich wach halten, darf nicht einschlafen.

In der Ferne sieht er die Kathedrale, La Seu, die Sonne steht jetzt direkt dahinter, und zunächst will er die Sonnenblende herunterklappen, lässt es dann aber. Das grelle Licht und die Musik halten den Schlaf auf Abstand.

Latina, Ave Maria
A million and one candle lights

Es herrscht Hochsaison. Die Insel erwacht zu einem weiteren Tag, und sie streckt sich, gähnt, rauft sich die Haare.

Zuerst kam die Talayotkultur, dann kamen die Römer, die Byzantiner, später die Mauren und dann die Aragonier, die über den zerstörten Moscheen Kathedralen errichteten. Die Faschisten, die Touristen. Sangria, weiß gekalkte Resorts, Berge, die in Klippen übergehen, sie stürzen senkrecht hinunter ins Wasser, dessen Flut jeden Tag neue Nuancen an Blau erschafft. Strände mit Sand wie Staub.

Sechsundzwanzig Millionen Touristen letztes Jahr, drei Millionen mehr als im Jahr zuvor. Zweihunderttausend Starts und Landungen auf dem Flughafen Son Sant Joan.

Ooh, don't you wanna take her
Ooh, wanna make her all your own

Sie kommen in Scharen, eine brutale Invasion aus dem Land der Barbaren, getrieben von Sehnsucht und Angst, und er kann sie verstehen. Hier gibt es keine Terroristen, keine Bomben, keine Afghanen mit schwarzen Ziegenbärten. Hier gibt es Sonne, Schnaps. Es gibt nichts, was man unbedingt sehen müsste. Man kann sich für zehn Euro am Tag einfach auf einem Liegestuhl zurücklehnen, unter einem Sonnenschirm für fünf, und die Arbeit des Winters und des Frühlings in Vergessenheit geraten lassen.

Dies ist die Insel des Vergessens, und du kannst dich verlaufen in der Schönheit der Landschaft, in den verborgenen Tälern im Gebirge verschwinden, und jedes Mal, wenn du hochschaust, ist der Himmel blau, nichts steht zwischen dir und deinem Schöpfer, du siehst ihm in die Augen, und er schweigt nicht, er flüstert, alles ist gut, du führst ein gutes Leben, du hast alles richtig gemacht.

Emme las weiter. Ihre Stimme klang jetzt äußerst ironisch, Watte in einem scharfen Reibeisen.

»Und es sollte nicht vergessen werden, welch bequeme Voraussetzungen Mallorca für einen Urlaub bietet. Gepflegte Strände, Strandpromenaden, problemlose Verkehrsverbindungen, Fahrradverleihe und Tauchschulen, Wanderwege und Golfplätze – alles steht zur Verfügung.«

Er fährt am Ufer entlang, Richtung Schlaf, hinunter in die Stadt, vorbei an den verlassenen Hochhäusern an der Calle Martí Costa und direkt zur Umgehungsstraße nach Son Dameto. Die Fenster der Häuser sind dunkel und leer, dennoch scheinen sie über die Stadt zu blicken, über die Insel und die Bucht, und er fragt sich, was sie eigentlich dort sehen, was außer Wasser, Himmel und Steinen.

Auf den 3640 Quadratmetern, die er an diesem Morgen mit zwei Millionen Menschen teilt, wachen die meisten ein bisschen glücklich auf. Obwohl sie einen Kater haben, enttäuscht und müde sind, bedrückt von den Umständen und Gehässigkeiten, von den Jahren, die kommen und gehen, sind sie am Leben und dem nahe, was sie als die Dreieinigkeit des Glücks zu betrachten gelernt haben.

Sonne, Meer und Strand.

Ist das Emme, die singt,

She's like a millionaire
Walkin' on imported air
Ooh, it makes you wanna die

Jetzt nicht einschlafen, Tim. Nicht einschlafen.

Sieh, wie sie baden, wie sie die Sonne genießen, die Menschen.

Don't, singt sie,
Go insane and out of your mind.

Stockholm, 5. August 2015

Ein kalter Regen schlägt gegen die Windschutzscheibe. Hart trommelt er auf das Dach, mit einem Geräusch, das an den Eifer eines Kindes erinnert, das übt zu schnalzen.

Das Fenster ist überzogen von herablaufendem Wasser, Tropfen, und Terminal fünf vom Flughafen Arlanda ist nur verschwommen zu erkennen. Menschen hasten mit ihrem Gepäck durch den Regen. Sie ducken sich und schieben die Taschen vor sich her, verfluchen das Wetter.

Tim stellt den Motor aus. Er sieht sie an.

Emme Kristina Blanck, Kristina nach seiner Mutter, die starb, als er zwölf war.

Sie trägt Kopfhörer, eine Sechzehnjährige tut das die ganze Zeit, was immer da in ihren Gehörgängen dröhnen mag und weiter in ihr Gehirn, das möchte er gar nicht hören. Es sind die Songs des Sommers, die Takte, die die Freude und die Enttäuschungen dieser Jahreszeit begleiten. Sie nimmt die Hörer ab, jemand, der *lean on* singt, versucht das Trommeln des Regens zu übertönen, und sie sieht ihren Vater an, ruhig und dankbar, und dann kramt sie in ihrer Tasche, zieht ein Paket Stimorol heraus, extra stark, streckt es ihm entgegen.

»Willst du?«

Tim nimmt das Päckchen, fummelt ein Kaugummi heraus. Emme wartet den Moment ab, in dem die kräftige Pfefferminze zuschlägt, und ganz richtig, er kneift die Augen zusammen.

»Nimm noch eins«, sagt sie grinsend, aber er reicht ihr das Päckchen, und sie stopft es zurück in die Tasche, nachdem sie selbst auch ein Kaugummi genommen hat.

»Pass auf, dass es nicht an der Zahnklammer festklebt.«

»Haha, sehr witzig.«

»Mach mal das Handschuhfach auf«, sagt er.

Als sie die große Tüte mit roten, sauren Weingummifischen entdeckt, stößt sie einen Jubelschrei aus.

Der Regen nimmt an Stärke zu, prasselt einige Sekunden lang laut aufs Autodach, bis er sich wieder etwas beruhigt.

»Nicht schlecht, das hier für eine Weile hinter sich zu lassen, was?«

Emme nickt, setzt sich erneut die Kopfhörer auf, nimmt sie aber gleich wieder ab und stopft die Tüte mit den Fischen in den Rucksack, den sie auf dem Schoß hat.

»Wenn du meinen Koffer rausholst und ihn an die Seite rollst, kann ich rausspringen und schnell unters Dach laufen.«

Er lacht.

»Oder aber ich öffne von innen und du holst den Koffer selbst raus.«

»Please, Papa.«

Sie zupft an dem Ärmel ihrer rosa Bomberjacke aus Satin. Entdeckt einen kleinen Schokoladenfleck auf dem weißen Bündchen. Rümpft die Nase.

»Die hätten wir in die Reinigung geben sollen.«

Dann zieht sie ihr iPhone heraus, das beigefarbene Etui scheint in ihrer Hand zu verschwinden. Sie schaut nach, was passiert ist, und im Profil bilden ihre Stirn, ihre etwas breite Nase und das scharfe Kinn eine perfekte Linie, etwas, das nur eine sehr wohlgesinnte Natur erschaffen kann.

Ihr blondes, glattes Haar ist dicker als Rebeckas und endet frisch geschnitten direkt über den Schultern.

»Julia und Sofia sind schon drinnen«, sagt sie. »Ich muss los.«

Ihm liegen tausend Ermahnungen auf der Zunge. Sei vorsichtig, pass auf, dass du dich nicht allein mit Typen betrinkst, die du nicht kennst, betrinke dich überhaupt lieber nicht, trink gar nichts und nimm auf keinen Fall irgendwelche Drogen. Aber für so etwas ist es zu spät, sie ist, wie sie ist, und wird das tun, was sie tun will, und er vertraut ihr, hat sich von ihr überreden lassen und anschließend Rebecka überredet, sie fahren zu lassen, eine Woche auf Mallorca mit den besten Freundinnen, eine Woche, um den Sommer zu feiern, die guten Noten, und um zu vergessen, dass die Schule allzu bald wieder anfängt.

Gymnasium, ein Oberstufenprofil mit Schwerpunkt Design. Woher auch immer sie das Talent haben mag.

»Wir müssen ihr vertrauen.«

»Sie ist noch zu jung für so was, und das weißt du auch.«

Sei vorsichtig.

Aber er sagt nichts, sieht sie nur an, und sie spürt das Schweigen, dreht sich zu ihm um.

»Was ist?«

»Nichts.«

»Willst du mir eine Moralpredigt halten?«

»Dich vor allen Gefahren warnen, meinst du? Ja, das würde ich gern, aber ich werde es nicht tun. Es gibt nur eine Sache, die ich dir sagen will, und zwar sollst du«, und er lässt die Worte in der Luft hängen, sieht, wie sie das Gesicht verzieht, dann fährt er fort, »so viel Spaß haben, wie du nur haben kannst.«

Jetzt lacht sie, streckt sich zu ihm hinüber, umarmt ihn, und ihr Körper ist hart und weich zugleich, nicht der Körper eines Erwachsenen, nicht der eines Kinds, sondern etwas anderes, der eines lebendigen, freien Wesens, das versucht, seine Form zu finden.

Er erwidert ihre Umarmung. Vorsichtig. Wie er es immer getan hat und immer tun wird. Er flüstert ihr »Los jetzt« ins Ohr, und sie entzieht sich seinen Armen, hüpft auf ihrem Sitz auf und ab, kribbelnd vor Erwartung und reiner Freude darüber, am Leben und auf Reisen zu sein.

Er beneidet sie, möchte in ihrer Haut stecken, so wie sie ist er nie gewesen. Sie ist in jeder Beziehung die bessere Ausgabe von ihm, sie hat ein Talent fürs Leben, das er nie gehabt hat.

Er öffnet die Fahrertür, und der Regen wird zu einem Getöse. Der Seitenwind wirft winzige Tropfen ins Auto, er spürt sie kalt an den Wangen, und dann steigt er aus, holt den Koffer aus dem Kofferraum, fühlt, wie Hemd und Jeans binnen weniger Sekunden durchnässt sind.

Er stellt ihren großen schwarzen Koffer neben die Beifahrertür, klopft an die Scheibe, und dann läuft er ums Auto herum zurück, sucht Schutz im Innenraum, sie lacht.

»Guck nicht so traurig.«

»Ich bin nicht traurig.«

»Ich meine, wie ein begossener Pudel.«

Er will fragen, ob sie auch alles dabeihabe, ihre Kreditkarte, Geld, aber sie wäre sauer, wenn er das täte, also fordert er sie stattdessen auf, die Sonnenblende herunterzuklappen.

»Ich muss los. Der Koffer wird nass.«

»Du hast noch Zeit. Tu, was ich sage.«

Sie ahnt, was da kommt, also klappt sie den Sonnenschutz herunter, sieht, was dahinter klemmt. Schon hat sie den weißen Umschlag mit dem Logo der Versicherungsgesellschaft If drauf in der Hand, und sie öffnet ihn, stößt einen Freudenschrei aus, als sie die sechs Fünfzig-Euro-Scheine sieht.

»Sag Mama nichts.«

»Versprochen.«

Sie umarmt ihn noch einmal, diesmal aber nur kurz. Dann öffnet sie die Tür.

»Warte noch mal«, sagt er.

Er holt sein Handy heraus, macht etwas, das er sonst nie tut, stiehlt sich ein Foto von ihr, ihr Gesicht vor der Mauer aus Wasser.

Sie hält inne, es scheint ihr etwas Wichtiges eingefallen zu sein.

»Willst du mit reinkommen?«, fragt sie.

»Ich weiß, dass du das nicht willst.«

»Papa, ich möchte nur ein bisschen private space.«

»Schon in Ordnung«, sagt er.

»Wirklich?«, fragt sie nach.

Ich habe doch nur dich, hätte er am liebsten gesagt.

Du bist meine einzige Tochter.

Mein einziges Kind.

Sei vorsichtig, möchte er rufen, sei vorsichtig. Deine Mutter hat recht, das ist doch Wahnsinn, die ganze Reise ist eine bescheuerte Idee.

Der Geschmack von Pfefferminze.

Der Duft siegessicheren Regens.

Geld, saure Fische.

Sie ist aus dem Auto ausgestiegen und läuft, den Koffer vor sich herschiebend und den Rucksack in der Hand, auf das müde Maul der Drehtür zu.

Leichte Flocken fallen im Licht der Straßenlaternen. Emmes blau-rot gestreifter Schneeanzug macht ihre Bewegungen langsam, sie ist müde, ihr ist warm, und noch wärmer wird ihr drinnen im Seven-Eleven, wo Jorge, der träge Halbmexikaner, hinter der Kasse steht, neben den Würstchen, Croissants und Schokoladenmuffins und den dreieckigen Sandwiches, die nach Pappe schmecken.

Sie streckt sich hoch, schiebt den Twix-Riegel so weit sie nur kann auf den Tresen, tritt dann ein paar Schritte zurück, damit sie Jorge sehen kann, der etwas sagt, aber die Worte haben keine Bedeutung, nicht einmal in jenem Moment, deshalb verschwinden sie, werden vergessen, sind nicht mehr hervorzurufen für denjenigen, der versucht, sich an sie zu erinnern.

Emme nimmt den Schokoriegel wieder an sich, nachdem Tim bezahlt hat. Dann setzen sich die beiden am Fenster auf die hohen Hocker, neben den Milchtüten, laktosefrei, Soja und fettarme Milch, und sie öffnet den Twix-Riegel, gibt den ersten der beiden Schokoriegel ihm.

»Einer für Papa«, sagt sie. »Einer für Emme.«

Draußen fällt der Schnee, es ist dunkel, februarschwarz, die Uhr zeigt kurz nach vier. Das ist ab und zu ihr Ritual, Emmes und seins, sie machen halt beim Seven-Eleven am Tegnérlunden, teilen sich ein Twix, sitzen hinter den großen Glasfenstern und lassen die Zeit vergehen, die Welt gehört ihnen und wird ihnen gleichzeitig genommen.

Tim hofft, dass er nicht allzu viel Gewalt anwenden muss. Möglichst gar keine, aber Small-time-Bootsbetrüger haben selten so viel Grips in der Birne, dass sie begreifen, wann das Spiel vorbei ist, und dann tun, was er ihnen sagt.

Die Uhr auf dem Armaturenbrett zeigt zehn nach fünf, und draußen herrscht drückende Hitze. Er hat ein Stück weiter oben an der Strandpromenade Paseo Marítimo geparkt. Auf der einen Seite, hinter der sechsspurigen Straße mit den Palmen auf dem Mittelstreifen, schaukeln die Bootsmasten mit ihren Wimpeln im Hafen. Die Yachtbesatzungen hasten mit Proviant und anderem zu den Booten, bevor die Eigentümer kommen und die Schiffe in Besitz nehmen, um mit ihnen loszufahren: nach Taormina fürs Highlife, nach Ibiza wegen der Clubs und der Drogen oder an die Riviera der Abwechslung halber. Auf der anderen Seite liegen das Hotel Iberostar Gold und der Nachtclub Opium mit seinem spiegelbesetzten Entrée. Ein Angestellter klebt eine Folie über ein großes Schild, dass den DJ des Abends ankündigt.

Dreitausend Gäste fasst das Opium, früher gehörte die Diskothek Sergio Gener, einem geborenen Spieler und dem späteren König der Vergnügungsbranche, der über ein Imperium herrschte, das in der Hochsaison eine Million Euro pro Tag einbrachte. Hier im Opium ließ Gener die Polizeibeamten filmen, die er sonntags gratis einlud. Er hatte Bilder davon, wie sie sich kostenlos Prostituierte holten oder Kokain, entweder von dem, was es im Club gab, oder aber von dem, was sie selbst beschlagnahmt hatten. Dank dieser Aufnahmen machten die Polizisten alles, was er wollte. Ab und zu wurde die Leiche von jemandem, der wohl einer von Geners Konkurrenten war, im Hafenbecken von Palma gefunden. Da lagen sie mit dem Gesicht nach unten im Wasser, sodass der eingeschlagene Schädel gut zu sehen war.

Tim schließt die Augen. Öffnet sie wieder.

Sergio Gener sitzt jetzt in Asturien hinter Gittern, er ist dorthin verlegt worden, weil seine Männer die Zeugen hier bedrohten. Gener wollte zur Society gehören, und das dürfen hier auf der Insel nur Mitglieder alter Adelsfamilien oder Hoteldynastien.

Ein roter Ford Fiesta hält auf der Zufahrt zum Yachthafen und der Däne, auf den Tim wartet, steigt aus. Er heißt Mickel Andersen, ein großer, kräftiger und nicht gerade erfolgreicher Kleinkrimineller, der bis vor Kurzem noch fünf Jahre in Odense abgesessen hat, wegen Versicherungsbetrug und schwerer Misshandlung. Mickel schaut sich um, und als er feststellt, dass er offenbar nicht verfolgt wird, schlendert er den langen Anleger entlang, auf ein bestimmtes Segelboot zu. Er hat es mit Geld gekauft, das er einer deutschen Zahnarztfamilie aus Kassel abgeluchst hat, indem er ihnen ein anderes Boot verkaufte, das jedoch nur in einer schicken Annonce im Internet existierte. Der Preis war günstig, aber nicht so niedrig, dass der Geizhals aus Kassel Verdacht schöpfte, im Gegenteil, er kaufte die Yacht, ohne sie je gesehen zu haben.

Tim öffnet die Wagentür. Er holt den weißen Umschlag aus dem Handschuhfach, steckt sich einen Füller in die Gesäßtasche und überquert den Paseo Marítimo. Dann schleicht er sich unauffällig auf das Gelände des Yachthafens. Das junge Mädchen im Wachhäuschen nimmt keine Notiz von ihm. Er ist ordentlich gekleidet, blaue Chinos und ein gebügeltes Hemd, sicher nimmt sie an, er sei der Besitzer eines der Boote. Er nickt einigen Skippern auf einer riesigen, gelb gestrichenen Yacht zu, steigt über eine große Taurolle, registriert einen muffigen Geruch, der vermutlich von den Mülltonnen kommt oder von einem Boot, dessen Abwassertank voll oder kaputt ist.

Der Däne biegt nach links ab, auf einen Seitensteg, geht an einer langen Reihe von Segelbooten entlang, springt dann kraftvoll auf das Deck eines Zweimasters.

Tim schaut sich die Boote ringsherum an. Ein junges Mädchen

schrubbt ein Achterdeck, ein älterer Spanier sitzt im Vorschiff eines Segelboots und versucht eine Pumpe zu reparieren. Die beiden könnten etwas hören, falls der Däne anfängt zu schreien, aber sie werden sicher nichts unternehmen. Hier ruft niemand unnötig die Polizei, und deine Sorgen sind niemals meine Sorgen.

Tim bleibt vor dem Boot des Dänen stehen. Er überlegt, ob er auf das weiße Vordeck klettern und in die Kajüte hinuntersteigen soll, aber er bleibt auf dem Anleger stehen und ruft laut ins Bootsinnere:

»Mickel Andersen, bist du da?«

In der Kajüte ist es still.

»Der Zahnarzt will sein Geld zurück.«

Tim erwartet, eine Pistole hervorlugen zu sehen, aber stattdessen kommt der Däne an Deck.

»Und wer zum Teufel bist du?«

Die beiden Menschen auf dem Nachbarboot sind still geworden, sie starren abwartend zu ihnen herüber.

»Ich bin ein Freund vom Zahnarzt«, sagt Tim. »Du weißt schon, der für ein Boot bezahlt hat, das er nicht gekriegt hat. Er will sein Geld zurück, sofort.«

Mickel Andersen tritt einen Schritt vor, bohrt seine tief liegenden Augen in Tims, versucht bedrohlich auszusehen, aber als das keine Wirkung zeigt, weicht er zurück, und Tim kommt an Bord, mit einem großen Schritt, keinem Sprung.

Er öffnet den weißen Umschlag, holt das Dokument heraus, reicht es dem Dänen.

»Unterschreib das.«

»Was ist das?«

»Das ist ein Überlassungsdokument. Du überschreibst damit dieses Boot dem Zahnarzt, denn ich gehe davon aus, dass du keine dreihunderttausend Euro unten in der Kajüte versteckt hast?«

»Nie im Leben. Ich unterschreibe gar nichts.«

»Nein?«

»Nein, das hier ist mein Boot.«

Tim wirft das Papier zur Seite, macht einen Ausfallschritt nach vorn, dann trifft seine Faust Mickel Andersens Kopf, und gegen seinen Willen ist es ein gutes Gefühl, zuzuschlagen, wie eine Erleichterung. Der Däne hatte die Zungenspitze zwischen den Zähnen, und jetzt spritzt das Blut in einem sauberen feinen Strahl aus seinem Mund, er weicht zurück, rudert mit dem einen Arm in der Luft herum, bis er auf einem der blau-weiß-gestreiften Polster am Steuerrad landet.

»Sau hier nicht alles mit deinem Blut ein«, sagt Tim, »dieses Boot gehört dir nicht mehr.«

Blut läuft aus Mickel Andersens Mund. Er schaut zu Tim auf, scheint zu überlegen, ob er den Kampf aufnehmen soll oder nicht, aber offenbar begreift er, dass hier Schluss ist, Schluss mit dieser Gaunerei, Schluss mit diesem Boot, Schluss mit dieser Geschäftsidee.

»Oder aber du entscheidest dich für den schwierigen, steinigen Weg, mit Anwälten, Polizei und Gerichtsverfahren. Ich kann dir das Leben so zur Hölle machen, dass du dich noch zurücksehnst in die Arschfickerzellen in Odense.«

Die Menschen auf den anderen Booten sind nicht mehr zu sehen, und die Sonne scheint inzwischen auch stärker, der Schweiß läuft Tim über den Rücken. Er zieht den Füller aus der Gesäßtasche, streckt ihn dem Dänen hin. Der unterschreibt damit die fünf zusammengehefteten Seiten und gibt sie Tim zurück.

»Du hast eine halbe Stunde, dann bist du verschwunden«, sagt Tim.

Dann dreht er sich um, klettert zurück auf den Steg, geht zum Auto, überquert wieder den Paseo Marítimo.

Die Sonne hat das Wageninnere bereits in einen Backofen verwandelt. Er schaltet die Klimaanlage ein, streckt sich zum Beifahrersitz, klappt die Sonnenblende herunter und nimmt eine der gedruckten Karten, die dort festgeklemmt sind. Er hält die Karte in der Hand, aber er will nicht, er will nicht auf das Bild schauen, schafft es einfach nicht, also guckt er lieber zum Kai, auf den Bereich, wo die riesigen Katamarane gerade angelegt haben. Menschen platzen aus ihnen heraus, betrunken, mit geröteter Haut, einigen ist sichtlich übel, und die Passagiere der Abendfahrt warten träge im dunklen Schatten der Palmen.

Tim holt tief Luft.

Der Däne kommt den Steg entlang, mit einer großen Tasche auf dem Rücken und ein paar vollgestopften Plastiktüten in den Händen. Tim schickt eine SMS an Wilson, den Chef von Heidegger Private Investigators.

All taken care of.
Good. Don't forget about tonight.

Das hat er aber. Was passiert heute Abend?

What?
You know. Duty time.

Tim macht sich gar nicht die Mühe, zu versuchen, sich zu erinnern, sich zu erinnern ist nur selten gut, und eine ganze Truppe von Kreuzfahrtpassagieren geht auf dem Bürgersteig an ihm vorbei. Die Tür zum Opium ist jetzt offen, und ein anderer Mann putzt den schwarz lackierten Kassentresen. Tim schaut auf die Karte in seiner Hand, aber er sieht nicht das Foto an, stattdessen liest er den Text auf der Rückseite, was er schon so oft getan hat:

!FALTANT! Has vist aquesta noia?
!DESAPARECIDO! Has visto a esta chica?
MISSING. Have you seen this girl?
SAKNAD! Har du sett den här flickan?
失踪。你看过这个女孩吗
DISPARUE! Avez-vous vu cette fille ?
ОТСУТСТВУЕТ! Вы видели эту девушку?
VERMISST! Haben Sie dieses Mädchen gesehen?

Please call, und dann seine eigene Nummer.

Das ist ein Touristenmenü, eine Banalität, passend für alle, übersetzt und gedruckt und schnell wieder vergessen, und er will die Karte umdrehen, aber er weiß ja, wie das Foto auf der anderen Seite aussieht, er hat Tausende solcher Karten in den letzten drei Jahren verteilt.

Er dreht sie dennoch um. Emme auf einem anderen Beifahrersitz als dem leeren neben ihm. Terminal fünf vom Flughafen Arlanda ist im Regen zu erkennen, sie sitzt lachend vor der Regenmauer.

Heute ist es genau drei Jahre her, seit ich dich das letzte Mal gesehen habe.

Du bist nicht vergessen. Das verspreche ich dir: Ich werde niemals aufhören, dich zu suchen.

Tim spürt die Gewalt in seinem Körper nachhallen. Er zieht die dünne weiße Gardine zur Seite, sieht den Pizzaboten von Tony's Pizza auf seinem Motorroller vor dem Tor halten.

Familie Adame ist hungrig. Pizza wurde bestellt, mit extra viel Käse. Wer in Palma als Dessert eine Line Koks haben will, kann sie auch bei Tony's zu sich nach Hause bestellen. Dann bittet man um zusätzlich »weißen« Käse, und mitten auf der Pizza liegt ein Gramm Kokain, wenn sie ausgeliefert wird, sicher versiegelt in einer hitzebeständigen kleinen weißen Plastiktüte. Bestellst du zehn Scheiben extra, bekommst du zehn Gramm.

Familie Adame isst oft Pizza.

Wenn der Pizzabote da gewesen ist, kann man oft nach einer Weile hören, wie Mann und Frau anfangen, sich zu prügeln und anzuschreien, dass die Fensterscheiben der Nachbarn erzittern. Zuerst haben die Kinder Angst, sie weinen leise, was aber trotzdem durch die Wände zu hören ist. Dann wird das Weinen lauter, und schließlich verhalten sie sich völlig still, das ist am Ende am besten, so viel haben sie gelernt.

Der Bote fährt wieder ab.

Es ist ruhig auf der Straße, die Hitze zwingt die Menschen, drinnen zu bleiben, und die alte Klimaanlage stöhnt und faucht, um zumindest eines seiner beiden Zimmer einigermaßen kühl zu halten.

Er wohnt im zweiten Stock von vieren in einem kleinen Miethaus in der Calle Reina Constanza, Nummer 20A. Das Haus wurde in den Siebzigerjahren gebaut, wie ein großer Teil der Stadt. Die Fassade ist bedeckt mit quadratischen Platten, die im Laufe der Jahre durch Feuchtigkeit schwarze Flecken bekommen haben. Brüchige Stromkabel hängen vor seinem Sims, und die zwanzig Fenster des Hauses sind hinter weißen Metalljalousien und Fensterläden verborgen. In allen Wohnungen, außer in seiner. Er ist der Einzige, der das Licht nicht scheut, eine Angewohnheit, die er aus Schweden mitbringt und die keiner seiner Nachbarn begreift.

Tim zahlt seine Miete an einen mallorquinischen Miethai, der fünfhundert Euro im Monat kassiert. Für den Preis muss er den Schimmelgeruch im Badezimmer ertragen sowie den Umstand, dass lediglich eine der drei Flammen des Gasherds funktioniert und dass der Boiler es nur schafft, die kostbaren Tropfen auf maximal dreißig Grad zu erwärmen.

Die Reina Constanza ist unmöglich.

Son Foners, wie der Stadtteil heißt, ist unmöglich.

The wrong side of the river,

the wrong side of the road.

Was in diesem Fall die Avenida de Gabriel Alomar wäre, ein Teil von Palmas großer Avenue, die sich wie ein Ventilationsschacht durch die Stadt schneidet, voller Lärm und eiskalt. Selbst drinnen in der Wohnung, die gegen den Lärm durch die Häuserreihe vor ihr geschützt sein sollte, ist der Verkehr zu hören, sind die Abgase zu riechen, gemischt mit dem Gestank aus der chemischen Reinigung im Nachbarhaus, dem Motorölgeruch aus den Werkstätten im Haus gegenüber und dem zischenden Frittieröl vom Kebabimbiss ein Stück die Straße weiter runter.

Er hat möbliert gemietet. Ein grünes Sofa mit synthetischem Bezug. Ein kleiner Mosaiktisch aus Metall im Wohnzimmer. Tapete mit Medaillonmuster in Gold und Rot aus der Zeit, als das Haus gebaut wurde, elektrische Kabel, die knistern, wenn man sich in Ruhe hinlegen will. Keine Fotos von Emme, keine von Rebecka, sie existieren hier nicht. Er hat etwas vergessen, hat Wilson nicht etwas gesagt? Dieser Tag ist noch nicht zu Ende, aber er möchte den Kopf jetzt leer haben, er will sich nur noch aufs Sofa sinken lassen, den Fernseher ohne Ton laufen lassen, CNN am besten, die letzten Explosionen sehen, die frischesten Lügen, den neuesten erwarteten Verfall, was die guten Sitten betrifft. Die Türen der Küchenschränke sind verblichen, hinter ihnen verbirgt sich das angestoßene Porzellan, aber er hält die Küche sauber, besonders zu dieser Jahreszeit, wenn Ratten, Kakerlaken und Ameisen sich nur zu gerne auf die Jagd nach Essensresten machen. Auf der Toilette gibt es ein kleines Fenster, gerade groß genug, dass er sich hindurchquetschen könnte, und dann vom Fenster auf das Dach des Nachbarhauses springen, weiter zum nächsten laufen, bis zu einem Balkon, von dem auf einen anderen Balkon springen und danach hinunter auf eine Zisterne, weiter hinunter auf einen Trockenplatz und vom Innenhof aus in eines der Häuser hineinlaufen, die an Las Avenidas liegen. Er weiß nicht, ob die Hintertür zum Hof offen ist, aber sie ist aus Glas, also wird er auf jeden Fall diesen Weg nehmen können, wenn es einmal notwendig sein sollte.

Außerdem hat er Verstecke in der Wohnung. Eine Menge Flaschen hat er auch, klaren Schnaps, gefärbten Schnaps, Wein, und im Gefrierfach eine Flasche eiskalten Orujo, Schnaps aus mit den Füßen gestampften Trauben, den er von einem Winzer bekommen hat, für den er bei Heidegger ein Problem gelöst hat.

Er will sich eigentlich setzen, bleibt aber hinter der Gardine stehen, schaut hinaus auf die Straße, wo die Dämmerung endlich einsetzt und die Temperaturen damit fallen. Langsam erwacht die Straße zum Leben. Die Chilenen in der Erdgeschosswohnung haben ihre Stühle auf den Bürgersteig gestellt und die Roma in dem eingeschossigen Haus ein Stück weiter links öffnen ihre Fenster. Sie unterhalten sich leise miteinander, und er versucht gar nicht erst zu verstehen, was sie sagen, und die armen Schlucker an Spaniern und Mallorquinern, die hier wohnen, kommen von ihrer Arbeit nach Hause, mit hängenden Schultern, gekrümmtem Rücken, müdem Gesicht, dem Gesicht eines Arbeiters, ein zufriedenes Gesicht, wieder ein Tag mit Arbeit, wieder ein Tag im Leben eines *mileurista*, wieder ein Tag mit Essen auf dem Tisch, wieder ein Tag, an dem man für die Kinder etwas Besseres erhoffen kann als das, was das Leben einem selbst bietet.

Sie schlafen ein paar Stunden, ruhen sich aus, dösen, und dann kommen sie heraus, denn der Tagesablauf hat hier einen anderen Rhythmus, und nach dem leben sie hier alle, ganz gleich, wie der Tag gewesen ist. Ein Kaffee, ein Bier, ein langsamer Spaziergang durch *el barrio*, ein kleiner Plausch mit den Nachbarn, bellende Hunde, herumlaufende Kinder, Bälle, die gegen Wände geschossen werden, und eine Dunkelheit, die sich langsam wie ein Baum über sie senkt, der trotz Hitze und Dürre grünt und lebt.

Aber diese Stunde hat noch nicht geschlagen.

Jetzt versammeln sich die Alkoholiker mit Job im Las Cruces. Die dort schon den ganzen Tag gesessen haben, bleiben dort sitzen, die Neuankömmlinge werden lange Zeit hier bleiben.

Das weiße Schild der Bar mit dem Coca-Cola-Schriftzug leuchtet auf und die Slush-Maschine erwacht zum Leben, dreht das zäh fließende Zitroneneis. Tim nimmt an, dass der Besitzer drinnen ist, der fettleibige Andalusier Ramón, der seinen Tresen mit einem zerschlissenen Lappen abwischt, während seine kubanische Frau Vanessa die Tüten mit den Chips schüttelt, damit sie frisch aussehen. Eine der Prostituierten in der Wohnung über dem Las Cruces findet sich an ihrer Arbeitsstelle ein, sie parkt ihre rote Vespa zwischen zwei Autos, begrüßt die Männer drinnen in der Bar, schiebt ein wenig ihre Brüste vor, um ihnen eine Freude zu machen, bevor sie hinter der Eingangstür zu dem siebenstöckigen Mietshaus verschwindet.

Niemand fährt in Urlaub. Das kann sich keiner leisten. Wenn man verreist, dann nach Hause, um die Familie zu treffen. Alle sind irgendwann zu Hause. Alle kennen einander, und dadurch wissen sie genau, wer niemanden kennen will. Sie glauben, dass er, der Schwede, *el Sueco*, so einer ist, der allein sein will, dabei möchte er viel lieber einer von ihnen sein, so richtig, aber so sehen sie ihn nicht, sie wissen, wer er ist, warum er hier ist, und er tut ihnen leid. Er macht ihnen keine Angst, aber sein Schicksal tut es, und worüber sollten sie auch mit ihm reden?

Sie wissen, dass nichts Neues passiert oder herausgekommen ist, und sie haben genug mit ihrem eigenen Schicksal zu tun.

Die Familie Adame fängt an sich zu prügeln, zu schreien und zu weinen.

Macht dem ein Ende. Ruft den sozialen Dienst.

Aber an diesem Abend wird es schnell wieder ruhig, und bald lacht die ganze Familie miteinander.

Tim will schlafen, er geht ins Badezimmer, holt ein Päckchen mit Stesolid aus dem rostigen Medikamentenschrank, nimmt eine Tablette heraus, vermeidet es dabei, sich im Spiegel anzusehen, und versucht, den Kloakengeruch zu ignorieren, den deutlichen Gestank nach Kot, der aus dem überlasteten Abwassersystem während der Zeit der Touristeninvasion aufsteigt. Ein System, geschaffen für vierhunderttausend Personen, das nunmehr zwei Millionen Menschen dienen soll, und schon deshalb will er so schnell wie möglich wieder aus dem Bad rauskommen.

Das Bett gibt unter ihm nach, ein Meer, das sich teilt, die Matratzenfedern schneiden ihm in den Rücken, und er streckt sich nach der Fernbedienung, schaltet den Ventilator an der Decke ein.

Die Chemie zerpflückt das Gehirn. Die Worte werden getrennt, noch bevor es möglich ist, einen Gedanken zu formen, und er wird zu nichts außer verstreuten Fetzen von Worten, die einander scheuen, und der Ventilator schmeißt die Buchstaben in den dunklen Raum, Pizza, Schreie, Kinder, Vergewaltigung, Würgegriff, Angst, Worte wie weißer Staub, Worte, die durch die Luft schweben, die Worte eines Mexikaners, deine Worte, Emme, unmöglich, sie einzufangen, falsch geschrieben, pa pa, U watch me, er atmet aus, und nichts bleibt mehr übrig.

Als Tim einige Stunden später aufwacht, ist es still im Haus. Die Dunkelheit hat sich vor dem Fenster ausgebreitet und neben den Vorhängen stehlen sich nur schmale Streifen der Straßenbeleuchtung herein.

Er erinnert sich daran, was er zu tun hat.

Duty time.

Er zieht sich einen beigefarbenen Leinenanzug an, ein weißes Hemd, graue Espadrilles. Das Haar kämmt er mit den Fingern zur Seite, dicht und widerspenstig macht es, was es will und was es immer schon gemacht hat, es führt ein eigenes Regime auf seinem Kopf.

Im Auto auf dem Weg nach El Arenal sieht er das schwarze Meer zwischen den niedrigen Häusern in der Ciudad Jardín. Ein amerikanischer Flugzeugträger liegt in der Bucht von Palma, dunkel und monolithisch, nur wenige Lichter sind eingeschaltet, dafür leuchten sie umso deutlicher vor dem grafitgrauen Nachthimmel. Die meisten der sechstausend Besatzungsmitglieder sind jetzt an Land, sie erobern die Stadt, trinken, werfen irgendwelche Drogen ein, huren. Das Kriegsschiff wird morgen Nachmittag die Bucht verlassen, weiterfahren Richtung Naher Osten, nach Katar, zu einem der vielen unlösbaren Konflikte der Menschen und zwischen den Menschen, ob nun Schiiten oder Sunniten, Öl oder Gas, ob sie Schmiergeld nehmen oder nicht, eine Line ziehen oder abstinent sind, einknicken oder dagegenhalten, den Abzug umklammern oder nicht. Die Menschen liegen in einer schwarzen Bucht vor Anker, die Kette ist schwach, dem Anker fehlt das Gewicht, der Grund ist feiner Sand, aber darum kümmert sich sowieso niemand.

Auf einem Podest am Strand streckt ein DJ einen Arm in die Luft, mit dem anderen drückt er den Kopfhörer ans Ohr, und er schwingt den Kopf im Takt der Beats hin und her, die er den zweihundert Menschen entgegenwirft, die sich in El Arenal versammelt haben, um einen Beach Club einzuweihen. Die Haut der Frauen glänzt im Licht der Scheinwerfer, das über ihre Körper zu fließen scheint. Menschen drängen sich an der von hinten beleuchteten Bar, versuchen die Aufmerksamkeit gestresster Barkeeper zu erregen, die Shots sind gratis, da ist es am besten, sich ranzuhalten. Der Club ist am Strand gebaut, auf einem frisch gegossenen Betonfundament, und Tim weiß nicht, wem er gehört, so etwas kann man auf Mallorca nie sicher sagen. Sicher ist nur, dass Geld in irgendwelche Taschen gestopft wurde, um die Baugenehmigung zu erhalten, und dass das Gebäude von einer Firma gebaut wurde, die Geld auf das Konto irgendeines Mittelsmanns in der Schweiz oder auf den Antillen überwiesen hat, oder wo immer derartiges Geld heutzutage landet.

Fünfzig Liegestühle mit hellgrauen, dicken Polstern in Reih und Glied, um einen Pool, der wie ein blauer Himmel am Tag leuchtet. Auf einigen dieser Stühle sitzen langhaarige ältere Männer in weißen Hosen und pastellfarbenen Polohemden und rauchen Joints mit jungen Mädchen in kurzen, paillettenbesetzten Kleidchen. Die Mädchen haben ihre High Heels ausgezogen, sie ziehen den Bauch ein und schieben die Silikonbrüste vor.

Escortgirls.

Sie machen hier ihren Sommerjob.

Eigentlich will Tim gar nicht hier sein, doch Wilson verlangt das von ihm.

Auf der Strandpromenade bleiben Charter-Touristen stehen und schauen sich das Spektakel an, mit großen Augen, aber nicht neidisch. Sie wissen instinktiv, dass so eine Party nichts für sie ist, das hier ist VIP, das hier ist für einen exklusiven Kreis, Menschen, die niemals einen Fuß in den Biertempel Megapark knapp fünfhundert Meter weiter den Strand runter setzen würden, wo fünftausend Deutsche genau in diesem Moment Bier trinken, besoffen werden und im besten Fall am Strand einschlafen.

Die Nacht brodelt. Lippen küssen neben Wangen in die Luft. Körper stoßen aneinander, Augen suchen nach der Person, die einem etwas bedeutet oder vielleicht bedeuten könnte. Menschen sollen sich treffen, sollen Geld ausgeben, sie sollen hinters Licht geführt werden, um dann am besten mit dem Schmutzwasser im Abfluss zu verschwinden.

Die Lautstärke steigt und das monotone Hämmern geht über in den Song, der den ganzen Sommer über gespielt wird, »Better now«, eine junge Männerstimme singt *better now, you probably think that you are better now* und die Gäste jubeln, bewegen sich zum Takt der Musik, wo immer im Club sie sich auch befinden, und die Luft ist schwer von Salz und Zigarettenrauch, von Marihuana und viel zu großzügig verspritztem Tom-Ford-Aftershave.

It's opening night.

It's high season.

Hands up in the air.

HERE WE ARE!

Mehrere der Escortdamen werden allein dafür bezahlt, dass sie an Ort und Stelle sind, besonders die jungen hübschen Südamerikanerinnen und die aus Rumänien und Bulgarien.

Tims Telefon vibriert.

Eine SMS von Simone, seiner Kollegin bei Heidegger.

Bist du da? Wilson meinte, du würdest drauf scheißen.

Ich bin an den Affenärschen dran. Nächstes Mal ist das dein Job.

In your dreams, Timmy boy :)

Am Eingang, unter ein paar Fahnen mit dem Mercedes-Logo, macht *Última Hora* Fotos für die Klatschpresse von allen, die ankommen, und die Touristen scheinen sich zu fragen, ob das denn alles hier Berühmtheiten sind, ob das ein Instragram-Augenblick ist, und einige heben ihre Handys hoch, fotografieren selbst die strahlend lächelnde lokale Society, um ihren Fang sogleich zu posten.

Tim trinkt einen Shot mit Wodka, den eine Kellnerin im Matrosenkleidchen auf einem Tablett serviert. Er leert ihn mit einem Zug, schnappt sich noch einen, bevor sie wieder in der Mauer aus Körpern verschwindet.

Er sieht, wie Juan Pedro Salgado eintrifft, sich die Jacke zuknöpft, als er aus einem schwarzen Wagen aussteigt. Seit anderthalb Jahren ist Salgado Chef der Policía Nacional in Palma. Früher war er Chef der Policía Local, ein Job, den er von einem harten Hund übernahm, der wiederum aus Figueres geholt worden war, um die Korruption zu bekämpfen.

Der Kerl aus Figueres erklärte der Presse, dass seine Waffe immer geladen und er bereit sei, Sergio Geners ganze Bagage zu empfangen, er nannte sie *pobrecitos*, arme Schweine, fühlte sich aber wahrscheinlich genau als so ein armes Schwein, als seine Frau auf dem Weg zum Lunch in Deià von der Straße abgedrängt wurde. Maskierte Männer hielten ihr eine Pistole an den Kopf und erklärten ihr, sie möge doch ihrem Mann sagen, dass es für ihn an der Zeit sei, die Insel zu verlassen, ansonsten würde bald eine der Kugeln in ihrer Stirn sitzen. Der harte Hund nahm seine Familie und zog zurück aufs Festland.

Juan Pedro Salgado ist groß und massiv, er trägt einen maßgeschneiderten grauen Seidenanzug. Tim hat ihn bereits mehrmals getroffen. Es ist die Policía Nacional, die sich um alle Schwerverbrechen kümmert. Mord, Entführungen, Vergewaltigungen und Vermisstenfälle. Emmes Verschwinden. Ein paar Monate nach seinem Amtsantritt, gut anderthalb Jahre nach Emmes Verschwinden, rief Salgado Tim an und wollte sich mit ihm treffen. Sie verabredeten sich in der Bar Bosch, und Salgado versicherte ihm, er werde nicht aufgeben und er habe seine besten Ermittler auf den Fall angesetzt, fügte jedoch hinzu, dass es schwierig sei, denn es gebe keine Spuren, denen man folgen könne. Tim schaute auf seine dicken, weichen Wangen, in die freundlichen braunen Augen, und nickte, er wusste, dass es außer ihm selbst niemanden auf der Insel gab, der überhaupt ein Interesse daran hatte, nach Emme zu suchen.

»Und was machen Ihre eigenen Ermittlungen? Wie läuft es mit denen?«, fragte Salgado. »Suchen Sie immer noch?«

»Ich suche«, bestätigte Tim. »Aber ich bin nicht weitergekommen. Bis jetzt kein Stück.«

»Keine neuen Spuren?«

»Leider nein.«

»Wir geben nicht auf«, sagte Salgado und legte Tim eine Hand auf die Schulter. »Keiner von uns. Oder? Ich habe selbst zwei Kinder, und ich würde auch nie aufgeben.«

An diesem Abend kommt Salgado allein, was auch eine Möglichkeit ist, Stärke zu zeigen. Er ist geborener Mallorquiner, aber seine Familie stammt nicht ursprünglich von der Insel. Jetzt rutscht er aus Tims Blickwinkel, und stattdessen steht da ein Mann im gleichen Alter wie Salgado, nur schlanker, elegant, mit kurz geschnittenem, gegeltem, welligem Haar. Tim meint den Mann schon früher einmal gesehen zu haben, kann aber nicht sagen, wo, und der Elegante gibt Salgado Wangenküsschen, bevor er weiter ins Menschengetümmel eintaucht und seinen Blick zwischen den Escortdamen schweifen lässt.

Manchmal bekommt Heidegger Anfragen, ob sein Büro helfen könnte, Politiker oder Beamte zu bestechen. Doch das lehnen sie konsequent ab. So etwas tun sie nicht. Aber anderes tun sie, und deshalb ist Tim hier. Eheliche Untreue, Immobilienbetrug, Diebstähle, für die die Polizei keine Zeit hat, Bootbetrügereien wie die am Vormittag, jemanden unter Druck setzen, der seine Schulden nicht bezahlt hat, um so etwas kümmern sie sich. Und weil alle auf dieser Party hier einen Bedarf an derartigen Diensten haben könnten, mischt Tim sich nach dem zweiten Wodka unter die Leute, verteilt Visitenkarten mit dem Firmennamen, »If you encounter any problems, we are your guys.«

»Do not give that to my wife«, sagt ein fetter Mann in orangem Anzug, und die junge Frau im Gold-BH, die ihn begleitet, grinst.

»Please, give to wife. Tell about me«, sagt sie mit starkem osteuropäischem Akzent und der Orang-Utan klatscht ihr auf den unteren Rücken, kommt aber nicht an ihren Po, weil sie sich in diesem Moment hinsetzt.

Auf der Clubtoilette, einer mosaikverkleideten Silbergrotte mit gedämpfter Beleuchtung, wird Tim von einem Mann in einer engen Lederhose angesprochen, ob er eine Line haben wolle. Er lehnt dankend ab, gibt ihm stattdessen eine Visitenkarte.

»Falls dein Freund mal etwas Dummes tut.«

Zunächst versteht der Mann offenbar nicht, was Tim meint, doch als er »Private Investigator« auf der Karte liest, grinst er.

»Good place for marketing. Very smart man, you.«

Nicht smart genug, denkt Tim und bahnt sich den Weg nach draußen, sieht vier betrunkene Teenagermädchen auf der Strandpromenade. Sie lachen, grölen, schreien etwas auf Schwedisch in Richtung Club. Verdammte Kapitalisten, FUCKING SNOBS, eat my pussy, und sie schwanken weiter in die Nacht. Am liebsten würde er ihnen nachlaufen, ihnen sagen, dass sie vorsichtig sein sollen, aber er ist nicht ihr Beschützer, und da tippt ihm jemand auf die Schulter. Er dreht sich um, und dort steht sein Freund Axel Bioma, Kind nigerianischer Einwanderer und well to do, in dem Sinn, dass er eine akademische Ausbildung hat und beim *Diario de Mallorca* als Journalist arbeitet.

»Tim, wie geht es dir?«

Die Musik ist jetzt leiser, sodass sie miteinander reden können, ohne sich gegenseitig anzuschreien.

»Was würdest du sagen, wie es mir geht, meinem Aussehen nach?«

»Wie auf Diazepam.«

Hat er Axel Bioma von den Tabletten erzählt? Nein, das muss ein Zufall sein.

»Ich soll was über die Einweihung schreiben«, sagt Bioma, und sein mageres dunkles Gesicht wird ganz faltig und die braunen Augen zeigen einen entschuldigenden Blick, trotzdem kann Tim sich nicht zurückhalten.

»Ich dachte, du bist seriös.«

»Seriös wie ein Beach Club im August.«

Dann holt Axel Bioma tief Luft, zieht den Bund seiner dünnen blauen Hose noch mal hoch und schaut sehnsüchtig zu den beiden Typen mit nacktem Oberkörper hinüber, die sich am Poolrand vorsichtig küssen.

»Ich habe heute einen Artikel über die Chinesen in Palma geschrieben. Die sind wie Termiten, diese verdammten Schlitzaugen, langsam, aber sicher fressen die sich durch bis zum Fundament der Stadt und übernehmen dann alles. Aber das konnte ich natürlich nicht schreiben, also wurde es das übliche Blabla, wie fleißig sie sind, wie gut sie sich in die spanische Gesellschaft integriert haben. Aber das haben sie nicht, wie alle Chinesen sind sie nur in ihre eigene, hundefressende Kultur integriert, ganz gleich, wo sie sich auch niederlassen.«

Der Mann aus der Toilette taucht an Axel Biomas Seite auf, leckt ihn am Ohr, schaut Tim mit lüsternem Blick an.

»Zeit, dass wir weiterziehen, Baby.« Mit diesen Worten schnappt er sich Axel Bioma, und die beiden verschwinden, als wären sie in dem tanzenden Menschenmeer ertrunken.

Tim spürt wieder eine Hand auf seiner Schulter und dreht sich um.

Juan Pedro Salgado lächelt, ein strahlendes weißes Lächeln, als hätte er Veneers.

Sie geben sich die Hand.

»Alles in Ordnung?«, fragt Salgado, und Tim nickt, zieht eine Visitenkarte heraus.

»Bin auf der Suche nach Kunden.«

»Leider wissen wir nichts Neues über Ihre Tochter.«
»Ich möchte nur, dass Sie nicht aufgeben«, sagt Tim.
»Niemals. Und Sie? Gibt es irgendetwas Neues?«
Tim schüttelt den Kopf. »Nichts.«

Salgado nickt, dann verschwindet er in Richtung Bar und Tim legt die letzte Visitenkarte auf einen Tisch, an dem fünf reiche Russen zehn Escortdamen zu einer Drei-Liter-Flasche, einem Jeroboam, mit Cristal eingeladen haben. Sie bieten ihm an, sich doch zu ihnen zu setzen, ein Detektiv ist etwas Spannendes, aber er gibt sich nicht einmal die Mühe, abzulehnen. Auf der Tanzfläche windet sich eine Frau mit schwarzen Locken aus den Händen des Mannes, der Salgado gerade mit Wangenküsschen begrüßt hatte, während gleichzeitig ein anderer Mann mit rotem Basecap und kalten Augen anfängt, vor ihr zu tanzen.

Die Papparazzi sind verschwunden, die Touristen sind schlafen gegangen oder weitergezogen an Orte, wo sie willkommen sind. Ein Stück die Strandpromenade runter stehen ein paar leere Bänke, dorthin geht Tim, setzt sich und schaut über die Bucht, auf das Kriegsschiff, auf dem plötzlich alle Lampen gelöscht werden wie in Erwartung eines Flugzeugangriffs.

D er Beach-Club verblasst langsam in der Ferne.

Manchmal redet er mit ihr, als stünde oder säße sie neben ihm.
»Warst du an so einem Ort, Emme?«

Er hört seine eigene Stimme, rau vom Wodka, vom Salz in der Luft, von der Feuchtigkeit des Meers und der trockenen Hitze, die von den Bergen herunterströmt. Die Worte sind die eines Idioten, dennoch spricht er sie aus, denn irgendetwas muss man doch den Vermissten sagen, die vielleicht leben, vielleicht aber auch tot sind, die die anderen in einem schwarzen Raum zurücklassen, einem verdunkelten Schiff, das in einem feindlichen Meer ankert. »Was hast du gemacht? Wohin bist du gegangen?« Das sind einfache Fragen, und sie haben sich im Laufe der Stunden, Tage, Jahre nicht verändert. Aber zu ihnen haben sich andere gesellt: »Warum? Warum wir, warum du, ich?« Diese Fragen sind sinnlos, trotzdem kommen sie ihm in den Sinn, der Wodka zwingt sie hervor, und ein paar Nachtschwimmer huschen an ihm vorbei, den Strand hinunter, kichernd und lachend, sie ziehen sich nackt aus und laufen weiter, hinein in die sanften Wellen.

Es ist ja möglich, Emme, dass du zum Meer hinuntergegangen bist, um deinen Rausch durch ein Bad wegzukriegen, ganz allein, dann die Orientierung verloren hast, hinaus aufs Meer geschwommen bist, statt zurück zum Ufer, und dann hat diese salzige Masse deine Lungen gefüllt, und vielleicht hast du geglaubt, dass du träumst, dass alles ein Traum wäre, aus dem du bald erwachen würdest. Dann zog die Strömung dich mit sich, brachte deinen Körper weit hinaus ins Meer, wo du gesunken bist. An diesem Abend war es warm in Magaluf, 29,8 Grad Celsius um 22.25 Uhr, und das Wasser war auch warm, 26,2, also hast du nicht gefroren, als du ertrunken bist.

»Hast du gefroren, Emme? Nein, frierst du? Verzeih mir.« Oft tappt er in diese Falle, spricht und denkt über sie als Tote, als jemand aus der Vergangenheit, eine Person, die es nicht mehr gibt, und dann schämt er sich, würde die Worte am liebsten zurücknehmen. Sein Schmerz nimmt nun überhand, Tränen fließen ihm über die Wangen. Eine Bar in Magaluf, eine Überwachungskamera, die Emme aufnimmt, wie sie in jener Nacht leicht schwankend eine überfüllte Straße entlanggeht, eine andere Kamera, die sie auf dem Weg hinauf zu einem gigantischen Parkplatz einfängt, ein paar Kilometer von der Bar entfernt, und wie sie auf der Calle Galió auftaucht und dann verschwindet. »Bist du zurückgegangen, Emme?« Zum Meer, wo die beiden jetzt laut stöhnen, es miteinander treiben, draußen im Wasser.

Tim steht auf, fährt mit dem Wagen nach Hause, schaltet im

Wohnzimmer die Klimaanlage ein, und die springt summend und brummend an, erinnert an das leise Geräusch eines Flugzeugmotors, wie man ihn in der Flugzeugkabine hört,

In der Emme auf einem Gangplatz sitzt und denkt, dass die so fucking douche sind. Wo kommen alle diese Landeier her? Bestimmt haben sie gerade Abi gemacht, einer von ihnen hat Sofia sogar seine Nummer gegeben, will, dass sie sich treffen, denn: »Ihr wollt doch bestimmt auch nach Magaluf?«

Magaluf, Magaluf, Magaluf!

Die Landeier haben das wie einen Schlachtruf gegrölt.

Möglich, dass sie aus Örebro oder Sundsvall kommen, oder aus Gävle oder Borlänge. Aus irgend so einem Kaff halt. Sie kann ihren Dialekt nicht genau einordnen, aber sie reden wie die Bauern.

Dann legt sich in ihrem Inneren ein Schalter um, sie spürt den blauen Stoff des Flugzeugsitzes an den Schultern, wie rau er ist, fast wie die Zunge einer Katze, und zunächst tun ihr die Jungs leid, aber eigentlich sind sie doch wie wir, da gibt es keinen großen Unterschied. Sie wollen ihren Spaß haben. Ein bisschen happy sein. Saufen, vielleicht etwas Neues ausprobieren. Etwas Verrücktes. Dann denkt sie an das andere, ob es jetzt wohl passiert, das kann passieren, sollte passieren, denn genau darum fliegt man ja nach Magaluf, oder nach Ayia Napa, was sie auch in Erwägung gezogen hatten. Nun ja, und wenn es nicht passiert, dann ist es auch okay. Es bleibt ja noch viel Zeit.

»Wollen wir etwas bestellen?«, fragt Sofia von ihrem Fensterplatz aus, streicht das glatte schwarze Haar zurecht, damit die Pickel auf ihren runden Wangen nicht zu sehen sind. Oft vergisst sie das, und wenn sie merkt, dass man die Pickel hat sehen können, wird sie wütend. O my fucking god. Was für eine bitch sie dann sein kann. Totally out of character.

Denn Sofia ist nett, sie wurde aus China adoptiert, aus irgendeiner riesigen Industriestadt, von der noch nie jemand gehört hat. Die beiden können sich ordentlich fetzen, einander als *bitch* beschimpfen, müssen sich gegenseitig nicht nur immer süße Emojis schicken. Außerdem hat Sofia einen guten Geschmack, sie wird im Gymnasium den Modezweig besuchen, und später will sie aufs angesagte Beckmans College of Design. Und sie wird das schaffen. For sure.

Main bitch.

Und dann ist da Julia. Sie kennen sich seit dem Kindergarten und seitdem hängen sie zusammen ab, und jetzt wollen sie nach Mallorca. Julias Eltern mussten nicht mal überredet werden, sie treiben sich irgendwo an der Riviera herum, spielen Tennis und essen irgendwelche Delikatessen und sind sicher froh, nicht für noch eine Person mehr in all den teuren Restaurants bezahlen zu müssen, in die sie gehen.

Aber Julia ist das scheißegal.

Sie steht da völlig drüber.

»Für mich sind die beiden bloß wichtig als Geldgeber«, sagt sie immer.

Sofia schaut auf die Speisekarte.

»Weißwein. Hundertneunundzwanzig Kronen. Scheiße, ist das teuer. Dreizehn Euro.«

»Wir können uns einen teilen«, sagt Emme. »I'm loaded«, und jetzt singen die Landeier, etwas darüber, Sex auf einem Weidezaun zu haben, wie auch immer das gehen soll, for fuck's sake.

My god, wie peinlich.

Sie drückt den Serviceknopf über sich.

Die Landeier haben bereits in Arlanda Bier und Whiskey getrunken, haben sich die Sachen reingekippt, als wäre der Urlaub nur zwei Minuten lang, und einer von ihnen hat schon in eine Tüte gekotzt, schläft jetzt aber.

Die Stewardessen eilen den Gang entlang. Wahrscheinlich wollen sie den Jungs keinen Alkohol mehr verkaufen, so besoffen, wie die schon sind, aber vielleicht ja uns.

Eine der Flugbegleiterinnen bleibt bei ihnen stehen, sodass Emme bestellen kann.

»Bitte einmal Weißwein.«

Die Stewardess lächelt.

»Alkohol ist unter achtzehn Jahren verboten«, sagt sie mit ziemlich zufriedener Stimme.

»Wir sind achtzehn«, zischt Julia, und hinten auf dem Fensterplatz wird Sofia ganz rot, genau so eine Situation findet sie hochpeinlich, ein Nein hören zu müssen, und das auch noch von einer Frau, die momentan die Macht über sie hat. Ein Lehrer, jemand an der Kasse von Seven-Eleven, wenn man bloß ein kleines Bier kaufen will.

»Ich bin mir sicher, dass auf der Passagierliste steht, dass ihr noch nicht achtzehn seid«, erwidert die Stewardess, und mit diesen Worten verlässt sie die Mädchen, und Julia ruft hinter ihr her:

»Glaubst du nicht, dass wir schon härteres Zeug als so ein bisschen Weißwein probiert haben?« Und sie sehen einander an, tauschen Blicke, und einen Moment lang scheinen alle Stimmen in der Flugzeugkabine zu verstummen, mein Gott, wie peinlich, alle mustern uns, doch dann wird Emme klar, dass niemand sich um sie kümmert, und sie hört das Brummen der Motoren, denkt, dass sie gar nicht weit genug wegkommen kann, dass Magaluf eigentlich nur der erste Stopp auf einer langen Reise ist.

So denkt sie. Über das Leben. Dass es eine Reise ist. Eine ununterbrochene Linie, eine problemlose Reise, auf der Unfälle und andere schlimme Dinge nicht existieren. Sie weiß selbst, dass das ein lächerlich banaler Gedanke ist, aber er gefällt ihr dennoch. Er passt zu einer Sechzehnjährigen.

Im Flugzeug gibt es WLAN, sie fliegen mit Norwegian Airlines. Also kann sie eine SMS an Papa schicken.

Danke, dass ich fahren darf.

Dann eine an Mama.
Danke, dass du dich von Papa hast überreden lassen.

Ein Typ ist aufgestanden, aber nicht einer von den Landeiern, dieser ist etwas älter. Er ist groß und schlaksig, hat ein markantes Kinn, er ist richtig süß, kein Zweifel, wer will auch heute noch so einen Bodybuilder-Typ haben. Er kommt den Gang entlang, den Blick fest auf sie gerichtet. Er hat eine Bierdose in der Hand, und er bleibt neben ihr stehen, streckt ihr die Dose entgegen.

»Ich hab mitgekriegt, dass ihr nichts kaufen könnt«, sagt er. »Du, ich meine, ihr könnt die hier haben. Das Bier ist etwas schal, aber es geht noch.«

Sie hatten sich ein Bett gekauft, so groß, wie sie es sich nur eben leisten konnten und wie es in das Zimmer mit Blick auf den Garten gerade noch hineinpasste. Ein paar Jahre vor Emme, das Emmebett, sie wissen immer noch ganz genau, wann, an welchem Morgen, Emme gezeugt wurde, an einem regnerischen, verkaterten Samstagmorgen, nach einem Essen bei Freunden draußen in Enskede, und auf dem Heimweg hatten sie sich im Taxi gestritten, ein sinnloser Streit über nichts, und dann waren sie verstummt, verlegen und betrunken, als sie über die Skanstullsbron fuhren und das Licht der Straßenlaternen gelb über die Autoscheiben huschte, über ihre müden, angeschwollenen Gesichter.

Emme liegt in dem großen Bett. Sie schläft, ein Jahr alt, trägt ein weißes Nachthemd, über Generationen in Rebeckas Familie vererbt, und die Baumwolle ist so dünn wie der erste Nebelschleier eines Unwetters, ihre Haut ist ein Himmel mit einer eigenen Farbe unter dem Stoff.

Tim legt sich ins Bett, rutscht vorsichtig zu ihr, würde gern mit der Hand über den weichen Flaum auf ihrem Kopf streichen, aber er will sie nicht aufwecken, und seine Hand ist rau und größer als ihr Gesicht, auf dem die einzelnen Linien sich auf eine Art und Weise zu einer Schönheit verbinden, wie sie nie eingefangen oder verstanden werden kann. Sie atmet, hauchdünne Adern über noch zarteren Augenlidern, und er denkt an alles, was diese Augen noch sehen werden.

Aus der Küche ist leises Geklapper zu hören. Zwei Töpfe stoßen gegeneinander, Metall trifft auf Metall, ein Zucken in Emmes Mundwinkel, aber sie wacht nicht auf.

Rebecka wirft das Skalpell etwas zu unvorsichtig in die nierenförmige Schale, das Geräusch, als die Klinge des kleinen Messers auf den Edelstahl trifft, ist wie das Schlagen gegen einen Topfrand in einer Küche vor vielen Jahren, ein Geräusch, das in ihr zum Leben erweckt wird, in aller Dunkelheit, und sie erinnert sich an die beiden auf dem Bett, wie sie sich zurückgebeugt hat, den Blick über den glänzenden Holzfußboden im Flur und bis ins Schlafzimmer hat wandern lassen, und da lagen sie nebeneinander, Tims Blick fest auf Emme gerichtet, das hellgrüne Laub des Ahorns, das vorsichtig durchs Fenster winkte.

Sie blickt zur Uhr an der Wand. Es ist Nacht, und der Mann auf dem Operationstisch ist jung, ein Messerstich in den Bauch, eine perforierte Niere, die entfernt werden muss, aber er kann auch mit nur einer Niere hundert Jahre alt werden. Kein gebrochener Arm, kein Kopf, der gegen eine Heizung geschlagen wurde von jemandem, der die Schnauze voll hatte.

Rebecka beobachtet die Augen der anderen über den grünen OP-Masken, sie sind müde, der Anästhesist trägt eine Brille, ein dickes, graues, modisches Gestell, und er zieht die Augenbrauen zusammen, als das Geräusch vom Skalpell in der Schale durch den Raum schneidet.

»Sorry.«

Sie hält die Hand hoch, ein neues, feineres Skalpell wird ihr zwischen die Finger geschoben, ohne dass sie darum hat bitten müssen.

Huddinge, Bredäng oder Alby? Wer weiß, woher er stammt, woher all die jungen Männer wie er stammen, mit schwarzem Haar, Tätowierungen und harten und doch verletzlichen Körpern. Dieses Mal keine Kugel, keine Schussverletzung, und für einen Moment fragt sie sich tatsächlich, warum – warum hat er in dieser Nacht ein Messer in den Bauch gerammt bekommen?

Blut rinnt aus dem Loch im Rücken.

Emmes Blut.

Der Gestank nach Eisen und noch lebendigen Eingeweiden, die Farbe, die schnell von klar rot zu dunkel geronnen wechselt, und die Atemmaske über seinem Gesicht, der dicke graue Schlauch, der von der Maske zum Anschluss ein paar Meter von der Wand entfernt verläuft, wo ein anderer, dünnerer Schlauch in der Fassung des eingebauten Rohrs mit Sauerstoff befestigt ist, das hinter der hellblauen Stofftapete verborgen ist, Kapillaren, die sich durch das gesamte Karolinska-Universitätskrankenhaus erstrecken. Die Lunge des Krankenhauses, die gigantischen Sauerstofftanks, sind begraben in einem Raum tief unter Hunderten anderer Räume.

»Rebecka, alles okay mit dir?«, fragt Anna, eine der OP-Schwestern.

Annas Stimme holt sie zurück, zurück zum Skalpell in der Hand. Das blitzt im Licht der tausend kleinen Dioden der Operationslampe auf, und die Herzrhythmusmaschine piept, er atmet regelmäßig, der Puls ist unter Kontrolle.

»Alles okay.«

Dann führt sie das Messer nach unten, in Richtung auf die zerteilte Niere, die heraussoll, und sie weiß, wie man das macht, sie hat es schon so oft zuvor getan, und bestimmte Sachen werden zur Gewohnheit, andere nicht.

»Jetzt machen wir das hier fertig.«

Danke, dass du dich von Papa hast überreden lassen.

Du darfst mich jetzt nicht überrumpeln, Emme. Nicht jetzt, ich muss das hier in Ruhe machen, ich muss ihm eine Niere entfernen, Adern veröden und ihn zusammennähen, ihm eine neue Chance geben, sein eigenes Leben und das anderer zu zerstören.

Vorsichtig und mit ruhiger Hand legt sie zwei Arterien frei, tauscht das Skalpell gegen einen Verödungskolben.

»Ich hätte lieber zwei doppelte Espresso vorher trinken sollen«, sagt der Anästhesist mit heiserer Stimme. »Man hätte ja ahnen können, dass noch etwas hereinkommt.«

Sie kommt nicht zurück.

Emme ist fort.

Sie standen nebeneinander in der Wohnung, Tim und sie, das Bett hinter ihnen war leer, und sie wollte ihn anschreien, konnte aber nicht einmal flüstern, sie war einfach stumm, eine Maske über dem Gesicht, hinter der die Worte eingesperrt blieben.

Der Streit, der von lautstark zu lautlos überging, wie jetzt, wo sie sich einander in der Küche gegenüberstehen, an dem Tisch, an dem sie zusammen gegessen haben, wo Töpfe geklappert hatten und in einem Sommer Ameisen über den Boden gekrochen waren, als sie auf Korfu Urlaub gemacht hatten.

Sie ist jetzt seit über einem Jahr verschwunden, will sie sagen. Es gibt sie nicht mehr, Tim, du musst das akzeptieren. Das Meer hat sie verschluckt, und er kann spüren, was sie denkt, aber er besteht nur aus Trotz, Unwillen, und nichts in ihm empfindet noch wie sie, denkt wie sie, überlebt auf die gleiche Art und Weise wie sie. Sie teilen den Verlust, doch das ist nicht das Gleiche, es ähnelt sich nicht einmal, er lebt auf einem anderen Kontinent, spricht eine andere Sprache, und dann sagt sie es, in ihrer Sprache, ein Riss in der Maske, und die Luft bewegt sich, schäumt in seinem Gehörgang, vibriert:

»Sie ist fort, Tim.«

Die Augen, seine grünen Augen, von blassgrüner Farbe wie die

Ränder trockener Palmenblätter, mit einer Schwärze, die es immer schon in ihnen gegeben hat, die Möglichkeit einer Finsternis, die weiter als jede Finsternis reicht, sie öffnet sich jetzt, und er wirft den Kopf von einer Seite zur anderen, das klauenlose Raubtier, im Käfig gefangen, und er weicht zurück, mit verzerrtem Gesicht, bevor er schreit:

»O Scheiße, wie kannst du das nur sagen?«

Doch sie erlaubt es seinem Schrei nicht, in sie einzudringen, stattdessen schiebt sie jedes Gefühl von Gefahr und Flucht beiseite. Sie steht fest auf dem Boden.

»Wenn du morgen abreist, brauchst du nicht mehr zurückzukommen.«

Ist das jetzt das Ende, denkt sie, das Ende von dreiundzwanzig Jahren Beziehung, neunzehn Jahren Ehe, und das Geräusch seines Schreis ist verschwunden, sie hört nur seine Atemzüge, und er schaut sie an, flehentlich, doch dieses Mal meint sie es ernst, weiß, dass dies die einzige Möglichkeit für sie ist, zu überleben, all das sieht er ein, doch das ist nicht seine Art, seine Art und Weise ist eine andere.

»Du weißt, dass ich dorthin muss.«

Er weicht zurück bis an die Wand, lehnt sich gegen die weiße Tapete und lässt sich langsam zu Boden sinken. Seine langen, in der Jeans steckenden Beine gleiten auf den Steinfußboden und er schaut zu ihr auf, resigniert. Sie denkt, jetzt kommen sie, die Vorwürfe, der Hass, den er ihr immer und immer wieder entgegengeschleudert hat. Du hättest dich nicht von mir überreden lassen sollen, wir hätten sie nicht fahren lassen dürfen, verdammt, wie konnten wir nur so dumm sein, verflucht, du hättest mir genauer zuhören müssen, was ich eigentlich wollte, warum kannst du mir nie wirklich zuhören?

»Aber ich wollte doch nicht, dass sie fährt«, würde sie darauf sagen. »Du warst derjenige, der es wollte. Du hast mich überredet.«

Doch stattdessen flüstert sie nur:

»Sie ist fort.«
Diesmal protestiert er nicht mehr.
Schließt die Augen.
 Die Müdigkeit ist deutlich zu sehen, all die neuen Falten auf der Stirn, die einzelnen grauen Haare, die sich an den Schläfen zeigen, die Schwere in ihm, die es vorher nicht gab, als wollte die Erde sie beide in ein bereits ausgehobenes Grab ziehen.
 Er schaut erneut zu ihr auf.
 »Ich habe es ihr versprochen«, sagt er. »Ich habe es versprochen.«

Am nächsten Morgen stand er wie üblich auf, weckte sie nicht, bevor er zu seinem Job bei If in Bergshamra fuhr, in das rote Klinkergebäude ging, das vollgestopft war mit Aufgaben, die erledigt werden mussten. Jemand, der sein Auto in Brand gesteckt hatte und danach behauptete, es handele sich um einen elektrischen Fehler, jemand, der eine Peitschenhiebverletzung vortäuschte, jemand, der eine Lebensversicherung ausbezahlt bekommen wollte, hinter der möglicherweise ein Verbrechen steckte. Ermittler bei einer Versicherungsgesellschaft. Ein Rettungsankerjob für Kriminalbeamte wie ihn, die müde geworden waren, die sich unmöglich verhalten hatten, die hatten gehen müssen, aus welchem Grund auch immer Polizisten gefeuert werden. Und der Lohn war der doppelte.
 Er war einmal ein guter Polizist. Er hatte eine gute Intuition. Wusste, wann die Leute logen und welche Wahrheit die Lügner verbergen wollten. Er hatte Geduld. Und es gefiel ihm, sich zwischen den Menschen in den Vororten zu bewegen, in gewisser Weise ein Teil ihrer Freude und ihrer Sorgen zu sein, ihrer Wut und ihres Gefühls, zu kurz gekommen zu sein. Aber oft ermüdete es ihn, wie vorhersehbar alles war.
 Er hatte den Handkoffer mit ins Büro genommen, wollte von dort direkt nach Arlanda fahren, den SAS-Nachmittagsflug nach Palma nehmen.
 Am Vormittag packte sie seine Sachen in Umzugskartons, die sie

noch im Keller gehabt hatten. Alles, was ihm gehörte. Dann fuhr sie die Kartons zu Shurgard in Solna, mietete zehn Quadratmeter, verstaute all seine Dinge und fuhr weiter zum Karolinska, zog sich dort um, wusch Hände und Unterarme und schnitt und schnitt, wie sie es immer getan hatte, weiter tun würde – was war eigentlich passiert?

Der Appell im spanischen Fernsehen, Mikrofone aufgereiht auf einem Tisch vor ihnen in dem Saal der Zentrale der Policía Nacional in Palma, hundert hungrige Journalisten, einer war sogar aus New York gekommen, heiß darauf, die Story von der jungen Blondine zu schreiben, die in dem verlorenen Paradies verschwunden ist.

Neben ihnen saß der damalige Polizeidirektor und der Leiter der Ermittlungen Jiménez Fortez und versuchte, Ordnung in das Chaos zu bringen.

Tim an ihrer Seite, widerstrebend. Er war ihr und Emme zuliebe mit zur Pressekonferenz gekommen, erbrach sich anschließend in die Toilettenschüssel, war ganz grün im Gesicht, als er wieder herauskam, und dann, an der Bar gegenüber dem Polizeigebäude, trank er ein Wasserglas reinen Whiskey ohne Eis. Anschließend schlief er vier Stunden im Hotel, während sie auf einem lila Sessel saß und ihn ansah, versuchte, sich auf ihn statt auf Emme zu konzentrieren, die Unruhe, Panik, das Gefühl, sich selbst für immer in der Welt verloren zu haben, die Einsicht, wie groß und undurchdringlich alles war, dass hinter dem Fenster des Hotelzimmers die Hölle tobte und dass es immer schon so gewesen war. Die Bäume und der Horizont, die grünenden Berge und die gebrochenen, sandfarbenen Konturen der Stadt waren nur ein gemustertes Rollo, das jetzt hochgezogen worden war. Sie stellte den Fernseher an, sah sich selbst flehen, das braune Haar zu einem Knoten hochgesteckt, die weiße Bluse bis auf den obersten Knopf zugeknöpft, die Augen verzweifelt, aber ihre Stimme trug, und dann Tim, dessen Blick hin und her flackerte und der an seinem blauen Hemdkragen zupfte.

Das bin nicht ich da auf dem Bildschirm. Das bin nicht ich, die sagt: »Sie trug eine rosa Bomberjacke von Zara, als sie verschwand. Sie hat diese Jacke geliebt. Wenn jemand etwas gesehen hat, wenn Sie etwas wissen, bitte rufen Sie an, helfen Sie uns, wir wünschen uns nichts so sehr, wie unsere Tochter wieder bei uns zu haben.«

Fotos von Emme.

Fotos von Magaluf, eine Journalistin in rot geblümtem Kleid, die dem Polizeidirektor Fragen stellt.

»Stimmt es, dass die Polizei die Ermittlungen verschleppt hat, dass Sie eine Nachrichtensperre dazu verhängen wollten, weil das Verschwinden des schwedischen Mädchens dem Ruf der Insel schaden kann? Dass die Tourismuslobby in dieser Richtung Druck ausübt?«

»Das ist eine absurde Frage.« Das viereckige Gesicht des Polizeidirektors verzerrte sich vor Empörung. »Wir wollen das Mädchen finden, das hat oberste Priorität.«

Also eine Suchaktion.

Treffen mit Missing People. Wollen sie nicht eine Aktion in Palma starten, auf Mallorca, zusammen mit SOS Desaparecidos, der spanischen Variante? Die Zeitungen haben doch auch darüber geschrieben, und genau das hat Missing People gewollt, ein Medientrick.

Das Gesicht, der Name in den Zeitungen. Im *Aftonbladet* und im *Expressen*. Überall kommen das Gesicht und der Name vor.

Irgendwann gehört Emme allen.

Alle wussten es, einige fragten, andere nicht, alle starrten sie an, flüsterten, und wenn sie bei der Arbeit in den Pausenraum kam, wurde es still.

Aber Emme kam nicht zurück.

Tim kam nicht zurück.

Seine Sachen stehen immer noch bei Shurgard, nur eine Schale hat er abgeholt. Die aus Bali, die sie in Thailand gekauft haben. Sie hat sie in den Karton gestopft, obwohl sie ebenso gut ihr gehört, aber irgendwie nimmt sie die Schale als Tims Eigentum wahr.

Sie schneidet und schneidet, legt den letzten Teil der Niere frei, nimmt das warme, sterbende Organ in die Hand und legt es vorsichtig in eine andere Schale.

»Jetzt machen wir hier zu.«

Nach zwanzig Minuten sind sie fertig, es ist immer noch Nacht, aber jetzt kann sie nach Hause fahren, jemand anderes übernimmt, und sie wäscht sich die Hände, zieht sich um, draußen ist die Morgendämmerung zu sehen, ein süßer, feuchter Sommermorgen, in dem sie das entfernte Rauschen der E4 hören kann.

Sie fährt nach Hause.

Parkt auf einem freien Platz am Tegnérlunden. Das Laub der großen Eichen wird bereits gelb, und bald werden auch die ersten Herbststürme kommen und einige Blätter losreißen, während andere sich noch festklammern.

Sie geht hoch in die Wohnung.

Er liegt im Bett.

Nicht Tim, ein anderer Mann. Anders, ein Kollege vom Södersjukhuset, den sie nur ein paar Monate, nachdem Tim nach Mallorca geflogen war, auf einer Tagung kennengelernt hat.

Jetzt sind sie zusammen.

Wir sind wir.

Anders ist ihr zur rechten Zeit begegnet, eine zweite Liebe. Sein Rücken im Dunkeln, Staubkörnchen, die in der Luft tanzen, sein Brustkorb hebt und senkt sich, sein offenes Gesicht ist zur Seite gedreht, sodass sie es nicht sehen kann, er ist ein *late bloomer*, ein Kämpfer, hat die Arztprüfung erst mit vierzig gemacht, und ich liebe ihn, denkt sie, als sie seine nackte Haut sieht, die Konturen seiner Beine unter der dünnen, weißen Sommerdecke, Emme im Nachthemd, oh, zum Teufel mit dir, Emme, ich brauche das hier jetzt.

Er will ein Kind mit ihr haben, sie will sein Kind gebären und will es doch nicht. Das ist die beste Möglichkeit für dich, nach vorn zu schauen, weiterzukommen, sagte er, und da wollte sie ihn am liebsten rausschmeißen, ertrug es nicht, dass er redete, als läse er einen Artikel aus einer populärpsychologischen Zeitschrift vor. Aber Menschen verstehen selten, wann sie still sein sollten.

Am liebsten würde sie Anders jetzt wecken. Mit ihm Liebe machen. Es noch einmal probieren, denn vielleicht hat er ja doch recht? Sie versuchen es jetzt seit einem halben Jahr, er hat ihr einen Termin in einem Kinderwunschzentrum besorgt, das ist eigentlich noch zu früh, trotzdem mag sie nicht dagegen protestieren – aber will sie das überhaupt?

Die Nacht, bevor Tim für immer abreiste.

Damals sprachen sie über andere Dinge miteinander.

Sie hatten es versucht. Oft. Es hatte nicht sein sollen, sie wurde nicht noch einmal schwanger, aber davon hat sie Anders nichts erzählt.

Tim, der sich vielleicht doch noch nicht endgültig entschieden hatte, saß auf dem Steinfußboden in der Küche, fast lag er dort, und sie war neben ihm zusammengesunken, ihm nahe, aber nicht so nahe, dass sich ihre Körper berührt hätten.

»Du sabotierst den Plan«, sagte er. »Du nimmst die Pille, oder die Pille danach, irgendwas machst du doch, du willst nicht noch ein Kind bekommen.«

»Was sagst du da?«

Das Gefühl der Unzulänglichkeit ging über in eine schnell aufflammende Wut, die sich in eine Art Unwirklichkeit verwandelte. Mit Emme, das war genug gewesen, aber jetzt gab es sie nicht mehr, also versuchten sie es von Neuem.

»Du tust doch alles, um zu verhindern, dass wir ein neues Kind bekommen.«

Ein *neues* Kind.

Wie konnte er nur dieses Wort benutzen?

»Ein neues Kind? Damit sagst du es doch selbst, du weißt, dass Emme fort ist, sie ist fort, sieh es doch endlich ein, fahr nicht.«

»Du weißt verdammt gut, dass es nicht das ist, worüber ich rede.«

Sie richtete sich behutsam auf.

»Willst du dieses Kind überhaupt haben?«

Sie ließ ihn allein auf dem Küchenfußboden zurück und ging ins Schlafzimmer, betrachtete das leere, nicht gemachte Bett, und da liegt er jetzt, Anders, und sie denkt an all die Lügen, wie Emmes Verschwinden alles beeinflusst und korrumpiert, wie es sie selbst zu einem Fahrstuhl ohne Türen gemacht hat, der in einem Haus mit einer unendlichen Anzahl von Stockwerken gleichzeitig nach oben und nach unten fährt. Es gibt keine Spiegel in dem Fahrstuhl. Nur einen Steuerungskasten mit einem Knopf, auf dem *Tür öffnen* steht, der aber nicht funktioniert, denn es gibt keine Tür, die sich öffnen ließe.

Ihr ganzes Ich reduziert sich auf Schuldgefühle.

Ein Verlust, der nicht zur Trauer werden darf, eine Sehnsucht, die nirgendwo Halt findet, ein ungeborenes Gefühl, das in ihr wächst und alles übernimmt.

Sie wünschte sich, dass er aufgäbe.

Sie wollte ihn nicht auch noch verlieren.

Aber gleichzeitig wollte sie, dass er weitersuchte.

Der fremde Mann im Emmebett, wie kann ich es nur zulassen, dass er dort liegt? Und am liebsten würde sie aus dem Fenster springen, über die Balkonbrüstung, dem Asphalt des Innenhofs entgegenstürzen.

Ich möchte nicht allein sein, denkt sie. Ist das so schlimm?

Tim im Bett, Emme in dem weißen Nachthemd, ein Bild tief im Inneren ihres Verlustes. Suche weiter, flüstert sie lautlos, höre niemals auf zu suchen, Tim, und sie bewegt sich durch die Nacht, ein Staubkorn, das von ihrem eigenen Atem in Bewegung gesetzt wird, und

er streckt im Schlaf die Hand nach dem Deckenventilator aus, vielleicht ist er auch wach. Das Gehirn ist wieder funktionsfähig, die Tablette, die er genommen hat, nachdem er nach Hause gekommen war, hat sich aus seinem Körper verflüchtigt, und er ist wach, das weiß er, als er die Blätter flüstern hört und das Laken spürt, das von Schweiß durchtränkt ist. Er hat Durst, streckt sich nach der Wasserflasche, die auf dem Fußboden steht, und trinkt.
Schaut aufs Handy.
Kein Anruf.
Keine Mitteilung.
Er hat fast zwei Stunden geschlafen, immerhin, und es ist sinnlos, noch einmal zu versuchen einzuschlafen. Stattdessen zieht er sich an. Die grünen, verwaschenen Chinos und ein noch verwascheneres schwarzes T-Shirt, ein Paar Trainingssocken und dann noch die Wanderschuhe.
Vorsichtig zieht er die Wohnungstür hinter sich zu. Wenn jemand mit der Tür schlägt, hallt es im ganzen Haus, und er will nicht Adames Kinder wecken.
Er fährt den Paseo Marítimo entlang, wo die Clubs noch geöffnet haben, vor dem Opium steht eine Gruppe von Jungs, die versuchen, die Türsteher davon zu überzeugen, sie doch hineinzulassen, während ein ganzer Trupp von Teenagermädchen ungehindert an der Schlange vorbeihuscht.
Die Fahrt führt ihn auf die Autobahn, und auf den Hügeln hinunter zum Meer liegen die Häuser wie in die Vegetation hineingepresst. Oberhalb von Genova blickt die Madonnenstatue auf das Treiben der Menschen, und Tim drückt das Gaspedal durch. Jetzt ist die gefährlichste Zeit auf Mallorcas Straßen, wenn die Betrunkenen und Zugedröhnten auf dem Weg durch die frühen Morgenstunden sind, aber momentan herrscht nicht viel Verkehr. Er

biegt ab Richtung Calvià, und schon bald fährt er auf einer kurvenreichen Straße, gesäumt von Palmen und blühenden Jacarandabäumen, die müssen sich in der Zeit geirrt haben, mit Tausenden kleiner Glöckchen in tausend Nuancen von Blau bilden sie ein Gewölbe über der Straße. Es geht hinauf, ins Innere der Insel, und die niedrigen Berge weichen zurück. Die Landschaft öffnet sich zu einem kilometerbreiten Tal, in dem kleine, ockerfarbene Häuser und das Hotel Son Claret inmitten ebener Felder stehen, die von Steinmauern umgeben sind. Hinter den Feldern türmen sich die Berge wieder auf wie die Schultern eines schlafenden Riesen, und über den Schultern zeigt sich am Himmel die zögerliche Morgendämmerung, noch gespickt mit langsam erlöschenden Sternen.

Er fährt so weit hinauf in die Berge, wie der Weg es zulässt. Dann hält er an und geht in die Morgendämmerung hinein, ziellos, das Hotel in Miniaturausgabe weit unter ihm. Die Lichter der Stadt erblinken, um bald im Takt mit der Morgendämmerung, die die Nacht besiegt, wieder zu erlöschen. Er geht, wandert, ruft ihren Namen in den anbrechenden Tag.

Emme, Emme, Emme.

In der Ferne bellen Hunde. Hähne krähen. Die Grautöne der Dämmerung werden durch Farben ersetzt, das Grün von Gras, das gelernt hat, ohne Wasser zu leben, aber in erster Linie verbrannte Töne. Das hier ist ein durstiger Ort, ausgetrocknet, und krumm gewachsene Pinien klammern sich an den Klippen fest.

Emme, Emme.

Ein Schuss aus dem Gewehr eines morgendlichen Jägers.

Wieder Hundegebell, noch weiter entfernt.

Er gelangt an eine Stelle, von der er durch einen Spalt zwischen den Bergen auf der gegenüberliegenden Seite des Tals das Meer erahnen kann. Die Wasseroberfläche verschwimmt in einem feinen Dunst.

Er stellt sich nicht die Frage, was er eigentlich hier draußen tut, zu dieser Uhrzeit, wieder einmal, an noch einem Ort, auf noch einem Berg.

Er setzt sich auf den Boden.

Die Füße tun ihm weh, er muss feststellen, dass er länger gelaufen ist, als er gedacht hatte, langsam das ganze Tal durchquert hat und dann den gleichen Weg zurückgegangen ist.

Er steht auf.

Geht.

Emme.

Wieder und immer wieder ruft er sie, und der Name wird vom Bellen hungriger Hunde verschluckt.

Bevor er hinunter zum Las Cruces geht, erlaubt er sich noch eine halbe Stunde Schlaf. Danach ist es neun Uhr, und er sollte direkt ins Büro fahren, doch das muss warten. Zuerst muss er den Körper mit Kaffee wachrütteln, und Ramón stellt ihm einen doppelten Cortado auf den Tresen, zieht seinen dicken Bauch ein und die braunen Shorts über einem hellgelben, kurzärmligen Hemd hoch, das seine Frau glatt wie eine Babystirn gebügelt hat.

Tim hievt sich auf einen der Barhocker, die Morgensonne dringt nicht bis hier herein, trotzdem ist der schwarze Plastikbezug heiß. Ramón schaltet die Klimaanlage frühestens um elf Uhr ein, wenn es in der Bar unerträglich stickig zu werden droht. Strom ist Geld, und davon hat Ramón nicht besonders viel. Aber ihm gehört Las Cruces, und das ist deutlich mehr, als die meisten in diesem Viertel besitzen, und auch wenn er meckert, so gefällt ihm sein Reich, das weiß Tim.

Die Kacheln an den Wänden haben ganz verschiedene Farben. Ramón und Vanessa haben im Laufe der letzten zwanzig Jahre Wand für Wand renoviert. Modetrends und kleine Veränderungen im Geschmack finden in gebranntem Porzellan Ausdruck: Braun wird zu Beige, dann kamen Medaillons im Kupferton auf eisblauem Hintergrund, und dann hinter dem Tresen weiße Kacheln mit Goldrand, der Beweis für Ramóns Ausbruch von Größenwahn 2007, ein Jahr bevor die Finanzkrise vollends zuschlug.

»Ich dachte, ich könnte die Bar zu einem richtigen Szenelokal machen.«

Die Slush-Maschine rotiert, in dem Behälter befindet sich schmutzig weiße, gekühlte *horchata*. An der Wand, neben dem Holzregal mit Gläsern, militärisch exakt aufgereiht, hängt das Porträt eines Stierkämpfers, der offensichtlich irgendwann in den Fünfzigern in der Arena starb und aus Ramóns Heimatdorf in den Bergen bei Ronda stammte.

Der Fernseher über den Gläsern ist ausgeschaltet. Ramón hat wahrscheinlich keine Lust auf die Nachrichten dieses Tages, außerdem ist noch keine Fußballsaison. Real Madrid, Barcelona, FC Málaga, aber niemals Sevilla. Ramón hasst Sevilla, wie alle Andalusier aus der Provinz.

Tim grüßt in die Runde.

»Qué tal?«

»Bien. Y tú?«

»Cansado. Normal.«

Die Einwohner des Reiches.

Da sind die Alkoholiker, die ihren ersten Anis des Tages am Tisch am Fenster nehmen, das zur Calle General Ricardo Ortega zeigt. Da ist die Frau, die als Zahnarzthelferin in der Klinik in Puerto Portals arbeitet und jeden Tag mit dem Bus dorthin fährt. Sie isst morgens immer eine *ensaïmada*, dieses typisch mallorquinische süße Gebäck, das sie in Kaffee tunkt, der vor lauter Zucker zähflüssig geworden ist. Da sind die alten Kerle an dem runden Tisch, die alle aus dem gleichen Stoff zu sein scheinen. Weite Hosen aus Synthetikmaterial, weiße Havannahemden und die Haare, so weit da noch welche sind, über die Glatze gekämmt und mit Haaröl an Ort und Stelle fixiert. Die Alten sind auf der Insel aufgewachsen, inzwischen sind sie Rentner. Sie habe ihr ganzes erwachsenes Leben hier im Viertel verbracht, sehen Tim aber dennoch nicht als Eindringling an, er stört nicht, und sie lassen ihn in Ruhe, froh, dass er es ist, der hier die Rolle des Fremden spielt, und nicht sie.

Ein paar Venezolaner, alle in den Dreißigern, trinken Bier. Anscheinend hat man ihnen auf dem Bau freigegeben. Normalerweise schuften sie zwölf Stunden am Tag in der Hitze auf gefährlichen Baustellen.

Die verrückte Marta, im ganzen Viertel bekannt, sitzt in der Ecke neben dem kaputten einarmigen Banditen. Wie üblich hat sie Rouge aufgelegt und einen dicken Kajalstrich um die Augen gezogen. Sie hat das Tourette-Syndrom, gibt in regelmäßigen Abständen Obszönitäten von sich, ruft sie wahllos in die Bar, um gleich wieder zu der Zeitung zurückzukehren oder zu einem ihrer Lamentos, die sich um alles drehen können, vom Preis für Apfelsinen auf dem Mercado Olivar bis zu Theorien darüber, wie man die Korruption in der Partido Popular stoppen könnte, etwas, das endlich geschehen möge, wie die Faschistentochter Marta hofft. Ihr Vater war bei der Guardia Civil, ein Offizier der alten Schule, erschossen bei einem Bankraub auf der Plaza de España. Das Verbrechen wurde der ETA zugeschrieben.

»Terror!«, brüllte sie einmal. »Fickt diese verdammten Islamistenschwänze doch in ihre Arschlöcher. Sonst kommen sie bald hierher. Nein, sie sind schon hier! Ficken sich gegenseitig oben in Son Gotleu.«

Das billige Eau de Cologne der alten Kerle beißt in der Nase, und der Geruch vom angebrannten Käse auf dem Sandwichgrill macht Tim hungrig, aber er hat keine Zeit mehr, um etwas zu essen.

Er kippt den Kaffee hinunter, legt einen Euro auf den Tresen und verlässt die Bar. Ramón ruft ihm ein *hasta luego* hinterher, das Tim erwidert. Er ist schon spät dran, als er zu seinem Auto geht. Nach seiner Tour in die Berge hatte er einen Parkplatz an der Calle de Fuencarral gefunden. Gerade will er den Autoschlüssel ins Schloss stecken, da sieht er sie, Milena, von der das Lied zwar nicht handelt, die du aber dennoch die Deine nennen möchtest. Sie wirft ihr dunkles, gewelltes Haar zurück, sie breitet die Arme aus, ruft seinen Namen, und er weiß, dass es wohl noch eine ganze Weile dauern wird, bis er ins Büro kommt.

Wir schaffen es«, sagt Milena. »Es ist noch Zeit genug.«
Auch er will es schaffen, also schaffen sie es.
Sie war auf dem Heimweg von der Arbeit. Er hätte wissen müssen, dass sie diesen Weg entlangkommt, er wusste es, vielleicht hat er deshalb genau hier geparkt. Das Striplokal, in dem sie arbeitet, schließt morgens um neun Uhr.
Er folgt ihr hoch in die Wohnung. Sie muss ihn nicht einmal darum bitten, und vom Bett aus schaut er auf das Sofa im Wohnzimmer, er hat Probleme mit dem BH-Verschluss, er wird es wohl nie lernen, wie diese kleinen Haken funktionieren, ihre Haut ist warm unter seinen Fingerspitzen, ihre Lippen feucht, und er will ihre Zunge an seiner spüren, endlich bekommt er die Häkchen auf, und sie nestelt an dem Gürtel seiner beigefarbenen Chinos. Erst jetzt fällt ihm auf, dass er die beigefarbene Hose angezogen hat, die grüne nach der Nachtwanderung zur Schmutzwäsche geworfen hat. Das graue Leinenjackett, das muss er auch ausgesucht haben, denn jetzt hängt es über dem Sessel in Milenas Schlafzimmer, vor ihrem Schminktisch, und er kann sich selbst im Spiegel sehen, dann schaut er weg, schnell, und dann küsst er ihre Schulterblätter, pustet ihr ins Ohr und fährt ihr mit der Zunge über den Nacken, er weiß, dass sie das mag.
Ihre Brust an seiner, das Weiche gegen das Harte, er drückt sie an sich, und sie flüstert etwas, das er nicht verstehen kann. Sie lassen sich auf das Bett fallen, langsam, zusammen, und manchmal fantasiert er, dass sie Rebecka wäre, obwohl die beiden sich nicht einmal

besonders ähnlich sind. Milena ist Argentinierin, etwas über vierzig, mit einem Körper, der nicht den Gesetzen der Schwerkraft unterliegt, doch um die Augen herum sind Falten zu sehen, Spuren des anstrengenden Lebens, das sie gelebt hat, und ab und zu ist eine Härte in den Augen zu sehen, dann verändern sie ihre Farbe von glänzend braun zu mattschwarz, ein Beweis dafür, dass sie etwas zu viel darüber weiß, was es bedeutet, für sich selbst sorgen zu müssen.

Sie zieht ihm das Hemd aus, knöpft seine Hose auf und zieht sich selbst den Slip aus. Sie setzt sich rittlings auf ihn, schnell und energisch, führt ihn vom ersten Moment tief in sich ein, und sie hat es eilig, als wäre dies der Morgen vor dem Untergang, vielleicht weiß sie aber auch nur, dass er bald losmuss.

Dass die Zeit knapp ist.

Follame, cariño.

Sagt sie das wirklich? Ihr Kinn von unten, die Nasenlöcher, und sie bewegt sich, als wäre sie im Takt mit den Düften des Raumes, von einem Topf auf dem Herd, der gestern Abend dort stehen gelassen wurde, um abzukühlen, vielleicht Ropa Vieja, mit einem Hauch von Chili, Koriander und fast ranzigem Fett.

Morgens hat sie es gern so, da reitet sie ihn wie ein müdes Tier, auf diese Art macht sie Gebrauch von ihm, und er streicht ihr über die Wange, weiß, dass sie das möchte.

»Sag, dass du mich liebst, Tim«, bittet sie, und warum sollte er das nicht, er hat es schon früher gesagt.

»Ich liebe dich«, sagt er.

Er ist im Zimmer, aber das ist nur ein kleiner Teil von ihm, während sie sich auf ihm bewegt und er in ihrem heißen Inneren ist, verschwindet er zum Schluss ganz und gar. Wenn die Tabletten das Gehirn auseinandernehmen können, dann kann das Vögeln die Seele auseinandernehmen.

Sie schaut auf ihn hinab, als wollte sie sich vergewissern, dass er auch wirklich bei ihr ist, und dann wird sie schneller, stößt lustvolle Töne aus, und ihm wird klar, dass er genau das Gleiche tut, da ist ein lang gezogenes, langsames Stöhnen, das sie gemeinsam entwickelt haben, urzeitliche Laute, und sie lassen gleichzeitig los, aber jeder für sich, und er fragt sich, woran sie wohl denkt, an wen.

Anschließend sinkt sie auf seine Brust nieder, er flüstert ihr ins Ohr, dass er sie liebt, und sie flüstert zurück:

»Danke, dass du mich belügst. Das brauche ich.«

»Was stellst du dir vor, wer ich bin?«

»Niemand, du bist niemand, Tim, ich muss mir nichts vorstellen.«

»Doch, ich bin jemand.«

Sie streicht ihm über die Stirn, lächelt.

»Okay, du bist alle meine Liebhaber, bei denen ich es bereue, ihnen gesagt zu haben, dass sie verschwinden sollen.«

Sie stellt ihm einen Teller mit schwarzen Bohnen, gekocht in Schweinefett, hin. Sie hat sich nicht die Mühe gemacht, den kirschroten Frotteebademantel zu schließen, und er kann die Augen nicht von ihr lassen, während er die Bohnen in sich hineinschaufelt. Sie lächelt, sein Blick scheint ihr zu gefallen, so wie ihm ihrer gefällt.

Milena hat zwei Jungs, Leo, achtzehn Jahre alt, und Mario, einundzwanzig. Mario lebt in England, studiert in Cambridge, und Leo soll nächstes Jahr dort auf ein vorbereitendes Internat gehen. Es ist nicht klar, wo er sich an diesem Morgen befindet. Milena würde es nie zulassen, dass er einen Sommerjob annimmt. Wer der Vater ist, das weiß Tim nicht, aber es geht das Gerücht, dass es sich um einen Universitätsprofessor handelt, der in Madrid technische Physik lehrt, einen Mann aus dem Adel, der sich in Milena verliebte, als er in Buenos Aires studierte.

Wer immer auch der Vater der Jungen ist, er hat nie irgendwelche Verantwortung übernommen, nicht einmal in finanzieller Hinsicht. Das behauptet Milena zumindest, und Tim glaubt ihr. »Ich will mit diesem Idioten nichts zu tun haben«, sagte sie einmal, und die Jungs scheinen auch nicht nachzufragen. Sie sehen Tim als so etwas wie eine Kuriosität an. Solange ihre Mutter sich über seine Anwesenheit freut, tolerieren sie ihn. Weihnachten haben sie zusammen gefeiert, haben Ziegenbraten aus dem Ofen gegessen (»Wie wir es immer bei unserer Großmutter in Salta gemacht haben, als ich klein war«), und der Duft des Fleisches, der an den ungewaschener alter Kerle erinnert, zog durch die Wohnung. An dem Abend waren sie alle betrunken. Leo erbrach sich in die Toilette, und am nächsten Morgen war Milena sauer auf Tim. »Wie konntest du meinen Sohn bloß so abfüllen?«

Das hat er ganz allein geschafft, wollte Tim erwidern. »Mit dem ist schon alles in Ordnung«, sagte er stattdessen.

Sie tat so, als wäre sie wütend, bis sie ihm schließlich einen Wangenkuss gab.

Er isst die Bohnen. Die süßlichen Zwiebeln verfeinern den Fettgeschmack, und die Bohnen sind ganz weich im Mund.

»Lecker, was?«

Er nickt.

Anscheinend will sie nicht mehr von ihm als diese Stunden, weiß wohl, dass er ihr auch nicht mehr bieten kann. Sicher hat sie mehr Geld als er. Striptease, Massagen, Escort. Lange Zeit wohnte ihre Mutter in Palma und kümmerte sich um die Jungs, während Milena das Geld für deren Ausbildung erschuftete. Inzwischen ist die Mutter zurück in Buenos Aires, aber Milena sehnt sich nicht dorthin. »Dort gibt es nichts für mich, nur die Vergangenheit.«

Bald werden ihre beiden Söhne ausgeflogen sein. »Dann lache ich mir einen reichen deutschen Kerl an«, hat sie einmal gesagt, halb im Scherz, halb im Ernst, und er fragt nicht danach, welchen Leerraum er in der Zwischenzeit bei ihr füllt. Sie wird ihren Deutschen bald finden, und dann ist das hier aus und vorbei.

Milena erzählte einmal, dass einer der Professoren, die Krebskranke um ihr Geld betrogen hatten, den Globo Rojo zu besuchen pflegte, den Club, in dem sie arbeitet. »Er war freundlich, harmlos. Er hat reichlich Trinkgeld gegeben, und dann bin ich zufrieden. Er war nicht so ein Machoschwein wie viele andere.«

Sie massiert seine Schultern. Er spürt selbst, wie verspannt er ist, vielleicht ist es Zeit für die Chinesin, und Milenas Griffe spürt er bis tief in den Muskeln, während er die letzten Löffel mit Bohnen isst.

»Venga. Jetzt aber raus mit dir«, sagt sie. »Ich muss schlafen.«

G ewisse Leute schlafen ja wirklich gerne aus.«

Ana Martinez steckt den Kopf hinter dem Empfangstresen hervor. Ihr rostfarbenes Haar hängt leblos auf einen schwefelgelben Cardigan herab, die Brille ist ihr bis auf die Spitze ihrer langen, schmalen Nase gerutscht. Das Telefon klingelt und nimmt ihr die Gelegenheit, ihm hinterherzuschimpfen.

Er wirft den Umschlag mit dem Vertrag des Zahnarztes auf den Tresen und geht weiter zu Heideggers Räumen, die Halogenlampen an der Flurdecke verbreiten ein totes Licht.

Von der obersten, der siebzehnten Etage, muss der Blick übers Meer majestätisch sein, wunderschön, solcher Vokabeln würdig, wie sie in einer exklusiven Immobilienmakler-Annonce oder einer Touristenbroschüre verwendet werden. Aber hier, sehr viel tiefer, sind durchs Fenster nur Asphalt und Autos und die heruntergekommenen Verkaufsräume von Las Avenidas und der Calle General Riera zu sehen.

Es ist kalt im Büro, neunzehn Grad, und das jeden Tag, das ganze Jahr. Der Chef wie auch der Hausbesitzer sind, was die Klimaanlage betrifft, nicht geizig, sie sind der Meinung, man könne besser denken, wenn man friert. Dylan Wilson war früher SAS-Soldat und MI5-Agent und mit seinen sechzig Jahren ist er besser durchtrainiert als die meisten so um die zwanzig. Zu Beginn seiner Karriere war er drei Jahre lang auf Spitzbergen stationiert. »Ich habe mich selbst in der Kälte neu kennengelernt«, sagt er, und: »Ich habe gelernt, die Dunkelheit zu hassen.«

Tim zweifelt, ob das stimmt mit Wilsons Erfahrungen, sowohl was den SAS als auch was den MI5 betrifft. Das ist so ein Gefühl, dass Dylan Wilson jemand ganz anderes ist als der, für den er sich ausgibt. Dass seine Dienstjahre bei den Elitekräften und dem Geheimdienst reine Lügengeschichten sind, aber Tim spielt gern bei diesen Lügen mit.

Wilson steckt den Kopf aus seinem Büro heraus, das zum Hof geht, dem einzigen, in dem die dröhnenden Automotoren von der Straße nicht die Ohren ermüden.

»Mr Blanck. Was verschafft uns die Ehre?«

»Ich habe verschlafen.«

Dylan Wilson hat einen rasierten Kopf, breite Schultern, die in keinen Anzug passen, selbst wenn er handgenäht ist. Das hat er selbst einsehen müssen, deshalb trägt er immer Kaschmirpullover, ganz gleich, welche Temperatur herrscht, dünne Kleidungsstücke von höchster Qualität. Er möchte gern entspannt elegant wirken, ein richtiger Mann von Welt, der sich vor nichts fürchtet, doch auch das durchschaut Tim. Wilson ist stets auf der Hut, im tiefsten Inneren ein Waisenhauskind, ein Reifenverkäufer, der immer Angst davor hat, dass jemand sein Gummi stehlen könnte.

»Warst du gestern auf der Einweihung?«, fragt er.

»Ich habe mindestens hundert Karten verteilt.«

Wilson verschwindet wieder in seinem Büro.

»In zehn Minuten bei mir«, sagt er noch, schlägt dann die Tür zu.

Tim steuert den großen, offenen Raum an, den Simone, Javier und Heinrich sich teilen. Graue Gipswände trennen sie vom Konferenzzimmer, an der Wand hängt ein eingerahmtes Plakat. Das vergrößerte Foto einer der vielen kleinen Buchten von Mallorca. Mit gephotoshopptem Wasser zwischen den Klippen, einer türkisen Farbnuance, die nur digital existiert, und die Fische direkt unter der Wasseroberfläche werfen keinen Schatten auf den Sandboden.

Simone hebt den Kopf. Nickt zum Gruß, sie könnte Emme mit fünfundzwanzig sein. Ausgeprägtes Kinn, eine Nase, die etwas zu früh endet und einen eine Spur zu breiten Zwischenraum zwischen Nasenspitze und Oberlippe bildet. Blondes Haar, das auf das Schlüsselbein fällt, welches wiederum deutlich unter der Haut zu erkennen ist.

Simone ist eine gute Freundin. Er hat ihr beim Einrichten ihrer Wohnung geholfen, Regale an die Wand geschraubt, einen schweren Badezimmerschrank aufgebaut, und sie hat den Internetanschluss bei ihm zum Laufen gebracht.

Sie zieht ihren Kapuzenpullover enger um sich, scheint etwas sagen zu wollen, überlegt es sich dann aber anders.

Sie ist so eine Frau, von der alle ermittelnden Einheiten nur träumen können. Ein Computergenie, das so gut wie alles in Erfahrung zu bringen imstande ist, wenn sie nur eine Netzverbindung, eine Tastatur und einen Bildschirm zur Verfügung gestellt bekommt. Als Sechzehnjährige kam sie nach Mallorca, auf der Flucht aus Stuttgart – »eine Autohölle«, »ich war meine Eltern so leid«, und vielleicht war da noch etwas anderes, aber hier heißt es no questions asked. Sie verliebte sich in einen marokkanischen Hashlord, der den falschen Polizeibeamten bestach, den Richter jedoch nicht, und deshalb für elf Jahre im Staatsgefängnis sitzen muss, gleich hinter der Umgehungsstraße. Es heißt, man kann in den Gefangenenzellen den Geruch der Fritteusen in den Tapasrestaurants der Stadt wahrnehmen, und, wenn der Wind richtig steht, das Gemurmel aus den Straßencafés hören. Simone besucht ihren Marokkaner, Hassan Abdellah, drei Mal die Woche, und nach jeder Visite sieht sie ein wenig müder aus. Aber sie hält treu zu ihm, ist loyal, schließlich hat er ihr geholfen, als sie das erste Mal auf die Insel kam und auf einer Bank im Stoner Park schlief. Er hat ihr Geld für Essen und ein Zimmer in einem Hostel gegeben, ohne etwas als Gegenleistung zu verlangen.

Die beiden anderen Detektive sitzen jeweils an ihren Schreibtischen, Tim grüßt sie flüchtig.

Er ist der Einzige der Angestellten bei Heidegger, der ein eigenes Zimmer hat und hinter sich die Tür zumachen kann. Das liegt daran, dass Wilson es schätzt, dass er so einen Auftrag wie den gestrigen mit dem Dänen übernimmt. Wilson respektiert Gewalt als eine Form der menschlichen Ausdrucksweise, vielleicht weil ihm selbst diese Fähigkeit fehlt.

Das Zimmer ist klein; ein Schreibtisch, zwei Stühle, ein Computer und ein kleines Fenster, vor dem sich immer wieder Tauben niederlassen und picken.

Tim lässt sich auf den Stuhl niedersinken, er zählt die Minuten, atmet schwer, spürt, wie die Müdigkeit seine Muskeln schwer und die Gedanken unscharf werden lässt, und wieder fühlt er Milenas Hände auf seiner Haut, er registriert Bohnenschale, die sich zwischen den Zähnen festgesetzt hat.

Zweitausendfünfhundert Euro im Monat. Dienstwagen, Spesenkonto. Er braucht das Geld, es ist lange her, dass die letzte Krone einging auf die Crowdfunding-Seite des Projekts »FIND EMME: The missing Swedish girl«.

Wilson lässt Tim stehen.

»Ich denke nicht, dass der Däne noch Probleme machen wird, oder was meinst du?«

»Nein, die Sache ist geklärt. Das Boot gehört dem Zahnarzt.«

»Hat er was einstecken müssen?«

Das sage ich dir nur, wenn du mich bittest, mich doch hinzusetzen.

»Hat er noch alle Zähne?«

»Da musst du ihn selbst fragen.«

Dylan Wilsons Blick wird finster. Er möchte eine Geschichte hören, die Blut und Gewalt beinhaltet, möchte unterhalten werden, ist der Meinung, er habe ein Recht darauf. Aber Tim hat keine Lust; die vagen Erinnerungen an das Adrenalin und die Schmerzen in der Hand, als die Faust den Schädel des Dänen traf, gehören ihm und niemandem sonst.

Wilsons Arbeitszimmer ist eine Enklave. Ein Ceuta, ein Andorra.

Er hat die Firma vor zehn Jahren von einem Österreicher gekauft, und er hat die Möbel in dem Raum, der sein Zimmer werden sollte, behalten. Der Stil kann am besten als contemporary Naher Osten beschrieben werden, ein ganz normales Zimmer in Katar oder Riad, wo Gold und Holz, das Bernstein ähnelt, groß in Mode sind. Ein Porzellanleopard ist auf einer schwarz lackierten Kommode mit eingefassten falschen Edelsteinen platziert, ein Sofa aus glänzendem dunkelbraunem Leder steht vor einer Wand. An der Stirnseite hängt ein Samtbild, das eine Nymphe in einem römischen Wagen darstellen soll, der von Zebras gezogen wird.

»Ich habe einen neuen Fall für dich«, sagt Wilson. »Ein Deutscher. Einer dieser Neureichen. Er wird bald hier sein. Und er wollte am Telefon nicht sagen, worum es geht.«

»Wann kommt er?«

»Eigentlich sollte er schon hier sein.«

Da klingelt das Telefon auf dem Schreibtisch und Wilson nimmt ab. Anschließend folgt eine Konversation in tadellosem Deutsch. Wilson legt auf.

»Er schafft es nicht hierher. Muss irgendeinen Flieger erreichen und möchte, dass du zu seiner Villa draußen in Andratx kommst.«

Send me more nudes, matte liquid lipstick.

Fünfundvierzig amerikanische Dollar.

Naked is a sandy beige.

Bare is a nude pinky beige.

Kylie Cosmetics, limited edition, das Angebot irgendeiner Youtuberin in Los Angeles, Tochter irgendeiner Frau, die vor Urzeiten ihre fifteen minutes of fame in *Baywatch* gehabt hat.

Emme kam zu ihm, während er die Nachrichten im Fernsehen anschaute, ein Dinosaurier auf einem Sofa, so einer, der noch Sendungen auf dem guten alten Bildschirm ansah. Sie zeigte ihm ihren Laptop, die Uhr, die mit dem Countdown tickte, noch fünf Minuten, bis die neue Kylie-Jenner-Schminke freigegeben wurde. Lippenstift. Was gar nicht zu Emme passte, aber den wollte sie unbedingt haben.

»Darf ich mir den bestellen?«

Eine Bombe explodiert in Aleppo, ein Erdbeben in Venezuela, eine Vergewaltigung in Indien und eine Massenhinrichtung in China, dargestellt in warmen roten und grauen Tönen.

»Der ist aber teuer.«

»Bitte, darf ich mir den jetzt bestellen?«

Er sah zu, wie sie die Farben vor dem Schminkspiegel in ihrem Zimmer ausprobierte, der Rahmen mit den kleinen Glühbirnen warf so ein helles Licht, dass er jede Pore in ihrem Gesicht sehen konnte. Sie machte einen Kussmund, worauf die Lippen eine merkwürdige Farbe bekamen, und dann pinselte sie sie mit Naked ein, das nicht wirklich sandfarben beige war, sondern eher braunrosa, ein heller Farbton, der auf merkwürdige Art und Weise ihre Kinnlinie deutlicher hervorhob, sonderbarerweise genau die gleiche Farbe wie das Tor zur Einfahrt und der untere Teil der Mauer, die das Haus an der Calle Castanyer 12 in Cala Marmacen, am Rande von Andratx einfassen.

Soll ich dem Deutschen das sagen? Dass seine Mauer in dem Farbton Naked, sandy beige, gestrichen ist?

Ein Messer direkt unter dem Herzen.

Niemals mitten darin. Langsam schließt sich eine Faust um die Aorta, eine schrumpfende Mauer, Lippen in einem Spiegel.

Tim klingelt an der Gegensprechanlage neben einem massiven Eisentor. Die Kabel sind sichtbar, nur zur Hälfte im Mauerwerk verborgen. Der Bildschirm flimmert, und er stellt sich vor das Kameraauge. Sein eigenes Gesicht erscheint, unscharf, aber dennoch deutlich. Das ist er, die scharf geschnittene Nase gehört ihm, aber gleichzeitig ist das ein Fremder, als wären die Falten unter den immer matteren Augen nur eine Illusion.

»Du bist hübsch«, sagte Milena, als sie das erste Mal zusammen einen Drink nahmen, nachdem sie sich in der Schlange vor dem Immigrationsbüro kennengelernt hatten. »Auf eine französische Art und Weise, wie der Held in so einem künstlerischen Kriminalfilm. Das gefällt mir.«

Sie machte eine Pause.

»Solange du mich nicht schlägst.«

Er steht in der Sonne, fühlt sich nicht wie Vincent Cassel. Die Hitze drückt ihn nieder auf den Asphalt. Er wartet auf eine Antwort und wünscht sich, er hätte die Jacke im Auto gelassen. Die Gasse ist eng, in die steilen Klippen hineingeschnitten. Zu beiden Seiten der Straße gibt es Mauern.

Verborgener Reichtum. Geschützter Reichtum. Scherben zerbrochenen Glases auf den Grenzanlagen zwischen denen, die etwas haben, und denen, die nichts haben. Kameras, Alarmanlagen, Stromkabel, Leibwächter bei einigen. Russisches Geld, Ganovengeld, gesetzmäßiges Geld, schwarzes, weißes Geld, nigerianisches Ölgeld, saudisches und katarisches Geld, britisches Geld, chinesisches und nicht zuletzt deutsches Geld. Selbst die Straßenschilder sind in Andratx deutsch beschriftet, und unten in dem kleinen Yachthafen servieren die Cafés Knödel und Sauerbraten zum Mittagessen. Im Oktober findet ein Oktoberfest mit Bier statt, das in einer kleinen Brauerei in Bayern gebraut wurde.

Es gibt keine Antwort. Stattdessen ein surrendes Geräusch, und das Tor öffnet sich. Tim geht eine weiße Marmortreppe hinunter, er zählt zwanzig Schritte, und die Haustür der Villa steht offen. Die

Fassade erstreckt sich in jede Richtung fünfzehn Meter weit, ein modernistisches Stück Würfelzucker, unterbrochen von dunklen Fenstern vom Boden bis zum Dach.

»Kommen Sie herein«, ist eine Stimme in gebrochenem Englisch zu hören, und Tim betritt die Eingangshalle. Die hat eine Höhe von fast zehn Metern. Direkt vor ihm scheint das Meer in den Raum hineinzufließen, und durch die leicht getönten Scheiben bekommt das Wasser den gleichen Farbton wie auf dem Foto im Büro. Für einige wenige gibt es diesen Farbton also auch in der Wirklichkeit.

In nichts sind sich die Menschen gleich.

Als hätte ich das nicht gewusst.

An den weißen Wänden hängen Gemälde in leuchtenden Farben von Künstlern, die Tim vage wiedererkennt. Rebecka zog ihn häufig mit in Galerien oder ins Moderna Museet, und das große Gemälde an der Stirnwand, mit einem Vater und einer Mutter, die ihren Sohn in den Armen halten, ist von Neo Rauch gemalt worden.

Der Deutsche kommt durch ein Portal zu ihm, das in ein Wohnzimmer mit großen, noch weißeren Sofas und einer Chaiselongue aus hellrosa Samt führt.

»Wie schön, dass Sie so schnell kommen konnten«, sagt der Deutsche, und er streckt die Hand vor. »Peter Kant.«

»Wir versuchen, besten Service zu bieten.«

Tim hört sich selbst diese Floskel sagen, und er kann ein Lächeln über Peter Kants Gesicht huschen sehen. Nicht höhnisch, sondern mitleidig – selbst Kant weiß, wer er ist, warum er hier auf der Insel ist.

Zumindest bilde ich mir das ein.

Peter Kant drückt seine Hand, fest, resolut, und Tim bemerkt erst jetzt, dass sein Gegenüber ziemlich klein ist, kräftig, aber nicht dick. Der Schädel ist bedeckt mit kurz geschnittenem, grauem Haar ohne jede Andeutung, dass es aufgrund des Alters – er ist schätzungsweise Anfang sechzig – dünner werden könnte. Kant sieht aus wie ein jüngerer Giorgio Armani, eine gröbere, nicht so elegante Version.

Peter Kant führt Tim in das Wohnzimmer, und Tim registriert seine schwarze Jeans mit Goldknöpfen, sein weißes Hemd mit roten Nähten, seine Gucci-Loafers in Mokkafarbe mit dem rotgrünen Band, und draußen im Garten schießen die Strahlen aus einem Rasensprenger in die Luft, ein kräftiger, senkrechter Regen vor einem grünen Himmel, trotz der Trockenheit, trotz der Wasserknappheit, obwohl die ganze Insel verdurstet.

Dann wird das Wasser abgestellt, und sogar von hier aus ist das Meer zu sehen. Auf den Klippen auf der anderen Seite der Bucht stehen riesige Villen. Die Natur um sie herum ist gezähmt, aber nicht so extrem, man kann sich auf einen Liegestuhl an den Pool legen, der mit gebrannten Batikfliesen aus Goa ausgekleidet ist, und sich wie eine größere Katze fühlen, ein Luchs, der alles bis auf Mäuse und Ratten jagt.

Peter Kant bittet ihn, sich doch zu setzen, und Tim sinkt tief in die Polster. Dann verschwindet der Deutsche wieder. Tim hört eine Kaffeemaschine brummen, und er fragt sich, ob es hier wohl Personal gibt, aber er nimmt das nicht an, wahrscheinlich lebt der Deutsche ganz allein in diesem Haus.

An der Wand hängt ein großes, stilisiertes Porträt eines Baseballspielers und daneben mehrere signierte Schläger in Reih und Glied.

Peter Kant kommt mit zwei Tassen zurück.

»Sie sehen aus, als könnten Sie einen doppelten vertragen«, sagt er.

Tim lächelt, nickt, und Peter Kant gibt ihm eine der Tassen, bis zum Rand mit teerschwarzer Flüssigkeit gefüllt.

»Sie mögen Baseball«, bemerkt Tim.

»Ich war vor langer Zeit Austauschstudent in den USA. In Boston. Die Red Sox hatten damals ein gutes Jahr, und ich bin dran hängen geblieben. Verfolge die Spiele jetzt im Fernsehen. Das ist für mich die beste Entspannung. Das Porträt stellt Wade Boggs dar. Zwei der Schläger gehörten ihm, die drei anderen sind von Manny Ramirez signiert worden.«

Die Namen sagen Tim nichts.

»Ich wünschte, ich könnte mich für Sport interessieren.«

»Das ist ein Segen«, bestätigt Peter Kant.

»Eine Treppe runter in den Garten gibt es einen Pool«, fährt er dann fort. »Ich schwimme oft dort Bahnen. Der Pool ist in Schwarz gekachelt, nicht in Blau. So wird er zu einem bodenlosen Abgrund, besonders in der Dunkelheit. Ich habe immer schon einen schwarzen Pool haben wollen, das wusste ich bereits, bevor ich hergezogen bin.«

Der Deutsche verlässt ihn erneut, verschwindet in einem anderen Zimmer, jetzt lautlos, und Tim registriert, dass das Haus vollkommen still ist, vielleicht steckt in den Fensterrahmen ja Panzerglas.

Peter Kant kommt zurück, legt einen weißen, frankierten Umschlag, abgestempelt in Palma, auf den Glastisch vor Tim.

»Öffnen Sie ihn«, sagt er. »Lesen Sie.«

Vorsichtig ergreift Tim den Umschlag und zieht den Brief heraus. Peter Kant steht neben ihm und schaut zu, während Tim die wenigen Worte liest, die mit schwarzer Tinte geschrieben sind.

Deine Frau hat einen anderen.

E*in Freund rief an und sagte das, der Freund eines Freundes habe Rebecka mit einem Mann in einem Restaurant gesehen. Sie hätten über den Tisch hinweg Händchen gehalten und sich dann vorgestreckt und geküsst, »wie Teenager«, das hatte der Freund dem Freund erzählt, eine Person, die anonym bleiben wollte, aber einen vertrauenswürdigen Ruf genoss, also gab es kaum Grund zu zweifeln. Da war er für seinen ersten Auftrag unterwegs gewesen, an einem kühlen Januarmorgen, er fotografierte einen untreuen

Mann, der Hand in Hand mit seiner Geliebten am Hafen von El Molinar spazieren ging. Es fand gerade eine Art Demonstration gegen den Ausbau des Hafens statt, fünfzig Menschen mit Plakaten brüllten Schlagwörter gegen das Bauvorhaben, von dem sie behaupteten, es sei korrupt, genau wie der Bau des Stadions, der Radrennhalle, des Kongresszentrums und des Gefängnisses.

Tim warf die Kamera auf den Beifahrersitz, stieg aus.

»Was zum Teufel sagst du da? Wer ist er?«

»Das weiß ich nicht.«

»Und warum erzählst du mir das?«

»Du musst nicht so brüllen.«

Da bemerkte Tim, dass die Demonstranten aufgehört hatten zu schreien, dass einige ihn anstarrten, und er zog sich ein Stück zurück, zu dem Zaun, der das heruntergekommene Club-Náutico-Gebäude umschloss.

Er legte auf und rief stattdessen Rebecka an, doch die ging nicht ans Telefon. Er schickte ihr Nachrichten, zehn Stück. Verdammt, was habe ich da gehört? Wie kannst du nur?

Dann rief sie an.

»Wir sind geschieden«, sagte sie. »Kapierst du das nicht?«

»Leben in Scheidung.«

»Das ist doch das Gleiche.«

»Wer ist er?«

Und sie erzählte. Erzählte, dass es bereits wenige Monate nach seiner Abreise angefangen hatte, zwei Monate bevor sie die Scheidungspapiere eingereicht hatten, und das war verdammt noch mal einzig und allein ihre Sache, mit wem sie jetzt zusammen sein wollte, er hatte sich das Recht, darüber eine Meinung zu haben, verwirkt.

»Liebst du ihn?«

»Noch so eine Sache, die dich gar nichts angeht.«

»Sag, dass du ihn liebst.«

»Sag mal, Tim, verstehst du kein Schwedisch mehr?«

»Ihr versucht ein Kind zu kriegen, das ist mir schon klar.« Er spuckte ihr die Worte nur so entgegen, jede Silbe war ein Tropfen Schwefelsäure. »Du willst mit diesem Trottel ein Kind haben. Wer verdammt noch mal ist es?«

»Bist du jetzt fertig?«

»Ich bin fertig.«

Während er mit dem Telefon in der Hand vor dem Eisengitterzaun stand, begann es zu regnen, schwere graue Wolken zogen über seinen Kopf hinweg, der Regen legte sich kalt auf die Wangen. Er trat auf den Fahrradweg, wäre fast umgefahren worden, konnte in letzter Sekunde zur Seite springen, und er fragte sich, was Emme wohl dazu gesagt hätte, was sie von all dem hier halten würde, von ihm, der sich nass regnen ließ, schmutzig, nass und einsam, bei der armseligsten Beschäftigung, die es nur gab.

Er fuhr zu Milena, weckte sie auf. Zunächst saßen die beiden nur stumm auf der Bettkannte. Dann liebten sie sich. Anfangs langsam und lautlos, dann hart und laut, und sie bat ihn nicht, etwas zu sagen.

Wie ein Mensch sich vor den eigenen Augen verändern kann.

Tim schaut Peter Kant auf der anderen Seite des Tisches an. Sie haben sich ins Esszimmer gesetzt. Tim hält den Brief in der Hand, hat gefragt, ob Kant wisse, wer ihm den geschickt haben könnte.

»Ich habe keine Ahnung. Aber das muss ja wohl stimmen, warum sonst sollte mir jemand so einen Brief schicken?«

Auf der dunklen Tischfläche vor Tim liegt ein Foto von Kants Ehefrau, Natascha, eine blonde Polin mit klaren, leuchtend grünen Augen und Wangenknochen, wie dafür geschaffen, sanft gestreichelt zu werden. Sicher in einem früheren Leben ein Model und mindestens fünfundzwanzig Jahre jünger als Peter Kant, aber jedenfalls nicht mehr blutjung.

Peter Kant registriert, wie Tim das Foto ansieht, und das ist der Moment, in dem er sich verändert, von dem selbstsicheren Mann zu einem unsicheren wird, der weiß, dass kein Geld der Welt eine Frau halten kann, wenn sie wirklich gehen will. Ein Mann, der mehr Erfolg im Leben gehabt hat, als man sich wünschen kann, der aber einsehen muss, dass er sich übernommen hat. Mit so etwas Banalem wie der Liebe zu einer jüngeren Frau.

»Es ist nicht, wie Sie glauben«, sagt er. »Wir lieben uns.«

Das sagt ihr doch alle, ihr älteren Männer, die ihr von euren jüngeren Frauen betrogen werdet, bei welcher Gelegenheit auch immer. Das passiert jeden Tag auf Mallorca. Jüngere Frauen, die diesen viragrageplanten Geschlechtsverkehr leid sind, verstopfte Mägen, Gehirne und Körper, die eher ausruhen als feiern wollen, schlaffe Oberarme statt harter Muskeln, und zum Schluss kann kein Eheschwur auf der ganzen Welt sie halten. Sie hauen ab, fliehen.

»Ich glaube Ihnen«, sagt Tim und dreht das Foto um. »Sie lieben einander.«

Peter Kant wirft ihm einen harten Blick zu.

»Haben Sie etwas bemerkt? Hat sie sich in letzter Zeit anders verhalten? Besonders häufig telefoniert oder war sie zu ungewohnten Zeiten fort? Hatte plötzlich einen Termin beim Arzt oder Ähnliches?«

Peter Kant schüttelt den Kopf. »Nein.«

Draußen im Garten schaltet sich der Rasensprenger wieder ein. Tim dreht sich um, und Kant scheint seinen ein wenig kritischen Blick zu bemerken, als sie einander wieder ansehen.

»Das ist nur Wasser.«

»Von dem es hier viel zu wenig gibt.«

»Kümmern Sie sich darum?«

»Es ist ein gutes Gefühl, so zu tun, als kümmere man sich um etwas, das eine gute Sache ist.«

Das stimmt. Tim interessiert es überhaupt nicht, wie oft der Deutsche den Rasen wässert oder nicht, aber die Arroganz reicher

Menschen vermag immer mal wieder etwas in ihm zu wecken, und das gefällt ihm, das Gefühl, dass er immer noch ein Teil einer Gemeinschaft ist, einer Wirklichkeit, die alle gemeinsam zu gestalten versuchen.«

Peter Kant blinzelt, und aus seinen Augen spricht jetzt der Wille, ehrlich zu sein. Ein berechnender Wille. Der Geschäftsmann, der mit offenen Karten spielen will, damit die ganze Sache Schwung bekommt.

»Ich habe speziell Sie angefordert«, sagt er. »Ich kenne die Geschichte mit Ihrer Tochter. Ich weiß das alles, und ich weiß selbst, wie es ist, ein Kind zu verlieren.«

Er spricht von Emme, als wäre sie tot, und am liebsten würde Tim über den Tisch springen, den Kopf des Deutschen auf die Tischplatte schmettern. Ihn mit einem der Baseballschläger verdreschen, aber etwas hält ihn zurück, er will hören, was sein Gegenüber zu sagen hat.

»Werden Sie nicht wütend.«

»Reden Sie lieber weiter, bevor ich es mir anders überlege.«

»Meine Tochter ist an Krebs gestorben«, sagt er. »Sie war zwölf, ein Gehirntumor.«

»Das tut mir leid.«

»Sie ist in meinen Armen gestorben«, fährt Peter Kant fort. »Das hat uns auseinandergebracht, meine frühere Frau und mich. Wir sind mit dem Schmerz vollkommen unterschiedlich umgegangen. Und ich habe ein paar Jahre lang viel zu viel getrunken.«

»Das passiert schnell«, bemerkt Tim.

»Jetzt wissen Sie, warum ich Sie verstehe.«

»Glauben Sie?«

»Ich habe über Sie gelesen«, sagt Peter Kant. »Sie sind nicht allein.«

Ich bin allein. Und sie ist nicht tot, so wie deine Tochter.

»Wie hieß sie?«, fragt Tim.

»Sabina.«

Als er ihren Namen nennt, verändert Peter Kant sich erneut. Er sieht älter, müder aus, und tief in seinem Blick ist eine Trauer zu erkennen, nicht nur über die verlorene Tochter, sondern eine grundlegende Enttäuschung, was das ganze Leben betrifft. Aber auch Trotz. Auch ich will Augenblicke des Glücks erleben, und ich weigere mich, etwas anderes zu akzeptieren.

Dann sagt er die Worte, die von ihm erwartet werden, um nicht weiter über das zu reden, was sie beide verbindet, nicht weiter versuchen zu müssen, das, was passiert ist, zu verstehen und zu spüren, denn das Verständnis macht alles endgültig und wird zu einer Art Atemreflex, der ertragen werden muss, bis der Körper es nicht mehr will.

Der Rasensprenger hat sich wieder ausgeschaltet, das Gras glänzt.

»Ich fliege heute nach Berlin«, sagt Peter Kant. »Ich werde für eine Woche fort sein. Beschatten Sie sie, finden Sie heraus, was sie macht.«

Tim nennt die Preise der Firma, sicherheitshalber. Siebzig Euro die Stunde, hundert zwischen acht Uhr abends und neun Uhr morgens, plus Spesen.

Peter Kant nickt.

»Ich habe heute eine Summe auf Ihr Konto überwiesen. Das wird wohl mindestens die Arbeit einer Woche decken.«

»Wo ist Natascha jetzt?«

»Bei einem Yogakurs in Santa Catalina.«

Tim wirft einen Blick auf sein Handy und überlegt gleichzeitig, wie viel er über Peter Kants Geschäftstätigkeit wissen muss. Eigentlich gar nichts, er soll ja nur Natascha beschatten, sehen, ob sie irgendwelche Geheimnisse hat, diese in dem Fall dokumentieren und dann die Beweise dem Staatsanwalt, Schöffen und Richter Kant vorlegen.

»Gibt es noch etwas, das ich wissen müsste?«, fragt Tim. »Was

Sie mir noch nicht erzählt haben? Über sich, oder was auch immer?«

»Nein.«

Peter Kants Antwort kommt schnell, etwas zu schnell, aber man kann nie wissen, ob so etwas irgendeine Bedeutung hat.

»Meine Maschine geht in anderthalb Stunden, ich muss los. Wir sind dann doch wohl fertig hier, oder?«

»Erst mal ja«, sagt Tim und steht auf. Er geht den gleichen Weg zurück, den er gekommen ist, setzt sich ins Auto, fährt rückwärts die Straße hinunter und parkt so, dass er freie Sicht auf alle hat, die das Haus mit dem schminkefarbenen Tor betreten oder verlassen.

Das Tor öffnet sich nicht, es versinkt im Boden, der Naked-Farbton verschwindet, die Lippen im Spiegel werden begraben, ihr Sarg versinkt in der Erde, und er will die Wagentür öffnen, nach Luft schnappen, die Sonnenblende herabkippen und Emmes Bild herausholen, doch er tut nichts davon.

Ein roter Porsche 911 mit offenem Verdeck verlässt das Grundstück, fährt an ihm vorbei, und Peter Kant winkt mit offener Hand, als wäre das Ganze nur ein Scherz, als wüsste er bereits, was hier passieren wird. Vielleicht ist er aber auch nur ahnungslos, voll der Gewissheit, dass er es wert ist, geliebt zu werden, dass die Liebe einem Mann wie ihm nicht weggenommen werden kann. Aber Peter Kant weiß es besser und macht noch einmal eine Verwandlung durch, um all den Fremden am Flughafen begegnen zu können, und er fängt mit mir an, der neuen, unfreiwilligen Bekanntschaft, dem Berater.

Das Tor hebt sich wieder aus der Erde in die Höhe.

Emme steigt aus ihrem Grab.

Um zwei Uhr schmerzt sein Magen vor Hunger und die Wasserflasche, die er immer auf dem Rücksitz liegen hat, ist leer. Im Wageninneren ist es unerträglich heiß. Nach einer Stunde hatte er den Motor ausgestellt, fürchtete, jemand könnte das Auto bemerken und die Polizei rufen.

Er steigt aus. Geht hoch zu einem der unbebauten Grundstücke und pisst im Schatten eines Pinienbaumes. Wartet man nur lange genug, taucht immer etwas auf. Bleibt man dran, kommt die Wahrheit zu einem. Das kann Jahre dauern, Jahrzehnte, aber zum Schluss kommt man weiter. Es gibt nur wenige ungelöste Geheimnisse.

Es ist kurz nach drei Uhr, als ein schwarzer Lexus sich dem Haus nähert und das Tor wieder in der Erde verschwindet. Die Scheiben sind getönt, trotzdem kann Tim zwei Gestalten auf den Vordersitzen erkennen, ob Mann oder Frau, ist unmöglich zu sagen, er hebt den Fotoapparat und schießt ein paar schnelle Bilder.

Das Auto fährt aufs Grundstück und das Tor kommt wieder zum Vorschein, ihre Lippen sind im Schminkspiegel zu erkennen, der Pinsel, der über sie fährt, und sie lächelt, sieht ihn im Spiegel an, begegnet seinem Blick.

»Bist du jetzt glücklich?«, fragt er.

»Das ist nur ein bisschen Lippenstift«, antwortet sie.

Der Magen krampft zusammen. Am besten wartet er noch ein wenig, bevor er über die mit Glasscherben gekrönte Mauer klettert, sollen sie da drinnen erst einmal zur Ruhe kommen, mit dem anfangen, was immer sie auch tun wollen.

Verpfeifen. Er weiß, wie die Unterwelt mit denen umgeht, die das tun. Im Stockholmer Vorort Rinkeby sah er einmal einen Achtzehnjährigen mit einer Kugel in der Stirn und herausgeschnittener Zunge. Zwei achtjährige Mädchen, auf der Suche nach weggeworfenem Spielzeug, hatten ihn in einem Müllraum gefunden.

Schnüffeln, spionieren. Obwohl er die Klimaanlage wieder angestellt hat, ist ihm heiß, er fühlt sich klebrig wie nach einer Massage in einem billigen Salon. Er betrachtet die Palmen in dem Garten um Peter Kants Haus, die grünen Blätter in der Krone haben braune Ränder.

Tim greift den Fotoapparat vom Rücksitz, steigt aus dem Wagen, holt eine Isomatte aus dem Kofferraum und geht zum Haus. Die Sonne scheint nicht mehr ganz so stark, aber die Hitze ist trotzdem mit Händen zu greifen.

Direkt vor dem Tor bleibt er stehen, schaut sich in beide Richtungen um. Dann packt er die Oberkante der Mauer, wobei er sorgfältig die Scherben umgeht, die er sehen kann. Er zieht sich hoch. Das Grundstück fällt hinter der Mauer steil ab, seitlich von der Marmortreppe und der Garageneinfahrt, weiter unten sind ein Gebüsch und ein großer Kaktus mit zentimeterlagen Stacheln zu sehen. Auf der Mauerkrone liegen die Scherben dicht an dicht. Er lässt sich wieder zurück auf die Straße fallen, wirft die Isomatte über den Rand und zieht sich noch einmal hoch, kriecht vorsichtig über die Mauer, spürt das Glas unter der Matte, und dann ist er drüben, es gelingt ihm, aufrecht zu bleiben, als der Körper auf den Abhang sinkt und die Füße den Boden erreichen. Er zieht die Isomatte zu sich und geht aufs Haus zu, an der Mauer entlang, eine Treppe hinunter, die von Pflastersteinen und Rabatten mit kurz geschnittenen weißen Rosen umgeben ist.

Der schwarze Pool.

Kants Abgrund.

Er sieht tatsächlich aus, als hätte er keinen Grund. Um die Wasserfläche herum stehen Liegestühle aus gebürstetem Stahl, mit violetten Kissen.

Ein dunkles Zimmer mit schwarzen Sofas hinter hohen Glastüren, mit Blick aufs Meer, das hier immer allgegenwärtig ist, und den Himmel, doch sie treffen sich nicht, der Horizont ist eine deutliche weiße Linie, die Erde und Atmosphäre offenbar strikt trennen will.

Wieder Kunst an den Wänden. Eine Serie von vier Warhol-

Marilyns in unterschiedlichen Grüntönen. Links eine Außentreppe, die zum ersten Stock hochführt, wo er und Peter Kant vor Kurzem saßen.

Tim zögert. Soll er die Treppe hoch zum Wohnzimmer nehmen? Oder seine Schritte am Pool vorbeilenken? Eine Tür steht zum Garten hin offen, und er nimmt an, dass sie ins Schlafzimmer des Paares führt, vielleicht geschieht ja dort etwas, mit Natascha und wen immer sie da bei sich hat – wenn sie es tatsächlich war, die gekommen ist. Aber sie und ihre Gesellschaft können sich genauso gut eine Treppe höher befinden, in der Küche, einen Salat zubereiten, ein Stück Lachs braten.

Er weiß nichts über Peter Kant. Über Natascha, über deren Leben. Er muss auf der Hut sein, aber das ist er ja immer.

Peter Kant.

Seine unterdrückte Verzweiflung.

Die Wesensveränderungen, das Winken.

Dieses Haus, gefüllt mit Kunst für Millionen Euro, sein Auto, seine ganze Erscheinung. Das, was er selbst sicher als dezenten Kleidungsstil ansieht, was aber so typisch Andratx-deutsch ist, die offensichtlich teuren Modemarken.

Tim geht schnell am Pool entlang. Es hat gar keinen Sinn, sich hier verstecken zu wollen, es ist unmöglich, sich von der einen Seite der Pools zur anderen zu bewegen, ohne von jemandem gesehen zu werden, der plötzlich in dem Raum mit den schwarzen Sofas auftauchen könnte.

Er nähert sich der offenen Tür.

Hört Geräusche.

Er wird sie verpfeifen müssen.

Er muss das tun, das kann er jetzt schon hören. Vorsichtig schleicht er zur Tür, schaut hinein, und er kann sie sehen, zwei Menschen, die sich lieben, der Rücken einer Frau nur ein paar Meter entfernt, Natascha Kant, das muss sie sein, die einen jungen, muskulösen Mann reitet. Beide stöhnen, aber über dem ganzen

Akt liegt etwas Zurückhaltendes, Abwartendes, und Tim hebt die Kamera, fotografiert die beiden auf dem weißen Laken, in dem weißen Zimmer, auf dem weißen Bett, über das Peter Kant vier weiße Monochromgemälde hat aufhängen lassen.

Ist das Natascha?

Sie bewegt sich jetzt schneller, wird lauter, und dann rutscht sie von dem Mann herunter, dreht sich um, und Tim fürchtet schon, dass sie ihn sieht, aber er ist unbewusst bereits zurückgewichen und steht in einem toten Winkel hinter einer der Verdunklungsgardinen. Er kann sie sehen, aber sie ihn nicht.

Sie ist schöner als auf dem Foto. Das blonde Haar hat einen klaren Ton, das Gesicht ist noch schärfer, und gleichzeitig weicher. Es gibt nicht eine einzige Dissonanz in ihren Zügen. Der Mann setzt sich auf. Er hat so ein Gesicht, wie Frauen es mögen, ein Ryan-Gosling-Typ, das Kinn, der Mund und die Augenbrauen bilden drei waagerechte Linien, die Nase dagegen eine kräftige Vertikale. Sein rötliches Haar ist nach hinten gekämmt, kurz geschnitten über den Ohren. Natascha stellt sich auf alle viere, und er dringt von hinten in sie ein. Beginnt zu stoßen, zunächst langsam und weich, dann schneller, härter.

Er schließt die Augen, scheint sich wegzuträumen, vielleicht ist er aber im Gegenteil auch extrem präsent, wie es Tim nie gelingt, wenn er mit jemandem schläft – was ihm eigentlich nur mit Rebecka gelungen ist, und er hat auch nicht mehr die Hoffnung, dass es mit jemand anderem jemals so sein wird.

Die beiden legen sich anschließend auf die Seite, und Nataschas Gesichtszüge sind deutlich erkennbar.

Tim fotografiert, zögert noch, und jetzt sieht er Emme in ihr, wie die Nase ein wenig nach oben zeigt und ihm das Gefühl gibt, vor einer frei schwebenden Seele zu stehen, einem Menschen, der etwas aus seinem Leben machen will. Einem Menschen, der nicht wartet, sondern handelt, der eine Chance erkennt, wenn sie sich ihm bietet. Aber Natascha liebt passiv, lässt den Akt eher geschehen, als dass sie handelt, und er ist sich nicht ganz sicher, ob Emme noch Jungfrau ist oder nicht, er will nicht darüber nachdenken, nicht jetzt, niemals, soll der Teufel all das hier holen, aber ich muss hier sein, ich brauche das verfluchte Geld, und das hier ist das Beste, was sich mir bietet. Er dreht sich weg, und als er wieder hinschaut, sieht er nicht mehr Emme. Nur noch Natascha.

Ich kann jetzt gehen.

Ich habe alles, was ich brauche.

Alles, um die beiden, die sich dort lieben, zu verraten.

Ich kann sie sich in Ruhe zu Ende lieben lassen.

Aber er bleibt.

Es steckte immer schon ein Voyeur in ihm, jetzt fotografiert er nicht mehr, schaut nur zu, wartet, dass es ihn beeinflusst, dass er eine kurze Erregung spüren kann, aber es passiert nichts. Er sieht ein, dass es eigentlich nur Rebecka ist, die er gern heimlich beobachtet, wenn sie duschte, sich nackt auf der Rückseite des Sommerhauses sonnte, das sie im Schärengarten gemietet hatten, und sie wusste, dass er sie anschaute, das gefiel ihr, der Hobbyvoyeur und die Amateurexhibitionistin. Manchmal machten sie sich selbst darüber lustig, bei der zweiten Flasche Wein zum Essen am Freitagabend, nach Tacos, im Ofen gegrilltem Hähnchen, oder was auch immer nun als Belohnung für eine Arbeitswoche dienen konnte.

Dann sind die beiden im Haus fertig.

Tim weiß, dass er eigentlich gehen sollte, er könnte von einem der beiden entdeckt werden, wenn sie die wenigen Schritte zur Tür gehen und weiter in den Garten. Vielleicht möchte ja auch einer von ihnen noch in den Pool springen, aber der Liebhaber verschwindet im Hausinneren und Natascha bleibt liegen und starrt vor sich hin, aufs Meer, sodass Tim das Gefühl bekommt, sie könnte ihn sehen, wollte etwas von ihm, flehte ihn an. Als bräuchte sie Hilfe, aber ihm wird klar, dass es eigentlich Emme ist, die er wieder sieht, und ihr Flehen.

Der Liebhaber kommt zurück.

Sie beginnen von Neuem.

Tim Blanck steht noch immer da, schaut zu, will gehen, kann es aber nicht, er will noch einmal Nataschas Blick sehen, diesen flehentlichen, diesen Blick möchte er noch einmal sehen.

Die kommenden fünf Tage sieht er sie immer zusammen. Abends und nachts. Am Nachmittag, am Vormittag. Er macht Hunderte von Fotos von ihnen. Wie sie in einem Wirtshaus in Portixol Hummer essen. Wie sie sich im Auto auf dem Aussichtsplatz oben in Banyalbufar lieben, wie sie sich nackt auf dem FKK-Strand von Portals Vells sonnen, nur wenige Meter von der Terrasse der Bar El Mago entfernt, und er muss sich nicht einmal verstecken, tut nur so, als fotografierte er eine Yacht, die nahe dem Strand Anker geworfen hat, mit drei fetten Russen auf dem Achterdeck, die mit Ferngläsern in Richtung Ufer schauen.

Ihre Haut ist ölig und verschwitzt, bevor sie schwimmen gehen, ihr Arm auf der Brust des Liebhabers.

Er fotografiert sie, wie sie im Haus verschwinden, in dem der Liebhaber wohnt, ein kleines, rot gestrichenes Stadthaus in El Terreno, eingeklemmt zwischen einem doppelt so großen weißen Haus und einer alten Werkstatt, in der sich jetzt ein Tischlereibetrieb befindet. Tim kann den Duft frisch gehobelten Holzes riechen, als er den Liebhaber einfängt, wie er Natascha am Po fasst, wie sich seine Hand unter ihr weißes Volantkleid vortastet, und er fragt sich, ob er versuchen sollte, sie auf der Terrasse des Hauses abzulichten, im Garten, den es garantiert auf der Rückseite gibt, aber so langsam hat er genug Fotos von ihnen.

Er filmt sie, während sie Hand in Hand den Paseo del Borne entlanggehen und als sie in einem Laden in La Lonja Kleider kaufen. Natascha scheint die Verkäuferin zu kennen, eine blonde Frau mit Adlernase und wachsamen Augen. Tim ist verwundert darüber, dass Natascha es wagt, sich so offen mit diesem Mann zu zeigen. Es muss doch Freunde des Ehepaars geben, die sie sehen könnten. Aber vielleicht sind die Kants ja vollkommen einsam, wie so viele hier auf der Insel. Vielleicht ist es ihnen bei der ewigen Tombola von Umzügen, Intrigen und unzuverlässigen Menschen nie gelungen, echte Freunde kennenzulernen.

Er filmt die beiden, als sie in der Abenddämmerung nackt in dem grundlosen Pool baden, und im linken Bildrand schwankt eine schwarze Palmenkrone vorsichtig über der Wasseroberfläche. Aber er filmt sie nie wieder beim Sex.

Vor dem Haus des Liebhabers wartet er darauf, dass der Briefträger Post in dessen Briefkasten wirft. Dann zieht er vorsichtig den Umschlag heraus. Gordon Shelley, der gleiche Name wie auf den anderen beiden Briefumschlägen im Kasten. Also ein Engländer. Wie ein Fußballtorhüter mit Dichterambitionen, so klingt sein Name. Wie ein richtiger Verführer.

Er ruft Simone an, bittet sie, zu schauen, was sie über einen gewissen Gordon Shelley in der Calle Josep Villalonga 13 in El Terreno herausfinden kann.

Tim wartet im Auto, bekommt Hunger und Durst. Des Nachts wandert er in den Bergen, aber nur ein paar Mal, und er schämt sich für seine Müdigkeit, seine Faulheit. Er vermeidet es, Milena zu treffen, sie telefonieren einige Male miteinander, aber sie bittet ihn nie, zu ihr rüberzukommen, wahrscheinlich kann sie schon seiner Stimme anhören, dass er das nicht will. Oder sie ist es, die nicht will.

Er hält sich vom Büro fern, schickt Wilson eine SMS, in der er ihn über seine Überstunden informiert. Wilson antwortet, er solle so viel Zeit wie möglich für den Fall verwenden. Dann gibt es mehr Stunden, die abzurechnen sind, und Wilson muss nicht einen einzigen Cent von Peter Kants Vorschuss zurückbezahlen.

Er bekommt eine Mail von Simone.

Gordon Shelley ist vierunddreißig Jahre alt. Gemeldet in Spanien, unter der Adresse in El Terreno. Er hat die Wohnung von einem Mallorquiner gemietet, dem fünfzig Wohnungen, über ganz Palma verteilt, gehören.

Gordon Shelley hat einen Teilzeitjob. Er kümmert sich um eine Yacht, die im Club Náutico liegt und einem britischen Mitarbeiter der Deutschen Bank in London gehört.

Sie beendet die Mail mit einer Frage:

Soll ich noch weiter bohren oder genügt das? Jedenfalls für den Moment?

Hier geht es um einen Fall von Untreue.

Der geradezu sonnenklar ist.

Das reicht auf jeden Fall, vielen Dank.

Er hat die beiden nirgendwo auf einer Yacht gesehen. Vielleicht trennt Gordon Shelley ja gewissenhaft Arbeit und Privatleben. Die letzten Bilder macht Tim, als sie sich wieder in dem weißen Schlafzimmer lieben. Natascha scheint in sich selbst zu versinken, sich zu wünschen, der Akt könnte für ewig andauern. Er betrachtet die beiden, wie er das nun bereits sein fünf Tagen tut, und fragt sich, ob das Liebe ist oder etwas anderes, dessen er hier Zeuge wird. Es gibt Menschen, die sind Meister darin, so zu tun, als ob. Sie sind Blendwerk. Träume in weißen Räumen.

Milena.

Sag, dass du mich liebst.

Der Charme einer Lüge.

Ich bin kein solcher Meister, und damit lässt er die beiden in Ruhe.

Rebecka konnte nachts ruhig atmen, den Rücken an seinen gedrückt.

Emme lag neben ihnen im Gitterbett und schlief. Draußen konnten Kältegrade herrschen, dennoch bestand Rebecka darauf, dass das Fenster geöffnet blieb, weil sie meinte, dann schlafe Emme besser, und die sauerstoffreiche Luft in einer Winternacht sei gut für die Lunge des Kindes, und er fror, wollte das Fenster schließen, flüsterte ihr ins Ohr, dass sie unwissenschaftlich argumentiere, dass sie doch diejenige sei, die gern im Kalten schlafe. Sie brachte ihn mit kalten Fingern zum Verstummen, ließ sie über seinen Rücken trippeln, und dann flüsterten sie miteinander, so leise, wie sie nur konnten, um nicht das kleine Mädchen zu wecken, nicht ihren Schlaf und ihre Träume durch die Diskussion der Erwachsenen zu stören, ihre Sehnsüchte und Wünsche, und da gab es keine Einsamkeit im Schlafzimmer, im Bett, nur drei Menschen, die mehr und mehr zu einer Familie zusammenwuchsen, während sie dicht beieinander in der kühlen Luft lagen. Emme atmete, kurze, heftige Atemzüge, aber trotzdem ruhig, sie lag auf dem Rücken, die Arme über den Kopf gestreckt, die Handflächen offen zum Raum, und er wollte sie nahe bei sich haben, sie neben sich spüren, und in dem Moment, als sich der Wunsch in ihm manifestierte, stand Rebecka auf, hob Emme hoch und legte sie zwischen ihn und sich, und er starrte wortlos in die Dunkelheit und fragte sich, ob ein Mensch wirklich so glücklich sein konnte.

Natascha ist nicht Gordon Shelleys einzige Frau. An den letzten beiden Tagen vor Peter Kants Rückkehr nach Palma folgt Tim Shelley auch, wenn dieser nicht mit Natascha zusammen ist. Er fotografiert ihn, als et das Deck des überdimensionierten Bootes des Bankers wischt. Sein Schrubben hat aber etwas Halbherziges an sich.

Tim redet sich selbst ein, dass er den Briten fotografiert, um Peter Kant später die Bilder zu zeigen, um ihn darüber zu informieren, was der Geliebte seiner Frau so treibt, wie er aussieht, vielleicht auch, wie man ihn am besten erwischen kann, falls Kant sich rächen will. Ein Zusatzservice, locker mit dem Vorschuss gedeckt. Aber das ist nur ein Vorwand.

Die Stunden im Auto. Auf harten Sitzen, im Verborgenen, in unbequemen Stellungen, Nackenmuskeln, die zu sehr angespannt sind, Muskelknoten, die sich wieder melden, schlimmer werden. Das alles ist eine Flucht. Das weiß er.

Gordon Shelley isst in Puerto Portals mit einer blauhaarigen Dame um die achtzig in dem italienischen Restaurant nahe beim Strand zu Mittag. Sie sitzen an einem Ecktisch. Die Pailletten auf dem Kleid der Frau leuchten noch im Schatten, und ihr Gesicht ist geliftet, die Wangen gestrafft und hochgezogen, genau wie ihre Silikonbrüste, der Mund ist in einer steifen Grimasse erstarrt. Sie essen Thunfischtatar und Pasta mit Herzmuscheln, die problemlos in den Mund der Frau rutschen, die dann geschickt die Schalen ausspuckt, geleert, aus einem Mundwinkel. Nach dem Essen gehen sie an den Yachten im Hafen entlang, und die Frau nickt den Booten zu, als wäre sie von ihnen sehr beeindruckt. Gordon Shelley scheint kein Interesse daran zu haben, er geht zielstrebig zum Auto, fast wie jemand, der Angst hat, gesehen zu werden.

Sie fahren zur Wohnung der Frau. Das nimmt Tim zumindest an, dass sie in diesem Mietshaus wohnt, fünf Minuten entfernt in Portals, eines der Hochhäuser, die zwischen der Autobahn und dem Hafen liegen. Gordon Shelley kommt nach fünfundvierzig Minuten wieder heraus. Frisch geduscht.

Er isst mit einer korpulenten Frau mit arabischem Aussehen im Hotel Son Vida zu Abend, und die beiden verschwinden die Treppe hinauf im Hotel. Er spielt mit einer anderen Frau im Industriegebiet Son Moix Bowling. Danach haben sie Sex auf dem Rücksitz des auf die deutsche Frau registrierten Range Rover auf dem Parkplatz hinter Decathlon. Zuvor konnte Tim auf den Ehering der Frau zoomen, gerade als sie die Finger in eine lila gesprenkelte Bowlingkugel der Größe neun steckte.

Am Morgen des achten Tages fährt Tim ins Büro. Auf Las Avenidas gab es einen Unfall. Eine ältere Frau ist von einem Kühlwagen angefahren worden, der Verkehr ist zum Erliegen gekommen.

Er sitzt im Wagen, spielt mit dem Handy und schaut auf das Bild von Emme. Am liebsten würde er Rebecca anrufen, aber das sollte er lieber nicht tun. Er hat ihr auch nichts Neues zu sagen. Sie haben einander gar nichts zu sagen. Er geht so weit, dass er ihre Nummer aufruft und den Zeigefinger ein paar Zentimeter über dem Wählknopf zögern lässt.

Soll ich sie anrufen, Emme?

Er bekommt keine Antwort von seiner verschwundenen Tochter. Manchmal meint er zu hören, dass sie ihm etwas als Antwort zuflüstert, wenn er sie fragt. Aber das ist nur Einbildung, das Wunschdenken eines müden Gehirns.

Er schaltet das Radio ein. Gelangt zu einem Sender mit Songs aus den Achtzigern. Schaltet ihn wieder aus, als »Smokin' in the Boys Room« in der Version von Mötley Crüe gespielt wird. Stattdessen stellt er einen Nachrichtensender ein. Zwei Polizisten sitzen im Knast. Sie hatten in einer Bar Kokain deponiert und den Barbesitzer um Geld erpresst. Sie waren in die Bar spaziert, hatten einen Kaffee getrunken, hatten dort die Toilette aufgesucht und waren dann gegangen. Eine Viertelstunde später tauchten sie wieder auf, mit einem Drogenspürhund, und fanden in dem Papierhandtuchspender ein Päckchen mit zweihundert Gramm Kokain. Genug, dass dem Cafébesitzer die Lizenz entzogen werden konnte und er vielleicht sogar im Gefängnis landete. Sie zeigten ihm den Fund.

»Jetzt weißt du, wozu wir in der Lage sind«, sagte der eine Polizist.

»Tausend Euro die Woche«, ergänzte der andere.

Tim hört die rauen, vom Tabak heiseren Stimmen der Polizisten. Sie stammen von der Tonspur einer Filmaufnahme.

Die erst kürzlich installierten Überwachungskameras des Cafés haben alles aufgenommen. Und der Besitzer tat etwas, was sich nur wenige trauen: Er zeigte die beiden an. Wer weiß, was das für Folgen für ihn haben wird. Jedenfalls werden die Polizisten es nicht leicht im Knast haben. In allen Gefängnissen hassen die dort Einsitzenden ehemalige Polizisten mehr als alles sonst. Die beiden werden breitbeinig gehen müssen, mit blauen Augen und großen Blutergüssen über den Nieren.

Im besten Fall.

Es kann auch sein, dass ihnen die Augen ausgestochen werden. Der Bauch aufgeschlitzt, das Herz mit einem scharf geschliffenen Zahnbürstengriff durchbohrt. Für einen kurzen Moment tauchen Bilder jener Ereignisse vor Tims innerem Auge auf, die ihn dazu zwangen, den Polizeidienst zu verlassen. Aber er lässt es nicht zu, dass sie deutlich Form annehmen. Nicht jetzt.

Der Verkehr kommt in Bewegung, und nach fünf Minuten steht er in der arktisch kalten Rezeption von Heidegger und ruft Simone zu sich.

»Timmy boy! Was für hoher Besuch!«, ruft sie. »Ich komme in ein paar Minuten zu dir.«

»Im Konferenzzimmer.«

Wilson ist nicht am Platz. Also hat ihn wohl irgendein Ärger herausgelockt. Vielleicht ist er ja mit Ana Martinez bei der Bank. Oder beim Steuerberater.

Tim dreht das Thermostat im Konferenzraum auf vierundzwanzig Grad hoch, und schnell wird es wärmer. Er setzt sich. Spürt die Metallarmlehnen des weißen Lederstuhls kalt unter seinen Unterarmen.

Nach ungefähr zehn Minuten kommt Simone. Bittet nicht um Entschuldigung für die Verzögerung.

»Oh, hier drin ist es ja schön warm.«

»Eine angenehmere Hölle«, sagt Tim.

Lachend setzt Simone sich. Sie trägt ein weißes, wadenlanges Kleid. Das steht ihr, wie auch der rote Farbton ihrer frisch lackierten Fingernägel. Sicher ist heute Abend Besuchszeit im Gefängnis.

»Was willst du?«, fragt sie.

Er gibt ihr den Fotoapparat, lässt sie die Bilder von Gordon Shelley zusammen mit den anderen Frauen ansehen.

»Das ist der Liebhaber von Peter Kants Frau«, sagt er. »Shelley.«

»Dann ist er also Callboy?«

»Sieht so aus. Hast du etwas über ihn gefunden?«

»So weit bin ich noch nicht gekommen. Aber sicher gibt es etwas über ihn auf den Seiten der Agenturen, wenn auch unter falschem Namen. Vielleicht Lenny, vielleicht Chili, Ron, oder welche Künstlernamen Callboys nun immer benutzen.«

»Kannst du mal nachsehen?«

»Das kann ich.«

Simone streicht ihr Kleid glatt.

»Hier drinnen ist es fast schon zu warm. Bezahlt die Frau des Deutschen dafür, dass sie Sex mit ihm haben darf?«

»Ich habe nicht das Gefühl«, erwidert Tim. »Ganz und gar nicht. Nein, im Gegenteil. Sie ist so hübsch, dass zwei Drittel der männlichen Bevölkerung von Palma sicher gern mit ihr schlafen wollten. Das scheint was Echtes zu sein.«

Er denkt an das erste Mal, als er sah, wie sie in der Villa in Andratx Sex miteinander hatten, als er ihnen dabei durch die offene Terrassentür zusah. Nataschas flehentlicher, ins Nichts gerichteter Blick, Gordon Shelley, der zögerte, nicht wirklich anwesend zu sein schien, und vielleicht war er tatsächlich in dem Augenblick gekauft, aber danach hatten die beiden wirklich verliebt ausgesehen.

Simone steht auf.

»Auch Huren brauchen Liebe«, sagt sie.

Peter Kants Gesicht ist blasser als vor einer Woche und die Falten auf seiner Stirn haben sich vertieft. Er sieht zwar immer noch nicht wie ein alter Mann aus, aber wie ein sehr müder Mann.

»Was haben Sie herausgefunden? Ich kann schon sehen, dass Sie etwas gefunden haben.«

Peter Kant stützt die Ellenbogen auf die Glasscheibe des Konferenztisches, drückt sie fest nach unten, einen Moment lang glaubt Tim, die Scheibe könnte zerbrechen, die Haut des Deutschen durchschneiden, ihm Narben fürs Leben bescheren.

Er dreht den Bildschirm seines Laptops zu Kant, er hat alle Bilder überspielt, sie zu einer Datei zusammengefasst, die er einfach nur mit »Kant« benannt hat. Die Fotos von Shelley mit den anderen Frauen hat er nicht darin aufgenommen. Eine Sache zur Zeit ist meistens am besten. Der Nacken knackt und ein stechender Schmerz strahlt durch die ungeschickte Bewegung bis in den Arm aus und lässt die Fingerspitzen brennen.

»Sind Sie bereit?«, fragt er.

Aber Kant sieht nicht so aus, als wäre er bereit, eine Augenbraue zuckt nervös.

Tim steht auf, zieht sich das Sakko aus, hängt es über die Rückenlehne.

»Möchten Sie einen Kaffee, bevor ich anfange?«

»Ist es so schlimm?«

Tim erkennt, dass er sich geirrt hat. Da ist keine Unruhe in Peter Kants Gesicht, keine Nervosität, kein Schmerz, keine bisher unterdrückte Wut liegt darin, eher scheint er auf einen unangenehmen Bescheid vom Steuerberater zu warten.

»Kaffee?«

»Nein danke.«

Ein Mann wie Peter Kant braucht keine Worte. Er braucht Bilder, stichfeste Beweise, Ziffern in einem revidierten Jahresabschluss, und Tim ruft das erste Foto auf, das von dem schwarzen Lexus, der vor der Villa in Andratx ankommt, ein anderes Foto vom Gartengelände neben dem Pool. Tim zögert, wartet, das nächste Bild ist eine explodierende Granate, Peter Kant kann nicht wissen, was jetzt kommt, auch wenn er es ahnt.

Tim klickt zum nächsten Bild.

Das Foto zeigt, wie Gordon Shelley Natascha von hinten nimmt, in dem weißen Bett, Peter Kants Bett in Peter Kants Haus, und Kant drückt die Ellenbogen noch härter auf die Tischplatte, aber die Platte hält das aus, und dann lehnt er sich zurück, faltet die Hände hinterm Kopf, schnaubt.

»Verdammte Scheiße«, und dann: »Wer ist das?«

Weitere Fotos.

Wie sie Hand in Hand den Paseo del Borne entlanggehen, wie sie das Haus in El Terreno betreten. Wie sie ein zweites und drittes Mal in dem Bett Sex haben.

»Das genügt«, sagt Peter Kant, und jetzt sieht er noch blasser aus, schielt zum Papierkorb neben der Tür, und Tim spürt, dass sein Klient mit der Übelkeit kämpft, hofft nur, Peter Kant möge sich nicht direkt auf den Tisch erbrechen. Das ist Männern mit untreuen Frauen schon früher passiert, und Ana Martinez ist nicht der Ansicht, dass es zu ihrem Job gehöre, die Kotze betrogener Ehemänner aufzuwischen, das muss jeder Detektiv bitte schön selbst tun.

Doch es gelingt Kant, sich zusammenzureißen. Jetzt zuckt die andere Augenbraue, und er scheint in den letzten Sekunden um Jahre gealtert zu sein. Das ist der Preis dafür, sein Leben neu bewerten zu wollen, das zu erfahren, was man eigentlich gar nicht hat wissen wollen, und wahrscheinlich schießen ihm gerade tausend Gedanken durch den Kopf.

Was soll ich tun? Was soll ich ihr sagen, was werden die Konsequenzen sein? Wird sie mich verlassen, ist es das, was sie will? Soll ich sie schlagen? Rauswerfen? Mich scheiden lassen, was sagt der Ehevertrag, verdammte Scheiße, ich hätte einen Ehevertrag abschließen sollen. Und wie wird dann die Einsamkeit werden, das Bett, das leer ist, wenn ich die Hand ausstrecke und dich vor mir sehe, bei einem anderen, jüngeren und attraktiveren Mann? Wie konntest du nur, in unserem Bett, das wir zusammen gekauft haben? Warum bin ich dir nicht genug?

»Wer ist das?«

Tim berichtet, was er weiß, lässt aber immer noch die Callboy-Informationen aus, die anderen Frauen. Simone sucht weiterhin nach Kräften nach Shelleys Foto auf den Escort-Websites, aber Tim will das nicht erzählen und zeigen, selbst wenn sie etwas findet. Das gehört nicht zum Auftrag. Die Information, für die Peter Kant bezahlt, ist die Antwort auf eine einfache Frage: Ist meine Frau mir untreu oder nicht? Jetzt hat er Gordon Shelleys Identität erfahren, seine Adresse. Es könnte zu nur noch mehr Unruhe und Dreck führen, wenn Peter Kant weitere Dinge erführe, die ihn in tiefster Seele erschütterten.

»Dann stimmt das also, was im Brief stand«, sagt Peter Kant.

»Ja.«

»Ich habe immer noch keine Ahnung, wer ihn geschickt haben könnte. Und warum.«

»Vielleicht haben Sie einen Freund, den Sie gar nicht kennen.«

»Oder einen Feind.«

»Machen Sie jetzt keine Dummheiten«, sagt Tim. »Dieser Shelley ist es nicht wert.«

Peter Kant scheint etwas darauf erwidern zu wollen, aber die Worte bleiben ihm im Hals stecken, er starrt auf den Bildschirm, auf das Foto, auf dem Shelley und Natascha Hand in Hand den Paseo del Borne entlanggehen.

»Ich maile Ihnen die Fotos«, sagt Tim.

Peter Kant nickt. Schüttelt dann den Kopf.

»Und ich dachte, es ginge uns so gut«, sagt er. »Ich habe ihr doch jeden Wunsch erfüllt.«

»Manchmal wünschen wir uns mehr als das.«

»Die beiden sehen verliebt aus, oder?«

»Ich weiß es nicht«, lügt Tim. »So etwas ist schwer zu beobachten oder auf einem Foto einzufangen. Was ein anderer Mensch fühlt, kann man ihm letztlich nicht ansehen.«

Er klappt den Laptop zu. Der grafitgraue Deckel ist abgegriffen, ein viel benutztes Gerät, das Wilson bei einem Pfandleiher ein paar Straßen weiter gekauft hat. So viel er für die Klimaanlage ausgibt, so wenig will er in Computer investieren.

»Und Sie haben nicht die geringste Idee, wer Ihnen den Brief geschickt haben kann?«, fragt Tim.

»Spielt das noch eine Rolle?«, fragt Peter Kant zurück.

Nach dem geschäftlichen Treffen trinken sie zusammen auf der Plaza de los Patines einen Kaffee. Sitzen im Schatten unter einer leicht schwankenden Markise, fühlen, wie die Temperatur ansteigt, wie der Schweiß auf der Stirn ausbricht. Am Nebentisch sitzen zwei der Alkoholiker des Viertels, sie trinken Bier, versuchen ihren Körper so zu tarieren, dass er noch einen Tag mitspielt. Über den Ständen des ökologischen Wochenmarkts bewegen sich Palmenkronen im Wind, und Frauen in batikgefärbten langen Kleidern betasten prüfend dicke Auberginen. Menschen gehen auf dem Bürgersteig entlang, bewegen sich langsam in der Hitze, scheinen das Kühle zu suchen.

Tim und Peter Kant bestellen bei einem mageren jungen Mädchen mit Pflastern in den Armbeugen jeder einen Cortado. Zwei Polizisten halten auf ihren Motorrädern direkt vor ihnen an, steigen ab, nehmen die Helme ab und gehen in die Bar.

Tim hört die beiden etwas auf Spanisch murmeln. Vielleicht holen sie ja die wöchentliche Bezahlung ab, oder sie wollen nur zeigen, wer hier das Sagen hat. Selbst die Alkoholiker scheint die Anwesenheit der Polizei zu bedrücken.

Ein Obdachloser schlendert vorbei. Er stinkt nach Schweiß und Schmutz, und seine Haut hat die dunkle Tönung des Straßendrecks. Jeans und Pullover sind speckig. Er bettelt nicht, starrt nur hungrig auf die Marktstände und kratzt sich den verfilzten Bart.

Peter Kant und Tim trinken schweigend ihren Kaffee, beobachten, wie die Polizisten den Obdachlosen vom Bürgersteig wegschubsen, in Richtung der Calle de los Olmos, als wäre es besser, wenn er dort obdachlos ist als hier, zwischen den Sexshops, Coffeeshops, Massagesalons und dem afrikanischen Friseursalon, der auf Dauerglättungen spezialisiert ist.

Es war Peter Kant, der vorgeschlagen hatte, einen Kaffee trinken zu gehen. Er wirkt gefasst, scheint bereit zu sein, etwas zu sagen.

Die Polizisten fahren wieder. Sie geben Gas, dass die Motoren aufheulen, lassen das ganze Viertel wissen, dass sie hier sind, und hinten auf dem Markt erzittern die ökologischen Eier in ihren Körben, die kleinen Hündchen kläffen und Tim ist sich sicher, dass die Yogaleute, die zwischen den Ständen herumlaufen, dieses ungehobelte Auftreten voller Verachtung kommentieren.

Peter Kant bestellt sich einen zweiten Kaffee.

»Was soll ich tun?«, fragt er, als die Kellnerin wieder gegangen ist.

»Hätte ich eine Patentlösung für Ihr Problem, wäre ich bestimmt schon steinreich«, erwidert Tim. »Genau wie Sie.«

Peter Kant grinst.

»Ich bin mir sicher, dass von dem Vorschuss noch Geld übrig ist, also könnte der gute Herr Blanck doch wohl so freundlich sein und mir antworten. Ich begnüge mich auch mit den Ratschlägen, die ich mündlich bekomme.«

»Lieben Sie sie?«, fragt Tim.

»Ja, ohne Zweifel«, antwortet Peter Kant. »Das tue ich seit dem ersten Mal, als ich sie gesehen habe. Im Grill Royal in Berlin. Sie hat dort in der Bar gearbeitet. Und einen perfekten Old Fashioned gemixt. Mit Bourbon.«

Tim weiß, er sollte fragen, was dann passiert ist, wie die beiden auf Mallorca gelandet sind. All das sollte er fragen, denn es sieht so aus, als wollte Peter Kant gern darüber reden. Aber er ist Privatdetektiv, kein Therapeut.

»Dann bin ich der Meinung, Sie sollten versuchen, das mit ihr zu klären. Liebe ist sehr viel seltener als Untreue. Halten Sie das fest, was Sie haben, so lange es irgend geht.«

»Aber diese Fotos. Aus dem Schlafzimmer.«

»Das ist nur Sex«, sagt Tim. »Ein menschliches Bedürfnis. Das bedeutet weniger, als wir glauben.«

Peter Kant öffnet die Spange seiner teuren Uhr, drückt sie wieder zu, wiederholt das Ritual mehrere Male.

»Sie haben recht.«

»Was den Sex betrifft?«

»Was alles betrifft.«

Dann wird Peter Kants Kaffee serviert, und er bedankt sich übertrieben höflich bei der Kellnerin.

»Ich bewundere Sie übrigens«, sagt er. »Dass Sie nie aufgeben, es immer noch schaffen, nach ihr zu suchen. Das muss schwer sein. Ich habe zumindest mit der Sache abschließen können.«

»Haben Sie das wirklich?«

»Nein ... aber auf eine gewisse Art und Weise doch.«

Wieder Schweigen. Eine Böe fährt durch die Palmen vor ihnen, bringt die Blätter zum Rascheln und Zischen, dann verstummen sie wieder. Sirenen in der Ferne, ein Paar, das in einer Wohnung über ihnen laut streitet.

»Ich weiß nicht, ob ich meine erste Frau jemals geliebt habe«, sagt Peter Kant.

»Was macht sie heute?«

»Sie lebt mit einem vermögenden Inder zusammen, in Toronto.«

Und Natascha, wie ist sie auf Mallorca gelandet, nach der Zeit in Berlin? Tim liegt die Frage auf der Zunge, aber er spricht sie erst einmal nicht aus.

»Man weiß nie, wie es kommt«, sagt er stattdessen und trinkt den letzten Schluck Kaffee. Er spürt, wie der Schweiß gegen das Deodorant gewinnt. Eine Kakerlake huscht zwischen seinen Füßen entlang, in die Bar hinein, stoppt dort und schaut sich um, bevor sie unter den Kühlschrank krabbelt.

An der Decke dreht sich ein Ventilator. Der Stuck ist verstaubt und vergilbt, und wieder geht der gleiche Obdachlose an ihnen vorbei, dieses Mal in die andere Richtung.

»Verzeihen Sie ihr, wenn Sie sie lieben.« Dann holt Tim tief Luft und fährt fort: »Ich habe immer noch Hoffnung. Dass Emme am Leben ist, dass ich sie finden werde. Ich halte weiterhin daran fest.«

Wieder fährt eine Böe durch die Palmenkronen.

»Wie hieß Ihre Tochter, Peter?«

Er bekommt keine Antwort, und da fällt ihm ein, dass er die gleiche Frage bereits im Haus gestellt hatte.

»Sabina«, sagt Tim. »Entschuldigen Sie.«

Peter Kant nickt.

»Ist schon in Ordnung, wenn Sie den Kaffee übernehmen.«

»On me«, sagt Tim.

Peter Kant erhebt sich, bricht auf in Richtung Las Avenidas. Die Sonne steigt hinter einem der Häuserdächer hoch, und sein Körper wird im Gegenlicht zu einer schrumpfenden Silhouette, als verschwände er langsam im Nichts.

Tim will nicht wieder zurück zum Büro, obwohl er eigentlich arbeiten muss. Wilson wird sicher bald nach ihm fragen. Tim kann förmlich spüren, wie er fortgetrieben wird, es ihn wegzieht von Heidegger, wie seine Gedanken in andere Bahnen fließen, in etwas ganz Neues, etwas, von dem er noch nicht weiß, was es eigentlich ist.

Er ist vor dem Café sitzen geblieben. Die Schmerzen im Nacken sind stärker geworden, das Gespräch mit Peter Kant muss die Blockaden verstärkt haben, und jetzt pocht es auch noch in den Schläfen.

Er bestellt sich einen Jim Beam ohne Eis. Trinkt ihn, doch das hilft nur wenig gegen die Schmerzen, also holt er sein Handy heraus und ruft Mai Wah an.

Sie antwortet nach dem siebten Klingeln, sicher ist sie mit einem Kunden beschäftigt, dessen Fußsohlen sie zerdrückt oder dem Nadeln an ganz bestimmten Punkten in die Haut gestochen werden, um das Böse zu vertreiben.

»Mr Tim. Long time.«

Er bestellt sich einen zweiten Whiskey, indem er dem mageren Mädchen mit den Pflastern das Glas hinhält.

»Du bist zu gut, Mai. Ich muss nicht so oft zu dir kommen.«

»Aber jetzt brauchst du mich?«

»Hast du Zeit heute?«

»In einer halben Stunde. Kannst du dann kommen?«

»Ich bin in einer halben Stunde bei dir. Das gleiche Problem wie immer, es tut höllisch weh.«

»Männer jammern nicht«, sagt Mai Wah. »Das tun nur kleine Jungs.«

Dann legt sie auf. Tim schluckt seine Worte runter, spült mit dem Alkohol nach, und sein Blickfeld verschwimmt an den Rändern.

Pere Garau.

Das Palma der Chinesen. Der Araber, Ecuadorianer, Dominikaner und Salvadorianer, der Mexikaner. Ihre Varianten des Kastilischen, chinesische Zeichen auf Schildern über den Geschäften, Restaurants und Friseursalons, die immer geöffnet sind.

China Bazar.

Diese beiden Wörter gibt es in allen Sprachen.

Ein Regalmeter nach dem anderen voll mit Krimskrams, der von Shanghai ohne Umwege direkt nach Madrid geschickt wird, jede Woche ein Zug mit vierzig vollgestopften Waggons. Die Chinesen haben viele der alten Spezialgeschäfte in den spanischen Stadtkernen verdrängt. Sie bieten alles in einem Laden an, sind so gut wie immer geöffnet und nehmen knapp den halben Preis. Da fragt keiner nach Qualität oder Tradition, und viele kaufen lieber jedes zweite Jahr eine neue Nagelschere als eine, die ein ganzes Jahrzehnt funktioniert.

Chinatown. Einen Kilometer vom Kaufhaus El Corte Inglés entfernt auf Las Avenidas, fünfundzwanzig verschwitzte Minuten Fußweg von der Plaza de los Patines, und mit jedem Schritt sinkt das Durchschnittseinkommen, während gleichzeitig der Fleiß steigt. Tim war froh, als er herausfand, dass Palma eine eigene Chinatown hat, die Straßen von der Plaza Las Columnas hinunter zur Plaza Pere Garau mit dem heruntergekommenen Markt, auf dem die Südamerikaner billige Fleischwaren und Koriander verkaufen, wo die Händler frische Sardellen feilbieten, große Tintenfische und gezüchtete Meeresforellen eher als Steinbutt aus Wildfang, und auf dem die Chinesen sogar die Cafés übernommen haben und gern die ruhelosen Seelen bedienen, die die Krise 2008 schuf und die heutzutage sonst nirgends willkommen sind.

Mai Wah hat ihr Geschäft an der Calle Bisbe Cabanelles, gegenüber den Räumen eines somalischen Clubs. Sie hat nicht viel übrig für die muslimischen, dunkelhäutigen Männer, das weiß Tim. Mai Wah zufolge unterdrücken sie die Frauen und schauen verächtlich auf sie, Mai Wah, herab, weil sie selbst für ihren Unterhalt sorgt. Aber Mai Wah und die Somalier leben trotz allem in friedlicher Koexistenz, abgesehen von missbilligenden Blicken, die sie sich gegenseitig zuwerfen.

Die grüne Markise ist ausgefahren, sie hindert die Sonne daran, in die Räume zu scheinen. Fotos von Händen, die Körper massieren, sind von der Innenseite an die Türscheiben geklebt, ein roter Papierlampion hängt an der Markise, außerdem eine Lichterkette mit bunten Lämpchen. Ein winkender Tiger steht auf einer kleinen Säule vor der Tür, und daneben hängen mehrere Plakate mit Akupunkturschemata und einer Übersicht über die Fußreflexzonen, die wohl die Topografie des physischen Elends kartieren.

Er klingelt, und Mai Wah öffnet ihm mit einem strahlenden Lächeln. Sie ist in den Sechzigern, vielleicht auch viel jünger, das ist unmöglich zu sagen, eine kleine, gesetzte Person, mit runden Wangen und schmalen Augenschlitzen, aus denen die Pupillen ihn voller Energie und Freude anstrahlen. Das kurze schwarze Haar hat eine Dauerwellenbehandlung bekommen, ist rot gefärbt und die Locken lassen ihre Wangen noch runder aussehen. Sie trägt einen weißen Kittel über schwarzen Leggings.

»Du hast die Haare schön«, sagt Tim.

Mai Wah ist von seinem Kompliment überrumpelt, er sieht, wie sie errötet.

»Aber du siehst müde aus, Mr Tim, gut, dass du kommst.«

Sie begrüßen sich mit Wangenkuss, und dann führt sie ihn ins Behandlungszimmer. Die Wände sind in einem leuchtend orangen Farbton gestrichen, der laut Mai Wah gut für die innere Balance sein soll. Die ganze Praxis riecht nach gekochten chinesischen Wurzeln, getrocknetem Getier und Pflanzen. Außerdem nach dem Essen, das Mai Wah jeden Tag kocht. Ungenießbare chinesische Teigbällchen, die sie ihm jedes Mal wieder aufnötigt, Gemüse, frittiert in Sesamöl, vegetarische Teigtaschen, gefüllt mit Kohl und Ingwer.

»Ich habe Bällchen gebacken«, sagt sie. »Du kriegst nachher welche mit. Ich weiß, dass du sie magst.«

Tim zieht Jacke und Hemd aus, legt sich auf die Behandlungspritsche, atmet aus, versucht sich zu entspannen, bevor der Schmerz kommt.

Er spürt Mai Wahs Hände auf seinen Schultern. Sie tasten seine Muskeln nach Knoten ab, nach Angriffspunkten, Verbindungen, Merkmalen, die nur sie kennt.

»Nicht gut, gar nicht gut«, murmelt sie. »Du solltest nicht so viel arbeiten.«

»Alle arbeiten viel«, sagt er, spürt, wie die erste Nadel durch die Haut dringt, und der Schmerz, der ihn durchfährt, als sie die Nadel dreht, um die Nervenbahnen zu reizen, ist fest und kalt.

Verdammt.

Nach jedem Besuch bei Mai Wah verdrängt er, wie weh das mit den Nadeln tut.

Noch zwanzig Nadeln, noch zwanzig Mal derselbe Schmerz, aber er gibt keinen Laut von sich, diesen Triumph gönnt er ihr nicht. Schon bald spürt er in seinem Inneren Ströme, die zwischen den Nadeln fließen, fühlt, wie sich die Knoten langsam lösen, wie die Schmerzen, mit denen er hierherkam, verschwinden.

»Damit kann ich dir helfen«, sagte sie das erste Mal, als er in ihre Praxis kam, und sie hat ihn nie irgendetwas gefragt, und er hat nie etwas erzählt, nur gesagt, dass er aus Schweden stamme, alleinstehend sei und in einem Büro arbeite.

Sie zieht ihm Schuhe und Strümpfe aus. Drückt fest auf die Fußsohle, mit unglaublich harten Fingern, und er kann kaum atmen, so weh tut das, aber nach nur wenigen Minuten gibt sich der Schmerz und sein Atem wird tief und entspannt.

Mai Wah hat ihm erzählt, dass sie vor zwanzig Jahren aus Shenzhen nach Mallorca gekommen ist. Mit ihrem Mann. Er verließ sie nach fünf Jahren und zog zurück nach China, aber sie wollte bleiben.

»Wir haben nie Kinder bekommen.«

Es ist nicht klar, ob es in Mai Wahs Leben einen Mann gibt, aber das ist ihre Sache, ganz und gar.

»Fühlst du dich besser?«, fragt sie nach fünfundvierzig Minuten.

Er brummt zur Antwort.

»Du solltest vor dem Mittag keinen Alkohol trinken.«

»Das mache ich nie.«

»Noch zehn Minuten. Nur heute.«

Dann erzählt Mai Wah von ihrer Gartenparzelle, gut fünf Kilometer vom Zentrum entfernt, auf der Ebene unterhalb der Berge, und dass sie in diesem Sommer hart um die Pflanzen hat kämpfen müssen, denn das Wasser war abgestellt worden und so hatte sie es in Kanistern von ihrer Wohnung an der Plaza de Toros hinauffahren müssen. »Zwei Runden jeden Abend, aber du solltest meinen Pak Choi sehen! Die reinste Pracht.«

Sie hat schon früher von ihrem Garten erzählt, jedoch nicht im Detail.

»Hast du eigentlich eine Laube oder so was da oben? Kannst du da übernachten?«

»Einen Wohnwagen. Aber schlafen? O nein. Da gibt es keine Toilette. Zu heiß. Ist trotzdem schön.«

Sie zieht die Nadeln heraus, eine nach der anderen, und ein Druck, von dem er gar nicht wusste, dass es ihn gab, fällt von den Schultern. Anschließend massiert sie ihm den Kopf, und er schläft unter ihren sanften Fingern ein, oder ist es eher eine andere Art von Wachzustand? Auf jeden Fall ist es eine Leere. Nicht einmal Emme existiert in ihr.

Mai Wah macht eine Pause, dann benutzt sie eine Art Öl mit Pfefferminze, und er ist zurück im Auto am Flughafen Arlanda, der Regen trommelt auf das Autodach. Das Kaugummi, GEH NICHT, und er zuckt zusammen.

»Okay, Mr Tim?«

»Alles okay.«

Dann ist sie fertig.

Mehr, möchte er am liebsten sagen. Aber sie lässt ihn allein im Behandlungsraum zurück.

Tim bleibt noch ein paar Minuten liegen. Dann steht er auf, fühlt sich für einen Moment schwindlig. Er zieht sich wieder an, und draußen in dem kleinen Empfangsraum bezahlt er ihr fünfzig Euro. Sie nimmt den Schein entgegen und reicht ihm eine weiße Plastiktüte.

»Bällchen«, sagt sie. »Dampfgegart. Ich weiß, wie gern du die magst.«

»Danke. Ich liebe sie.«

Sie grinst.

Wieder Wangenküsschen.

»Warte nicht so lange bis zum nächsten Mal, Mr Tim. Heute war es sehr schlecht. Sehr, sehr schlecht.«

»Ich werde gehorchen, Mai.«

Er tritt hinaus in die Sonne, geht auf den Markt zu. Einen Moment lang fühlt er sich ganz leicht, doch das Gefühl verschwindet schnell, als er an den kaputten Existenzen in den Straßencafés vorbeigeht. Keine Nadeln der Welt können ihm wahre Erleichterung verschaffen.

Aber der Schmerz im Nacken ist fort, auch strahlt kein Schmerz mehr bis in die Arme hinein und seine Finger kribbeln nicht mehr.

Ein Mülleimer.

Er dreht sich um. Vielleicht ist Mai Wah rausgegangen, um etwas einzukaufen, und geht jetzt hinter ihm?

Aber sie ist nicht zu sehen.

Er wirft die Tüte mit den Teigbällchen in den Mülleimer, und sie landet sanft auf einem Bund überreifer Bananen.

Es ist halb acht geworden, und Tim liegt auf dem Bett. Es ist ruhig im Haus, kein Lärm, keine weinenden Kinder, keine Auslieferung von Tony's Pizza.

Er wartet darauf, dass die Sprechanlage surrt. Im Laufe des Tages ist es immer heißer geworden, und die Hitze hält sich. Der Ventilator arbeitet im Gegenwind, die schwüle Hitze im Raum ist wie Gelee, klebrig und aufdringlich. Er hat das Hemd ausgezogen, doch das hilft kaum.

Milena ist auf dem Weg, sie will bei ihm vorbeischauen, bevor sie zur Arbeit geht. Er will, dass sie jetzt kommt, sofort, er möchte sie unbedingt sehen.

Kannst du heute kommen?, schrieb er ihr. Sie hat sofort geantwortet.

Heute Abend, vor der Arbeit, und endlich ist der dumpfe, aber durchdringende Ton der Sprechanlage zu hören. Tim steht auf, kämpft sich durch das Gelee. Im Wohnzimmer sind die Gardinen vorgezogen, und die lila Lampe auf dem Schreibtisch ist eingeschaltet und wirft einen bleichen Schein auf sein Zuhause.

Er lässt sie herein, und sogleich liegen sie auf dem Bett, nackt, und sie ist heiß und verschwitzt, weich unter seinen Händen, genau, wie er es gernhat, und sie flüstert:

»Ja, genau so, cariño.«

Er hält sich zurück, kämpft darum, dass sie vor ihm kommt, halt dich zurück, Tim, denk an etwas anderes, aber das ist doch gerade der Sinn des Ganzen, dass man an nichts anderes denken soll.

Sie ist kurz davor, er ist kurz davor, und sie streckt die Arme zur Decke aus, spreizt die Finger und schüttelt sie, als wollte sie das Gefühl bis in die Fingerspitzen dehnen und weiter bis an die Decke, noch weiter, in den Abend hinaus.

Sie hält die Luft an. Ihr Gesicht zieht sich zusammen, alle Muskeln in ihrem Bauch verkrampfen sich, lange, immer wieder, sie wimmert, und er fragt sich, was sie wohl fühlt, was das ist, das ihm entgeht. Denn als er selbst zum Höhepunkt kommt, geschieht das wie immer hart und heftig, kurz und dumpf, viel zu flüchtig. Sie lässt sich über ihm zusammenfallen, und die Hitze und der Schweiß kommen zusammen, das Herz rast, die Schläfen pochen, so bleiben sie liegen, keuchend, und langsam gleitet er aus ihr heraus, nein, nein, flüstert sie, noch nicht, aber das ist der Wille der Natur, und jetzt spüren sie nur noch die Hitze, den Schweiß, das Klebrige, die unerträgliche Schwüle des Abends, und sie steht auf. Ihr Gewicht verschwindet und er ist leichter, als er es nach Mai Wah gewesen ist. Einen Moment lang glaubt er tatsächlich, dass diese Leichtigkeit auch eine Möglichkeit sein könnte.

Milena zieht sich die Hose an, ihre Sandalen, das rosa T-Shirt, und dann gibt sie ihm einen Kuss auf die Wange und verlässt die Wohnung ohne ein Wort.

Er bleibt auf dem Bett liegen.

Greift nach dem Handy auf dem Nachttisch.
Er schickt Rebecka eine SMS.
Wie geht es dir?
Anschließend:
Wie sieht es aus bei dir?
Und er tippt weitere Worte ein.
Wo bist du?
Aber die schickt er nicht ab.

Emme strahlt, als sie ihre Mutter durch das Fenster des Kindergartens entdeckt. Rebecka ahnt, dass etwas tief im Inneren ihrer Tochter zum Leben erwacht, und sie denkt, dass der Mensch eigentlich ein Organismus ist, der aus vielen Teilen zusammengesetzt wurde, bei dem das eine dem anderen zugefügt wurde, miteinander verbunden, bis wir zu dem werden, was wir sind, was wir werden sollen.

Emme steht vom Tisch auf, an dem sie mit anderen Kindern gesessen und gemalt hat. Sie eilt zur Tür, versucht sie zu öffnen, dreht aber den Türknauf in die falsche Richtung, und eine der Erzieherinnen kommt ihr zu Hilfe.

Rebecka geht schneller über den Hof, bekommt das Gefühl, dass es eilt.

Emme ist drei Jahre alt. Leicht wie Watte im Arm in der Garderobe des Kindergartens. Sie in die Luft zu heben ist, wie eine vom Himmel gefallene Feder schweben zu lassen, ihre Taille ist so dünn, dass Rebeckas Finger sich fast treffen, als sie sie umfasst. Emme ist zerbrechlich, ein kleiner Windstoß kann sie in der Mitte durchbrechen. Und gleichzeitig ist sie unverletzlich.

Ist es Sommer oder Frühling? Herbst? Winter?

»Komm, ich geb dir deine Medizin«, sagt Rebecka und stellt Emme auf den Fußboden.

Sie schließt die Tür hinter sich und zieht sich die Schuhe aus. Welche Schuhe? Welche Jacke zieht sie aus? Was sagt sie der Erzieherin?

Ein paar Stufen führen hoch in die Küche, Zeichnungen an den Wänden, struppige Figuren, deren Gliedmaßen nicht mit dem Torso zusammenhängen, deren Finger nicht zu den Handflächen passen, deren Augen neben den Gesichtern kleben. In der Küche leiht sich Rebecka von der Köchin ein Glas. Im Essraum trinkt Emme das Penicillin, es ist rosa, dickflüssig und schmeckt nicht, aber sie trinkt es, Schluck für Schluck, rümpft die Nase. Rebecka streicht ihr über das dünne blonde Haar, das reicht ihr inzwischen bis auf die Schultern, und Emme will es noch weiter wachsen lassen, aber die Haarsträhnen scheinen damit nicht einverstanden zu sein, sie brechen ab, wenn sie das Schlüsselbein erreichen.

Emme sitzt auf einem kleinen Stuhl, streckt ihr die Hände entgegen. Die Knie protestieren, als Rebecka sich hinunterbeugt und sie in die Arme schließt, und Emme zieht sie mit unerwarteter Kraft an sich, schlingt ihr die Arme um den Hals und drückt sie an sich, lange und fest.

Rebecka umarmt sie auch, schaut aber dabei verstohlen auf die Armbanduhr, sie muss zurück, ein Beinbruch muss gerichtet werden, was für eine idiotische Vorschrift, dass das Personal den Kindern keine Medikamente geben darf, sondern die Eltern deshalb in den Kindergarten kommen müssen, sonst muss das Kind zu Hause bleiben.

Ein paar lächerliche Pillen.

Einige Schlucke rote Flüssigkeit.

Sie gehen zurück zu den anderen Kindern, zu den Legoteilen, den Puppen, den Bauklötzen, der Knete, den Stimmen und Düften, dem beige melierten Fußbodenbelag, der zugeklebten Scheibe in der Tür zur Werkstatt.

Als Emme sieht, wie Rebecka sich die Schuhe anzieht, begreift sie, dass die Mama wieder gehen will, dass sie nur gekommen ist, um ihr Medizin zu geben, nicht, um sie abzuholen, und da zerbricht etwas für Emme, in der nächsten Sekunde sackt sie in sich zusammen, weint, streckt ihr erneut die Arme entgegen, »mit nach Hause, mit nach Hause«.

Sie nimmt Emme auf den Schoß, die Tochter klammert sich fest, bockt, schreit, riesige Tränen kullern über die helle Haut ihrer Wangen. Rebecca befreit sich, hält Emme einer Erzieherin hin, macht sich los.

Wie kannst du nur gehen, Mama?
Wie kannst du?
Wir lassen einander doch nicht so im Stich, Mama.
Das weißt du doch.

Ich bin gegangen.
Dabei hätte ich bleiben sollen.
Hätte dich mit nach Hause nehmen sollen.
Nach Hause.

Rebecca sitzt auf dem Sofa im Wohnzimmer, schaut auf den schwarzen Fernsehbildschirm, sieht ihr unscharfes Spiegelbild darin. Sie ist allein in der Wohnung, wie sie es auch war, als Tim auf Mallorca blieb, um weiterzusuchen. Nie war er hier bei ihr, nie waren sie beieinander. Nie zusammen. Nur in einem Verlust, einer Sehnsucht und einer Trauer, die weder einen Anfang noch ein Ende hatte.

Telefongespräche. Wie ist das Wetter? Heiß. Hier ist es kalt. Regnerisch. Ich habe eine neue Sorte Milch bei Eroski gekauft. Ich fliege zu einer Konferenz nach Kyoto. Heute kam eine Einladung dazu in der Klinik an.

Worte, die um das herumtanzen, das sie nicht in Worte fassen können. Als sprächen sie im Schlaf miteinander. Die Buchstaben, die Geräusche, das waren ihre Träume, die jemand zerrissen hatte, zu denen sich jemand Zugang verschafft hatte.

»Ich lasse dir alle Freiheiten, Tim«, sagte sie. »Wenn du dich da unten zu einsam fühlst.«

»Das Gleiche gilt für dich«, erwiderte er.
»Oder aber du kommst nach Hause.«
»Ich komme nach Hause, wenn ich sie gefunden habe«, sagte er, und sie widersprach ihm nicht.

Am Morgen, nachdem Emme ihm das unscharfe Foto geschickt hatte, schaute er auf seinem Handy nach. Das Bild schien von einem Menschen gemacht worden zu sein, der durch die Luft wirbelte, als wäre die ganze Atmosphäre ein bodenloser Abgrund. Es gab nur eine leere SMS, abgeschickt um 03.54.
Was wolltest du, Emme?
Nachdem Emme sich nicht gemeldet hatte und auch nicht auf den sozialen Medien zu sehen gewesen war, rief er gegen halb zwölf Uhr am Vormittag Sofia an, Sofia behauptete, Emme schliefe noch. »Es ist gestern ein bisschen spät geworden, sie ist müde, und ich will sie lieber nicht wecken.« Damit gab er sich zufrieden. Anschließend Schweigen, dann ein Foto auf Instagram von den dreien, Emme getaggt, und auch damit gab er sich zufrieden, wollte ihnen »space« geben, alles war okay.
Es stellte sich heraus, dass das Foto vom vorherigen Tag stammte, eine Verschleierungsaktion zweier verängstigter Teenager. Julia und Sofia hatten die ganze Zeit gehofft, dass Emme wieder auftauchen würde. Wenn sie Alarm schlügen, käme heraus, was sie gemacht hatten. Dass sie alle drei richtige bad bitches gewesen waren.
Brave Mädchen, die plötzlich einfach dumm im Kopf geworden waren.
Julias raue Stimme am Telefon einen weiteren Vormittag später.
»Emme ist weg. Wir wissen nicht, wo sie ist. Wir haben uns nicht getraut, das früher zu sagen, weil sie ... weil wir so mega-

besoffen waren und wir dachten, sie wäre nur mit irgendeinem Typen mitgegangen, auf irgendein Boot oder auf sein Zimmer, und wir wollten nicht, dass ihr sauer werdet und uns zwingt, nach Hause zu kommen. Aber jetzt kriegen wir langsam Angst. Was sollen wir tun? Was macht man, wenn jemand weg ist?«
»Ihr geht zur Hotelrezeption, erzählt dort, was passiert ist, und bittet die dort, die Polizei anzurufen. Vielleicht wollen die das nicht so gern tun, aber ihr besteht drauf, dass sie anrufen.«
Als Tim auf der Insel landete, war Emme bereits seit vierunddreißig Stunden verschwunden. Die meisten Mädchen, die verschwinden, kommen innerhalb von achtundvierzig Stunden zurück, und wenn nicht, kommen sie überhaupt nicht wieder zurück. Er saß im Taxi und die Welt war heiß. Er rieb mit den Händen über den Stoff der beigefarbenen Baumwollhose, versank erneut in Bildern, die sein erschöpftes Gehirn heraufbeschwor. Eine nackte, blutige Leiche, Handschellen in einem nur schwach erleuchteten Raum, ein lebloser Körper, der im Meer schwimmt. Ein Körper neben einer Straße, von einem Auto zerschmettert. Er rief Rebecka aus dem Taxi an.
»Ich glaube, es ist was Schlimmes passiert, Liebling, etwas Schlimmeres, als wir auch nur ahnen.«

Rebecka antwortet nicht auf seine SMS, sie weiß, dass seine Nachrichten nicht wirklich ihr gelten.
Es wird still. Der Whiskey, den er getrunken hat, nachdem Milena gegangen ist, tut seine Wirkung, er spürt, wie der Schlaf kommt, so braucht er keine Tablette in dieser Nacht, und er schläft tatsächlich ein, träumt, und im Traum antwortet Emme, hinterlässt eine Nachricht auf seiner Facebookseite, die sonst niemanden interessiert.
Ich komme morgen Vormittag nach Hause, Papa. Gegen elf. Wäre toll, wenn Croissants da sind.
Diese SMS schickt sie.
Ich war schwimmen, Papa, aufs offene Meer hinaus. Ich bin jetzt in

Afrika, ein paar Libyer, die nach Hause wollten, haben mich in ihrem schicken Boot aufgefischt.

Auf Snapchat ein Foto einer Süßigkeit, einer sauren Himbeere.

Auf Instagram ein Bild von ihr, an eine Wand festgekettet, nackt, schmutzig und verängstigt in einem Gefängnisloch mit kahlen Wänden.

Hör auf, Emme,
hör auf. Emme.

Auf WhatsApp erscheint ein Schwarz-Weiß-Bild, durch Bewegung verwischt, und das Telefon klingelt im Traum, und er antwortet und hört ihre Stimme.

Ich falle, Papa. I'm falling, je tombe, 我跌倒, me cae.

Auf dem Bild fällt sie nicht, sie taumelt durch eine Finsternis ohne Anfang, in einen Schlaf ohne Ende, sie taumelt durch das, was vielleicht der Tod ist.

Die Nacht hat die Wohnung etwas abgekühlt, aber schon jetzt, so früh am Morgen, weiß er, dass der Tag wieder stillstehen, dass die Welt sich selbst entzünden wird.

Trotzdem zieht er seine Trainingsshorts an, seine Laufschuhe, ein verwaschenes, hellgrünes Acne-T-Shirt, das er zu seinem fünfunddreißigsten Geburtstag von Rebecka geschenkt bekommen hat.

Er läuft die Avenue die vierhundert Meter hinunter zum Hafen. An der Stadtmauer vorbei und den unbebauten Grundstücken, über die die Politiker sich streiten.

Dann läuft er am Wasser entlang, und eigentlich sollte hier eine leichte Brise gehen, aber heute ist kein Lufthauch zu spüren, nur eine backofenähnliche Wärme, unmöglich, ihr zu entkommen.

Es ist erst kurz nach zehn Uhr, und dennoch ist die Playa de

Palma bereits voll mit sonnenbadenden Touristen. Das Meer ist unwirklich blau, wie mit fetten Pastellfarben gemalt. Lärmende Kinder, dicke alte Tanten, die ihre Brüste in die Sonne halten. Nachtschwärmer, die immer noch nicht schlafen gehen mögen und das letzte Fünkchen Kraft aus dem nächtlichen Kokain saugen. Er läuft bis zum Hafen von Portixol. Dann weiter den kleinen Strand entlang, gesäumt von frisch renovierten Fischerhäuschen, Cafés und vereinzelten Palmen. In dem Dunst der Hitze, badend im eigenen Schweiß, tief versunken im eigenen Körper. Er läuft am Las Palmeras vorbei, der Bar, die früher ein hübsches rosa Neonschild an der Fassade hatte. Jetzt sind nur noch die verblassten Konturen des Schilds übrig, und er hat schon häufiger nachgefragt, aber der Besitzer hat keinerlei Pläne, ein neues zu kaufen. »Das sah so altmodisch aus, deshalb haben wir es abgehängt.«

Kurz bevor sich der Weg gabelt, trinkt er am öffentlichen Wasserhahn wie einer der durstigen Hunde. In den Cafés am Strand essen die Mallorca-Liebhaber ihr Frühstück, und er kann ihren theatralischen Gesten und selbstzufriedenen Mienen ansehen, dass sie davon überzeugt sind, am schönsten Fleck der Welt zu sein, und dass allein die Tatsache, dass sie hier auf der Insel leben, sie über die Masse ihrer Mitmenschen erhebt.

Die Leute sehen ihn an, als wäre er verrückt, hier zu joggen. Und sie haben vollkommen recht. Inzwischen kocht sein Gehirn, und er kehrt an dem Obelisken auf halbem Weg hinaus zur Ciudad Jardín um. Geht durch die Gassen zurück.

Beim Assaona Beach Club läuft er wieder los. Bald werden hier im Restaurant Sushirollen an verschwitzte und sonnenverbrannte Dickwänste serviert. Vielleicht kommt Peter Kant heute auch hierher, zu einem Versöhnungsmahl mit seiner Natascha? Er fragt sich, wie es dem Deutschen wohl geht, ob er Tims Rat gefolgt ist und das festhält, was er hat, wenn das überhaupt noch möglich ist.

Die Atemzüge sind kurz, flach, und er kann sich im Spiegelglas des Kongresszentrums betrachten, die schwarze, lang gezogene

Kontur eines Menschen, der sich viel zu schnell vor dem brennend blauen Meer fortbewegt.

Als er vor der Bäckerei des Viertels stehen bleibt, ist er klitschnass. Seine Atmung beruhigt sich, wird langsamer, immer wieder unterbrochen von hastigem Keuchen. Das Tempo seines Atems ist das Tempo seiner Erzählung. Der Erinnerungen, des Geschehenen, dessen, was jetzt seins ist, all das wird vom Atem bestimmt.

Adolfo und Rachel stehen hinter dem Tresen, sie sind mit frisch gebackenen Baguettes beschäftigt.

»Komm nicht rein, was willst du haben?«, ruft Adolfo.

»Zwei Croissants, ein Aquarius citron, einen Orangensaft.« Keuchen.

Der Fünf-Euro-Schein in der Gesäßtasche ist feucht, aber Adolfo nimmt das Geld ohne Murren entgegen, es verschwindet in seiner dicken, fünfzigjährigen Faust, und Rachel legt ihn mit einer schmalen, runzligen Hand in die Kasse, ohne den Betrag einzutippen.

»Schon in Ordnung«, ruft Tim. »Ich brauche keinen Bon.«

»Du stinkst«, brummt Adolfo, »ab nach Hause und unter die Dusche mit dir.«

Bevor Tim unter die Dusche geht, trinkt er sein Aquarius, und das säuerliche kalte Getränk lässt die Temperatur im Kopf sinken und gibt den Muskeln neues Leben. Er holt eine Porzellanschale heraus, eine von denen, die sie in Asien gekauft haben, als Emme fünf Jahre alt war, perlblau mit winzigen Verzierungen in einem Ton, der nicht golden ist, nicht Aluminium, nicht Messing, sondern etwas ganz Eigenes, aber dennoch metallisch.

Ihm gefällt die Schale.

Ein tiefer Atemzug, dann mehrere ganz normal.

Er nahm die Schale mit aus dem Lager, in das Rebecka seine Sachen gebracht hatte. Inzwischen hat er sie woanders untergebracht, in einer billigeren, aber immer noch viel zu teuren Lagerhalle in

Norrtälje, einem zehn Quadratmeter großen dunklen Raum voller Scheidungsstaub und verzerrten Erinnerungen.

Er duscht, zieht sich an. Dann legt er die Croissants auf den Teller, stellt ihn auf den Tisch, stellt zwei Gläser dazu.

Er schaut auf seine Armbanduhr.

Fünf vor elf.

Er setzt sich an den Tisch und wartet.

Fick doch eine Ziege, fick doch eine Ziege!«
Folla un cabrito, folla un cabrito.
Martas Schimpfen bringt die anderen Gäste im Las Cruces zum Lachen. Sie sitzt in der Ecke, wie immer, liest konzentriert den *Diario de Mallorca*, trinkt einen frisch gepressten Orangensaft mit extra Zucker, wackelt mit dem Kopf und schreit.

»Fick doch eine Ziege!«

Tim verzieht den Mund, blättert um. Er hat sich bei dem zahnlosen dunkelhäutigen Alten am Stand auf der Avenida de Gabriel Alomar eine *International New York Times* gekauft und gerade angefangen, einen Artikel über einen Mord in Queens zu lesen, drei White-Supremacy-Anhänger haben zwei muslimische Frauen und deren kleine Söhne erschossen. Er schafft es nicht, den Text zu Ende zu lesen. Stattdessen bestellt er bei Ramón einen zweiten Kaffee und begrüßt die beiden Alkoholiker am Tisch auf dem Bürgersteig mit einem Nicken. Sie sind gerade gekommen und holen jetzt erst einmal ein Kartenspiel heraus. Zwei junge Mädchen stehen draußen auf der Straße. Sie trinken Cola und rauchen, reden über die letzte Nacht. Beide sehen müde aus, haben dunkle Ringe unter den Augen, aber sie sind fröhlich. Es muss eine gute Nacht gewesen sein.

Tim legt die *Times* zur Seite. Öffnet stattdessen die *Última Hora*. Liest von den Polizisten mit dem Kokain, Policía Local in Calvià.

Sie waren es, die sich als Erste um Emmes Verschwinden kümmerten. Magaluf gehört zu ihrem Bereich, aber sie haben den Fall schnell an die Policía Nacional in Palma übergeben.

Es gab vom ersten Moment an zu wenige Spuren, denen man hätte nachgehen können.

Emme war betrunken, sinnlos berauscht von süßen Shots, »aber kein Lakritz«, vielleicht hatte sie auch Drogen genommen. Sie verschwand um drei Uhr aus dem City Lights. Julia und Sofia hatten sie davonstolpern sehen, allein, sie waren noch geblieben, hatten getanzt, weitere Shots getrunken, Emme vergessen, sie weggehen lassen.

»Sie ist in die richtige Richtung gegangen.«

Zum Hotel BCM, in dem sie wohnten.

Sie wurde von mehreren Überwachungskameras erfasst, die letzte war am Eingang zum Gelände des Hotels Katmandu. Sie trug einen kurzen weißen Rock und die dünne rosa Bomberjacke von Zara. Ein Top, und auf den Bildern sieht man sie unsicher vorwärtsgehen, sie verliert das Gleichgewicht, kippt in ein Beet, sie steht auf, fällt wieder hin, zieht an den Schnürsenkeln ihrer weißen Yeezys, und sie kämpft sich weiter durch die Nacht, allein.

Sie entfernt sich vom Meer, geht auf die Berge zu.

03.31.15.

Die Uhrzeit in der Ecke der Bilder, als sie nach rechts abbiegt, die Calle Galió hinunter.

In dieser Sekunde.

Sie hätte auf der anderen Straßenseite gehen sollen, vom neuen Shoppingcenter aus gesehen. Dort gibt es eine Kamera weiter unten in der Straße, gegenüber der Sporthalle, bei einer Bushaltestelle, aber diese Kamera war in dieser Nacht kaputt. Dunkle, unscharfe Bilder, Autos und Menschen in Bewegung, unmöglich zu erkennen. Keine Bildbearbeitungstechnik der Welt könnte Ordnung in diese Pixel bringen.

Andere Kameras zeichneten gar nichts auf.

Die Policía Nacional befragte dreihundert Personen. Sie organisierte Suchtrupps. Überprüfte bekannte Sexualstraftäter. Klopfte im Umkreis von zehn Kilometern an alle möglichen Türen. Ein lokaler Fernsehsender bat die Zuschauer, nach Emme Ausschau zu halten, wenn sie auf dem Meer waren.

Der Besitzer des Oceans Beach Clubs meinte Emme am Strand gesehen zu haben. Es bestand die Möglichkeit, dass sie umgekehrt war, zurückgegangen zu den Clubs am Strip, aber dann hätte sie doch auf irgendeiner Kamera zu sehen gewesen sein müssen. Ihr Handy war bis kurz vor vier Uhr morgens bei demselben Sendemast beim BCM-Hotel eingeloggt, danach war es tot.

Nach zwei ergebnislosen Monaten saß Tim mit Kommissar Jiménez Fortez in dessen fensterlosem Raum im Hauptquartier der Policía Nacional. Aus den dunklen Augen des schlaksigen Ermittlers sprachen ein schlechtes Gewissen, Müdigkeit, aber auch der Wunsch, alles von sich zu schieben. Es ist nicht mein Fehler, dass sie verschwand. Es ist nicht mein Fehler, dass wir sie nicht finden. Hätten ihre Freundinnen nicht so lange damit gewartet, sie als verschwunden zu melden, dann hätten mögliche Täter nicht so einen unaufholbaren Vorsprung bekommen. Und wenn man es näher betrachtet: Wie kann man so unverantwortlich sein, eine Sechzehnjährige allein mit ihren Freundinnen auf Sauftour fahren zu lassen? Wie konnten Sie nur?

»Die Freundinnen hätten Emmes Verschwinden sofort melden müssen«, sagt Jiménez Fortez.

Tim konnte den Typen vom Selfie ausfindig machen, den jungen Mann, der am Pool schlief.

Joakim Svensson, aus Sundsvall.

Er spielte Billard im Coco Bongos, hatte einen Job als Türsteher gefunden und wollte in Magaluf bleiben, bis die Saison zu Ende war. Die Tätowierungen wanden sich im Neonlicht über seinen Arm, sein Blick flackerte ängstlich, als wollte er sagen: Du glaubst doch wohl nicht, dass ich irgendetwas mit ihrem Verschwinden zu tun habe?

»Hast du sie an dem Abend gesehen?«

»Nicht an dem Abend, aber in der Nacht davor, da haben wir bei den Mädels auf dem Balkon was getrunken. Aber da ist nichts passiert. Die fanden wohl, dass wir hohle Landeier sind.«

Eine grüne Kugel rollt in ein Loch. Dann eine orangefarbene.

»Sie hatte Süßigkeiten aus Schweden dabei, saure Fische, die hat sie uns angeboten«, erzählt Joakim Svensson weiter. »Das fand ich nett, aber auch ein bisschen bekloppt.«

Tim sprach auch mit den anderen aus der Sundsvall-Clique. Sie waren inzwischen wieder zu Hause und erinnerten sich an Emme, konnten aber keine neuen Informationen beisteuern.

»Sie schien ganz cool zu sein«, sagte einer von ihnen. »Coole bitch. Soweit ich weiß, hatte sie keinen Sex mit einem von uns. Eigentlich fahren ja alle nur deshalb nach Magaluf, aber sie vielleicht nicht. Dafür hat sie scheißviel gekifft. Das haben die alle drei gemacht. Und wer weiß, was die noch alles genommen haben.«

Die angekokelten Blättchen im Aschenbecher.

Natürlich.

»Wo haben sie das Zeug hergekriegt?«

Die junge Männerstimme aus Sundsvall am anderen Ende der bröckelnden Telefonverbindung. »Von so 'nem Inder, glaube ich, am Strip.«

Sofia und Julia wussten auch nicht, wer der Inder war. Aber sie gaben zu, Marihuana gekauft zu haben, »von so einem Typen«.

Tim fand ihn nie. Was vielleicht ein Glück war.

Es blieb nicht bei Marihuana, das weiß Tim heute.

Jiménez Fortez wand sich auf seinem Stuhl, fuhr sich mit der Hand durch das dichte, schwarze Haar, lehnte sich zurück.

»Mal unter uns Polizisten. Es tut mir aufrichtig leid, dass wir sie nicht haben finden können. Aber ehrlich gesagt glaube ich, dass sie zum Meer runtergegangen ist, schwimmen, und dann ertrunken ist.«

Anschließend saßen sie sich schweigend gegenüber.

Jiménez Fortez biss sich auf die Unterlippe.

»Nächsten Monat werde ich nach Saragossa versetzt. Ich freue mich aufs Festland. Da sind die Verhältnisse irgendwie klarer.«

Tim verließ sein Büro.

Ruhig und still.

Mädchen, die seit zwei Monaten verschwunden sind, kommen nicht mehr zurück. Emme hatte keinen einzigen Grund, untertauchen zu wollen. Sie ist glücklich.

Und da schreit Marta:

»Sie ist weg, sie ist weg.«

Está perdida, está perdida.

Diesmal lacht niemand, und Ramón ruft über den Tresen hinweg, »Halt die Klappe, du Idiotin«, und Vanessa stimmt ihm zu, »Jetzt reicht es, Marta, reiß dich zusammen«.

»Schon gut«, sagt Tim lächelnd, und Ramón widerspricht ihm. »Nichts ist gut, Tim. Nichts.«

Es ist jetzt kurz vor zwölf, und Ramón schaltet den Fernseher über dem Tresen ein. TV Baleares bringt um zwölf Uhr Nachrichten, und heute will er sie auch sehen. Er geht um die Bar herum, stellt sich neben Tim. Ramón sieht ihn als den Intellektuellen des Viertels an, und es gefällt ihm, mit dem Schweden zusammen die Nachrichten anzuschauen, wenn dabei jemand seinen zynischen Kommentaren zuhört und genauso scharf zurückbeißen kann.

Eine Vignette in Sandfarben und Hellblau. Eine hübsche Mallorquinerin spricht auf Spanisch, dann rollen die Bilder über den Schirm, und Tim weiß sofort, was da gezeigt wird.

Gordon Shelleys Stadthaus in El Terreno. Gelbes Absperrband, Polizeiwagen mit Blaulicht, ein Krankenwagen, eine Bahre mit einem Körper in einem gelben Leichensack.

Die Stimme des Reporters begleitet die Bilder.

»Ein vierunddreißigjähriger britischer Staatsbürger wurde frühmorgens brutal ermordet in El Terreno aufgefunden. Ein Nachbar, der gerade eine Runde mit seinem Hund gehen wollte, sah, dass die Tür offen stand, betrat das Haus und fand den übel zugerichteten Leichnam. Laut unserer Quellen bei der Policía Nacional soll der Mann durch wiederholte Schläge mit einem stumpfen Gegenstand, möglicherweise einem Baseballschläger, zu Tode geprügelt worden sein.«

»Was für ein verrückter Sommer«, sagt Ramón, und Tim jagen die Gedanken durch den Kopf.

Was hast du getan, Peter Kant?

Gestern hast du doch noch ganz ruhig gewirkt.

Sicher wird die Polizei mit mir reden wollen, das ist nur eine Frage der Zeit.

Es muss Peter Kant gewesen sein, der Shelley erschlagen hat.

Er hat die Kontrolle verloren.

Oder doch nicht?

Er war ganz ruhig, ist nicht der Typ, der gewalttätig wird.

Aber man weiß nie.

Tim sieht ein Bild des zusammengeschlagenen Gordon Shelley vor sich, die Wangen zertrümmert, die Augen blutunterlaufen und leer.

Auf dem Bildschirm wird jetzt die Villa in Andratx gezeigt, die Mauer, über die Tim vor nicht allzu langer Zeit geklettert ist, das nakedbeigefarbene, im Boden versinkende Tor. Die Villa, in deren Garten er stand, um Fotos von Gordon Shelley und Natascha zu machen, Bilder, die er wiederum Peter Kant gezeigt hat. Vielleicht hätte er vorsichtiger sein sollen, sich damit zufriedengeben, die Fotos zu zeigen, auf denen das Paar in der Stadt zu sehen ist, hätte den Liebesakt nur zeigen sollen, wenn Kant darauf bestanden hätte.

Peter Kant wird von zwei Polizisten in Uniform aus dem Haus geführt. Seine Hände sind mit Handschellen hinter dem Rücken gefesselt, der Kopf ist gesenkt, er trägt eine graue Jogginghose und ein T-Shirt mit goldenem Armani-Logo auf der Brust.

»Des Mordes verdächtig ist ein deutscher Staatsbürger, wir sehen hier, wie er in seiner Villa in Andratx verhaftet und abgeführt wird. Es heißt, der Deutsche, ein vermögender Geschäftsmann in den Sechzigern, habe den Mord aus Eifersucht begangen, da der Brite seit Langem der Liebhaber seiner jungen Ehefrau gewesen sein soll.«

Bilder aus dem Haus.

Blutspuren auf dem weißen Boden, auf den weißen Sofas.

»Die Ehefrau des Deutschen wird laut offiziellen Angaben vermisst. Es gibt Anzeichen dafür, dass im Haus ein Kampf stattgefunden hat und dass auch die Mordwaffe von hier stammen könnte, daher geht die Polizei davon aus, dass auch die Ehefrau des Verdächtigen möglicherweise getötet wurde.«

Natascha auf dem Foto. Ein unscharfes Passfoto. Die Skizze eines Gesichts, die ihre Schönheit im wirklichen Leben nur erahnen lässt.

Ein stumpfer Gegenstand, möglicherweise ein Baseballschläger, Baseball, die Baseballschläger an der Wand in Kants Haus, »könnte von hier stammen«.

Was hast du angerichtet, Peter Kant?

Ramón flüstert.

Marta schreit.

»Sie ist weg, sie ist weg!«

Der Reporter fährt fort.

»Die Polizei bittet um Ihre Mithilfe. Hat jemand diese Frau gesehen? Hat jemand etwas Verdächtiges beobachtet, das mit dem Fall zu tun haben kann? Dann nehmen Sie bitte Kontakt mit der Policía Nacional in Palma auf.«

Zuerst hat er ihn erschlagen. Dann sie. Hat ihre Leiche entsorgt. Tim sieht Peter Kant vor sich, aber er sieht keinen Mörder, blind vor Eifersucht, sondern eher einen Mann, der Verstand genug besitzt, zehn Mal tief durchzuatmen, bevor er etwas tut. Ein Mann, der etwas von menschlichen Regungen versteht. Der seine Ehefrau liebt.

Das Telefon vibriert. Simone.

Hast du die Nachrichten gesehen? Shit.

Habe ich. Weird.

Ja, weird shit. Ich habe ihn auf einer der Escortdienst-Websites gefunden. Palma dreams. Sein Künstlername ist Jake (with the big snake).

Tim schließt die Augen.

Die zugedeckte Leiche auf der Bahre.

Ein ermordeter Mann, von dem er in der letzten Woche Hunderte von Fotos gemacht hat. Dem er gefolgt ist.

»Glaubst du, er hat das getan?«, fragt Ramón. »Du warst doch mal bei der Polizei.«

Das Foto von Natascha füllt immer noch den Bildschirm aus. Ihre Augen, sie werden zu den Augen im Schlafzimmer, wieder schaut sie ihn flehend an, und in dem Moment ähnelt sie Emme, ihre Augenfarbe ist die gleiche, und sie will etwas, will ihn mitnehmen an einen Platz, den er selbst um alles in der Welt aufsuchen will, auch wenn es ihn für alle Zeiten zerstören könnte.

U watch me dad

»Du weißt, wie das ist«, erwidert Tim. »Alle sind schuldig, alle sind unschuldig.«

»Es gibt keine unschuldigen kleinen Lämmchen«, faucht Marta.

ZWEI

Manchmal wünschte Tim sich, er hätte sie häufiger gefilmt, wie Eltern es oft mit ihren Kindern tun, dann gäbe es Videoausschnitte von Heiligabenden und von Geburtstagen, von einem Mund mit dünnen Lippen, der sich alle Mühe gibt, drei vier fünf sechs sieben acht neun Kerzen auszupusten, kleine Finger, die damit kämpfen, ein Paket aufzureißen, dann das nächste Paket, eifrig, ungeduldig, Bilder, Filme, in die Cloud hochgeladen, in denen sie redet, erzählt, was man in Thailand macht, sagt,

man isst Reis,

was macht man noch?

Emme lernt in Thailand schwimmen, hätte sie sagen können, auf einem Film, der nie gedreht wurde. In einem blauen Badeanzug mit weißen Trägern und einem roten Streifen auf dem Bauch in einem grün schimmernden Pool auf Ko Chang schwimmt sie immer weiter weg vom Rand, und er wartet dort auf sie, weiter und weiter ins tiefe Wasser hinaus schwimmt sie, und sie traut sich, denn sie ist sie, aber auch, weil sie weiß, dass er da ist, dort im Wasser, mit ausgestreckten Armen. Sie taucht viel, und er kauft eine Unterwasserkamera, aber die geht kaputt, deshalb gibt es keine Bilder von Emme, von ihrem lächelnden Gesicht, den Armen, die sie an den Körper presst, wenn sie über den Poolboden gleitet, auf ihn zu.

Sie schwimmt hoch an die Wasseroberfläche, um Luft zu holen.

Ein schneller Atemzug, dann taucht sie wieder unter.

Abends wagt sich ein feiner Regen aus den tief hängenden Wolken herab, und er sitzt auf der Veranda, mit Emme auf seinem Schoß, wünscht sich, er hätte das gefilmt, so wie es andere Eltern tun, filmen, und wenn man auch nur ein weißes Viereck gesehen hätte, überbelichtet und stumm, so wie es ist, wenn man unter Wasser die Augen schließt.

Rebecka kommt zu ihnen, frisch geduscht, ihre Haut glänzt.

»Wir sollten eine Videokamera kaufen«, sagt er.

»Keine Fotos sind wie die da drinnen«, sagt sie und drückt die Hand aufs Herz, das in der sanften tropischen Dämmerung schlägt, unter einem roten Kleid mit einem merkwürdigen Muster aus weißen Lilien.

Tim trinkt den spanischen Whiskey gern lauwarm, lässt ihn am Gaumen schweben, sodass die Geschmacksknospen angesichts des scharfen Geschmacks kurz rebellieren, bevor der Schnaps die Kehle hinunterrinnt. Im goldenen Schimmer dieser Flüssigkeit erscheint die Welt um ihn herum für einen Moment ein wenig erträglicher.

Er liegt halb auf dem Bett, den Laptop auf den Knien, zwei Kissen im Rücken. Der Deckenventilator dreht sich, draußen ist es dunkel geworden. Durch einen Spalt zwischen den Gardinen sieht er das schmutzig gelbe Licht der Straßenlaternen. Draußen auf der Avenida röhrt der Auspuff eines Lkw, er übertönt den Vogelgesang, der gerade über den Dächern zu hören gewesen war.

Der Whiskey wärmt von innen, und er streckt sich zum Nachttisch, auf dem die Flasche steht, füllt das Glas zur Hälfte, er wird an diesem Abend allen Schnaps der Welt brauchen, wird am nächsten Morgen mit einem Kater aufwachen, allein und mit geschwollenem Gesicht, wie ein Schwein, sich suhlend in Selbstverachtung. Und dann wird er sich auf den Weg machen.

Er stellt das Glas auf das Bettlaken und loggt sich beim *Diario de Mallorca* ein.

Der Mord ist ihre Topschlagzeile.

Eifersuchtsdrama! Engländer ermordet in El Terreno. Deutscher festgenommen.

Eine Leiche in einem Sack auf einer Bahre, die zu einem Krankenwagen gebracht wird – das Urfoto aller Fotos von Häusern, in denen alles auf katastrophale Art schiefgegangen ist.

Er klickt auf den Link, gelangt zu dem Artikel, geschrieben von Axel Bioma, und Tim erinnert sich an die Einweihungsparty des Clubs draußen in El Arenal, und an Axels jungen Lover. Schreiben kann sein Journalistenfreund, die Fakten klarlegen, Informationen aus seinen Quellen bei der Polizei herauskitzeln, sie dazu bringen, mehr zu verraten, als sie eigentlich wollen oder dürfen.

Das Foto des Briten. Sein Name.

Gordon Shelley.

Das Foto von Peter Kant. Sein Name.

Der Artikel ist neutral gehalten. Einer der Ermittler wurde interviewt. Peter Kant wurde verhaftet, sitzt jetzt im Zentralquartier der Policía Nacional an der Avenida San Ferran. Man soll einen blutverschmierten Baseballschläger in der Wohnung des Briten gefunden haben, signiert von der berühmten, drogensüchtigen Baseballlegende Manny Ramirez, und man geht davon aus, dass es sich um die Tatwaffe handelt. Vielleicht war Peter Kant doch so dumm, dass er sich eines der Hölzer genommen hat, damit zum Haus des Briten gefahren ist und ihn erschlagen hat.

Wenn überhaupt, dann hat Tim eine Sache gelernt: dass man bei einem Menschen nie wissen kann.

Er scrollt runter.

Die Blutspuren im Haus in Andratx deuten laut der Kriminaltechniker darauf hin, dass Peter Kant geputzt hat – nach einem Streit, der vermutlich ausgeartet ist. Es sollen Blutspuren auf der Treppe, die zum Haus führt, gefunden worden sein und auf der Einfahrt zur Garage, und seine Fingerabdrücke sind auf dem Baseballschläger sichergestellt worden.

Er war nicht wütend, als wir auf der Plaza de los Patines Kaffee getrunken haben. Er war traurig, müde. Aber wenn stimmt, was Axel Bioma da schreibt, dann ist das hier im Prinzip ein aufgeklärter Fall.

Ich habe das nicht kommen sehen.

Tim nimmt zwei tiefe Schlucke von dem Whiskey, sein Blick

bleibt bei einem Satz hängen, die Worte scheinen ihm vor den Augen zu tanzen, als er das liest.

Es wird befürchtet, dass Natascha Kant entführt wurde, vielleicht auch ermordet.

Tim schärft den Blick, liest weiter.

Dann folgt eine Spekulation aus gut unterrichteten Kreisen, direkt von einer Quelle in der Policía Nacional. Derjenige meint, sich des Tathergangs sicher zu sein: Peter Kant erfuhr von der Untreue seiner Frau, ermordete sie aus Eifersucht in seinem Haus, ließ ihre Leiche verschwinden und fuhr dann zum Wohnsitz des Geliebten, um auch diesen zu töten.

Es gibt viel zu viele Details in dem Artikel. Kein Polizist, der es verdient hätte, diese Berufsbezeichnung zu tragen, würde so viel preisgeben oder überhaupt zu diesem Zeitpunkt so offen spekulieren. Axel Bioma ist gut darin, andere auszuquetschen, aber hier muss er zusätzlich die Brieftasche gezückt haben.

Tim ist erleichtert, weder seinen eigenen Namen noch den seines Arbeitgebers gedruckt sehen zu müssen, aber sie werden die Fotos finden, wenn sie es nicht bereits getan haben, sie werden die Verbindung erkennen, Kontakt zum Büro Heidegger aufnehmen, zu ihm selbst.

Er klappt den Computer zu, und vor dem Tor hält ein Motorrad, es duftet nach Oregano und geschmolzenem Käse und eigentlich sollte er Hunger haben, aber der Alkohol hat ihn schlaff und müde gemacht, genau passend schläfrig.

Das Tor wird geöffnet, und er hört, wie die Nachbarn den Pizzaboten bezahlen, sie wechseln ein paar Worte, dann schlägt die Tür wieder ins Schloss, man hört Kinderlärm, und er bleibt auf dem Bett liegen, das Glas an den trockenen Lippen.

Er dämmert weg, wird aus dem Zimmer getragen, weg von den Geräuschen und Gerüchen, dem Glas, das ihm aus der Hand fallen könnte, er schafft es einfach nicht, wach zu bleiben, und dennoch wird er jetzt von einem schrillen Ton dazu gezwungen. Es ist das

Handy, es klingelt, und er muss rangehen, wer ruft jetzt an, wo bin ich, und er stellt fest, dass er eingeschlafen ist, das Glas hat fallen lassen. Er bekommt das Telefon zu fassen, nimmt das Gespräch an und hört eine Stimme, Englisch mit deutschem Akzent.

»Spreche ich mit Herrn Blanck?«

Peter Kants Stimme am anderen Ende.

»Ich habe geschlafen.«

»Aber Sie sind es?«

»Ja, ich bin es.«

»Gott sei Dank.«

Es wird still, aber Tim kann Peter Kants Atem hören, tief und schwer.

»Ich brauche Ihre Hilfe«, sagt er. »Ich sitze im Gefängnis. Außer Ihnen habe ich niemanden, an den ich mich wenden könnte.«

»Haben Sie keinen Rechtsanwalt?«

»Ich brauche keinen Anwalt. Außerdem vertraue ich sowieso keinem.«

Kants Atemzüge werden schneller.

»Ich bezahle gut. Für die Summe, die ich bereit bin, Ihnen zu zahlen, können Sie sich mehrere Jahre lang der Suche nach Emme widmen.«

Tim kann nicht Nein sagen, obwohl er genau weiß, dass er das eigentlich sollte. Die ganze Sache stinkt zum Himmel, wie ein Kadaver, der an einem heißen Sommertag der Sonne preisgegeben wurde.

»Können Sie herkommen, hier ins Gefängnis?«

Die Angst in Kants Stimme ist deutlich zu hören, eine Art von Angst, die er bisher nur bei Menschen gehört hat, die eines schrecklichen Verbrechens angeklagt wurden. Es ist eine merkwürdige Angst, glasklar, und gleichzeitig trüb. Schuldig oder unschuldig, das spielt keine Rolle, es ist eine Angst, so umfassend, wie ein Gefühl nur sein kann, ohne seinen Namen zu verlieren.

»Ich komme«, sagt Tim.

Heute ist es Nacht, damals war es Tag, Rebeckas Hand in seiner, schlaff, fast reglos, und sie näherten sich dem Gebäude genauso, wie er es jetzt tut, schnell, entschlossen, Journalisten vor dem Eingang zum Revier damals.

»Haben Sie noch Hoffnung, Ihre Tochter zu finden?«, fragte einer vom *Aftonbladet*. »Kann es sein, dass sie aufs Meer hinausgeschwommen ist? War sie depressiv?«

Am liebsten hätte er dem Journalisten eins aufs Maul gegeben, aber Rebecka hielt ihn zurück, beruhige dich, Tim, bleib ruhig, und er schwieg auch auf dem Podium, du bist ein glückliches Mädchen, Emme, das weiß ich.

Wie konnten sie nur so etwas andeuten?

War es möglich, dass sie aus freiem Willen ins Meer gegangen ist?

Aber die Spekulationen verebbten, langsam, wie die Bewegung in den schweren Kronen der Ahornbäume, die um das Polizeigebäude herumstehen, sie verstummten wie die Kaffeemaschine und der Bartresen im Café del Parque, wohin sie gingen, nachdem er sich im Anschluss an die Pressekonferenz die Seele aus dem Leib gekotzt hatte.

Das Taxi ließ ihn ein Stück vor dem Polizeihauptquartier heraus, auf der anderen Seite des Flusses, dort, wo die Calle Libertad auf die Calle Mazagan trifft, an einem geduckten Mietshaus mit Balkongitterreihen aus weiß gestrichenem Schmiedeeisen. Das Thermometer auf dem Reklameschild an der Kreuzung zeigt achtundzwanzig Grad.

Der Whiskey ist nur noch eine Erinnerung, er ist hellwach, das muss er sein.

Zwei dunkelblaue Streifenwagen parken quer auf vier Plätzen, daneben stehen die Zivilfahrzeuge brav in Reih und Glied, ein grauer Land Rover, ein blutroter Ford Kombi.

Tim nähert sich der Betontreppe, die zum Eingangsportal des dreistöckigen Gebäudes führt. Er schiebt alle Erinnerungen beiseite, dennoch werfen ihm die Fensterreihen im zweiten Stock ein zweifelhaftes Lächeln entgegen. Hinter jeder Scheibe hängt eine weiße Jalousie, und diese sind unterschiedlich weit heruntergezogen, um den Raum dahinter zu verdunkeln, sie sehen aus wie herausgeschlagene und abgebrochene Zähne.

Vor ein paar Jahren wurde ein Polizist verurteilt, weil er einen inhaftierten Mann misshandelt hatte, einen Touristen aus Schottland, der nicht verstanden hatte, was erlaubt war und was nicht. »Gefoltert«, wie die Zeitungen es nannten. Auf dem Video einer Überwachungskamera konnte man sehen, wie ein Polizist dem Touristen ins Gesicht trat, und drumherum standen fünf weitere Polizisten in neongelben Westen und schauten zu.

Tim geht die Stufen hoch, vorbei an zwei rauchenden Motorradpolizisten in glänzend schwarzen Lederstiefeln, und weiter zur Rezeption.

Der Polizist mit grauer Gesichtshaut hinter dem verglasten Tresen schaut ihn mit müden Augen an.

»Womit kann ich dienen?«

Tim erklärt, warum er hier ist, sagt, wen er treffen möchte.

»Sind Sie Rechtsanwalt?«

»Ich bin der juristische Beistand, den er gewünscht hat.«

Dann zieht Tim seine Greencard hervor, die *tarjeta verde*, schiebt die eingeschweißte Karte durch den schmalen Schlitz im Glas. Der Polizist nimmt sie entgegen, geht in einen anderen Raum, und Tim nimmt an, dass er sich eine Kopie macht, vielleicht ruft er auch jemanden an, vielleicht sogar Salgado, überprüft, ob das hier seine Richtigkeit hat.

Nach fünf Minuten ist der Beamte zurück. Reicht Tim den Ausweis und deutet auf eine grüne Tür zur Linken.

»Ich lasse Sie rein.«

Tim wartet vor der Tür, hört ein surrendes Geräusch, dann ein Klicken im Schloss, und die Tür öffnet sich, langsam und zischend. Er gelangt auf einen Flur, eine Überwachungskamera über ihm und eine Stimme im Lautsprecher.

»Gehen Sie die Treppe hinunter.«

Er folgt einem blauen Fliesenrand, umfasst ein kaltes Treppengeländer, bekommt einen leichten elektrischen Schlag, sodass er instinktiv die Hand zurückziehen möchte, geht weiter hinunter und gelangt zum nächsten Raum.

Hier wurde der Tourist misshandelt. Weiße, gefliese Wände, ein kleiner Schreibtisch mit weißer Furnierplatte. An der Seite geht ein Korridor ab, auf dessen Steinfußboden die schwarzen Gitter der aneinandergereihten Zellen lange Schatten werfen.

Geräusche aus den Zellen. Schnarchen, eine empörte Stimme auf Spanisch mit südamerikanischem Akzent. Ein Engländer flüstert, »Ich sterbe, ich sterbe«, und Tim erkennt den Entzug in der Stimme.

Hinter dem Schreibtisch sitzt ein weiterer Polizist in weißem Uniformhemd. Er zeigt auf ein Zimmer direkt vor sich.

»Kant kommt gleich.«

Tim betritt den Raum.

Wieder weiße Fliesen, ein Spiegel an einer Wand, garantiert sind dahinter Augen, die ihn beobachten, und eine Kamera hängt schräg an der Decke. Vier blaue Plastikstühle, ein grauer Tisch, grelles Leuchtstoffröhrenlicht, das seine Hände krankhaft blass erscheinen lässt.

Die Tür fällt hinter ihm ins Schloss.

Wird sogleich wieder geöffnet.

Der Polizist, der eben noch hinter dem Schreibtisch saß, führt Peter Kant herein. Er trägt Handschellen, dazu die schlabbrige Jogginghose und das Armani-Shirt, das er auch anhatte, als er verhaftet wurde, und er geht mit gebeugtem Kopf und gesenkten Schultern.

»Zehn Minuten«, sagt der Polizist. Dann schließt sich die Tür wieder mit einem harten metallischen Geräusch und sie sind allein.

Peter Kant beugt sich über den Tisch vor, schaut Tim aus seinen blaugrauen Augen an.

»Ich bin unschuldig. Das Ganze ist ein abgekartetes Spiel.«

Die Augenfarbe des Deutschen ist Tim vorher noch nicht aufgefallen. Sie hat einen milchigen, fast trüben Ton.

Peter Kant schaut zu dem Spiegel hinter Tim, dann hebt er den Kopf zur Kamera an der Decke.

»Wir müssen vorsichtig sein. Ich bin mir sicher, dass sie zuhören.«

Tim will fragen, wen er meint. Wer hört zu, die Polizei? Oder jemand anderes? Er will fragen, wer ihm den Mord an dem Briten wohl anhängen wollte, dazu das Verschwinden und vielleicht die Ermordung seiner Frau Natascha? Wer? Warum?

Er blickt sein Gegenüber prüfend an, fragt sich, ob Peter Kant etwas an sich hat, was er bisher nicht gesehen hat. Ob er schuldig sein könnte. Ob vielleicht das, was der Deutsche auf den Fotos gesehen hat, ihn hat durchdrehen lassen.

»Der Baseballschläger gehört Ihnen«, sagt Tim.

»Derjenige oder diejenigen, die diesen Mann ermordet haben, müssen ihn sich bei mir geholt haben.«

Peter Kant hat keine sichtbaren blauen Flecken.

Sie haben ihn nicht misshandelt.

Der Deutsche zwinkert hastig. Sein Blick ist ein Abgrund an Trauer, und Tim sieht eine Kirche vor sich, einen Frühlingstag, einen viel zu kleinen, blumengeschmückten Sarg in einem gut ausgeleuchteten Raum, und er hört Orgelklänge, ein Kirchenlied, das viel zu laut gespielt wird, als sollten sie die Geräusche von herausplatzendem Weinen ersticken.

In diesem Augenblick fasst er einen Entschluss. Er wird Peter Kant glauben.

»Und Natascha ist entführt worden?«

Kant schaut wieder hoch zur Kamera, in den Spiegel, mit einer Art leisem Zweifel im Blick.

»Oder ermordet.«

»Aber warum?«

Peter Kant schüttelt den Kopf, jetzt ist Angst in seinem Blick zu erkennen, doch es ist unmöglich zu sagen, ob es die Angst eines Unschuldigen oder eines Schuldigen ist – oder aber beides.

»Ich weiß es nicht«, sagt er.

»Sie haben keine Ahnung?«

»Nein.«

»Dann wollen Sie, dass ich sie finde, oder? Und diejenigen finde, die den Engländer ermordet haben, damit Sie freikommen.«

»Ja.«

Eine Luke wird hinter ihnen geöffnet, der Polizeibeamte schaut herein.

»Noch fünf Minuten«, sagt er mit rauer Stimme.

»Was haben Sie heute früh gemacht, als der Mord geschehen und Natascha verschwunden sein soll?«

»Ich bin mit meinem Boot rausgefahren, zum Port Adriano. Am Abend zuvor hatte ich versucht, sie zur Rede zu stellen, nach unserem Treffen, aber ich habe es nicht geschafft. Ich hatte im Wohnzimmer auf sie gewartet, bin ihr mit den Fotos in der Hand entgegengegangen und habe so getan, als wenn nichts wäre. Aber ich glaube, sie hat es gespürt. Das Einzige, was ich zu dem Zeitpunkt wollte, war, dass sie bei mir bleibt. Können Sie das verstehen? Hätte ich sie mit den Fotos konfrontiert, wäre das eine Gelegenheit für sie gewesen, mich zu verlassen. Keine Frau bleibt bei einem Schwächling, der ihre Untreue akzeptiert.«

Tim fragt sich, ob er wohl nach Whiskey stinkt. Am liebsten hätte er jetzt einen.

»Ich kam von der Bootstour zurück, und nur zehn Minuten später stürmte die Polizei ins Haus und hat mich mitgenommen.«

»Sie müssen doch die Beweise gesehen haben, die die Beamten fanden? Das Blut? Anzeichen eines Kampfes? Die behaupten, Sie hätten versucht, die Spuren wegzuwischen.«

»Das sind nur Gerüchte. Sie wissen doch, wie heiß es ist. Also bin ich, als ich nach Hause kam, direkt in den Pool gesprungen. Und nicht vorher in den ersten Stock gegangen.«

»Und?«

»Anschließend habe ich mich im Schlafzimmer angezogen. Dort hat mich die Polizei geschnappt, sie sind durch die Terrassentür rein, wo Sie wohl auch gestanden und Natascha und diesen Mann fotografiert haben. Ich habe nirgends Blut gesehen. Das muss alles passiert sein, als ich auf dem Meer war.«

»Hat Ihr Boot GPS?«

Peter Kant zieht die Augenbrauen hoch. Ihm ist klar, worauf Tim hinauswill.

»Das ist ein kleines, offenes Boot, das am Anleger beim Haus vertäut ist. Das hat keine nennenswerte Technik an Bord.«

»Hatten Sie Ihr Handy dabei?«

»Nein, ich wollte in Ruhe gelassen werden, ich musste nachdenken.«

Er hat kein Alibi. Nur seine Behauptung, dass er mit dem Boot draußen war. Seine Fingerabdrücke sind auf der Mordwaffe, die benutzt wurde, um den Liebhaber seiner Frau zu töten. Es gibt Zeichen für einen Streit in seinem Haus, Blutspuren. Tim will aufstehen, weggehen, ihm wird bewusst, wie hoffnungslos das Ganze hier ist.

Wenn jemand versucht, Peter Kant hinter Schloss und Riegel zu bringen, dann ist er auf dem besten Weg, das zu schaffen. Und das ist nicht mein Problem.

»Und der Brief? Sie haben immer noch keine Ahnung, wer Ihnen den geschickt hat?«

»Nein.«

»Wo ist er jetzt?«

»Ich habe ihn weggeworfen.«

Peter Kant beugt sich erneut vor, die Ketten der Handschellen schleifen über die graue Tischplatte. Er senkt den Kopf, will nicht, dass sein Mund von der Kamera oder jemandem, der hinter dem Spiegel steht, gesehen werden kann.

»Beugen Sie sich vor.«

Tim schiebt sein Ohr dicht an Peter Kants Mund, und er kann den Atem des Deutschen in seinem Gehörgang spüren.

»Im Haus befinden sich hunderttausend Euro in bar. In einem Tresor unter dem Teppich in meinem Arbeitszimmer. Der Code ist 11 102 008.«

Tim prägt sich die Zahlenfolge ein, fragt nicht, was das bedeuten soll.

»Waren Sie in irgendetwas verwickelt, das mit dieser Sache zu tun haben könnte? Ich muss das wissen.«

Peter Kant hält die Luft an. Langsam atmet er aus.

»Gucken Sie im Haus nach«, sagt er. »Vielleicht können sie uns hier hören, was immer wir auch tun. Ich trau mich nicht, mehr zu sagen. Nicht hier.«

Jetzt beherrscht eine andere Angst seine Stimme, die eines gehetzten Wildes, eines Tieres, das darum kämpft, zu verstehen, aus welcher Richtung die Gefahr eigentlich kommt.

»Was wissen Sie?«

»Ich weiß gar nichts.«

Die Tür zum Besuchsraum wird geöffnet. Drei Polizisten kommen herein, ziehen Peter Kant vom Stuhl hoch, schleppen ihn mit sich aus dem Raum. Dieser dreht den Kopf nach hinten.

»Sie müssen sie finden«, sagt er laut, er schreit fast.

Tim steht auf, läuft hinterher. Er sieht, wie die Polizisten Peter Kant auf die dunklen Zellen zuschleifen, wie seine Sneaker willenlos und gleichzeitig trotzig über den Boden rutschen, über die langen schwarzen Schatten der Zellengitter. Wie die Schuhe über die Steinplatten gehoben werden und für einen Moment frei in der Luft baumeln.

Der Deutsche schaut immer noch zurück. Sein Blick ist jetzt flehentlich, voller Verzweiflung, wütend und ängstlich zugleich. Ein muskulöser, braun gebrannter Arm um seinen Hals. »Versprich mir, dass du sie findest«, bringt er mit gepresster Stimme heraus. »Versprich mir das.«

Es ist inzwischen später Abend, Tim geht hinunter zur Plaza Madrid. Taxis fahren mit eingeschalteten Dachschildern vorbei. Es ist dunkel in den Geschäften, und von einem Fernseher ein paar Stockwerke höher ist das Gebrüll eines erregten Fußballkommentators durch ein offenes Fenster zu hören. Das Hochhaus an der Plaza Madrid streckt sich dem Himmel entgegen, seine ockerfarbene Fassade scheint im Sternenlicht dunkelgrau zu sein, und unten in den Straßencafés führen müde Südamerikaner und Festlandsspanier murmelnde Unterhaltungen.

Nicht ein einziger Tourist findet hierher.

Nur ein paar Hundert Meter weiter füllen die Stockholmer die Kneipen und Bars in Santa Catalina, geben sich gegenseitig Wangenküsschen und fühlen sich schrecklich kontinental.

»Stimmt es, dass die Polizei die Suche nach Emme Blanck schleifen lässt, dass sie die Ermittlungen ad acta legen wollen?«

Lasst sie verschwinden, genau wie alles andere.

Er will in die Villa in Andratx, noch heute Nacht.

Er sollte den Wagen holen, will nicht mit einem Taxi dorthin fahren. Wer weiß, was da in Bewegung gesetzt wurde; sollte Peter Kant unschuldig sein, dann gibt es jemand anderen, der schuldig ist.

Ich habe Peter Kant nichts versprochen.
Nada.
Nothing. Nichts.
Ich muss das hier nicht tun. Genauso gut kann ich sein Geld neh-

men und ihn dort verrotten lassen, wenn es dieses Geld denn überhaupt gibt.

Die Nacht riecht nach Bier und Abgasen, nach Frittieröl, Kartoffeln, Krabbenschalen und der dünnen, spröden Mehlkruste von Kroketten.

Ich kann Heidegger da nicht mit reinziehen. Hier geht es um Mord, vielleicht um Kidnapping und noch schlimmere Sachen. Das muss ich nebenbei machen. Aber ich muss es machen. All die Fotos, die ich ihm gezeigt habe, die könnten der Zündstoff für seine Wut gewesen sein.

Das Opium öffnet erst in einer Stunde. Victoria und Boulevard ebenso. Aber die Nacht von Palma hat bereits begonnen. Das Tempo steigt, die Motorräder fahren schneller hinunter zum Paseo Marítimo, und niemand möchte noch Wasser, Bier oder Wein trinken, jetzt ist die Zeit für stärkere Drinks, und in einem einfachen Café an der Calle Rafael Rodríguez Méndez tanzen bereits drei junge Lateinamerikanerinnen in viel zu kurzen Röcken auf dem Bartresen, bewegen die über den Kopf gereckten Hände zu Rihannas »We found love« und kippen Tequilashots runter.

Am liebsten würde er hier anhalten, ein Bier trinken. Ihnen zusehen, wie sie sich in all die Versprechen hineintanzen, die diese Stadt zu bieten hat.

Stattdessen treibt es ihn weiter durch die Straßen.

Niemand registriert, dass es ihn gibt.

Aber vielleicht irrt er sich da auch.

Vielleicht wird sein Weg durch Palma von Tausenden und Abertausenden Augen verfolgt, von Ratten, Mäusen und Menschen, Katzen, Hunden und Ziegen, die von den Nigerianern oben in Son Gotleu geopfert werden sollen, von Mördern und Kidnappern. Vielleicht sehen sie alle ihn – und denken, was für ein einsamer Mann dort doch durch die Augustnacht schwebt.

Ist jemand hier?

Tim wollte seine Pistole holen, aus dem Versteck in der Wohnung. Es wäre dummdreist, unbewaffnet dort hinauszufahren, aber ebenso kurzsichtig ist es, eine Waffe mitzunehmen. Mit einer Pistole in der Hand ist die Wirklichkeit entsichert, du bist on oder off. Es ist eine distanzierte Gewalt, eine andere Art von Gewalt als eine harte Faust gegen einen Schädel oder ein Baseballschläger gegen einen Hinterkopf, und immer steht der Tod als Konsequenz im Raum.

Er hat die Pistole in seiner Wohnung zurückgelassen, jetzt steht er vor dem Haus in Andratx und lauscht. Keine Polizei vor dem Gebäude, keine verdächtigen Autos, das beigefarbene Portal, die Palmen, alles erweckt den Eindruck einer verlassenen Sommervilla, eine unter vielen auf Mallorca, Zimmer, in denen nichts passiert und nichts sonderlich Bemerkenswertes jemals passiert ist.

Er beleuchtet seinen Weg mit dem Handy, hört seine eigenen Atemzüge. In der Eingangshalle sieht er Blutstropfen an den Wänden, er klettert über Absperrband, um ins Wohnzimmer zu gelangen, und eine hohe Skulptur lässt ihn zusammenzucken, ist jemand hier?

Er bleibt still stehen, horcht.

Doch er ist allein im Haus.

Die Nacht schleicht sich vom Garten her herein. Die Lichter der Poollampen tanzen an der Wasseroberfläche.

Er sucht seinen Weg weiter zur Küche, dann zum Arbeitszimmer, das müsste der Raum ganz hinten sein, und vorsichtig drückt er die leise quietschende Tür auf.

Das ist das Arbeitszimmer. Weiße Einbauregale mit gebundenen Büchern, einige in Ledereinband, deutsche Wörterbücher, der Duden, einige Exemplare sicher uralt, und in der Dunkelheit scheinen sie vergessene Einsichten auszubrüten, Geheimnisse, die heute niemanden mehr interessieren und die durch die Zeit zum Schweigen verdammt wurden, Worte wie Staub auf vergilbtem Papier.

Ein Bildschirm auf einem weißen Schreibtisch, Kabel, die auf einem dicken marokkanischen Teppich liegen, Computer oder Festplatte müssen die Polizeibeamten mitgenommen haben. Tim schiebt den Schreibtisch zur Seite, ebenso einen Stuhl und ein weißes Tagesbett, dann rollt er den Teppich auf, und tatsächlich, im Boden befindet sich der Tresor. Er hockt sich daneben, tippt den Code aufs Display, 11102008, der hat sich ihm ins Gedächtnis eingeprägt, und tick, tack, tock, der Code funktioniert und die Safetür geht mit einem Klick auf.

Er leuchtet hinein.

Geldscheinbündel liegen dort. Orangebraune Fünfzig-Euro-Scheine, rote Zehner, blaue Zwanziger, grüne Hundert-Euro-Scheine.

Ein Pass. Der von Natascha Kant, ausgestellt in der polnischen Botschaft im vorigen Jahr. Sie starrt ausdruckslos, fast verwundert, in die Kamera, und sie ist schön, die Linien in ihrem Gesicht sind rein, die Hälften symmetrisch.

Tim sammelt das Geld zusammen, legt es in eine Plastiktüte, die er in einer von Peter Kants Schreibtischschubladen findet, auf einem Stapel mit deutschen Dokumenten. Dann schließt er den Safe, rollt den Teppich wieder darüber aus, stellt alles genauso wieder hin, wie es vorher gestanden hatte, und somit ist er nie hier gewesen, gewissenhaft wischt er seine Fingerabdrücke überall ab.

Er will schnell weg von hier, aber er weiß, dass er suchen sollte. Suchen nach etwas, das ihm dabei helfen kann, Natascha zu lokalisieren. Eine Kreditkartennummer, ihr Handy, vielleicht ein Notizbuch, ein Tagebuch, und er geht weiter durch das Haus, langsam, schaut in einige Ordner, liest Dokumente, die ihm nichts sagen, durchwühlt Kleiderschränke, in der Küche die Schränke und Schubladen. Er sucht im Nachtschrank, in dem begehbaren Schrank vor dem Schlafzimmer, und der Akku im Handy wird schnell schwach. Mittlerweile ist er seit zwei Stunden im Haus, und er muss einsehen, dass er eigentlich gar nicht weiß, wonach er sucht.

Er steht am Pool, würde am liebsten hineinspringen, sich von dem bodenlosen Wasser umhüllen lassen, sich tiefer und tiefer sinken lassen und dann in einer anderen Welt mit dem Kopf die Wasseroberfläche wieder durchstoßen, doch da hört er ein Auto, das schnell näher kommt, mit aufheulendem Sportwagenmotor. Es hält vor dem Haus, und Tim zieht sich zurück, die Treppe an der Seite des Hauses hoch, hin zur Garageneinfahrt, er hält in der einen Hand die Tüte mit dem Geld und spürt, wie leer die andere Hand ist, wünschte, er hätte doch seine Waffe dabei. Stimmen auf Spanisch, sie diskutieren etwas, und er schleicht näher heran, will den Wagen sehen, die Männer, die reden, doch bevor er bis an die Mauer gekommen ist, bevor er sich dort hat hochziehen und über den mit Glasscherben versehenen Mauerrand hat sehen können, ist der Wagen wieder davongefahren, er dröhnt durch die Nacht, und Tim bleibt in der Garageneinfahrt stehen, die Geldtüte in der Hand, spürt deren Gewicht, das ihn zu Boden ziehen will, merkwürdig schwer, als betrüge die Anziehungskraft des Geldes das Hundertfache von allem anderen, das sich auf der Erdoberfläche bewegt, wie das schwerste aller schweren Wasser, mit der Fähigkeit, sich zu verwandeln, die ganze Welt in eine andere zu verwandeln.

A̲m Morgen kocht er sich einen Kaffee und schaltet den Fernseher ein, er bleibt stehen, spürt, wie fettig die Haut ist, und durch den Spalt zwischen den Gardinen dringt jetzt ein anderes Licht, quälend, von einem gebleichten Himmel, der an die Erdkruste geschweißt ist.

Er bekommt Hunger und holt das Croissant heraus, das von gestern noch übrig geblieben ist. Es liegt in der braunen Papiertüte, eingeklemmt in dem Schrank über dem Spülbecken, fast versteckt, und er hat es absichtlich dorthin gelegt, damit er nicht versucht sein sollte, es sich zu holen. Aber jetzt holt er es sich trotzdem.

Er isst das süße Hörnchen, es ist trocken, und er tunkt es in den Kaffee, dennoch spritzt eine Fontäne kleiner Krümel auf den Küchenfußboden.

Er zappt.

Bleibt bei den Lokalnachrichten hängen.

Livebilder.

Zwei Gesichter. Runzlig und müde, mit rot verweinten Augen, blass in der Art, wie nur Briten es sein können, milchig graue, durchscheinende Haut. Sie starren auf den Boden. Die Frau trägt ein dünnes Baumwollkleid mit Blümchenmuster, er ein hellblaues Jackett und eine beigefarbene Leinenhose. Sie bewegen sich durch ein Blitzlichtgewitter, an Fernsehkameras vorbei, betreten das Hotel Saratoga am Sa-Feixina-Park, und eine Stimme, eine etwas schleppende Frauenstimme spricht aus dem Off.

»Die Eltern von Gordon Shelley, dem Briten, der gestern ermordet in El Terreno aufgefunden wurde, trafen heute in aller Frühe aus ihrer Heimatstadt Southampton hier auf Mallorca ein. Sie haben bereits ihren Sohn im Leichenschauhaus des Universitätsklinikums Son Espases identifiziert.«

Tim schaltet den Fernseher aus, er steht auf, geht zu seinem Versteck, sieht dort das Geld in der Tüte liegen, genau wie er es deponiert hat, nachdem er nach Hause gekommen war. Er wühlt unter der kalten Pistole, und seine Finger finden das, was sie suchen.

Bereits eine Viertelstunde später sitzt er im Straßencafé des Hotels Saratoga.

Tim lässt die Zeit verstreichen. Die zunehmende Hitze umklammert den Körper, belagert ihn, wringt Stück für Stück den Schweiß aus den Poren. Er trinkt schwarzen Kaffee mit Eis.

Die Strahlen der Sonne dringen durch die Palmenkronen und das vielfingrige Laub der Ahornbäume. Schatten bewegen sich langsam zwischen den Säulen der Passage, im bedächtigen Takt der Minuten.

Drinnen im kühlen Café sitzt ein junger Mann über einen Laptop gebeugt, und ein Kellner in limettengrünem Polohemd putzt Gläser und wartet auf Kunden.

Der Torrent de Sa Riera, der Kanal, der mitten durch die Stadt verläuft, ist ausgetrocknet.

Palma sehnt sich nach Regen, Abkühlung, und auf einer Nachrichtenseite eines Computerbildschirms liest Tim, dass der Wasserstand in den Reservoirs einen alarmierenden Niedrigstand aufweist, dass die unterirdischen Quellen zu stark genutzt wurden und daher das Wasser zu salzig wird.

Ein paar Journalisten hängen vor dem Eingang herum, zusammen mit einigen Fotografen, Kameras mit langen Objektiven baumeln ihnen an Riemen über den Schultern. Aber kein Fernsehteam, und nachdem die Stunden verstreichen, der Vormittag in den Nachmittag übergeht, verschwinden sie einer nach dem anderen. Tim bleibt sitzen, er wartet, denkt, dass sie doch bald herauskommen müssen, ein Hotelzimmer ist in ihrer Situation unerträglich, das weiß er, und in ihrem Zimmer gibt es nicht einmal so etwas wie Hoffnung, nur jede Menge praktische Aufgaben, Trauer und vielleicht auch Wut, vielleicht Resignation, der Wille, dass der Mörder vor dem Gericht verurteilt wird, um dann in ein Loch geworfen zu werden, in dem er bis zu seinem letzten Atemzug ausharren soll, denn der Mörder ist bereits gefasst worden, jetzt geht es nur darum, die Formalitäten einer polizeilichen Ermittlung abzuwarten, damit die Gerichtsverhandlung beginnen kann.

Tim bezahlt nach jeder Bestellung sofort die Rechnung.

Inzwischen ist es vier Uhr geworden, in seinen Achselhöhlen hat sich übel riechender Schweiß gesammelt, und am Tisch nebenan führen Spanier bei frühen Gin Tonics eine träge Unterhaltung.

Er lässt die Hotellobby so gut wie keine Sekunde aus den Augen. Viertel nach vier sieht er, wie Gordon Shelleys Eltern zum Rezeptionstresen gehen, die junge Frau dahinter nach etwas fragen, und sie schiebt ihnen eine Karte über den Tresen, kringelt eine Stelle mit einem Filzstift darauf ein und das Paar scheint sich zu bedanken.

Tim trinkt den Rest seiner Cola light, steht auf, beobachtet, wie die beiden durch die Drehtür des Hotels herauskommen, schiebt die Hand in die Hosentasche und zieht den falschen Presseausweis heraus, den er aus dem Versteck in seiner Wohnung geholt hat.

»Mr Shelley, Mrs Shelley?«

Er versucht interessiert zu klingen, nicht aufdringlich, sondern eher so, als könnte er ihnen einen Dienst erweisen, als wäre er der Freund, den man in so einer Stunde braucht, und das Paar, immer noch in den gleichen Kleidern wie am Morgen auf dem Fernsehbildschirm, bleibt stehen, sie sehen den Ausweis, scheinen sich wegdrehen zu wollen.

»Just a few quick questions, please? I'm from *Mallorca News*, a local paper.«

Es gibt keine *Mallorca News*.

Er versucht die Worte in korrektem Englisch auszusprechen, eine Brücke des Vertrauens zu bauen, indem er ihre Sprache perfekt benutzt und sie mit weichen, gefühlvollen skandinavischen Diphthongen würzt. Und es funktioniert, das Paar bleibt stehen, die beiden stellen fest, dass er der einzige Journalist hier auf dem Platz ist und dass er keinen Fotoapparat dabeihat, und deshalb warten sie, bis er den letzten Schritt zu ihnen zurückgelegt hat.

»Erik Grondahl«, stellt er sich vor, und sie ergreifen seine ausgestreckte Hand, zuerst die Frau, und ihr Handschlag ist fest, die dünnen, von Adern überzogenen Finger kalt, und sie sagt, »Mary Shelley«, und der Handschlag des Mannes ist genauso fest, »Stuart«.

Dann tritt Stuart einen Schritt zur Seite, und seine mageren Wangen befinden sich im Halbschatten, die grünen Augen werden dunkel, undurchdringlich schwarz, und er fragt mit einer Stimme, die ebenso dunkel ist wie die Augen:

»Was wollen Sie wissen?«

»Ich möchte ein bisschen über Gordons Leben hier wissen. Alles andere habe ich bereits aus anderen Quellen erfahren. Was hat Ihr Sohn gemacht? Wer war er hier auf Mallorca?«

Jake.

With the big snake.

Das war ihr Sohn.

Doch das wissen sie nicht.

Die Ringe unter den Augen, so etwas geschieht nicht bei uns, das hier ist nicht wahr, das sagen ihre Blicke.

»Es ist unglaublich heiß hier«, sagt Mary Shelley.

»Eine Hitzewelle«, erklärt Tim. »Man sollte es nicht glauben, aber das ist normal für den August.«

»Offenbar hat er in irgendeinem Hotel gearbeitet«, sagt Stuart Shelley.

»Im Bereich Guest Relations.«

»In welchem Hotel?«, hakt Tim nach.

»We wouldn't know which hotel, would we, Stu? Gordie never told us any specifics about his life here.«

Die Hitze umklammert Tim immer fester, eine Teufelsfaust, die ihm die Luft aus der Brust drücken, ihn ersticken will.

»Lebte er schon länger auf Mallorca?«

»Ein paar Jahre.«

»Wussten Sie von seiner Beziehung zu Natascha?«

»No, no. But the ladies always liked him«, sagt Gordon Shelleys Mutter.

»Vielleicht fast zu sehr«, sagt sein Vater.

»Einen hübscheren Jungen hat es nie gegeben.«

»We should go now.«

»Yes, leave us alone, please.«

Warten Sie, möchte Tim sagen, ich habe noch mehr Fragen. Aber die beiden alten Leute wissen nichts über das Leben ihres Sohnes.

Sie gehen weg von ihm, und er will ihnen nicht folgen unter die

Arkaden, die zur Avenida Jaume III. führen. Stattdessen schaut er ihnen nach, bis sie um die Ecke biegen, in Richtung Innenstadt.

Das Geschäft liegt nur zweihundert Meter vom Hotel Saratoga entfernt, ein paar Straßen weit weg, durch enge Gassen, über Kopfsteinpflaster, an Kalksteinhäusern vorbei, kleinen Cafés, in denen Touristen über kalten Biergläsern keuchen. In großen Schaufenstern werden dünne schwarze Kleider und Schuhe mit hohen, schmalen Absätzen feilgeboten. Die Frau, von der Natascha Kleider kaufte und mit der sie sich unterhielt, steht hinter einem mit schwarzem Leder bezogenen Kassentresen. Ein Kreditkartenlesegerät ruht hungrig auf einer Glasscheibe.

Als er den Laden betritt, erklingt ein Glockenton, und die Frau wendet ihm ihr auffallend blasses Gesicht zu, weicht ein wenig zurück, scheint sofort zu erkennen, dass er kein Kunde ist, doch dann schüttelt sie ihr blondes Haar, reckt die Nase in die Luft und beginnt damit, demonstrativ einige weiße Kleider auf einem Gestell zu richten.

»Du kennst sie«, sagt Tim. »Natascha Kant. Von der es heißt, sie sei verschwunden. Sie ist deine Freundin, nicht wahr?«

Die Frau wendet sich von dem Kleidergestell ab, ihre schmalen Schulterblätter bewegen sich unter der cremefarbenen Bluse und sie knickt auf ihren hohen Hacken fast um. Dann beginnt sie, Jeans zurechtzuschieben, die auf einem Tisch gleich neben einem mit schwarzem Samt verhängten Umkleideraum liegen.

»Ich versuche sie zu finden«, erklärt Tim. »Was denkst du, wie viele das wohl tun? Die Polizei? Da wäre ich mir nicht so sicher, wenn ich du wäre.«

Sie dreht sich um. Starrt ihn an, will ihn sicher darum bitten zu verschwinden, zur Hölle zu fahren, sich nie wieder hier blicken zu lassen. Aber er weicht ihrem Blick nicht aus. Hält ihm stand, hart, ein fester Griff. Deine Freundin ist verschwunden, wie verhältst du dich dazu?

»Wer bist du?«, fragt sie, und ihr Akzent ist osteuropäisch, der melodische Klang verrät, dass sie aus Polen stammt, sie also auch. Er streckt die Hand aus, stellt sich vor.

»Ich heiße Tim Blanck. Wie gesagt, ich suche nach Natascha.«

»Hat Peter dich gebeten, das zu tun?«

Tim nickt.

»Grażyna«, sagt sie. »Heiße ich.«

Ihre Augen blicken jetzt freundlicher.

»Ist das dein Geschäft?«

»Das gehört einem Russen.«

»Viel Schwarz.«

»Perfekt für das Klima hier.«

Sie schmunzeln beide. Sie lässt die Finger über den Rand des Verkaufstresens gleiten, vorsichtig, um sich nicht an einer der kleinen Messingschrauben zu schneiden, die das Leder festhalten.

»Er hätte ihr nie ein Haar gekrümmt.«

»Bist du dir da sicher?«

»Ich habe nie jemanden gesehen, der eine Frau so geliebt hat wie Peter Natascha.«

»Und die Liebe war gegenseitig?«

Grażyna zieht die Augenbrauen ein wenig hoch.

»Zumindest der Respekt. Sie sind hierhergezogen, nachdem sie geheiratet hatten. Sie hat ihren Job in Berlin aufgegeben.«

»Woher stammt sie?«

»Aus Posen. Ich bin aus Krakau. Der europäischen Hauptstadt der Luftverschmutzung.«

Tim grinst. Er spielt mit einer kleinen Parfümflasche, die wie ein Frauentorso geformt ist.

»Hat sie Familie dort?«

Grażyna antwortet nicht. Stattdessen legt sie ein paar Kreditkartenetuis neben dem Kartenleser zurecht.

»Wusstest du von ihrem Verhältnis mit Gordon?«
»Ich war dabei, als sie sich kennengelernt haben.«
Und dann erzählt sie von einem Abend im Gran Hotel del Mar in Illetas, von der Einweihung einer neuen Bar, zu der Natascha eingeladen worden war. Gordon Shelley war äußerst interessiert an Natascha, und die beiden gingen ein Verhältnis ein. Grażyna erzählt, dass sie selbst an diesem Abend früh nach Hause ging, dass sie sich unter all den selbstbewussten, elegant gekleideten Schweden und Deutschen, Briten, Spaniern und Mallorquinern einsam fühlte und dass ein Mann, den sie dort kennenlernte, schnell das Interesse an ihr verlor.
»Sogar ein paar Amerikaner waren dort.«
»Wer war der Mann, der mit dir geflirtet hat?«
»Keine Ahnung. Irgendjemand dort auf der Party.«
»War er mit Gordon zusammen gekommen?«
»Nein, die hatten nichts miteinander zu tun.«
Die Straßen des Viertels La Lonja liegen menschenleer da, die Hitze rinnt die Hausfassaden hinunter, scheint die Steine zum Platzen zu bringen.
»Du glaubst also nicht, dass die Theorie der Polizei stimmt? Dass Peter sie aus Eifersucht getötet haben soll?«
Ihre Antwort ist ein trauriges Lächeln.
»Hatte Natascha Feinde? Hatte das Ehepaar Kant welche?«
»Wie soll ich das wissen?«
Tim spürt, wie trocken seine Kehle ist, und erst jetzt bemerkt er die Klimaanlage. Kühle Luft fällt aus einem großen Aggregat über der Eingangstür herunter und lässt das verschwitzte Hemd an Rücken und Bauch kalt werden.
»Wie gut kennt ihr euch, Natascha und du?«
»Sie hat hier eingekauft. Es gibt nicht so viele Polen auf der Insel. Bulgaren und Rumänen gibt es mehr.«
Dann läutet die Glocke. Ein jüngeres Paar betritt den Laden, Skandinavier oder Deutsche oder Niederländer. Die junge Frau hat

kurz geschnittenes hellbraunes Haar, sie befühlt den Stoff eines T-Shirts, und Grażyna sieht aus, als würde sie ihr am liebsten sagen, sie solle bitte schön ihre dreckigen Finger davon lassen.

Offenbar kennt das Paar diesen Blick.

Wortlos gehen sie wieder hinaus.

»Ich mache hier bald zu«, sagt Grażyna und senkt den Kopf. »Ich fliege morgen nach Hause, nach Polen.«

Sie tippt blind auf die Tasten des Kreditkartenlesers, der spuckt eine lange Quittung aus, dann schaut sie Tim wieder an.

»Manchmal genügt Liebe nicht«, sagt sie. »Denkst du das nicht auch, Tim Blanck?«

Natascha hat weder Snapchat noch Facebook, auch kein Twitter, kein Instagram. Nicht Line, nicht WhatsApp.

Es scheint, als hätte sie sich selbst ausradiert, bevor es jemand anderes hätte tun können.

Tim korrigiert den Rückspiegel, fährt in Richtung Avenida Joan Miró. Der Tag steht still. Die Schatten sind keine richtigen Schatten mehr, denn nichts kann sich noch in ihnen verstecken.

Bevor er ging, fragte er Grażyna noch nach Nataschas Verhältnis zu den sozialen Medien. Hatte sie vielleicht einen Account unter einem anderen Namen eingerichtet? Aber Grażyna wusste nichts in dieser Richtung. »Glaube ich nicht, sie hatte ja nicht einmal einen Account unter ihrem eigenen Namen.«

Er fährt an den chinesischen Massagesalons an der Joan Miró entlang, sieht die Masseusen hinter den Scheiben in ihren weißen Spitzenkleidchen, mit Gesichtern, verzerrt durch die dicken Schminkschichten und die Müdigkeit der Augen. Fotos von Händen, die den Rücken massieren, erscheinen matt in dem grellen Licht.

Im Café Venecia, oder Venezia, je nachdem, welchem Reklameschild des Cafés man vertraut, sitzen zwei Typen, die Kokain dealen, und er kann sich nicht einmal mehr daran erinnern, woher er weiß, wer sie sind. Ab und zu hat er mal etwas genommen, jedes Mal, wenn er einfach zu müde war.

»Natascha wollte ihre Ruhe haben«, hatte Grażyna gesagt. »Sie war so froh über alles, was sie bekommen hatte. So etwas kann Aufmerksamkeit nur zerstören.«

Er wird vor einer roten Ampel langsamer, streckt sich nach der Wasserflasche, die auf der Rückbank liegt, trinkt tiefe, warme Schlucke. Er ist auf dem Weg zu Gordon Shelleys Haus, doch schnell entscheidet er sich dagegen. Es besteht ein zu großes Risiko, dass die Polizei dort ist oder aber das Haus unter Bewachung steht.

Er fährt durch den Kreisverkehr an der Plaza Pintor Francesc Rosselló und anschließend zurück ins Zentrum.

Das Handy klingelt. Es ist Grażyna.

»Spreche ich mit Tim Blanck?«

Sie spuckt die Worte geradezu aus, als wäre sie eher nervös als ängstlich, vielleicht bekommt sie bei der Hitze einfach auch nur nicht genug Luft.

»Ja, ich bin's.«

»Ich kenne jemanden, der dir vielleicht helfen kann. Natascha ist zu einem plastischen Chirurgen gegangen. Hans Baumann in Portals Nous, er hat eine Klinik dort. Frag ihn mal, vielleicht weiß er etwas.«

Dann bricht die Verbindung ab. Bevor er ihr alles Gute für Krakau wünschen konnte. Bevor er fragen konnte, was der Arzt denn bitte schön wissen könnte. Was Natascha bei ihm gemacht haben könnte.

Natascha sah nicht nach einer Schönheitsoperation aus, aber vielleicht hatte sie Botoxinjektionen bekommen oder eine Intimoperation.

Mit einer Hand am Lenkrad googelt er nach Hans Baumanns Klinik. Dann wendet er erneut und fährt aus Palma heraus. Er schaut übers Meer, das durch das Streicheln des Winds zu einem vergoldeten Panzer eines Gürteltiers geworden ist.

Ein Snapchat-Moment.

Sie haben einander Snaps geschickt, Emme, Sofia und Julia. Wie verrückt. Ein Mitteilungsbedürfnis, das über das Fassungsvermögen seiner Generation hinausgeht.

Keinen ihrer Snaps gibt es noch. Keiner dieser kleinen Filmchen mit Ton und Animation liegt noch als Pixel und Bytes auf irgendeinem Server in einer Grube außerhalb von Kiruna, oder in einem Lager oder einer verlassenen Kaserne vor den Toren von Luleå oder in Hamina oder Saint-Ghislain.

Trotzdem kann er sie vor sich sehen, mit Schnurrhaaren und Hasenohren, und er fragt sich, wie sie jetzt wohl aussehen könnte, ob die Zeit sie aus ihren dunklen Winkeln, hellen Ecken herausoperiert hat.

Die Beautyklinik liegt an der Straße hinunter nach Puerto Portals, in einer Ladenreihe gegenüber der Agora International School. Auf dem Schulgelände, im Schatten der blaugrünen Mülltonnen, lungern Teenager in roten Schuluniformen herum. Sie besuchen Sommerkurse, Kinder, für die ihre Eltern keine Zeit haben.

Tim zögert nicht lange. Er zieht die Glastür der Klinik auf und betritt den Eingangsbereich, spürt, wie die Hitze ihn reizbar macht. Er durchquert den Raum, auf weißen Steinplatten, vorbei an hellblauen Ledersofas und Glastischen, auf denen glänzende Broschüren in ordentlichen Stapeln neben Faltblättern mit Informationen über verschiedene Eingriffe liegen. Fettabsaugen, Lippenaufspritzen, Zahnveneers und Brustimplantate mit langer Lebensdauer, garantiert ökologisch.

Er beugt sich über den Rezeptionstresen, wendet sich der älteren Frau zu, die in weißem Kittel dahinter sitzt. Sie ist ungeschminkt und trägt ihr rattenfarbenes Haar zu einem Knoten hochgesteckt, unansehnlich, sodass alle Frauen, die hier eintreten, sofort fühlen sollen, dass auch sie hier zu ihrer eigenen Schönheit gelangen können.

»Ich möchte mit Hans Baumann sprechen.«

Etwas in seinem Auftreten lässt sie sofort auf den Knopf einer Sprechanlage drücken und ins Mikrofon sprechen:

»Doktor Baumann bitte zur Rezeption, Sie haben Besuch.«

Zwanzig Sekunden später betritt Baumann den Raum, in einem hellblauen Arztkittel mit gestickten orangefarbenen Rosen auf den Ärmeln. Er reicht der Frau an der Rezeption einen Stapel Papiere. Dann wendet er sich Tim zu. Mustert ihn von oben bis unten. Zieht leicht die Nase kraus.

»Es gibt keine Frau, die ich nicht schöner machen könnte. Und übrigens auch keinen Mann.«

Das Haar trägt der deutsche Chirurg glatt und blondiert. Seine Augenbrauen sind gezupft, und seine sonnengebräunte Haut glänzt von Peeling und Cremes, und als er das Wort »schöner« sagt, zieht sich die Oberlippe hoch und entblößt eine perfekte Reihe strahlend weißer Zahnverblendungen.

»Womit kann ich Ihnen helfen? Botox in die Stirn? Oder ein klein wenig rund um die Lippen? Das würde bei Ihnen ein wahres Wunder bewirken.«

Seine Augen haben einen geradezu magnetischen blauen Farbton, fast als wollten sie mit dem Meer konkurrieren.

»Vielleicht die Augenlider ein wenig liften. Und die Haut unter den Augen bleichen. Das wäre in etwa das, was ich auf den ersten Blick vorschlagen würde.«

Tim zieht seinen Dienstausweis von Heidegger heraus. Überreicht ihn Baumann, der ihn vor sich hochhält, mit gespielter Verwunderung liest, bevor er ihn wieder zurückgibt.

»Und was kann ein Mann wie Sie von mir wollen? Ich habe keine Frau, der ich untreu sein könnte.«

»Natascha Kant«, sagt Tim. »Sie soll Ihre Patientin gewesen sein.«

Hans Baumann schaut zur Kliniktür. Zu den Autos, die dort stehen, auf der anderen Seite der Glasscheibe parken, ein schwarzer Maserati und ein bronzefarbener BMW.

»Weder will noch darf ich mit Ihnen über eine Patientin sprechen.«

»Aber Sie wissen, wer das ist?«

»Leider sind meine Lippen versiegelt.«

»Sie haben doch gehört, was passiert ist?«

Hans Baumann geht zurück zu der Tür, aus der er gekommen ist, aber Tim folgt ihm, legt ihm eine Hand auf die Schulter.

Der Deutsche bleibt stehen, dreht sich um, die blauen Augen sind jetzt aus Eis.

»Ich haben Ihnen nichts zu sagen.«

Tim nimmt seine Hand nicht weg. Er umklammert die Schulter des Arztes, das muss jetzt wehtun.

»Was hat sie hier gemacht? Hatten Sie mit ihr außerhalb der Klinik zu tun?«

»Sie müssen jetzt gehen. Rufen Sie die Security, Anita.«

»Nicht die Polizei?«, fragt Tim.

»Was?«

»Etwas sagt mir, dass Sie nicht die Polizei rufen wollen.«

»Warum sollte ich nicht die Polizei rufen wollen?«

Tim lockert seinen Griff.

»Was wissen Sie über Natascha Kant? Wissen Sie, wo sie sein könnte? Kannten Sie ihren Liebhaber Gordon Shelley?«

Die Tür hinter ihnen wird geöffnet, und zwei Security-Leute in den braun-gelben Uniformen von Prosegur kommen herein, ziehen ihre Schlagstöcke heraus, als sie sehen, was hier vor sich geht.

»Er soll verschwinden«, sagt Hans Baumann, und auch die Frau an der Rezeption ist inzwischen aufgestanden.

»Schlagt ihn«, schreit sie den Wachtleuten zu, »bevor er Hans schlägt.«

Tim hebt beschwichtigend die Hände.

»Ich gehe ja schon«, sagt er. »Immer mit der Ruhe.«
Die beiden Wachmänner lassen ihn vorbei. Einer von ihnen hebt den Schlagstock, deutet einen Hieb zur Warnung an.
Tim würde sich am liebsten auf sie stürzen. Aber er verlässt die Klinik. Geht hinaus auf den Parkplatz. Die Hitze schlägt ihm auf die Brust, nur schwer findet die Luft den Weg hinunter in die Lunge, und der frühe Abend ist jetzt eine Gasflamme, mit klaren Farben, Sekunden vor einer Explosion.

Langsam geht er zu seinem Auto. Zum Glück hatte er einen Platz im Schatten der Palmen gefunden.

Da sieht er einen weißen Lexus auf den Parkplatz fahren, er stellt sich neben einen blauen Porsche 911 und einen schwarzen Seat. Die Tür wird geöffnet und heraus steigt ein Mann, der Tim bekannt ist: Roger Svedin, den Besitzer des Gran Hotel del Mar, die Nummer eins in der exklusiveren Schweden-Community. Er trägt ein Bowlinghemd mit Blumenmuster und beigefarbene Chinos, sein langes schwarzes Haar hat er zu einem Pferdeschwanz gebunden, und die Haut weist einen sonderbar matten Ton auf.

Tim duckt sich, will hier nicht gesehen werden. Roger Svedin schlägt die Wagentür hinter sich zu, setzt sich eine schwarze Sonnenbrille auf und streicht das Hemd über seinem hervorstehenden Bauch glatt, bevor er zu der Boutiquereihe und weiter in Hans Baumanns Klinik geht, wo gerade einer der Wachmänner eine Broschüre hochnimmt und zerstreut darin zu lesen beginnt. Vielleicht ja übers Lippenaufspritzen.

D er Abendhimmel glüht rosa. Die Stadt schmiegt sich um ihn.
Er kurvt durch Palma. Die Busse fahren Las Avenidas entlang, und aus den offenen Fenstern strömen Düfte von ofengebackenem Gemüse und gebratenem Fleisch.

Eine Kanalisationsbaustelle zwingt ihn hinunter zur Plaza Cort, dort steht die Luft unter dem uralten Olivenbaum mit dem gigantisch dicken und bizarr knorrigen Stamm.

Die Uhr auf dem Armaturenbrett.

Simone könnte noch im Büro sein, er ruft sie an. Tatsächlich hebt sie ab.

»Ist etwas passiert?«, fragt sie. »Mit Kant? Shelley? Gibt es was Neues?«

Abendmüdes Hupen ertönt hinter ihm.

»Stehst du im Stau?«

»Eine Baustelle. Ich brauche deine Hilfe.«

»Was soll ich tun?«

»Ich möchte, dass du so viele Informationen über Natascha Kant sammelst, wie du nur findest. Telefonlisten, SMS, ob ihre Kreditkarte benutzt wurde. Ich kann sie in den sozialen Medien nicht finden. Vielleicht kannst du da auch mal etwas tiefer graben.«

»Na klar. Und bei Shelley auch?«

»Bei ihm auch. Alles, was du finden kannst und bis jetzt noch nicht gefunden hast.«

»Schaust du morgen im Büro rein?«

»Nein, sag bitte Wilson, dass ich angerufen habe und krank bin. Grippe.«

»Momentan grassiert keine Grippe.«

Wieder dieses Hupen. Jetzt näher.

»Dann sag, dass ich Fieber habe.«

»Er wird sich wegen Shelley wundern. Und der Verbindung zu Kant.«

»Dann soll er sich doch wundern. Vielleicht hat die Polizei sich ja auch schon bei ihm gemeldet?«

»Kann sein. Ich hab allerdings noch keinen Beamten hier gesehen. Du bist doch hoffentlich vorsichtig, Tim?«

Er spürt, wie schwer sein Körper auf den Sitz drückt.

»Vorsicht ist mein Nachname. Das weißt du doch. Blanck bedeutet das auf Schwedisch. Vorsicht.«

Kaum hat er die Wohnungstür geöffnet, da ruft Simone schon zurück. Schnell schleudert er die Schuhe von den Füßen, trinkt ein paar Schlucke kalten Orujo direkt aus der Flasche.

»Ich habe ihre Mutter gefunden«, sagt Simone. »Ich habe eine Telefonnummer. In Polen.«

Wessen Mutter? Aber in der nächsten Sekunde weiß er natürlich, um wen es geht.

»Vielleicht kann sie ja nur Polnisch«, gibt Simone zu bedenken. Doch dann gibt sie ihm die Nummer, die er auf einen Werbeprospekt von Mediamarkt schreibt.

»Ich werde versuchen, sie anzurufen«, sagt er und holt tief Luft.

»Willst du nicht wissen, wie sie heißt?«

»Wie heißt sie?«

»Agnieszka. Agnieszka Zabludowicz.«

»Danke.«

»Keine Ursache. Außerdem habe ich den Namen eines Hotels herausgekriegt, in dem Gordon auch gearbeitet hat. Gran Hotel del Mar. Da steigen doch immer alle Skandinavier ab, oder?«

Roger Svedin, den er heute vor der Klinik gesehen hat. Seine dänische Frau Bente. Das Hotel, in dem sich Gordon und Natascha laut Grażyna kennengelernt haben.

»Und was soll er dort getan haben?«

Ohne es selbst zu merken, ist Tim aufs Bett gesunken.

»Das weiß ich nicht. Vielleicht als Kellner gearbeitet? Guest Relations? Was immer ein Mann mit seinen Fähigkeiten so tut.«

»Danke«, sagt Tim noch einmal.

»Nun ist es aber genug mit dem Bedanken«, sagt Simone und legt auf.

Das Telefon in der Hand. Das Papier mit der Nummer liegt auf der grünen Tagesdecke. Er tippt die Nummer ein, fragt sich, ob sie wohl schon weiß, dass ihre Tochter verschwunden ist. Das müsste sie eigentlich wissen, und er zählt die Freizeichen, das fünfte wird abrupt unterbrochen und eine Stimme, eine unruhige, verängstigte Stimme, sagt etwas auf Polnisch.

»Is this Agnieszka? Do you speak English?«, spricht er in eine tiefe Stille hinein.

Das Bett schwankt unter ihm, und die Unruhe von Nataschas Mutter zischt durch das Handy, in sein Ohr.

»Who is there? Who is this?«

Er sagt seinen Namen, dass er Privatdetektiv ist, der von Peter Kant beauftragt wurde.

»Natascha zu finden? Ist das Ihr Auftrag? Sagen Sie mir, dass das Ihr Auftrag ist.«

»Ja, das stimmt, so ist es«, sagt Tim.

»Sie lebt, ich weiß, dass sie lebt.«

Agnieszka holt tief Luft, bevor sie weiterspricht.

»Und Peter hat nichts damit zu tun. Er liebt sie. Die beiden lieben sich. Natascha hat Peter kennengelernt, nachdem seine Tochter verstorben ist. Nachdem er sich hat scheiden lassen und in Berlin war, um dort seine Geschäfte zu regeln. Er war immer nur gut zu uns.«

Er versucht sich ein Bild von Natascha Kants Mutter zu machen. Eine kleine, ältere Frau auf einem Stuhl neben einem abgenutzten Holztisch in einer noch abgenutzteren Küche.

»Er hat mir eine Wohnung in Posen gekauft, am Alten Markt. Eine schöne Wohnung. Mit neuen Geräten.«

Tim sieht ein neues Bild vor seinem inneren Auge. Eine gepflegte Dame an einem schwarzen Metalltisch vor glänzenden weißen Küchenschranktüren und einer Mikrowelle aus Edelstahl.

»Er hat ihr alles geschenkt, was sie sich nur gewünscht hat. Wozu sollte dieser Job in der Bar in Berlin gut sein? Sie müssen wissen, Nataschas Vater ist früh gestorben. Bei einem Unfall auf einer Baustelle in Norwegen, da war Natascha gerade erst drei. Er ist von einem Gerüst heruntergefallen. Seitdem gab es nur noch uns zwei.«

Agnieszka spricht nun immer schneller, als könnte sie Natascha so wieder nach Hause holen. Er kann sie nachempfinden, diese Panik, Unruhe, den Schmerz, das vollkommen Unbegreifliche.
»Sie müssen sie finden. Herauskriegen, was passiert ist.«
»Hat die Polizei schon mit Ihnen gesprochen?«
»Niemand hat mit mir gesprochen.«
»Hatte Natascha irgendwelche Feinde? Ist etwas Besonderes passiert, von dem Sie gehört haben?«
Schweigen am anderen Ende.
Dann: »Nein, keine Feinde.«
Jetzt schreien die Nachbarskinder wieder, aber er hört die Eltern nicht streiten, er hört sie gar nicht, vielleicht haben sie ihre Kinder allein zurückgelassen.
»Hatte Peter Feinde?«
»Das weiß ich nicht. Aber ich kann nicht glauben, dass er Nataschas Geliebten getötet haben soll. So einer ist er nicht. Das weiß ich. Ich kenne die Männer. Was glauben Sie denn, was passiert ist?«
Genau das will ich ja herausfinden, will er antworten, aber die Worte sprudeln weiter aus ihr heraus.
»Lebt sie? Glauben Sie, dass sie noch lebt? Ich weiß, dass sie noch lebt.«
Er will fragen, wie Natascha als Kind war, wie es ihr ging, als Peter und sie sich kennenlernten, und warum sie sich einen Geliebten anlachte, und Agnieszka scheint seine innere Stimme hören zu können.
»Er hat sie verführt«, sagt sie. »Aus welchem Grund auch immer, er muss sie verführt haben. Sicher war er ein professioneller Verführer.«
Die beiden, Hand in Hand auf dem Paseo del Borne.
»Haben Sie eine Ahnung, wo sie sein könnte?«
»Haben Sie schon in der Wohnung nachgesehen?«
»In welcher Wohnung?«
»Die Peter für mich gekauft hat. Er wollte, dass ich eigene Räume

hätte, wenn ich zu Besuch kam, auch wenn er es noch nicht geschafft hat, sie renovieren zu lassen. Vielleicht versteckt Natascha sich ja nur, bis die größte Aufregung vorbei ist.«

Tim hat Natascha nie in so einer Wohnung gesehen. Sollte es so eine Wohnung geben, hätte sie die doch für die Treffen mit ihrem Geliebten benutzen können.

»Das ist meine Wohnung«, sagt die Frau, die Nataschas Mutter ist. »Sie hätte niemals einen Liebhaber mit in meine Wohnung genommen. Ein Mädchen wie sie tut so etwas nicht.«

Das Geschrei der Kinder ist verstummt und unten auf der Straße gibt ein Motorrad Gas.

Sie hat ihren Verführer mit ins Haus genommen, in das Ehebett. Dort hat sie mit ihm geschlafen, in dem schimmernden Poollicht.

Aber davon erzählt er Agnieszka Zabludowicz nichts.

Er geht die Treppen hoch in den neunten Stock des Hauses an der Calle Ramón y Cajal 20, hier soll die besagte Wohnung liegen. Er hat die Pistole mitgenommen, sie drückt kühl gegen seinen Rücken. Während er hochgeht, fragt er sich, warum Peter Kant ihm nichts von dieser Wohnung erzählt hat, und er muss sich eingestehen, dass es vieles geben kann, was sein Klient nicht verraten hat, und dass er nicht wissen kann, was und warum.

Er kann Kant nicht im Gefängnis anrufen. Und ein weiterer Besuch ist vermutlich nicht zugelassen.

Er bleibt auf dem Treppenabsatz im achten Stock stehen, neben einer braunen Fahrstuhltür, holt Luft, wischt sich das Gesicht mit dem Hemdsärmel ab, horcht aufmerksam, aber es ist nichts zu hören außer einem Fernseher und dem gedämpften Verkehrslärm von der Straße. Durch ein Flurfenster kann er die Masten unten im Hafen schaukeln sehen, und das Meer ist blaugrün hinten am Horizont, wie oft in der Sommerabenddämmerung.

Er geht weiter hinauf.

Lauscht. Nimmt die Treppenstufen, bis er den neunten Stock erreicht. Hier gibt es nur eine einzige Wohnungstür, direkt vor ihm, und sie ist aufgebrochen, die Tür angelehnt.

Eine Hand schiebt sich automatisch auf den Rücken, zum Hosenbund, ergreift die Pistole.

Vorsichtig schiebt er die Tür auf, die Scharniere quietschen nicht. Er betritt den Wohnungsflur. Ein leerer Raum mit azurblauem Kunststoffbodenbelag. Braun gemusterte Tapete mit den Spuren abgehängter Bilder. Er geht weiter hinein. Ein ebenso leeres Wohnzimmer mit Dachterrasse, der gleichen Aussicht wie vom Treppenabsatz.

»Natascha! Sind Sie hier, Natascha?«
Er holt Luft.
»Ist jemand hier?«
Aber die Wände geben keine Antwort.

Ein Schlafzimmer ohne Möbel, eine Küche mit roten Schranktüren, die aussehen, als stammten sie aus den Siebzigerjahren, ein Gasherd, bedeckt von einer dünnen Staubschicht, in die jemand mit dem Finger ein schiefes, breites Herz gemalt hat.

Tim parkt vor dem Hotel in Illetas. Weißer Putz, rote Fensterrahmen um die kleinen Fenster und Balkone mit schwarzem Schmiedeeisengeländer.

Auf der anderen Seite der schmalen Straße liegt eine kleine graue Villa, eingeklemmt zwischen gepflegten Mietshäusern. Die Pforte zu dem kleinen Haus steht offen, weiter hinten im Garten kann er eine Treppe erkennen, die aufwärts führt, in ein dschungelähnliches Grün.

Tim geht auf den Hoteleingang zu, ihm begegnen sonnengegrillte und in Sangria getränkte Menschen auf dem Weg vom Strand in ihr Domizil. Die immer noch aufgeblasenen Schwimmreifen und Gummitiere hängen schwer an den müden Armen.

Ein Portier hält ihm die Tür auf, und er durchquert die Rezeption, steuert direkt die Terrasse des Gran Hotel del Mar an.

Hier erwartet ihn ein rosa-violetter Himmel über einem Meer, auf dem eine Fähre der Transbalear Kurs auf Barcelona, Valencia oder Ibiza nimmt. Palmenblätter tanzen vor dem Horizont, sanft vom Wind bewegt. Kellner in weißen T-Shirts und beigefarbenen Chinos bringen Gästen mit perfekter bronzefarbener Haut Silbertabletts mit perlenden, frisch gemixten Gin Tonics. Skandinavisch schlichte Stühle um ebenso schlichte Tische von zurückhaltender Eleganz.

Lautes Gemurmel von den vielen Menschen.

Rot gemalte Münder, die sich bewegen, Gesichter, die sich verziehen, lachen, schmunzeln. Eintönige Musikuntermalung aus den Lautsprechern.

Hier trifft sie sich. Die selbst ernannte Elite der skandinavischen Community. Vorwiegend Dänen und Schweden, aber auch ein paar Norweger.

Tim hat sie alle irgendwann getroffen, Gott weiß, wann und wo, aber auf einer Insel wie dieser kreuzen sich die Wege aller früher oder später, die Straßen laufen im Kreis, eigentlich ist es immer nur dieselbe Straße.

Der Hotelbesitzer Roger Svedin ist ein Alphamännchen, seine dänische Frau Bente Jørgensen-Svedin eine echte Society-Queen, und Tim kann sie ein Stück entfernt sehen, an der Steinmauer, die die Stufen hinunter zum Pool abtrennt. Sie trägt ein bodenlanges rosa Kleid mit einem Muster aus türkisen weiblichen Silhouetten, der Stoff fällt ganz natürlich über ihren schlanken Körper. Gerade wirft sie die lange, braune Haarpracht nach hinten, dann beugt sie sich mit einer Champagnerflöte in der Hand zu dem Mann vor, mit dem sie sich unterhält, wird im Profil zu einem Geier, und Tim wüsste nur zu gern, was sie das flüstert. Einen Fluch, ein Kompliment? Auf jeden Fall lacht der Mann, und dann schauen beide schweigend aufs Meer.

Am liebsten würde Tim direkt zu ihr gehen. Nach Shelley fragen. Aber er wartet noch, schaut sich um. Mustert die Immobilienmakler, die Insiderhändler, die Steuerflüchtlinge, den Bankräuber, der acht Jahre in einem norwegischen Gefängnis gesessen hat, daneben stehen der Fleischhändler, der Supermarktmanager und die Gucci-Tussis mit winzigen Hunden in goldenen Taschen.

An einem kleinen Tisch neben den Stufen, die zum Pool hinunterführen, sitzt der Mathematiker, der seinen Technologieverlag für zwei Milliarden an die Cevian Capital verkauft hat und jetzt in seinem gelben Lamborghini herumrast und so tut, als wären die Bergwege eine Autobahn. Tim weiß, dass er gerade in eine Bitcoin-Grube in Alaska investiert hat, auf der Jagd nach sechshundert Prozent jährlichen Ertrags. Sicher ist es ihm scheißegal, dass inzwischen die meisten Drogenbosse diese Währung für Transaktionen und zur Geldwäsche benutzen. Wahrscheinlich sind ihm die Hunderttausende von Menschen ebenso egal, die jedes Jahr an Opiaten sterben, und alle Mütter und Väter, die um ihre Kinder trauern. Seine Tochter sitzt bei ihm auf dem Schoß, eine Prinzessin, wie von Truman Capote geschaffen, mit großen Augen, in weißem Tüll.

Tim blickt zur Bar hinüber. Ein freier Barhocker.

Blicke kleben an ihm. Er schüttelt sie ab. Windet sich auf den hohen Hocker, bestellt einen Dry Martini. Twist, straight up.

Eine Frau, die er nicht kennt, sitzt mit einem großen, dunkelhäutigen Mann in einer Ecke. Sie trägt ein rot besticktes Kleid. Milena hat ihm einmal ein ähnliches in so einem Boulevardblatt gezeigt. Da saß es perfekt auf der Haut irgendeiner argentinischen Milliardärin.

»So ein Kleid kostet zehntausend Euro«, sagte sie damals. »Was meinst du, würde es mir stehen?«

Tim holt tief Luft, trinkt dann von seinem eiskalten Drink.

Das rote Kleid.

Es würde dir ausgezeichnet stehen, Milena.

Aber dann wärst du nicht mehr die echte Milena.

Zunächst merkt Tim gar nicht, dass Bente Jørgensen neben ihm an der Bar auftaucht. Sie muss sich von dem Platz, auf dem sie gerade gestanden hatte, hierhergebeamt haben, und sie spricht Spanisch mit dem Barkeeper, ihr Ton ist hart und die Anweisung noch härter, sodass der junge Mann umgehend verschwindet. Tim kann die Wärme ihres Körpers durch die abklingende Hitze des Abends spüren, die Nähe ihres schlanken Oberarms, den Ellenbogen, der fast seinen berührt.

Er nippt an seinem Martini.

Sie wendet sich ihm zu.

»Ich sehe, Sie haben einen richtigen, echten Drink gewählt.«

Er nickt. »Was nicht viele hier tun.«

Bei diesen Worten weicht sie ein wenig zurück.

»Ich weiß, wer Sie sind«, fährt sie fort. »Und mir ist klar, dass Sie einen bestimmten Grund haben, hier aufzutauchen. Ich frage mich nur, welchen.«

Sie lächelt, und jetzt streift ihr Ellenbogen tatsächlich seinen Arm. Die Wärme ihrer Haut ist elektrisch, aber diese Nähe hat etwas Berechnendes.

Er zieht seinen Arm zurück.

»Wenn Sie wissen, wer ich bin«, sagt er, »dann wird es Sie sicher auch nicht wundern, wenn ich frage, ob Gordon Shelley hier gearbeitet hat? Der ermordete Engländer.«

Dieses Mal zuckt sie nicht zurück. Sieht ihn nur ruhig an.

»Sind Sie seinetwegen hier?«

Tim nippt erneut an seinem Martini, lässt den reinen Gin-Geschmack über die Zunge rollen.

»Hat er hier gearbeitet?«

Bente Jørgensen denkt nach, scheint sich zu fragen, ob sie die Worte für sich behalten soll oder doch preisgeben.

»Das hat er«, sagt sie schließlich. »Vor ein paar Jahren. Er war sehr angenehm im Umgang. Hat sich gut um die Gäste gekümmert, dafür gesorgt, dass sie sich wohlfühlten. Es ist schrecklich, dass er tot ist.«

Sie streckt sich über den Tresen, greift nach einem weißen Telefon, tippt auf eine Kurzwahltaste.

»Liebling, kannst du runter zur Bar auf der Terrasse kommen? Hier ist jemand, der ein paar Fragen hat.«

Dann legt sie wieder auf und winkt in der nächsten Sekunde einigen neu eingetroffenen Gästen zu, die sich soeben an dem letzten freien Tisch niederlassen.

»Mein Mann«, sagt sie zu Tim. »Er kommt gleich aus dem Büro her, er weiß besser Bescheid über die Angestellten.«

Ein paar Minuten später steht Roger Svedin neben ihnen, er trägt einen hellblauen Anzug aus Baumwolle, und aus der Nähe sieht Tim, dass seine Wangenknochen mit einer dünnen, feinadrigen Haut bedeckt sind, die wie frisch geschliffen glänzt.

Die beiden müssen einmal ein schönes Paar gewesen sein. Sie eine wahre Schönheit, seine resultierte aus dem Geld, gepaart mit einem gewissen Maß an Stil, hässlichschön.

Roger Svedin schüttelt Tim die Hand. Fest. lange.

»Er hat Fragen zu Gordon Shelley«, erklärt Bente Jørgensen und schaut an ihrem Mann vorbei, hinaus auf die Terrasse, auf die Menschen dort.

»Und warum das?«, fragt Roger Svedin. »Schrecklich, was da passiert ist. Aber es gibt viel Dreck hier auf der Insel.«

»Ich bin Privatdetektiv«, sagt Tim. »Ich verfolge da nur eine Sache.«

»Ich weiß, wer Sie sind. Es ist lange her, dass Gordon hier gearbeitet hat. Ich habe ihn seit ein paar Jahren nicht mehr gesehen.«

»Ich auch nicht«, ergänzt Bente Jørgensen. »Wer ist noch mal Ihr Auftraggeber?«, fügt sie dann hinzu.

»Ich habe nichts von einem Auftraggeber gesagt. Was hat er hier gemacht?«

»Er war Kellner, Oberkellner«, antwortet Bente Jørgensen. »Er hat für eine gute Stimmung gesorgt, das konnte er gut.«

»Hat er die Gäste auch angebaggert? Ihnen Sonderdienste angeboten?«

Bente Jørgensens Blick verdunkelt sich.

»Wie können Sie es nur wagen, hierherzukommen und derartige Fragen zu stellen?«

Roger Svedin legt seiner Frau eine Hand auf die Schulter, drückt leicht zu und Tim sieht, wie sich ihre Schultern senken, sie scheint sich selbst zu zwingen, in der Umklammerung ihres Mannes stehen zu bleiben.

»Er macht doch nur seinen Job, Liebling.«

Tim leert sein Glas. Gerne hätte er noch einen Martini, der Alkohol hat seinen Kopf ein wenig schwer, aber den Blick klar werden lassen.

»Wussten Sie, dass er als Callboy arbeitete?«

Die beiden sehen einander an.

»Ist das Ihr Ernst?«, fragt Bente Jørgensen. »Aber vorstellen kann ich es mir schon. Für Frauen. Und Männer. Die waren ja teilweise ganz verrückt nach ihm.«

»Wir hatten natürlich nichts damit zu tun«, ergänzt Roger Svedin. »Mit seiner Arbeit als Callboy.«

»Er soll erst vor Kurzem hier gewesen sein«, sagt Tim. »Zur Einweihung der neuen Bar. Da müssen Sie ihn doch gesehen haben, oder?«

»Das war die Bar, an der wir jetzt stehen«, erklärt Roger Svedin. »Aber er war nicht hier. Daran könnte ich mich erinnern.«

»Er soll Natascha Kant an dem Abend kennengelernt haben. Die Frau, die jetzt gesucht wird.«

»Wer sagt das?«, fragt Bente Jørgensen. »Er war jedenfalls nicht hier. Und diese Natascha kennen wir nicht. Oder, Liebling? Auf dieser Insel wird wirklich viel zu viel geredet. Wer immer auch behauptet, dass die beiden hier gewesen sind, der lügt.«

»Sie soll eine Einladung erhalten haben.«

»Hirngespinste«, entgegnet Roger Svedin. »Warum sollte diese Natascha denn eine Einladung erhalten haben? Wer behauptet so einen Quatsch? Ist das jemand, der unserem Namen schaden will?«

Gemurmel. Ein Korken schießt in die Luft. Das Klirren von Gläsern, ein leichter Hauch von Champagner.

Dann fühlt er Bente Jørgensens Hand auf seinem Arm.

»Wenn wir Ihnen irgendwie helfen können bei der Suche nach Ihrer Tochter, dann sagen Sie es nur.«

Ihre Stimme mit dem dänischen Akzent klingt wohlwollend. Die Fingerspitzen, warm, weich.

Tim nickt.

Was hat sie jetzt gefragt?

»Wir sind hier, wenn Sie Hilfe brauchen«, sagt Bente Jørgensen.

»Noch ein Drink?«, fragt Roger Svedin. Schaut Tim dann lange an, mit forschendem, abschätzendem Blick.

»Sie waren doch bei der Polizei, oder? Wir suchen für unser Unternehmen einen neuen Sicherheitschef. Falls Sie Interesse haben?«

»Ich habe einen Job, der mir gut gefällt.«

Tim rutscht vom Barhocker runter.

Legt einen Zwanzig-Euro-Schein auf den Tresen.

Gibt beiden die Hand. Bedankt sich, dass sie sich die Zeit genommen haben, für ihre Freundlichkeit.

Roger Svedin nimmt Tims blauen Schein vom Tresen auf und schiebt ihn in dessen Brusttasche, als wäre er ein Einstecktuch.

»Kommt gar nicht infrage«, sagt er. »Freunde bezahlen hier nicht. Und versprechen Sie mir, mal über das Jobangebot nachzudenken.«

Roger Svedin schaut aufs Meer. Dann auf das Mädchen, das auf dem Schoß des Mathematikers eingeschlafen ist, und sagt, ohne Tim anzuschauen:

»Der Job könnte was für Sie sein. Sie haben es doch nicht so dicke. Ich habe gehört, Sie wohnen auf der anderen Seite von Las Avenidas.«

Es ist früher Vormittag am nächsten Tag, als Tim an der Plaza Gomila von der Avenida Joan Miró abbiegt und hoch nach El Terreno fährt. Vor einigen Jahren hatte hier eine Messerstecherei stattgefunden. In einer kalten Oktobernacht, als die Stadt dabei war, sich zurückzuziehen, zu ihrem touristenfreien Ich zu werden. Die Mitglieder der dominikanischen Banden Trinitarios und Bling Bling stritten sich auf dem schmuddeligen Marktplatz um den örtlichen Drogenhandel, sie gingen mit Messern aufeinander los, und dann zog einer von ihnen eine Pistole, feuerte mehrere Schüsse in die Luft ab. Eine fünfundsechzigjährige Frau in einer Wohnung auf der anderen Seite der Avenida Joan Miró wurde von einer der Kugeln getroffen, als sie auf dem Weg zur Toilette war. Die Kugel traf sie in den Hinterkopf, schoss durch die Stirn wieder hinaus, und das Austrittsloch war so groß, dass man ihre Identität mithilfe der DNA überprüfen musste.

An der Plaza Gomila wohnen Lateinamerikaner und Osteuropäer in unbewohnbaren Häusern, in Wohnungen nur mit Kaltwasser. Die Bordelle liegen Wand an Wand mit den Junkiehöhlen, und der Marktplatz wird von einer Reihe ausgebrannter Geschäfte in einer zusammengefallenen Betonstruktur umrahmt. Das Ensemble erinnert an eine zurückgelassene Mondstation, die von Außerirdischen mit Graffiti besprüht wurde.

Die Mara Salvatrucha hat auch versucht, sich in der Zeit vor der verirrten Kugel in Palma zu etablieren. Es heißt, die Policía Nacional habe in einer Nacht im Januar sieben Mitglieder der Trinitarios und der Mara Salvatrucha festgenommen, sie in ein Boot gesetzt, sei mit ihnen dreißig Kilometer direkt hinaus aufs Meer gefahren und habe sie dort über Bord geworfen, mit hinterm Rücken gefesselten Händen, lebendig, schreiend. Es heißt, die Leichen seien nicht nur bei Es Trenc an Land gespült worden, sondern auch auf

Sizilien, im Hafen von Tanger, in Karthago, aber das können auch nur Gerüchte sein.

Zwei Typen mit Tätowierungen im Gesicht warten vor La Caixa auf Kunden, starren Tim an, als er an ihnen vorbeifährt.
Er stellt seinen Wagen ein Stück von Gordon Shelleys Haus entfernt ab.
Inzwischen sollte hier keine Polizei mehr sein. Trotzdem nähert er sich nur langsam, etwas anderes ist bei dieser Hitze auch gar nicht möglich, und aus der Ferne sieht er das gelbe Siegel an der Haustür, Klebestreifen, die still in dem kaum vorhandenen Lufthauch baumeln.
Er reißt das Siegel auf.
Schaut sich um.
Spürt keine Augen auf sich.
Er holt sein Schlüsselbund mit dem Dietrich heraus, öffnet damit die Tür.
Geht hinein.
Er drückt die Tür hinter sich zu, der Steinfußboden des kleinen Eingangsbereichs ist mit getrocknetem dunklem Blut bedeckt, fast rostfarben in der Dunkelheit. Die Schleifspuren führen vom Flur nach links, und dort schaut er in ein Wohnzimmer mit einem Ikea-Sofa. Vor diesem ist immer noch ein großer, eingetrockneter Blutfleck zu sehen, Spritzer haben den blauen Sofastoff besudelt.
Jemand muss hier Gordon Shelley auf den Kopf geschlagen haben. Dem muss es gelungen sein, das Bewusstsein zu behalten, dann ist er in den Flur gekrochen, dort hat ihn ein weiterer, noch härterer Schlag getroffen, und bei der Treppe, die zum ersten Stock hochführt, kann Tim Spuren von Gehirnmasse entdecken, grau auf der weiß geputzten Wand.
Tim geht ins Wohnzimmer, sorgfältig darauf achtend, dass er nicht ins Blut tritt, dann fängt er an, herumzustöbern. Ein Stapel

Briefe auf einem Sideboard. Er schaut in den drei Schubladen eines abgenutzten, grau gestrichenen Schreibtisches nach. Bleibt vor dem eingerahmten Foto über dem Schreibtisch stehen, sieht Gordon Shelley, kraftvoll mit nacktem Oberkörper auf der Terrasse einer Villa, die vielleicht auf den Malediven stehen könnte. Auf dem Bild lächelt der Engländer, er ist schön, ein Mensch, der bei wem auch immer Begierden wecken kann, und hinter ihm verschmelzen Himmel und Meer in paradiesischen blauen Farbtönen miteinander, die selbst die Marketingmanager im Touristikministerium Mallorcas neidisch machen könnten.

Tim geht weiter, in die Küche, ein Raum, in dem alles zu spät ist, die Polizei und die Spurensuche, die vor ihm hier waren, haben das Durcheinander in und neben der Spüle unberührt gelassen, die Essensreste den hungrigen, fetten Fliegen übrig gelassen, und Tim wühlt in den Schubladen und Schränken.

Nichts.

Dann geht er in den ersten Stock hoch.

Ein Schlafzimmer mit Zugang zu einer Terrasse, diese leer, unbenutzt, mit Blick direkt auf die Feuermauer des dahinterliegenden Hauses. Kein Garten, wie Tim geglaubt hatte, als er das Haus das erste Mal sah. Das Bett ist nicht gemacht, und er kann blasse Spermaflecken auf dem Laken erkennen, dann sieht er Natascha auf dem Bett vor sich. Gordon hinter ihr, er beugt sich über ihren Rücken, presst sich so tief in sie hinein, wie es nur geht, sie stöhnt, und er pustet ihr seinen Atem ins Ohr.

»Sie kommen«, flüstert er. »Die mich töten werden.«

Tim schließt die Augen.

Er schiebt das Bild der beiden zur Seite. Doch Nataschas Blick weigert sich zu verschwinden, sie starrt ihn mit weit aufgerissenen Augen an, und er versucht sich daran zu erinnern, welche Farbe sie hatten.

Blau, braun, schwarz, grün. Auf jeden Fall grün.

Er zieht die Schublade des einzelnen Nachttisches heraus, über ihm hängt ein altes Plakat, das Queen auf einer Bühne darstellt, von mehr als zwanzig Scheinwerfern angestrahlt. Er schiebt die Hand bis tief in die Schublade hinein, zwischen Papier und ein Kondompäckchen, zwischen Kaugummi und eine alte blaue Swatch-Uhr, auf der die Zeit um zwanzig nach drei stehen geblieben ist.

Er findet ein paar Visitenkarten.

Von einer Pizzeria mit Lieferservice.

Von einem Friseursalon in Santa Catalina.

Und ganz zuunterst eine Visitenkarte von Carmen Modelos.

Escort service de luxe Palma.

YOUR DREAMS COME TRUE.

Emme verschwindet am Flughafen Arlanda durch die Drehtür. Ein Traum, der wahr wird, ein Albtraum, der aus einer Nacht mit Tausenden von Lichtern geboren wird.

»Wie konntest du nur? Wie konntest du sie nur reisen lassen? Wie konntest du mich nur überreden?«

Rebecka schreit ihn in der Küche an, am liebsten würde sie ihn schlagen,

Und sie schwingt die Arme nach hinten, mit gestrecktem Ellenbogen, genau wie der Trainer das gesagt hat, versucht den Ball im Rückschlag zu treffen, kurz vor dem Körper, sie hält den Schläger mit beiden Händen in festem Griff, die Rückhand ist so viel schwieriger als die Vorhand, und sie trifft, hart und entschlossen, will, das der Ball die Bahn kreuzt, weit hinten landet, kurz vor der Linie, doch stattdessen fliegt er geradeaus und merkwürdig kraftlos, und Alice auf der anderen Seite des Netzes zielt genau, sie steht in der richtigen Position, und das weiß sie.

Rebecka ahnt den Anbau der Königlichen Tennishalle um sich herum, hört die hohlen Geräusche, wenn die Schlägersaiten auf gasgefüllten Filz treffen, und schon kommt der Ball wieder auf sie zu.

Unmöglich, ihn zu erreichen.

Sie zieht die Muskeln an, läuft instinktiv über das Feld, direkt ans Netz, die verwaschen grüne Farbe der Wand ihr gegenüber scheint auf sie zuzufließen, und sie lässt den Schläger vorsausen, knapp gelingt es ihr, der Ball fliegt in hohem Bogen über das Netz und Alice macht einige Schritte vorwärts, hebt den Schläger, bereit, dem Ganzen ein Ende zu setzen.

Rebecka stolpert. Ein Schuh bleibt an dem Bodenbelag hängen, sie spürt, wie ihre Knie weich werden.

Sie fällt zu Boden. Bleibt auf dem Rücken liegen.

Schaut zur gewölbten Decke hoch, wo vergitterte Fenster ein graues, regnerisches Augustlicht hereinlassen.

Die Tropfen rinnen langsam an den Scheiben hinunter, das Glas scheint zu schmelzen, und sie beschließt, liegen zu bleiben, sich nicht darum zu kümmern, wo Alices Schlag gelandet ist. Ihre Knie und ein Ellenbogen sind aufgeschürft, brennen. Sie schaut hoch, alles ist grau, und auch in ihrem Inneren ist alles grau, wie sie einsehen muss.

Einem Ball hinterherjagen.

Lebensmittel einkaufen.

Zusammen mit Anders kochen.

Darüber sprechen, sich einen Hund anzuschaffen. Sie hasst Hunde. Darüber sprechen, umzuziehen, raus aufs Land, vielleicht nach Trosa oder irgendwo ins Mälardalen, in ein kleines Haus mit Seegrundstück, und sie spielt mit, scheint aktiv an diesen Plänen beteiligt zu sein. Einmal fand sie sogar ein Haus in Mariefred, sie sind eines Sonntags dorthin gefahren, und das Haus lag allein für sich, ruhig, mit gelbem Verputz am Strand des Mälaren, und Anders war sogleich »verliebt«, wie ein Makler sagen würde, während sie nach Fehlern suchte, und sie hatte schon im Voraus gewusst, dass sie das tun würde, es war sadistisch, der ganze Ausflug war sadistisch.

Mir gefällt die Hanglage des Grundstücks nicht. Das Grundstück hatte so gut wie gar keine Hanglage. Die Raumaufteilung wirkt irgendwie unharmonisch. In Wahrheit war die Raumaufteilung perfekt.

»Ich habe kein gutes Feeling«, erklärte sie schließlich, als sonst nichts mehr nützte.

Sie kann sich kein dümmeres Argument denken, nichts, was weiter entfernt ist von dem, was sie eigentlich meint, aber sie stand beharrlich dort und spielte Theater, an einem kalten schwedischen See in einem Haus, das sie niemals kaufen würde, sagte Worte, die so korrupt waren, so feige, bis auf den Grund verlogen, dass sie sich vor sich selbst schämte, vor der Person, die sie geworden war, wie kleingeistig sie geworden war, und Anders starrte sie auf der Rückfahrt nach Stockholm im Auto an.

»Du hast dir nie vorstellen können, dass wir dieses Haus kaufen könnten. Du spielst mir etwas vor.«

Das war eine schwerwiegende Behauptung, und sie klagte ihn daraufhin an, paranoid zu sein, schließlich sei sie es doch gewesen, die das Haus gefunden hatte, was ihre guten Intentionen ja wohl ausreichend bewiese.

»Ich kann verstehen, wenn du mit dir selbst nicht immer ins Reine kommst«, sagte er. »Das macht nichts. Ich bin für dich da.«

Seine Güte setzte sie schachmatt, auf die gleiche Art und Weise wie jetzt in der Tennishalle, wo sie eigentlich auch gar nicht sein will.

»Scheiße«, schreit Alice.

Ihr Smash ist ins Netz gegangen, direkt unter dem weißen Band aus dickem Plastik.

»Verdammte Scheiße.«

Wieder Alice.

Anders' Güte macht Rebecka rasend, all diese Güte bereitet ihr Übelkeit, diese ganzen wohlmeinenden Worte und dieses verfluchte Verständnis.

Wie zum Teufel kann jemand meinen, er könne wissen, wie sie sich fühlt, warum sie das tut, was sie tut, und was wissen die anderen davon, wie sehr sie andere im Stich lassen kann, sich selbst, Tim und Emme.

Die Pille danach.

So oft, seit Emme verschwunden ist. Und die Antibabypille und vorgetäuschte Menstruationen, zuerst mit Tim, später mit Anders, und dann, nachdem er für sie einen Termin im Kinderwunschzentrum besorgt hatte, keine Antibabypillen mehr, aber die Pille danach, nach jeder Insemination.

Sie steht auf. Lächelt Alice zu, die den Ball aus dem Netz holt und ihn mit einer wütenden Grimasse zu Rebecka zurückschlägt, die wiederum langsam zur Grundlinie geht, den Ball auf dem Boden aufschlagen lässt, »fünfzehn-null« ruft und ihn dann in die Luft wirft, sich den Schläger als eine geladene Waffe vorstellt und den Ball wie eine Kugel davonrasen lässt, direkt durch die scheißvornehme Luft der Tennishalle, und für einen Moment, während der Ball vor Alices gelbem Polohemd weiter vorschießt, wird er unsichtbar, verschwindet, und alles ist zwecklos, alles bist nur du, Emme.

Absolut alles.

Wie solltest du einen Bruder oder eine Schwester bekommen, wenn du nicht einmal hier bist? Ich kann meinen Körper dafür nicht hergeben.

Wenn du nicht hier bist. Wenn du zurückkommst, irgendwann in ferner Zukunft, sollst du keinen Bruder, keine Schwester haben, allein der Gedanke ist obszön, eklig, aber wenn man selbst so richtig traurig ist, versucht man andere froh zu machen, sie dazu zu bringen, den Blick abzuwenden von allem, was man selbst war und ist, bis man in einem Haus steht und sagt: »Ich habe kein gutes Feeling.«

Verdammt noch mal, Rebecka.

Als sie die Worte zu Tim sagte, an dem letzten Abend, da wollte sie selbst nicht an sie glauben.

»Sie ist tot.«

Das sagte sie.

Eine Vorhand direkt über das Netz, unmöglich zu erreichen, der Ball donnert neben ihr gegen die Seitenwand.

Fünfzehn beide.

Es gelang ihr, es so darzustellen, als wäre er es, mit dem sie es nicht aushielt. Seine verfluchte Hoffnung, seine Sturheit. Aber sie selbst war es, mit der sie es nicht aushielt. Der graue Himmel, zu dem sie geworden war.

Sie atmet, ihr Herz schlägt, das Haar und die Nägel wachsen, die Haut erneuert sich und die Zähne schleifen sich ab, das Blut strömt durch die winzigsten Kapillaren, aber du bist

leer geworden,

Rebecca.

Ihr seid es geworden, und werdet es immer mehr.

Du warst früher einmal Rebecca. Er war früher einmal Tim. Es gab früher einmal ein Mädchen, das hieß Emme.

Sie denkt ihre Geschichte weiter, während der Ball auf hart gespanntes Nylon trifft und ihr entgegenfliegt.

Du liegst neben deinem Mann, Rebecca.

Ihr wacht auf.

Steht auf.

Redet nicht miteinander.

Jeder geht allein hinaus in die Stadt.

Ihr seht die Menschen um euch herum und ihr seht ein, dass ihr vergessen habt, wie man lebt.

Und dass euch das auch nicht mehr wichtig ist.

Eliza Suarez.
Alias Mamasan Eli.
Mama Eli.

Tim kennt sie gut. Einige seiner Untreuefälle hatten mit ihren Escortgirls zu tun. Verheiratete Deutsche und Briten, die sich hoffnungslos in junge, hübsche Frauen verliebten, die sie für einen Abend gemietet hatten. Glaubten, die wahre Liebe gefunden zu haben statt der grauhaarigen Nörglerin daheim. Er kann den Damen keinen Vorwurf machen, wenn sie versuchen, so viel Geld wie möglich aus den liebeskranken Männern herauszuleiern.

Er schaut ins Fenster des Hauses an der Calle Andrea Doria. Madame Suarez betreibt ihr Geschäft nicht gerade diskret, weiß gestrichene Buchstaben verkünden auf der grauen Fassade, worum es hier geht.

Carmen Modelos, Hostesses, companions, models, und im Fenster kleben retuschierte Farbfotos der sich darbietenden Models, männlich wie weiblich, mit Künstlernamen wie Stella, Vicky, Sheena, Tony und so weiter. Aber kein Jake.

Kein *The snake*.

Die Bilder sehen nicht wie die üblichen Escort-Fotos aus, keine Bikinibilder in gedämpftem Licht, keine Unterwäschepose auf schwarzem Satinlaken, sie sehen eher wie normale Modelfotos aus, Porträts und angezogene Personen im Streiflicht an Stränden und auf Felsen. Aber Mamasan Eli hat noch andere Bilder. Die die ganze Ware präsentieren.

Tim klopft an die Scheibe. Es brennt Licht im Empfang, deshalb nimmt er an, dass Eliza Suarez selbst im Büro sitzt und die abendlichen Buchungen abrechnet. Der August ist auch für sie Hochsaison.

Durch die Baumkronen kann er das stillgelegte Krankenhaus

Son Dureta sehen, in dem die Patienten reihenweise an Infektionen starben, an schlecht ausgeführten Operationen und falsch dosierten Medikamenten.

Er klopft noch einmal, und da kommt sie, Mamasan Eli, auf hohen roten Hacken, in ein strenges graues Kostüm aus feinster dünner Wolle gekleidet. Das blondierte Haar reicht ihr bis zu den Schultern, es sieht frisch frisiert aus, zur Unterwerfung gezwungen.

Zuerst lächelt sie, und er versteht nicht, warum, doch dann geht das Lächeln in eine feindliche, zögernde Miene über, aber trotzdem kommt sie bis an die Glastür und öffnet diese. Die dunkelbraunen Augen mustern ihn von oben bis unten, sie ist fünfzig Jahre alt, aber in guter Form, versucht die Falten rings um die Augen nicht mit Botox zu verstecken.

»Tim Blanck. Und? Welches meiner Mädchen hat dieses Mal Dummheiten begangen?«

Sie geben sich gegenseitig Wangenküsschen mit Lippen, die einen Millimeter Abstand zur Haut halten.

Weiß. Das ganze Entree ist in Weiß eingerichtet.

Ein lackierter Schreibtisch mit einem Apple-Bildschirm in Silber.

Zwei Mies-van-der-Rohe-Stühle in weißem Leder.

Ein weißer Kühlschrank mit Wasser, Limonaden und Bier.

»Ich habe nie behauptet, dass deine Mädchen Dummheiten begehen.«

»Das stimmt. Möchtest du ein Bier?«

Er nickt, und Sekunden später hält er ein beschlagenes San Miguel in der Hand, trinkt, fühlt, wie die kühle Kohlensäure prickelt, zuerst in der Kehle, dann im Magen, und er würde sich am liebsten auf einen der Stühle niedersinken lassen, zwanzig derartige Biere trinken und dann in einem traumlosen Rausch einschlummern.

Mamasan Eli ist auf Mallorca geboren, doch ihr Vater stammt aus Galicien. Was die Seite der Mutter betrifft, so stammt diese aus einer Familie mit einem weit zurückreichenden Stammbaum von der Insel, bis ins fünfzehnte Jahrhundert, aber unter Franco hat die Familie ihren gesamten Besitz verloren.

»Was ist passiert?«

Er zieht die Visitenkarte hervor. Legt sie auf die glänzende Schreibtischplatte.

»Die habe ich daheim bei Gordon Shelley gefunden, dem Briten, der ermordet wurde. Hat er für dich gearbeitet?«

Er versucht in ihrem Gesicht zu lesen. Ist sie schockiert? Verwundert? Wütend? Aber es lässt sich keine Reaktion erkennen. Mamasan Eli nimmt die Visitenkarte, hält sie in der einen Hand, starrt sie an, als wäre sie ein uralter Gegenstand, den jemand erst vor Kurzem aus einer der Dünen der Sahara ausgegraben oder in einem versunkenen Schiff gefunden hat.

»Das ist meine Karte«, sagt sie. »Und ich habe von dem armen jungen Mann gelesen.«

»Ja – und?«

»Er hat nie für mich gearbeitet. Ich weiß nicht, wer er ist. Es tut mir leid, Tim.«

»Wie konnte dann deine Karte in seine Wohnung gelangen?«

»Woher soll ich das wissen?«

Er leert das Bier.

»Jake the snake«, sagt er. »Hast du ihn so genannt?«

Mamasan Eli verdreht die Augen, schlägt Tim auf den Unterarm.

»Du weißt genau, dass ich meinen Models nie so geschmacklose Künstlernamen gebe. I'm high class, all the way.«

Tim holt sich, ohne zu fragen, noch ein Bier aus dem Kühlschrank.

»Artige Jungen fragen vorher«, sagt Eli.

»Du weißt, ich bin nicht artig.«

»Was Neues von deiner Tochter?«

Er schüttelt den Kopf.

»Das wird noch dein Tod«, sagt sie.

»Ich weiß«, erwidert er.

»Und wieso engagierst du dich in dem Fall mit diesem Gordon?«

»Ich will Natascha finden«, sagt er. »Die Frau, die im Zusammenhang mit diesem Mord verschwunden ist.«

»Sonst nichts?«

»Was meinst du damit?«

Mamasan Eli setzt sich auf einen der Stühle, zieht ihren Rock herunter, schlägt ein Bein übers andere und wippt mit dem Fuß.

»Und du glaubst, du kannst sie finden?«

»Ich glaube gar nichts.«

Auf der Straße donnert ein schwerer Lastwagen vorbei. S. A. Lluc Construcciones steht auf der blauen Plane geschrieben, und der Wagen ist sicher auf dem Weg hinunter aus den Bergen, vielleicht wird in der vergoldeten Enklave Son Vida etwas Neues gebaut.

»Du scheinst müde zu sein«, sagt sie. »Müder als üblich.«

Er trinkt einen Schluck Bier, sieht sie dann mit einem vielsagenden Blick an.

»Vielleicht sollte ich anfangen, für dich zu arbeiten. Wie Shelley es gemacht hat.«

Wieder ändert sich ihr Blick. Er füllt sich mit etwas, das wie Mitleid erscheint, und sie beugt sich vor, interessiert, als wollte sie mit einem Kind reden, als wäre sie hier die Erwachsene mit all den peinlichen Geheimnissen, die früher oder später doch herauskommen.

»Okay«, sagt sie. »Er hat für mich gearbeitet. Die älteren Damen haben ihn geliebt. Die jüngeren auch. Meistens hat er für Damen gearbeitet, die hier im Urlaub waren. Dates mit verheirateten Frauen hat er möglichst vermieden. Wenn sie hier wohnten, dann waren es meistens ältere Singles.«

»War Natascha Kant seine Kundin?«

»Das weiß ich ehrlich gesagt nicht. Aber auf jeden Fall kam dieser Auftrag nicht von hier.«

»Hat er auch mit Männern gearbeitet?«

»Er war sozial«, erwidert sie. »Auf diese koloniale Art, wie es nur

Briten können. Und alle wollten Sex mit ihm haben. Schließlich hatte er langjährige Erfahrung. In allen Bereichen. Ihm war nichts Menschliches fremd.«

»Dann hat er also auch Männer als Kunden angenommen?«

»Ich arbeite nicht im Schwulenbereich, das weißt du genau.«

»Aber er könnte es gemacht haben, irgendwo anders?«

Mamasan Eli sagt nichts mehr. Sie steht auf, geht ans Fenster und dreht den Kopf, als versuchte sie, von hier aus die alte Klinik zu sehen, obwohl das unmöglich ist.

»Sie sollten das ganze Elend abreißen«, sagt sie.

»Das Krankenhaus?«

»Diesen ganzen verfluchten Ort. Und etwas Neues bauen.«

Du müsstest mir noch mehr über ihn geben können«, sagt Tim. »Ich war immer freundlich zu deinen Mädchen. Sie sind nie von betrogenen Ehefrauen angezeigt worden.«

Mamasan Eli dreht sich um.

»Du meinst, ich stehe in deiner Schuld?«

Sie schaut zu Boden, zögernd. Als müsste sie ihren nächsten Schritt überdenken.

»Okay. Du sollst ihn in Aktion sehen.«

Sie geht mit Tim zu dem Computerbildschirm auf dem Schreibtisch, klickt sich zu einer Datei auf der Harddisk durch, öffnet sie und tippt ein Codewort ein, dann klickt sie auf eine weitere Datei mit dem Wort Deià im Namen, ein Datum, 07.08.15, stand das tatsächlich da, die Nacht, in der Emme verschwand, und er will den Namen der Datei noch einmal sehen, bittet darum, und da steht es tatsächlich, 07.08.15, er hat richtig gesehen.

Sie markiert zehn Fotos in der Datei.

Öffnet sie.

»Eine Party in Deià«, sagt sie.

Menschen in Cocktailkleidern und Smoking an einem Pool auf einer Terrasse in der Schlucht von Deià. Die palmenbewachsenen Berge scheinen das Steinhaus zu umzingeln. Der Himmel ist knallblau und die Haut der Frauen glänzt von Öl und After-Sun-Cremes. Eine Nahaufnahme von einem Kellner vor einer Bar, der ein Silbertablett mit Champagnergläsern balanciert. Ein anderes Foto zeigt eine Tanzfläche, ein dünnes, verschwitztes Hemd, und Tim kann unter der feingewebten Baumwolle eine Drachentätowierung erahnen, scharfe grüne Zähne, orangefarbene Flammen aus dem Maul. Rotes, gelocktes Haar am Rand des Fotos. Ein anderer Mann, dessen Gesicht nicht zu sehen ist, aber sein Nacken ist schlank. Im Hintergrund ein dunklerer Himmel. Dann ein Foto von Gordon Shelley, mit einer Blondine mittleren Alters in jedem Arm. Sie sehen schwedisch aus, blondiert, mit bodenlangen Kleidern in klaren Farben und so etwas Yogafrommem im Blick.

Tim kennt sie nicht.

»Kannst du sehen, wie glücklich die Frauen wirken?«

Tim nickt.

»Wo ist das?«

»In Deià, hab ich doch gesagt.«

Das Datum.

Er muss es wissen.

»Bei wem, meine ich.«

Mamasan Eli zögert einen Moment, sieht ihn an, liegt da Angst in ihrem Blick, eine unschuldige Angst, oder auch eine schuldige … Doch sie ist nicht diejenige, die vor irgendetwas Angst zu haben scheint.

»Du weißt, dass ich dir das nicht sagen kann«, sagt sie.

»Du musst.«

»Ich muss gar nichts«, und am liebsten würde er sie gegen die Wand drücken, eine Antwort aus dieser Puffmutter herausquetschen.

Doch er besinnt sich.

Weitere Fotos. Ein Tisch mit Getränken, Flaschen mit Gin und Fever-Tree-Tonic neben gefüllten Eiskübeln. Menschengruppen, viele von ihnen könnten Schweden sein, Skandinavier, aber auch Spanier, Mallorquiner und ein paar Asiatinnen mit ihren feinen Gesichtszügen, und so langsam beginnt er zu ahnen, wo diese Party stattfindet, er erinnert sich, wer ein Haus in Deià hat. Das Paar, das er gestern erst getroffen hat. Das nicht ein Wort darüber hat fallen lassen, dass Shelley bei ihnen auf privaten Festen gearbeitet haben könnte.

»Das ist bei den Svedins«, sagt er. »Stimmt doch, oder?«

Mamasan gibt keine Antwort, und er deutet ihr Schweigen als ein Ja.

Ein weiteres Foto von Shelley. Mit einer älteren Frau und ihrem Mann. Er trägt einen Vokuhila, sicher ein Deutscher. Sie, dick, als hätte man ihr Wasser unter die Haut gespritzt.

»Was hat er auf der Party gemacht?«

»Tim, por favor.«

Sie klickt ein Foto weiter. Da scheint jemand aus Versehen abgedrückt zu haben. Ein merkwürdiger Winkel, hartes Blitzlicht, eine weiße Tischdecke auf einem abgedeckten Tisch, Rotweinflecken, ein großer Farnwedel im Hintergrund, und dann, auf einem Stuhl ganz im Vordergrund:

Satin.

Rosa Satin.

Geschnitten und zusammengenäht zu einer Bomberjacke. So dünn, dass sie jemand auch in einer heißen Augustnacht tragen kann.

Emme legt die Jacke bei Zara auf den Verkaufstresen. Rosa, genau wie der BH und der Slip. Hinter ihr schlängelt sich ein Elektrobus die Hamngatan entlang, auf dem Weg nach Djurgården. Der Stoff streicht ihr über den Unterarm, wie sanfte Finger.

Hunderte von Metern entfernt, im Kungsträdgården, blühen die Kirschbäume dieses Jahr sehr spät, als zögerten sie auszuschlagen und ihre Symbolik eines kurzen, glücklichen Lebens zu präsentieren.

Sie holt ihre Brieftasche heraus. Ein schwarzes Futteral mit einer kleinen Garbe und einer rotgrünen Banderole herum, eine echte Gucci, die Papa von jemandem bekam, dem er geholfen hatte, ein gestohlenes Gemälde zurückzubekommen.

Sie merkt nichts von dem Samstagsstress um sie herum, von der Schlange hinter ihr oder den unruhigen, ungeduldigen Blicken der Verkäuferinnen.

Julia steht neben ihr. Sie will sich eine weiße Chiffonbluse kaufen. Emme könnte sich niemals vorstellen, so etwas zu tragen, aber zu Julia passt sie, und sie ist zweifellos fashion.

Die Karte ist grün.

Ihr Name steht darauf, und fast zittert ihre Hand, als Emme sie in das Lesegerät schiebt. Es ist das erste Mal, dass sie ihre eigene Karte benutzt, die ist ein Geburtstagsgeschenk, geladen mit dreitausend Kronen, und wenn sie jetzt nicht funktioniert ...

Shit, wie peinlich. Was mache ich dann? Papa anrufen.

Nicht Mama.

Die würde nur fragen, was ich denn kaufen will, warum ich mir eine Jacke kaufe, wenn ich doch schon mehrere habe. Papa würde so was nie fragen.

Aber der Kauf geht reibungslos vonstatten. Man ist erwachsen, wenn man mit seiner eigenen Karte bezahlt, auch wenn man das

Geld nicht selbst verdient hat, und die Verkäuferin bedankt sich und packt die Jacke ein. Sie wird im Sommer perfekt sein, rosa wie die Sonnenuntergänge in den Charterreisekatalogen. Mallorca ist eine fantastische Insel mit allem in Reichweite, bla, bla, bla.

Sie gehen in den Kungsträdgården. Setzen sich in den Schatten der blühenden Bäume. Die blassrosa Blütenblätter segeln langsam zu Boden, angetrieben von einem leichten Wind, der an Stärke zunehmen wird, je weiter er ins Land hineinzieht.

An diesem Samstagabend bleibt sie zu Hause. Isst zusammen mit den Eltern zu Abend. Hat keine Lust, auszugehen, weiß nicht, warum, sie ist nicht müde, hat keine schlechte Laune, und es ist nicht die Zeit im Monat, in der ihr der Bauch so wehtun kann, dass sie ganz weiß im Gesicht wird und ihr manchmal sogar fast die Luft wegbleibt.

Sie hat einfach nur keine Lust.

Nach dem Abendessen holt sie die Zara-Tüte aus ihrem Zimmer. Sie zieht die Jacke an, dreht sich vor dem Esstisch um die eigene Achse.

»Ist die nicht cool?«

Das ist keine Frage, sondern eine Feststellung, und es ist schon lange, sehr lange her, dass sie in Modefragen die Bestätigung ihrer Eltern brauchte.

Sie wartet darauf, dass ihre Mutter etwas Vernünftiges sagt, etwas, das ihr die gute Laune verdirbt, sodass sie sich in ihrem Zimmer verbarrikadieren muss, um irgendein Make-up-Tutorial oder eine Dokumentation über irgendwelche Freaks auf Youtube anzugucken.

Aber Mama sagt nichts.

Papa auch nicht.

Sie schauen Emme nur an, als sähen sie ein Gespenst, oder etwas, das so lebendig ist, dass man nicht glauben kann, dass es das überhaupt gibt.

»Shit, ihr seid wirklich spooky«, sagt sie und setzt sich wieder an den Tisch, immer noch in der Jacke. Dann holt sie BH und Slip heraus.

»Die habe ich auch gekauft.«

Stopft dann die Unterwäsche wieder in die Tüte.

»Haben wir Eis im Haus? Ich hab total Lust auf Schokoladeneis. Oder kannst du nicht eben zu Seven-Eleven gehen und was kaufen, Papa?«

Es ist lange her, dass Jorge den Laden verkauft hat, vielleicht wurde er auch von dem Franchise-Eigentümer rausgeschmissen. Jetzt steht ein junger, pickeliger Typ hinter dem Tresen, und er stinkt nach Zigarettenrauch und süßem, aufdringlichem Teenagerschweiß. Tim stellt die Packung Eis vor ihm auf den Tresen.

»Como estás?«

Der Typ glotzt ihn an, bist du bescheuert, oder was? Und Tim entdeckt einen Karton mit Twix auf dem schrägen Regal unter dem Tresen.

Streckt die Hand aus und nimmt sich einen Schokoriegel heraus.

»Das auch noch.«

»Muy bien.«

Sie lächeln einander zu, verhalten, eine Sekunde zu lange. Als hätten sie eine geheime Vereinbarung.

Als Tim nach Hause kommt, klopft er an Emmes Tür.

Ein flimmernder Bildschirm, sie liegt in ihrem Bett, unter der Decke. Die Jacke neben ihr.

»Ich habe Eis gekauft«, sagt er. »Ist in der Küche.«

»Kannst du mir nicht den Rest bringen, wenn ihr euch was genommen habt, Mama und du?«

»Sicher. Aber willst du es nicht mit uns essen?«

»Warum sollte ich das wollen?«

Er hält ihr das Twix hin.

Sie schaut ihn an. Scheint verstehen zu wollen, was er mit dem Schokoriegel will, was er ihr sagen will.

»Ich kann mich erinnern, Papa«, sagt sie. »Aber jetzt nehmt euch lieber was von dem Eis, bevor es schmilzt.«

Kannst du nicht zoomen?«, fragt er. »Zoom auf die Jacke.«
Mamasan Eli scheint ihn zuerst nicht zu hören, sie klickt weiter zum nächsten Bild, eine Palme vor dem Berg und dem Abendhimmel.

»Geh noch mal zurück, zoom da mal rein.«
Sie dreht sich um, ihr Gesicht verrät nichts, sie schaut ihn an, sagt aber nichts. Klickt nur zurück.

Er will sehen, ob er dort auf der Jacke zu sehen ist, der Schokoladeneisfleck auf dem weißen Armbündchen. Der Fleck, der in der Wäsche nicht wegging, ich werde den Fleck sehen, ich werde ihn sehen.

Das Bild erscheint wieder auf dem Schirm.

Die Jacke ist halb auf links gezogen, man kann das Zara-Logo unter dem Kragen erkennen. Er nimmt Mamasan Eli die Maus aus der Hand, zoomt auf das, was der Ärmel sein muss, das Bündchen, wo der Fleck sein kann, aber er ist nicht zu sehen, genau dieser Teil der Jacke ist nicht zu sehen, und er fragt sich, wie viele derartige Jacken wohl im Laufe eines Jahres verkauft werden. Zehntausend allein in Spanien? Vielleicht noch mehr, viel mehr.

Er ringt nach Luft.

Die Worte platzen nur so aus ihm heraus.

Gibt es noch mehr Bilder?

Nein.

Wer war auf der Party?

Weiß ich nicht.

Welche von deinen Mädchen?

Ich habe darüber keine Unterlagen mehr, ich habe danach das Buchungssystem geändert, und da sind die alten Unterlagen verschwunden, du lügst, du erinnerst dich, und jetzt schreit er, wer war auf der Party, wer ist da auf dem Foto, er steht schreiend in der Rezeption. »Das KANN Emmes Jacke sein. DAS DATUM stimmt«, und Mamasan Eli bleibt die ganze Zeit ruhig hinter dem Computer sitzen.

Ich will Kopien von den Fotos.

Nein.

Er geht zu ihr, beugt sich über sie. Bittet sie freundlich, fleht sie an.

»Wie ist deine Nummer?«, fragt sie.

Sie geht ins Büro, kommt zurück mit einem Handy in der Hand, ein älteres Modell, vielleicht ein Prepaidgerät.

Es ist kühl hier drinnen, trotzdem schwitzt er, scheint regelrecht zu kochen, als wäre er am Meer entlang gelaufen.

Sie stellt sich neben ihn, tippt auf verschiedene Tasten.

Eine Minute später gibt sein Telefon einen Signalton von sich.

»Da hast du sie«, sagt sie. »Geh jetzt.«

Sie bringt ihn bis zur Tür, bleibt im Türrahmen stehen und schaut zum Vormittagshimmel hinauf. Der ist immer noch knallblau, und die Kronenwucherblumen in den Töpfen auf der Terrasse sind verdorrt, gelb und braun.

»Weißt du, was auf meiner Visitenkarte stehen sollte?«

»Was sollte da stehen?«

»My dreams come true. Not yours.«

Dann saugt sie den frühen heißen Tag tief ein, seine Gerüche nach Lavendel, nach Abgasen und Chlor von einem Pool in der Nähe.

»Fahr nach Hause, Tim«, sagt sie.

»Du weißt, das kann ich nicht.«

»Ich kümmre mich um meine Mädels«, sagt sie. »Das glaubt zwar keiner, aber sie sind wie Töchter für mich, und meine Jungs sind wie Söhne.«

Die Bilder in ihrem Fenster.
Larry, Beverly, Bliss, Reina.
»Tim. Verlass die Insel, solange noch Zeit dafür ist.«

Er fährt zum Gran Hotel del Mar, fragt in der Rezeption nach Roger Svedin und Bente Jørgensen, sagt, es ginge um einen Job als Sicherheitschef, doch das Paar Svedin ist nicht vor Ort, sie sollen mit der Morgenmaschine für ein paar Tage nach Stockholm geflogen sein.

Der Mann an der Rezeption weigert sich, ihm ihre Handynummer zu geben, verspricht aber, ihnen eine Nachricht zukommen zu lassen.

Er fährt in Richtung Stadt. Bei Cala Mayor lässt er das Lenkrad mit einer Hand los und ruft Rebeckas Nummer auf, schreibt eine Nachricht, das Fest in Deià betreffend, und fügt das Foto mit der Jacke an.

Das könnte Emmes Jacke sein.

Rebecka ruft ihn nach wenigen Minuten an, gerade als er bei Rot vor dem Einkaufszentrum Porto Pi halten muss.

»Sag nichts, Tim. Du musst damit aufhören.«

»Es ist möglich, dass es ihre Jacke ist«, sagt er, »das Datum würde stimmen«, fügt er hinzu, obwohl sie schon lange aufgelegt hat, und dann schreibt er ihr eine SMS.

Ich höre nie auf.

Er fährt wieder zu Peter Kants Haus, sucht, ohne zu wissen, wonach, findet einen Mitgliedsausweis auf Nataschas Namen für ein Fitnessstudio, mit Foto, sucht das Studio auf, doch niemand erkennt sie wieder. Er ruft im Untersuchungsgefängnis an, doch er kann nicht mit Peter reden, er googelt, sucht auf den verschiedenen Facebookseiten der schwedischen Community, findet aber keine weiteren Fotos von der Party oder von jemandem, der dort gewesen ist.

Am Abend geht er zu Milena, und sie sagt nichts, lässt ihn ins Haus, öffnet die Wohnungstür, zieht ihn mit sich ins Schlafzimmer, und schon bald spürt er ihre Herzkammern unter den schmalen Rippen arbeiten. Rhythmische, sich steigernde Schläge, dumpf, fern, und doch so nahe.

Er will, dass Milena auch Milena bleibt, doch als er die Augen schließt und ihr Haar sein Gesicht umhüllt und seine Arme sie fester, immer fester umklammern und sie sogar wie Rebecka atmet, langsam, schweigend, als könnte sie genau wie Rebecka alles in sich aufsaugen, Rebecka, du bist jetzt hier, bei mir, und er flüstert, direkt in ihr Haar, »Rebecka, Rebecka«, und sie wird still, Rebecka wird still, Milena wird still, und er weiß, was er gesagt hat, und auch wenn sie nichts voneinander erwarten, so ist das vielleicht doch zu schwer zu schlucken, und er hält den Atem an, bewegt sich vorsichtig, noch in ihr drinnen, und sie erwidert seine Bewegungen, vorsichtig, langsam, wie nur Rebecka es kann, und er könnte es verfluchen, dass sein Organismus so verdammt eingleisig reagiert, doch dann passiert das, was beide wollten, sie verschwinden gemeinsam ineinander, jeder Abstand, jedes Zögern, jede Einsamkeit sind verschwunden, für einen viel zu kurzen Augenblick, und danach starrt sie an die Decke, sagt:

»Wir müssen mit dem hier aufhören, Tim. Du weißt das, und ich weiß es auch.«

Und sie ist auf dem Weg fort von ihm.

Er nimmt das Glas Wasser, das auf dem Nachttisch steht, löscht seinen Durst, gibt ihr das Glas, und sie trinkt den Rest.

Sie setzt sich auf. Streicht sich das Haar glatt. Streckt sich nach ihrem schwarzen BH und dem rosa Slip, die am Fußende des Bettes liegen.

Er hilft ihr, den BH zu schließen, würde am liebsten die Hände um ihre Brüste legen, von vorn beginnen, doch er lässt es sein.

Sie muss bald zum Globo Rojo, und er will nicht bleiben, will ihr ein paar Minuten für sich geben, bevor sie anfängt zu arbeiten, zu flirten, Drinks zu verkaufen, ins Hinterzimmer zu gehen, um genügend Geld zu verdienen für Essen, Miete und die Ausbildung der Jungen.

Er zieht die Decke bis zur Taille hoch, holt sein Handy heraus, zeigt ihr die Fotos von der Party, berichtet, was er in Erfahrung gebracht hat, sagt aber nichts über die Sache mit Shelley, erzählt nur von Emme, der Jacke, der Party, dass es nichts Konkretes gibt, dem er nachgehen könnte, aber das Datum stimmt, und Milenas dunkle Augen schauen besorgt ins Dunkel des Schlafzimmers, als versuchte sie, all seine Gefühle zu den ihren zu machen, oder aber sie von sich zu weisen.

»Ich habe gehört, dass es öfter solche Partys gibt«, sagt sie.

Er steckt das Handy wieder ein.

Sie legt ihm den Kopf aufs Knie.

»Partys wie diese hier. Aber dekadenter. Viel dekadenter.«

»Wer arrangiert die?«

»Das weiß ich nicht. Einige der Mädels sprechen davon. Dass man dort gut zahlt. Aber ich war nie interessiert.«

»Wer organisiert das?«

Der matte, gelbliche Schein der Nachttischlampe spiegelt sich in ihren Pupillen.

»Wenn ich das wüsste, Tim, dann würde ich es dir sagen.«

Sie steht auf, geht in die Küche, wühlt in einer Schublade, und dann nimmt er das Geräusch eines Füllers wahr, der über Papier fährt, leise, kaum hörbar.

Dann ist sie zurück. Steht vor ihm, und ihr Körper wirft einen langen Schatten über den Steinfußboden, er wandert weiter die Wand hinauf, bis an die Decke.

Sie hält ihm einen Zettel hin. Vorsichtig, wie ein Abschiedsgeschenk.

»Das hier ist die Nummer von Soledad. Einer Freundin. Vielleicht weiß sie etwas über diese Partys. Bezahle sie gut, wenn sie dir etwas zu erzählen hat.«

Peter Kants Geld liegt immer noch dort, wo er es versteckt hat. Die Pistole ebenso.

Es ist bereits nach Mitternacht, und er bewegt sich langsam durch die Wohnung, zieht ein sauberes T-Shirt an, spielt mit dem Zettel, den er von Milena bekommen hat, schaut hinaus auf die menschenleere Straße, ist es zu spät, sie anzurufen, diese Soledad? Vielleicht arbeitet sie ja so spät.

Er tippt ihre Nummer ein, und beim fünften Freizeichen wird das Gespräch angenommen, aber niemand sagt etwas.

Eine knisternde Verbindung.

Gerade aufgewachte Atemzüge, aber sie sind leicht.

»Hallo«, sagt er. »Ist da Soledad?«

Schweigen.

Wieder Atmen.

»Ich arbeite heute Abend nicht«, sagt eine Stimme, die zart und zerbrechlich wirkt, als könnte ein Windstoß sie zerstören.

Er erklärt, dass er ihre Nummer von Milena bekommen hat, dass er kein Kunde ist, sondern ein paar Fragen hat, ihr gern einige Fotos zeigen möchte, dass er auch für ihre Zeit bezahlen wird, unabhängig davon, was sie weiß oder nicht weiß.

»Milena hat von dir erzählt«, sagt Soledad, und jetzt klingt die Stimme kräftiger.

»Ich hoffe, nur Gutes.«

»Ich bin aus Kolumbien«, sagt Soledad, »nicht aus Argentinien wie Milena.«

Er fragt sich, was sie damit sagen will, ob sie andeuten will, dass er vorsichtig ihr gegenüber sein soll, nicht mit ihr spielen, *a nice person* sein, weil sie sonst ihre sadistischen Koksdealer und Bandenmitglieder auf ihn hetzen wird.

»Triff mich in einer halben Stunde. Calle Bover 18, unten am Eingang«, sagt sie. »Ich nehme hundertzwanzig Euro die Stunde. Eine Stunde Minimum. Egal, worum es sich dreht.«

Er nähert sich langsam dem Hauseingang auf der Calle Bover, spürt die Pistole in seinem Hosenbund, schaut sich um, nutzt all seine Intuition, seine gesammelte Erfahrung, um zu spüren, ob etwas nicht so ist, wie es sein sollte. Ob jemand anderes als Soledad auf ihn hier wartet, ob jemand anderes ihn gesehen hat.

Die Adresse ist nur ein paar Straßen vom Hauptquartier der Policía Nacional entfernt. Vielleicht schläft Peter Kant jetzt in seiner Zelle, müde, einsam, vielleicht ist er auch wach, kann nicht schlafen, weil die Junkies oder die Salvatruchas Radau machen und ihm eine Frage keine Ruhe lässt:

Wo bist du, Natascha?

Eine Frage, die sie teilen.

Tim stellt sich vor den Hauseingang und wartet. Er kann durch das grünliche Fensterglas in der Haustür ins Treppenhaus sehen. Reihen mit Briefkästen aus dunklem Holz entlang der einen Wand, die kleinen Schlüssellöcher sehen aus wie wachsame Insektenaugen.

Er dreht sich um. Hält in beide Richtungen Ausschau. Wartet.

Es klopft an das Glas hinter ihm, und eine Frauensilhouette zeichnet sich dort ab, enge Jeans über fülligen Hüften, ein helles T-Shirt, dichtes, schwarz gelocktes Haar.

Sie öffnet die Tür. Eine Bewegung, die vertraut erscheint, nicht nur weil er sie schon tausendmal von Menschen hat ausführen sehen. Sie winkt ihn zu sich, und ihre ganze Person wirkt sehr viel kraftvoller als am Telefon.

»Wir können hier drinnen reden«, flüstert sie und schließt die Tür hinter ihm. Es ist dunkel im Treppenhaus, und offenbar will sie kein Licht einschalten.

Er hat das Geld bereit, zieht die Scheine aus der Tasche, reicht sie ihr, und er kann ihr Gesicht in den wenigen Lichtstrahlen, denen es gelingt, sich von einer Straßenlaterne hier hereinzuschleichen, erahnen, sieht ihren Blick, zweigeteilt von dem Schatten eines Querbalkens in der Türscheibe.

Sie nimmt das Geld.

Zählt nach.

»Was willst du wissen?«, fragt sie.

Er zeigt ihr die Fotos von der Party. Erzählt von Emme, von der Jacke, und es scheint, als glitte der rosa Stoff aus dem Bildschirm, nähme den ganzen Raum ein, in dem sie sich befinden, würde zur Farbe von Soledads Augen.

»Warst du auf der Party?«

Sie schüttelt den Kopf.

»Dieses Haus erkenne ich nicht wieder.«

Ein Mann geht draußen auf dem Bürgersteig vorbei, und instinktiv legt Tim die Hand auf die Pistole. Der Mann schaut zu ihnen hinein, geht dann aber weiter und Tim kann sich entspannen.

Soledad fährt sich mit den Händen durch ihr widerspenstiges Haar, wirft den Kopf zurück, und da wird ihm klar, dass er sie schon einmal gesehen hat, bei der Clubeinweihung am Strand in El Arenal, sie war eine der Frauen, die er auf der Tanzfläche sah, kurz bevor er ging.

Er zeigt ihr das Foto von Gordon Shelley.

»Erkennst du den wieder?«

Sie schüttelt den Kopf.

Er zeigt ihr das Foto von Emme, das auf einer der Karten, die er immer verteilt.

»Die habe ich in der Zeitung gesehen. Sonst nirgends, wenn du das wissen wolltest.«

»Bist du dir sicher?«

»Hundert Prozent.«

Sie ist jetzt einen Schritt zurückgetreten, sodass ihr Gesicht von der Dunkelheit im Treppenhaus vollkommen geschluckt wird. Soledad ist nunmehr nur noch eine Stimme.

»Milena sagte, dass du auch auf anderen Partys gewesen bist. Ausschweifenden Partys.«

»Bei Partys wie der auf deinen Fotos, da mischen sich die Gäste«, flüstert Soledad. »Die anderen, das sind eher vereinbarte Treffen.« Sie scheint ihn anzusehen. Tim stellt sich ins Licht der Straßenlaterne, sodass sie sein Gesicht sehen kann.

»Du weißt, was man von solchen wie mir bei derartigen Zusammenkünften erwartet«, sagt sie. »Ich soll ihnen das geben, was sie haben wollen. Und gern noch ein bisschen mehr. Manchmal bin ich nur ein Werkzeug für sie.«

Sie macht eine Pause.

»Und hinter einer Party findet man immer noch eine andere«, sagt sie dann.

Plötzlich erlischt das Licht auf der Straße, und Tim spürt, wie sein Gesicht dunkel wird, als wäre das Licht eine warme Hand, die sich für immer zurückgezogen hat.

Ein Stromausfall.

Ein paar Sekunden lang ist er blind. Hört, wie Soledad sich umdreht, die Treppen hochläuft, er will ihr folgen, stolpert aber auf der ersten Treppenstufe und fällt hin, schlägt sich das Knie an einer Steinkante und muss einen Schmerzensschrei unterdrücken.

Eine Tür fällt ins Schloss.

Er steht auf. Mühsam. Ruft noch einmal Soledads Nummer an, aber sie geht nicht ran, und er sollte eigentlich die Treppe hochlaufen und an jeder Tür klingeln, um sie zu finden. Aber das ist unmöglich. Das würde nur zu Chaos führen. Die Polizei herbeilocken.

Er verlässt das Treppenhaus, tritt hinaus auf die Straße, das ganze Viertel ist schwarz, und diese Schwärze erstreckt sich bis zur Plaza Madrid, bis hinunter zur Polizeistation.

Ich schaffe es nicht, Emme.
Nicht heute Nacht.
Heute Nacht muss ich schlafen.
Er macht sich auf den Weg zu seiner Wohnung. Schluckt ein paar Stesolid, und bevor das Gehirn außer Funktion gerät, denkt er an die erste Nachricht, die sie ihm von Mallorca schickte. Ein Videoclip, dreißig Sekunden lang, du hast das Hotelzimmer gefilmt, es war schöner, als du gedacht hast, ich hatte heimlich fünftausend Kronen extra an TUI bezahlt, deiner Mutter nichts davon erzählt, bezahlt, damit ihr ein Upgrade bekommt, es ein bisschen schöner habt, das Beste kriegt, und er denkt an die Jacke, das Foto, und natürlich weiß er, wie hoffnungslos das ist, dass er sich an einem Palmenblatt festhält, einem braun umrandeten, schlaffen Blatt, um nicht aus der Welt geworfen zu werden.

Emmes Augenbrauen in dem Film sind brown with a pinkish passion.

»Guck mal, Papa, wie schön es hier ist.«
Ein weißes Sofa.
Ein runder Glastisch mit dunkler Platte.

Gedanken, die er nie zulässt. Wie anstrengend sie sein konnte, wie egoistisch, wie alle Teenager. Sie schaffte es, dass er sich vorkam wie ihr persönlicher Bankautomat. Sie wollte Geld, die ganze Zeit, für alles. Und wenn er ihr nicht gerade Geld gab, war alles, was er tat, peinlich. Die Kleidung, die er trug, die Worte, die er sagte, und sie konnte bei der geringsten Sache höhnisch über ihn lachen. Ein T-Shirt, das in die Jeans gestopft gehörte, es aber nicht war, ein Song im Radio, von dem er sagte, er gefalle ihm, der aber in ihrer Welt hoffnungslos out war. Worte, das Gefühl, dass sie auf dem Weg fort war, fertig mit ihm, dass er aufgebraucht war, das war manchmal kaum zu ertragen. Unerträglich, weil so vorhersehbar, wie aus einem Handbuch über die Beziehungen zwischen Teenagern und ihren Eltern zitiert. War es nicht eher so gewesen? Er darf nicht so denken.

Darf jetzt nur an Emmes gute Seiten denken. Und er weigert sich, sie als Neunzehnjährige zu sehen, die sie jetzt ist, ihr Gesicht, die deutlicheren Züge, der Blick, wenn überhaupt möglich, noch sicherer, die Schritte zielgerichtet, und er flüstert ins Blaue hinein, »Ich glaube, du bist jetzt noch schöner«.

Er schläft ein, und viele Stunden später wacht er davon auf, dass jemand an der Tür klingelt, nicht an der Gegensprechanlage unten an der Haustür, sondern an seiner Wohnungstür, und er zieht sich die Boxershorts an, ruft:

»Ich komme, ich komme schon«, und dann öffnet er, ohne weiter nachzudenken, unvorsichtig, als wäre das hier die Wohnung daheim am Tegnérlunden, und vor der Tür stehen zwei dicke Polizisten in den dunkelblauen Uniformen der Policía Nacional.

»Sie kommen jetzt mit uns«, sagt der Fettere von beiden, seine unrasierten Wangen hängen herunter.

»Freiwillig«, sagt der andere, »oder müssen wir die hier benutzen?«

Er klopft fest auf ein Paar Handschellen, die neben dem Pistolenholster an seinem Gürtel hängen.

»Ich komme«, sagt Tim. »So? Oder darf ich mir erst noch was anziehen?«

Er wird in einen Raum im zweiten Stock im Hauptquartier der Policía Nacional gebracht. Ein großes Zimmer mit Blick auf die Palmenkronen auf dem Parkplatz, und Juan Pedro Salgado sitzt hinter einem Schreibtisch aus lackiertem Mahagoni und wartet auf ihn. Ein blauer Anzug aus Baumwollstoff schmiegt sich an seinen Körper, das Haar liegt frisch geölt auf der Kopfhaut. Seine braunen Augen sind nicht freundlich wie beim letzten Mal, als sie sich in der Bar Bosch trafen, sondern ausdruckslos. Er sieht aus, als hätte er die ganze Nacht durchgemacht, und die letzten Stunden haben dunkle Ringe unter seine Augen gemalt.

Tim würde gern mit Peter Kant sprechen, aber deshalb ist er nicht hier, so viel versteht er, und er fragt sich, was passiert ist. Sicher wissen sie inzwischen, dass Kant ihm den Auftrag gegeben hat, Natascha zu beschatten, vielleicht haben sie die Fotos von ihr und Gordon inzwischen, vielleicht ist Salgado Wilson in den Arsch gekrochen, damit dieser sie ihm gibt, und will jetzt hören, was Tim noch gesehen hat, was Kant ihm gesagt hat, ob er etwas in Richtung Rache und Mord angedeutet hat.

Juan Pedro Salgado lehnt sich auf seinem Stuhl zurück und gibt den Polizisten den Befehl, den Raum zu verlassen, bittet Tim, sich auf einen grauen, mit Filz gepolsterten Stuhl zu setzen.

Tim nimmt Platz. Das T-Shirt mit dem Stockholm-Logo, quer über die Brust in Blau auf Weiß gedruckt, ist zu kurz, es rutscht etwas über den Bauch hoch, er zieht es runter, streckt es ein wenig.

»Ich muss mich entschuldigen«, sagt Salgado, »wenn die Jungs etwas zu schroff gewesen sind, als sie Sie abgeholt haben. Das sind sie manchmal.«

»Kein Problem.«

»Da war ja ordentlich was los bei dieser Einweihungsparty in El Arenal, was?«

»Ja, der Beach Club wird sicher den ganzen Sommer über super laufen.«

Auf dem Schreibtisch steht ein Foto von Salgados Familie. Eine rothaarige, hübsche Frau, zwei Jungs in grüner und gelber Schuluniform, vielleicht zwölf und vierzehn Jahre alt.

Salgado streicht sich vorsichtig mit den Fingern übers Haar.

»Warum haben Sie neulich Kant im Gefängnis besucht?«, fragt er. »Und was hat er Ihnen gesagt?«

Was weiß Salgado?

Alles.

Nichts.

»Wir haben uns bei einem Auftrag kennengelernt. Er war Kunde einer Firma, für die ich arbeite. Heidegger Private Investigators.«

»Worum ging es bei diesem Auftrag?«

Tim ignoriert die Frage, fragt stattdessen zurück:

»Haben Sie Peter Kants Frau gefunden? Natascha?«

»Was denken Sie, würden wir dann hier sitzen?«

»Wie soll ich das wissen?«, entgegnet Tim. »Was weiß ich über Ihre Ermittlungen?«

»Machen Sie auch welche auf eigene Faust? So wie im Fall Ihrer Tochter?«

»Heidegger ermittelt nicht bei Mord.«

Tim spürt, dass die Schlaftabletten ihn immer noch leicht benommen machen, dass die Synapsen sich nicht miteinander verbinden wollen, als wäre dieses Verhör eine missglückte Cocktailparty. Dann fährt ein Wind durch eine der Palmen auf dem Parkplatz, bringt die Blätter zum Rascheln. Salgados Blick ist immer noch inhaltslos, seine schmalen Lippen lila.

»Wir haben vor Kurzem einen Auftrag von Peter Kant bekommen, und wir konnten herausfinden, dass seine Frau Natascha ihm mit Gordon Shelley untreu war. Aber das wissen Sie sicher bereits.«

Salgado nickt.

»Aber was wollte Kant?«

»Er wollte wissen, wie ich seine Situation einschätze.«

»Mehr nicht?«

»Ich habe ihm gesagt, er solle sich einen guten Anwalt besorgen. Dass ich nichts für ihn tun könne. Wir ermitteln wie gesagt nicht bei Mord. Darum müsst ihr von der Policía Nacional euch kümmern.«

Tim erwartet, dass Salgado ihm jetzt Fragen zu seinem Auftrag von Kant stellt, aber es kommen keine Fragen, stattdessen beugt Salgado sich über den Tisch vor.

»Peter Kant hat sich letzte Nacht in seiner Zelle erhängt. Sollte er Ihr Freund gewesen sein, mein Beileid.«

DREI

Vor eine U-Bahn springen.

Sich selbst Medikamente verschreiben, ein Hotelzimmer nehmen, einen Zettel an die Badezimmertür kleben, für das Reinigungspersonal.

Nicht hineingehen. Rufen Sie die Polizei.

Rebecka hat mit dem Gedanken gespielt, sich das Leben zu nehmen.

Hielt diese Möglichkeit wie ein Stück glühende Kohle in den Handflächen. Denn auch wenn sie nicht aufhören kann zu hoffen, dass Emme irgendwann zu ihr zurückkehren wird, so sagt die Vernunft ihr, dass sie tot ist, fort, dass alles in Trümmern liegt, niemand wird jemals wieder zurückkehren. Tim wird niemals an ihrer Tür klingeln.

Alles nur schwarz werden lassen.

Das ist sicher besser als das hier.

Sie kann sich ein Gewehr besorgen. Weiß genau, wo am Gaumen sie den Lauf ansetzen muss, damit der Gehirnstamm nur wenige Mikrosekunden, nachdem der Finger den Abzug durchgedrückt hat, in winzige Fetzen zerrissen wird.

Als sie sechzehn war, in dem Alter, in dem für Emme die Zeit zum Stillstand gekommen ist, da dachte sie häufig an Selbstmord, wie Teenager es manchmal tun. Was würden die anderen sagen, denken und fühlen, wenn sie verschwand? Wer würde zu ihrer Beerdigung kommen? Ob sie alle Schwarz trügen? Vor ihrem inneren Auge sah sie eine voll besetzte Kapelle, die Tränen, die den Bestattungsgästen über die Wangen liefen, als fände ein Wettkampf mit dem Regen statt, der von außen gegen die riesigen bunten Bleiglasfenster prasselte.

Manchmal kommt ihr der Gedanke, sie hätte sich doch lieber als Teenager das Leben nehmen sollen, wie einer der Jungs aus ihrer

Klasse, der sich in der Garage erhängte und einen kurzen Brief hinterließ.
Ich habe keine Kraft mehr.

Wäre ich damals verschwunden, denkt sie, während sie im Supermarkt in der Tegnérgatan eine Milchpackung in den Korb legt, hätte es keine Emme gegeben, keines von all diesen Gefühle hätte erlebt werden müssen. Ich wäre davongekommen. Aber jetzt stecke ich fest. Denn wenn du zurückkommst, Emme, dann muss ich da sein. Du sollst nicht zu hören bekommen, dass deine Mutter sich selbst Rezepte für Tabletten ausgestellt hat, Schachtel für Schachtel, sich dann ein heißes Bad eingelassen hat und ertrank, während sie krampfte und das Herz aufhörte zu schlagen. Das sollst du nicht erleben müssen. Ich stecke fest in meiner Sehnsucht nach dir. Nicht lebendig wie andere, aber auch nicht tot. Angenommen, ich nähme eine perfekte Tablettenmischung und erwachte gegen alle Vermutungen auf der anderen Seite, könnte dich aber dort nicht finden, sondern auf dieser Seite, der Seite der Lebenden, entdecken, dann wäre das schlimmer als die Lage jetzt. Aber dieser Gedanke bietet keinen Trost. Keine Möglichkeit, zur Ruhe zu kommen, nicht einmal für einen kurzen Moment.

Ein kleines Mädchen springt hinter dem Kühlregal hervor, in rosa Röckchen, türkisfarbenem Pullover mit einer Prinzessin auf der Brust, und für eine Sekunde ist sie Emme, die aus den Kartons mit Tiefkühlpizza, Fischstäbchen, bratfertigen Frikadellen und Hamburgern, gefrorenen Erbsen und Frühlingsrollen geboren zu werden scheint, und Rebecka denkt, ich hatte dich einmal, ich habe dich, ich werde dich immer haben, und dann bist du wieder fort.

Die Erbsen sind einfach Erbsen.
Der tiefgefrorene Dorsch ist tiefgefrorener Dorsch.
Der Tod ist definitiv.
Das Leben, denkt sie, ist es nicht.
Was hätte ich in meinen Abschiedsbrief schreiben sollen? Sicher etwas Dramatisches, Langatmiges, Selbstherrliches, Kindisches.

Sie legt eine Packung Makkaroni in den Korb.
Kochzeit acht Minuten.
Für ein perfektes Al-dente-Feeling.

Juan Pedro Salgados Mund steht offen, als er eine Schublade herauszieht, ein Papier herausholt und es über den Schreibtisch schiebt.

Tims Hand zittert. Was er unter der Schreibtischkante zu verstecken versucht, er will nicht, dass Salgado sieht, wie aufgewühlt er ist. Er ballt die Faust, spürt, wie das Zittern aufhört, und hält den Blick auf Salgados Nasenlöcher gerichtet, die Haare, die dort wie Seegras sprießen, und er versucht, seine Gesichtszüge unter Kontrolle zu behalten, nicht verwundert oder schockiert auszusehen, sondern ruhig, als ginge ihn das hier alles gar nichts an.

Ein einziger Gedanke lässt ihn nicht mehr los.

Ein Mann, der reingewaschen werden will, nimmt sich nicht das Leben.

Er sieht Peter Kant vor sich, wie er mit blauem Kopf an einem Laken hängt, das er an den Gittern vor dem Zellenfenster befestigt hat, unter ihm eine Urinpfütze und der Kot stinkt in seiner Hose. Die blutgesprenkelten Augen von jemandem, der aufgegeben hat.

Tim schaut sich das Papier an.

Krakelige Handschrift.

Blaue Tinte. Ihm ist klar, um was für ein Papier es sich hier handelt, aber die Worte verschwimmen vor seinen Augen.

»Lesen Sie«, sagt Salgado.

»Was soll ich hier lesen?«

»Das ist sein Abschiedsbrief. Eine Kopie davon. Wir haben ihn in seiner Zelle gefunden. Ich kann, wie Sie als alter Polizist verstehen werden, nicht auf die näheren Einzelheiten eingehen. Aber lesen Sie den Brief.«

Tim liest. Es ist nur ein Satz.

Ich bekenne mich der Verbrechen schuldig, für die ich angeklagt werde.

Tim blickt Salgado an.

»Damit sind die Mordermittlungen im Fall Gordon Shelley unsererseits eingestellt«, sagt er. »Aber es wäre schön, wenn wir erführen, was er Ihnen alles gestern Abend gesagt hat. Wie Sie sehen, ist der Brief nicht ganz eindeutig. Was hat er gesagt? Hat er ein detailliertes Geständnis abgelegt?«

»Ich kann nicht sagen, was er mir erzählt hat«, antwortet Tim.

»Sie haben keine Schweigepflicht. Und er ist tot. Ein toter Mörder. Was kümmern sich die Toten um Worte?«

»Tut mir leid.«

»Hatte Kant irgendwelche Theorien?«, fragt Salgado und fasst sich in den Nacken, flucht irgendetwas von Muskelkater nach dem Kanupaddeln.

»Theorien worüber?«

»Über den Mord.«

Warum sollte er Theorien darüber haben, wenn Salgado ihn selbst hat ausführen lassen?, würde Tim gern nachhaken.

»Und Natascha? Sie suchen doch wohl weiter nach ihr?«, fragt er stattdessen. »Sie ist immer noch verschwunden.«

»Natürlich. Aber sicher hat er sie auch ermordet und irgendwo vergraben. Hat er etwas über sie gesagt?«

»Dass er sie geliebt hat.«

»Früher oder später finden wir sie«, sagt Salgado. Dann zögert er ein paar Sekunden.

»Wie wir früher oder später alle finden.«

Er versucht mich zu provozieren, aber ich will mich nicht provozieren lassen.

»Das wollen wir hoffen«, sagt Tim. »Gibt es etwas Neues, meine Tochter betreffend?«

»Was ich in der Bar Bosch gesagt habe, gilt immer noch. Meine besten Leute kümmern sich um den Fall. Aber die Ermittlung läuft auf Sparflamme. Solange nichts Neues auftaucht, können wir nichts tun. Und Sie? Etwas Neues?«

»Ich hatte viel bei Heidegger zu tun.«

Juan Pedro Salgado steht auf, dreht Tim den Rücken zu und tritt ans Fenster, zieht eine blaue Packung Fortuna aus seiner Anzugtasche, klopft eine Zigarette heraus und zündet sie an, bläst eine Rauchwolke in die Luft.

»Die Kinder haben jetzt Sommerferien«, sagt er. »Wir wollen kommende Nacht Tintenfische fangen. Mit Taschenlampen. Es heißt, es wären wir Mallorquiner gewesen, die auf diese Methode gekommen sind.«

»Ich dachte, das waren die Vietnamesen.«

»Nein, nein, das waren wir.«

Salgado verstummt wieder.

Er atmet schwer, sodass sich die Anzugjacke in langsamen Bewegungen hebt und senkt, und der Hemdkragen drückt seine schwarzen Nackenlocken gegen die Kopfhaut.

Salgado sagt noch etwas, darüber, dass er als Kind nach Langusten getaucht ist, und Tim zieht schnell sein Handy aus der Tasche, tippt auf den Kamera-Button und macht ein Foto von Peter Kants Abschiedsbrief.

»Wir sind dann jetzt erst einmal fertig hier«, sagt Salgado und dreht sich wieder um. »Worum auch immer dieser verfluchte deutsche Mörder Sie gebeten hat, das ist hiermit hinfällig.«

Eine Kapsel, die aufgebrochen wird, ein Sturm, der sich in einem Aschenbecher dreht, ein Auto, das bremst, ein Kind, das schreit und von einer müden Frauenstimme getröstet wird. Klappern und Tabakrauch dringen vom Tisch draußen auf dem Bürgersteig herein.

Tim bestellt einen doppelten Cortado, weiß, dass der die letzten Einflüsse der Tabletten wegspülen wird, und es dauert nur wenige Minuten, dann serviert ihm der südamerikanische Kellner eine dampfende Tasse und gießt Milch hinein, bis Tim die Hand hebt als Zeichen, dass es genug ist. Er trinkt den gesamten Tasseninhalt in zwei großen Schlucken. Versucht, mit der Wand zu verschmelzen, will nicht, dass irgendwelche Polizisten, die an den Tischen des Café del Parque sitzen, ihn bemerken. Mehrere von denen scheinen jegliches Berufsethos hinter sich gelassen zu haben, alles vergessen, was sie jemals über Richtig und Falsch gelernt haben, scheinen der Meinung zu sein, dass Menschen nur existieren, um ihren Unterhalt zu verdienen, nicht mehr zu wissen, wer sie eigentlich sind, nur noch durchkommen wollen, weitermachen, das tun, was man immer getan hat, weil man nichts anderes tun kann. Weil die Verhältnisse es so wollen und man einsam ist und Geld haben will.

Tim holt sein Handy heraus. Öffnet die Mails.

Sucht die Adresse von Aron Lundberg, dem Handschriftenexperten, den sie bei If immer zurate gezogen haben, wenn sie gefälschte Unterschriften aufdecken wollten. In der Mail schreibt er, dass er Hilfe dabei braucht, eine Unterschrift und einen Brief zu vergleichen, um zu erfahren, ob es die gleiche Person ist, die diese Dokumente geschrieben hat. Dann hängt er den Abschiedsbrief mit dem Geständnis und den Vertrag mit Heidegger an, den Kant unterschrieben hat. Das sollte für Lundberg genügen, die Unterschrift und dieser einzelne Satz.

Er drückt auf Senden.

Bittet um die Rechnung, und als der weiße Papierstreifen mit der blauen Schrift vor ihm landet, sieht er eine Nachricht auf dem Handybildschirm aufploppen.

Die E-Mail ist von Aron Lundberg, und Tim öffnet sie, erkennt den schludrigen Schreibstil sofort wieder.

Hallo Tim
wie its es auf Mllorca?
Sonnig und shön, wie ich mir denke. Hier nur Regen.
kurze Antwort auf deine Frage!
Der Brief und die Unterschrift auf dem Vertrag sind nicht von derselben Person geschrieben worden. Da bin ich mir 100% sicher. Was aussieht wie ein Geständnis ist ganz sicher falscH!
Melde dich, wenn ich dir noch mit irgendwas helfen kan.
Aron

Tim legt zwei Euromünzen auf die Rechnung, und er hat das Gefühl, als starrte das gesamte Café in seine Richtung. Als betrachteten die Polizisten ihn, wüssten, dass er weiß, dass etwas in ihrem Revier passiert ist, etwas absolut Verbotenes, der Mord an einem Menschen. Aber niemand nimmt Notiz von dem *guiri*, der mit seinem Handy herumspielt, wie es alle anderen Menschen auch tun.

Tim schaltet das Autoradio ein, versucht sich auf den Verkehr zu konzentrieren, die Fahrzeuge, die aus allen Richtungen zu kommen scheinen, die orientierungslosen Touristen in ihren Mietwagen.

Diese ganze Sache stinkt zum Himmel.

Aber er kann sich nicht zurückziehen. Das ist ein Ding der Unmöglichkeit.

Der Brief an Peter Kant über die Untreue seiner Frau. Jetzt ein gefälschter Abschiedsbrief. Wer hat ihm in die Schlinge geholfen?

Eine Frau ist verschwunden. Ein Versprechen.

Eine rosa Zara-Jacke auf dem Foto vor einem Haus in Deià.

Wo soll er anfangen?

Tim hört die aufgebrachte Nachrichtensprecherin, sie spricht schnell, fast wie ein Ausrufer bei einer Viehauktion. Im Elendsviertel Son Banya ist ein Wolf gesehen worden. Er soll sich aus den

Bergen ins Tal hinunter verirrt haben, es wird behauptet, er sei aus einem Gehege bei einer *finca,* die Sergio Gener gehört, entlaufen, in der Nähe von Orient, und man nimmt an, dass er anschließend nach Süden gewandert ist, bis zu einer Müllkippe zwischen den Slumhütten nahe dem Flugplatz.

An diesen Wolf muss Tim denken, als er an dem Bahnhof an der Plaza de España vorbeifährt und jemand im Radio anfängt, in schlechtem Englisch davon zu singen, dass er ein Rockstar ist. Es gibt tatsächlich eine U-Bahn in Palma. Keine andere Stadt auf der Welt mit so wenigen Einwohnern hat eine. Der Bau der Zugstrecke kostete dreihundertfünfzig Millionen Euro, und es gibt pro Tag nur etwa dreitausend Fahrgäste.

Tim kommt am örtlichen Gefängnis vorbei, sieht die hohen grauen Mauern. Hinter denen sitzt die ehemalige Chefin von Palmas Stadtverwaltung, Maria Antònia Munar, verurteilt zu vierzehn Jahren Haft wegen Annahme von Schmiergeldern, als städtischer Grundbesitz in Can Domenge verkauft wurde und kurz darauf als Baugrund wieder auftauchte, inzwischen um das Zwanzigfache an Wert gestiegen.

Korruption, überall.

Tim fährt durch das Binnenland, vorbei an abgebrannten Feldern, und schon bald ist er in den Bergen, und die Straße wird umschlossen von dem bleichen Wald der Serra de Tramuntana. Das Asphaltband schlängelt sich hinauf, umrandet von Steinmauern, Ahornbäumen und Weiden, deren schmale Blätter schwer auf die Fahrbahn herunterhängen.

Der Weg öffnet sich zum Meer hin.

Auf der anderen Seite der rauen Steinmauern zeichnen sich vor dem hohen Horizont Palmenblätter ab, das Meer liegt Hunderte von Metern unter ihm, und das Ganze wird zu einer perfekten optischen Illusion, wobei der Himmel eine unendliche Wand zu werden scheint, die vom Blau des Meeres verschlungen wird, und das hier ist ein Ort, an dem die Welt sich weit ausstreckt, zu etwas anderem wird, etwas Besserem, wo die Elemente ineinanderfließen und Himmel und Meer den Platz tauschen, zu einem großen Ganzen werden können.

»Der Wolf konnte eingefangen werden!«

Er biegt um eine weitere Kurve, und nun sieht er Deià, den Lieblingsort der Milliardäre aus der Kulturbranche. Es heißt, Steven Spielberg habe hier einmal ein Haus besessen, ebenso wie der Maler Peter Doig. Plattenproduzenten, Songschreiber, Schriftsteller, die das Glück hatten, einen Bestseller zu schreiben, alle zieht es hierher, zu der Verheißung *to upscale bohemian living*, und hier haben auch die Jørgensen-Svedins ihr Haus, gleich nördlich des kleinen Städtchens, hoch oben auf dem Berg, so hoch, wie man laut Google Maps überhaupt kommen kann.

Die Bucht schneidet sich tief in den Brustkorb der Insel, bildet eine Kluft in vielen Grüntönen, die von der Farbe nasser Austernschalen bis zu sattem Chlorophyll reichen. Die örtliche Kirche wacht auf der Spitze einer Klippe, ein schwarzes Kreuz hängt schräg am Turm, und Schwalben mit weißer Brust kreisen in den Wolken.

Er fährt zwischen den Häusern weiter, vorbei an den Porsches und an einem Lamborghini, der vor La Residencia parkt.

Gleich hinter dem Ort fährt er weiter den Berg hoch. Er fährt ganz langsam, bis die Straße zu Ende ist.

Eine zehn Meter hohe Steinmauer. Das Haus ist von hier aus nicht zu sehen, aber es steht dort. Hinter dem Tor aus rostigem Eisen gab es einmal eine Jacke, die Emme gehört haben könnte.

»Das war gar kein Wolf!«, ruft die Rundfunksprecherin aus. »Das war ein Hund!«

Ein Brief, der kein Brief ist.

Eine Jacke auf einem Stuhl.

Tim drückt auf den Knopf der Gegensprechanlage. Er schaut geradewegs in das Kameraauge.

Eine Männerstimme meldet sich.

Spanisch mit südamerikanischem Akzent.

»Wer ist da?«

»Der Architekt.«

»Was für ein Architekt? Ich weiß nichts von einem Architekten.« Tim versucht es einfach.

»Señora Jørgensen möchte die Bar umbauen. Und wer sind Sie?«

»Der Gärtner.«

»Wir wollen doch die Herrschaften nicht unnötig hiermit behelligen«, sagt Tim. »Das wollen Sie doch auch nicht, oder?«

Der Gärtner atmet schwer. Vielleicht säubert er bei der Hitze gerade die Blumenrabatten, reißt tote Zweige und Blätter aus, schwitzt, ist durstig.

Das Tor gleitet auf.

Langsam.

Vor sich sieht Tim eine breite Treppe aus Kalkstein, vielleicht dreißig Stufen, und er geht sie schnell hoch, ist atemlos und verschwitzt, als er den oberen Absatz erreicht. Er befindet sich auf einer riesigen Terrasse, wo sich ein Infinitypool mit blauem Mosaik scheinbar über die Mauer und weiter hinunter zum Meer und zum Horizont erstreckt.

Das Haus ist kleiner, als er dachte. Drei Stockwerke im gleichen Stein wie die Treppe, grüne Fensterläden. Bougainvillea und rote Rosen klettern die Fassade hinauf, und unter einer Pergola, eingefügt in den Felsen, stehen fünf Teakstühle mit ausgebleichten Lehnen vor einem Sofa mit grauen und roten Kissen.

Die Stühle erkennt er wieder.

Die Zara-Jacke hing über einem von ihnen.

»Die Bar ist da drinnen, im Wohnraum, direkt geradeaus.« Und da entdeckt Tim den kleinen, untersetzten Mann im blauen Arbeitsoverall, der in der steinigen Erde unter einer Palme kratzt. Das Gesicht wird von den Blättern beschattet.

Tim geht ins Haus, von Zimmer zu Zimmer. Weiß gekalkte Wände in großen Sälen, die Trägerbalken sind freigelegt. Protzige Sofas und Sessel, klotzige mallorquinische antike Kommoden, ein weiterer Esstisch, rote und blaue Monochrome an den Wänden.

Er geht hinauf in den ersten Stock. Hier befindet sich ein Schlafzimmer neben dem anderen. Genau wie im zweiten Stock. Es gibt hier nichts zu sehen, und Tim bekommt das Gefühl, sich durch eine Immobilienmakleranzeige im Internet zu bewegen, dass er eins ist mit den angeklickten Fotos, und jeder Klick lässt den Preis um hunderttausend Euro ansteigen und kostet ihn außerdem einen kleinen Teil seiner Seele.

Er geht hinunter in den Keller. Ein temperierter Weinverschlag mit Hunderten von Flaschen. Ein Kinoraum. Und dann eine schwarz gestrichene Metalltür, die sich nicht öffnen lässt. Für einen Moment ist er fest davon überzeugt, dass Emme sich hinter dieser Tür befindet, und er rüttelt an ihr, schreit, Emme, Emme, bist du da? Wirst du hier gefangen gehalten, bin ich es, der hier schreit?

»Emme, Emme!«

Er hämmert an die Eisentür, sucht im Raum nach einem Schlüssel, hämmert erneut, spürt den Schmerz in den Händen, schreit die Metallplatte an, doch sie antwortet nicht, stattdessen hört er eine Stimme hinter sich.

»Sie sind kein Architekt.«

Tim dreht sich um.

Der Gärtner schaut ihn an. Seine Augen sind dunkel, die Nase wie von tausend Schlägen platt gedrückt, aber er wirkt weder bedrohlich noch wütend. Er ist in den Sechzigern und kraftvoll wie ein Mann, der sein Leben lang körperlich gearbeitet hat, robust, müde, aber nicht gebrochen.

»Nein, bin ich nicht«, sagt Tim.

»Ich kann die Tür für Sie öffnen.«

Ein Schlüssel in einem Schloss, und der Gärtner öffnet die Tür, drückt sie nach innen und schaltet das Licht ein, und Tim schaut in einen leeren Raum, lang gestreckt, mit gewölbten Wänden aus lackierten, patinierten Steinen.

Er betritt den Raum, geht zur hinteren Wand, starrt auf den Boden, ist jemand hier gewesen, bist du hier gewesen, Emme? In diesem Raum? Er sucht nach Blutflecken, nach Ketten und Ringen in den Wänden, aber so etwas gibt es nicht, alles ist sauber, unberührt, und hinter ihm sagt der Gärtner, dass es sich hier um einen Vorratskeller handelt, früher hat man hier Äpfel, Kartoffeln und Zwiebeln gelagert. Als Wintervorrat.

Tim dreht sich um, geht in wenigen Schritten auf den Gärtner zu, streckt ihm die Hand hin und stellt sich vor, und der Mann erwidert, er heiße Guillermo und stamme aus Mexiko.

Sie gehen auf die Terrasse hoch. Stellen sich an den Pool, unter einen Sonnenschirm, der die gleiche rote Farbe hat wie die Kissen.

»Wohnen Sie hier?«, fragt Tim.

Guillermo nickt.

»Wohnung, Verpflegung und fünfhundert Euro im Monat.«

Tim zeigt ihm die Fotos von der Party.

Das mit der Jacke.

Und dann das Foto von Emme, und Guillermo bekommt etwas Einfühlsames im Blick. Was weiß er? Über mich?

Guillermo berichtet, dass er wohl an diesem Abend hier gewesen sei, aber er könne sich nicht an ein blondes Mädchen erinnern. An keine Jacke. Dass es eine ganz normale Party wie viele andere gewesen sei.

Tim zeigt auf das Tattoo, das durch das verschwitzte Hemd zu erkennen ist. Auf die rot gelockte Person am Rande des gleichen Fotos.

»Das sagt mir nichts. Auch die Haare nicht.«

»Können Sie sich daran erinnern, dass es auch noch andere Partys gab? Wilde, ausschweifende Partys?«
»Hier?«
»Oder irgendwo anders.«
»Nein, tut mir leid.«
Tim zeigt Fotos von Natascha.
»Die habe ich noch nie gesehen.«
Von Gordon Shelley, und da lächelt Guillermo.
»Der war oft hier. Die Damen haben ihn geliebt.«
Anschließend schaut er übers Meer.
»Ich glaube, er hat dafür bezahlt gekriegt, dass er die Damen verzaubert. Jedenfalls sah es so aus.«
»Wie sah es aus?«
»Als ob er ein Profi war.«
Tim zeigt ein Foto von Juan Pedro Salgado.
»Wissen Sie, wer das ist?«
»Ja, das weiß ich.«
»Ist er hier gewesen?«
Guillermo wirft ihm einen leeren Blick zu, sagt nichts, als hätte der Mexikaner bereits alles gesagt, was zu sagen war, und in der Stille ist die Wahrheit eher zu finden als in den Worten.
»Er ist also hier gewesen?«
Guillermo zeigt zur Treppe, die zum Ausgang führt, dann lässt er Tim wortlos stehen und macht sich wieder daran, den Garten eines anderen Mannes und einer anderen Frau zu pflegen.

Als Tim auf die Hauptstraße von Deià abbiegt, ruft er Milena an. Sie sollte inzwischen wach sein, sollte sich daheim ausruhen, bis sie abends wieder zum Globo Rojo gehen muss.

»Ich kann dich heute nicht treffen«, sagt sie. »Ich habe so einiges zu erledigen, und dann muss ich arbeiten.«

Er überholt wieder Sportwagen, erschrickt vor einem Lastwagen mit orangefarbenen Gasflaschen auf der Ladefläche.

»Weißt du, welche Nummer Soledads Appartement hat?«, fragt er, »ich würde sie gern noch einmal sehen.«

»Hast du dich gestern mit ihr getroffen?«

»Ja, aber ich habe noch weitere Fragen an sie.«

»Ich weiß nicht, welche Wohnung das ist«, sagt Milena. »Ich bin nie bei ihr zu Hause gewesen.«

Tim kann hören, dass sie lügt, ihre Stimme wird dann jedes Mal heller, sie zieht die Worte in die Länge, lässt sie über die Zunge rollen und unter Qualen zur Welt kommen, wie ein ungewünschtes Kind.

»Nun komm schon.«

»Willst du nicht fragen, was ich zu erledigen habe?«

»Okay, was hast du zu erledigen?«

»Das ist meine Sache.«

Er hat keine Lust, dieses Spielchen mitzuspielen, nicht jetzt, eigentlich nie. Es gibt keine Zeit dafür. Alles ist eilig. Auch wenn er nicht weiß, warum und auf welche Art und Weise.

»Bitte, Milena.«

»4C.« Dann legt sie auf, und vor dem Autofenster befinden sich der träge dahinziehende Sommer und die Dürre, Mallorca ist jetzt spröde, leicht entzündlich, durstig und bebend, die Strände der Insel sind überfüllt mit Menschen und ihren Träumen.

Bei Apartment 4C gibt es keine Reaktion auf sein Klingeln, also versucht er es bei 3D und 5A, bis sich schließlich bei 4B jemand meldet.

»Post«, sagt er und wird ins Treppenhaus gelassen, nimmt den Fahrstuhl hinauf bis zum vierten Stock, sieht sich im Spiegel direkt gegenüber an. Sieht sein Gesicht.

Botox, Lifting, Peeling.

Das wäre nötig.

Wen sehe ich da? Ist das Tim Blanck? Emmes Vater, Rebeckas Ex-Ehemann. Ist es der Privatdetektiv? Der einsame Mann auf Mallorca.

Er will gar keine Antwort haben. Denn was soll er mit ihr anstellen, wenn er sie bekommt? Es gibt nur eine Antwort, und die heißt Emme finden und ihr dann wieder ins normale Leben helfen. Aber danach. Was gibt es noch für den Mann im Spiegel? Den mit diesem Gesicht?

Er klingelt an Tür C und wartet, fährt mit dem Finger über das dunkle Furnier des Türrahmens. Er registriert den Geruch von frittiertem Fisch, der das Treppenhaus erfüllt, spürt, wie der Hunger im Magen kneift.

Klingelt noch einmal.

Schließlich öffnet sich Tür B, und eine alte Frau steckt den Kopf hinaus.

»Wenn Sie nach Señorita Soledad suchen, müssen Sie nach Kolumbien fliegen. Sie ist heute Morgen nach Hause gereist. Brandeilig hatte sie es.«

Die Alte hat die Sicherheitskette vorgehängt. Sie sieht ängstlich aus, aber die Neugier hat sie offenbar die Tür öffnen lassen.

»Wissen Sie, wann sie zurückkommt?«

»Sie hat nur ein Hinflugticket gekauft. Offenbar ist ihre Mutter krank geworden. Ich soll mich um ihre Blumen kümmern, aber wann sie zurückkommt, das weiß ich nicht.«

»Haben Sie die Schlüssel?«

»O nein, sie hat mir ihre Blumen gebracht. Eigentlich ist es nur eine, eine schöne Rose. Tiefrot, wie meine Lippen, als ich noch jung war.«

»Sie waren früher sicher genauso schön wie jetzt«, sagt Tim.

»O ja, ich habe allen den Kopf verdreht.«

Die Alte nickt. Ihr Blick ist kurz von einer aufflammenden Hitze gewärmt worden, aber diese verschwindet genauso schnell, wie sie aufgetaucht ist, und sie schließt ihre Wohnungstür. Tim bleibt mitten auf dem Flur stehen, die Furcht der alten Frau hängt noch in der Luft. Eine banale Angst, davor, von einem Fremden mit bösen Absichten überfallen, beraubt, geschlagen und misshandelt zu werden. So ist nun einmal die Welt, denkt Tim, ein Fremder mit bösen Absichten, der uns letzten Endes immer besiegt; wenn wir es am allerwenigsten ahnen, schlägt der Fremde zu und zwingt uns in die Knie.

Tim, hier ist Simone.«

Er sitzt im Bett, drückt sich das Handy ans Ohr, spürt, wie der Schweiß wie in Zeitlupe den Rücken hinunterläuft, und über ihm steht der Deckenventilator still, still wie die Luft im Raum.

Er muss vergessen haben, den Ventilator einzuschalten.

Auch die Klimaanlage ist nicht in Betrieb.

Hier drinnen ist es jetzt sicher hundert Grad heiß.

»Entschuldige, dass ich nicht früher angerufen habe.«

»Du musst dich für gar nichts entschuldigen.«

Er kratzt sich mit der freien Hand am Rücken, blinzelt, inzwischen wach geworden. Dann erinnert er sich, dass er nach Hause gefahren ist, nachdem er Soledad gesucht hatte, sich zum Ausruhen hingelegt hat, nur für einen Moment, dann aber eingeschlafen sein muss. Er hat tief und fest geschlafen.

»Was hast du für mich?«

»Leider nicht viel.«

»Aber doch etwas?«

Wie geht es Hassan? Das müsste er eigentlich fragen. Das hat er schon das letzte Mal, als sie miteinander gesprochen haben, nicht gefragt, und sie schätzt es sehr, wenn er sich dafür interessiert.

»Seit Nataschas Verschwinden gab es keine Bewegung auf ihren Konten. Ihr Handy ist ausgeschaltet und lässt sich nicht lokalisieren.

Die letzte Ortung war nahe dem Haus in Andratx an dem Morgen, an dem sie verschwand.«

»Gab es vorher irgendwelche ungewöhnlichen Kontobewegungen?«

»Nicht, soweit ich sehen kann.«

»Irgendwelche Gespräche, die das Muster brechen?«

»Auch das nicht. Sie hat Peter angerufen, Shelley, irgendeinen plastischen Chirurgen und die Freundin, die du erwähnt hast. Außerdem ihre Mutter. Es tut mir leid, Tim.«

Er sollte Agnieszka anrufen. Ihr von Peter berichten. Aber diese Neuigkeit wird sie auch auf anderem Weg erreichen.

»Ich habe Peter Kant ein wenig überprüft«, sagt Simone.

Tim steht auf, schaltet die Klimaanlage ein. Er hört sie zischen, wie immer, bevor sie in Betrieb geht.

»Und?«

»Ich denke, du solltest dir mal sein Forschungszentrum näher ansehen. Dieses Projekt.«

»Warum?«

»Da geht es um dreißig Millionen Euro. Und die Bauarbeiten sind eingestellt worden. Du weißt ebenso gut wie ich, dass auf dieser Insel nie etwas gebaut wird, ohne dass Geld in die betreffenden Taschen fließt.«

»Warum ist der Bau gestoppt?«

»Google es«, sagt sie.

»Sag du es mir.«

»Du wirst es sowieso googeln wollen.«

Tim öffnet die Gardine einen Spaltbreit. Er schaut hinaus in die diesige Nachmittagsluft, die zwischen den Häusern steht.

Es muss bereits nach fünf Uhr sein.

»Schaust du heute noch bei uns rein?«

»Nein.« Allein der Gedanke an eine neue Ausrede für Wilson, der Teufel soll ihn holen, bereitet ihm Übelkeit, und Simone drängt ihn nicht.

Sie legen beide auf und Tim geht ins Bad, zieht sich Hose und Boxershorts aus und steigt in die Duschkabine.

Dreht das Wasser auf.

Hofft, dass es kalt ist.

So kalt, dass das Blut in den Adern gefriert.

Doch nichts passiert, es kommt kein Wasser, stattdessen stöhnt der Brausekopf, lässt nur ein paar Tropfen fallen, bevor er wieder verstummt. Es war in den Nachrichten gesagt worden, dass möglicherweise in gewissen Stadtteilen das Wasser für bestimmte Zeiträume nach einem festgelegten Zeitplan abgestellt werden könnte, damit die Reservoirs nicht vollkommen austrocknen. Am liebsten würde er einen Nachbarn danach fragen, lässt es aber sein. Wäscht sich unter den Achseln mit den letzten Zentilitern aus einer Flasche Evian, die er im Kühlschrank findet, und damit putzt er sich auch die Zähne.

Er setzt sich mit dem Computer an den Küchentisch. Googelt sich von einem Link zum anderen, bis er Artikel im *Diario de Mallorca* über Peter Kants Bauprojekt zur Erinnerung an seine Tochter Sabina findet.

Die Stunden vergehen, und er erfährt bei der Lektüre, dass es Peter Kant gelungen ist, ein großes Stück Land am Fuße der Serra de Tramuntana zu kaufen, im Landesinneren unterhalb von Valldemossa. Für dieses Land gab es keinen Bauplan, und er hat die Verwaltung dazu gebracht, ein Stück des Landes abzumessen, bevor es kommerziell genutzt werden konnte, aber die darauffolgende Baugenehmigung galt nur für ein Zentrum für Krebsforschung, das wiederum mit der Universität und dem Klinikum Son Espases zusammenarbeiten sollte.

Ein Foto von Kant beim ersten Spatenstich im Juni 2017.

Drei Monate später stoppen die Bauarbeiten. Man hat bei den Erdarbeiten Saurierknochen gefunden, und der Leiter der städtischen Baubehörde, Joaquin Horrach, hat entschieden, dass eine richtige Ausgrabung an Ort und Stelle stattfinden muss, bevor die

Bauarbeiten fortgesetzt werden können.« Das kann ein größerer, wichtigerer Fund sein als der 2012 in Rovira, eine ganz neue Spezies. Dies ist ein fantastisches Ereignis für die Paläontologie. Möglicherweise haben wir einen bedeutenden Dinosaurier auf Mallorca gefunden.«
Auf dem Foto zum Artikel grinst er in die Kamera.

Dann findet Tim noch eine Notiz darüber, dass die Ausgrabungen begonnen haben. Und offenbar wird dort immer noch gearbeitet.

Er geht auf Google Earth. Es gelingt ihm, die Gegend zu finden, in der der Bauplatz liegen soll. Er zoomt. Es gibt kein Haus in der Nähe. Aber der Platz, auf dem das Zentrum stehen soll, scheint eine Senke zu sein, mit grünen Einsprengseln zwischen ausgetrockneten Feldern. Von oben sehen die Palmenkronen wie weit geöffnete Blumen aus, die sich der Sonne zugewandt haben.

Bis dorthin ist es von Palma ungefähr eine halbe Stunde mit dem Auto. Höchstens.

Tim fühlt sich klebrig. Er versucht noch einmal, die Dusche aufzudrehen, aber es kommt immer noch kein Wasser. Er könnte nach Portixol runterfahren, am Strand duschen, sich dort mit Seife einreiben, wie die Roma es tun, die in den Bauwagen am Parque Sa Riera und am Parque Krekovic leben. Aber schon nach wenigen Minuten wäre er wieder genauso verschwitzt.

Auf dem Handy blinkt eine Nachricht von Agnieszka auf.
I read about Peter. Not true. Any news about my girl?

Er antwortet Nataschas Mutter nicht. Schaltet den Computer aus und streckt sich auf dem Bett aus. Das Laken klebt am Rücken, er wartet darauf, dass die Nacht, die gerade hereinbricht, älter wird.

Ein früher Augustregen dringt bis auf Rebeckas Haut, keiner entgeht ihm. Kühl, aber nicht kalt in der noch jungen Nacht, leichte Tropfen auf die Wangen, während sie die Upplandsgatan in Richtung Odenplan hochgeht, langsam auf dem Weg vom Karolinska nach Hause, vorbei an den massiven Steinhäusern, unter einem schwarzgrauen Himmel, der langsam auf den Asphalt und die mit Grünspan bedeckten Kupferdächer sinkt.

Eine Jacke.

Eine verdammte rosa Jacke, genäht von irgendeinem vierzehnjährigen Mädchen in einer Fabrik in so einem beschissenen chinesischen Moloch, eine ungewünschte Tochter irgendeiner Familie in einer Stadt in einem Distrikt, dessen Umwelt total zerstört ist, so abgelegen, dass er fern von jeder Hoffnung oder Rettung liegt.

Eine Nähmaschine, die sich durch den Satin hackt.

Sie konnte sich heute nicht auf ihre Arbeit konzentrieren. Natürlich nicht. Wie hätte sie auch? Sie ist momentan gefährlich unkonzentriert bei ihrer Arbeit, kann aber vielleicht etwas von dem Amphetamin nehmen, das ganz hinten in ihrem Spind im Umkleideraum liegt.

Reiß dich zusammen. Denk klar.

Hol dich der Teufel, Tim.

Ach, verschon dich der Teufel.

Der Regen läuft ihre Wangen hinunter, er kitzelt. Am Odenplan wartet sie auf grünes Licht, ein blauer Bus donnert vorbei, und drei Hipster in orangefarbener Regenkleidung und mit gepflegten Bärten drängen sich um sie herum, besoffen von Craftbeer.

Der Regen wird dichter.

Er umhüllt Rebecka, und sie kann fast spüren, wie sie in den großen, durchsichtigen Tropfen schwankt.

Ein Schlafzimmer, eine Straße im Regen, ein Traum.

Der Link, den ein Kollege ihr via SMS schickte, führte sie auf eine Facebookseite. Sie saß auf der Toilette hinterm Umkleideraum und öffnete den Link, das war ungefähr ein halbes Jahr, nachdem Tim für immer nach Mallorca geflogen war, kurz bevor die Scheidung vollzogen war.

Sie gelangte auf eine Seite zu Emmes Gedenken. Die war von einigen eingerichtet worden, die in der Mittelstufe in ihre Parallelklasse gegangen waren, und Rebecka schaute sich die Fotos an, erkannte einige von Emmes Instragramkonto, Selfies vom Schulhof, ein Foto vom Flughafen Arlanda, yoo, die Hände nach unten abgeknickt, die rosa Jacke glitzerte ihr entgegen, sie hielt das Handy in der Hand, und was sehe ich dort?

Brennende Kerzen.

Grüße.

Ruhe in Frieden, Emme.

Wir vermissen dich.

Wo immer du auch bist, wir wissen, dass es dir gut geht.

R. I. P.

Und ein Foto von Emme als Kleinkind, als Einjährige, in einer rosa Latzhose und einem rot gestreiften Pullover, wie sie einen Lauflernwagen aus rot und weiß bemaltem Holz vor sich herschiebt, über das abgenutzte Parkett in ihrem Wohnzimmer. Das war noch, bevor sie sich aufgerafft haben und den Boden haben abschleifen und versiegeln lassen, sodass er frisch glänzte.

Sie bewegt sich vorwärts, mit dem Wagen vor sich. Vertieft in das aufrechte Gehen, oder Vorantasten, und Rebecka kann sich an den Pullover erinnern, an die Hose, wie Emme lachte und gluckste, Freudenlaute, für die keine menschliche Sprache eine Bezeichnung hat.

Wir wissen, dass es dir gut geht.

Du warst die Beste.

Wen Gott liebt, den lässt er jung sterben. Unsere wunderhübsche Emme.

Rebecka stand auf, lehnte sich mit der Stirn gegen die kalten weißen Kacheln. Sie zitterte am ganzen Körper.

Und schickte den Link weiter an Tim.

Ruf bei Facebook an, schrieb er zurück. *Dann nehmen sie das raus.*

Kannst du das nicht tun? Ich schaffe es nicht.

Verdammt, ich auch nicht.

Deshalb musst du nicht gleich fluchen.

Ach, fahr zur Hölle.

Hat er das tatsächlich geschrieben?

Ja, das hat er geschrieben. Und was habe ich geschrieben?

Verzeih mir, schrieb sie kurze Zeit später, als sie allein im Umkleideraum stand und versuchte, sich an die Nummer ihres Schrankschlosses zu erinnern.

Er rief an, sie nahm ab.

»Sie ist nicht tot, verflucht noch mal, sie ist doch nicht tot«, sagte sie.

Sie kann sich noch an ihre Worte erinnern, aber das ist auch alles von dem Gespräch, woran sie sich erinnern kann.

»Verflucht noch mal, sie ist doch nicht tot.«

Sie wusste, sie widersprach sich selbst, schließlich hatte sie ihm vorher entgegengehalten, dass Emme tot sei, fast genau mit den gleichen Worten – definitiven, widerwärtigen, tückischen, resignierten, unwahren Worten – hatte sie es behauptet.

»Sie ist nicht tot«, sagte sie jetzt.

Die Worte müssen ihn verwirrt haben, traurig gemacht haben, dachte sie, doch das stimmte nicht. Er stand allein im Regen bei Las Avenidas, die Busse bretterten vorbei, in einem Café tranken zwei Putzfrauen Kaffee und spielten an ihren Zigarettenpackungen herum.

Sag das noch einmal, flüsterte er lautlos.

Sag das noch einmal.

Ich kann hören, dass du es selbst auch glaubst.

Verlass diesen Idioten, komm zu mir, dann suchen wir gemeinsam.
Komm, Rebecka.
Wir gehören zusammen, du und ich und Emme.
Wir sind eine Familie.
Und Rebecka bewegt sich in dem Regen, der ihnen beiden gehört, langsam geht sie die Upplandsgatan in Richtung Tegnérlunden hoch, durch all den Dunst, alle Sekunden, die kamen und gingen, all den Regen, der seit damals gefallen ist, und sie versucht sich an die Farbe des Pullovers zu erinnern, den sie an dem Tag im Umkleideraum anzog.
Gelb? Rot? Verwaschen hellgrün?
Rosa.
Und wenn das nun deine Jacke ist?

Die Sonnenkollektoren auf dem Feld vor dem Parc Bit breiten ihre Schirme zum Himmel hin aus. Auf dem Parkplatz vor Palmas IT-Zentrum stehen Autos, sie scheinen in der Sonne zu schmelzen und sich zurück in die Garage unten im Zentrum zu wünschen, fünf Kilometer von hier.

Tim fährt weiter entlang einer Ansammlung riesiger weißer Satellitenschüsseln. Dann lässt er das GPS die Führung übernehmen. Fährt mehrere Kilometer hinaus über verdorrte Felder mit Mandelbäumen, an kleinen Häusern versteckt hinter Steinmauern vorbei, passiert einen größeren Bauernhof, auf dem die gelben Baumkronen schlaff um einen grünen Mosaikpool hängen und ein angeketteter Schäferhund das Hühnerhaus anbellt.

Dann biegt Tim ab, auf sich dahinschlängelnde unbefestigte Wege, und die krummen Olivenbäume auf dem Feld scheinen in der Hitze zu brennen. Er will nicht den ganzen Weg zu Peter Kants Bauplatz hochfahren, biegt bei der letzten Kreuzung vor dem

Grundstück nach links statt nach rechts an, fährt dann noch ein paar Kilometer weiter, bevor er am Fuß einer Hügelkette mit verkümmerter Vegetation anhält.

Als er aus dem Auto steigt und ein paar Schritte geht, um auf die Stadt hinunterzuschauen, wirbeln kleine Staubwolken um seine Hosenbeine auf. Palma kokettiert stolz vor dem Meer, und am Horizont wird die Bucht zu einer sanften Linie, die sich nach El Arenal hin auflöst, wo die Bebauung aufhört und sich steile Klippen anschließen.

Er klettert über einen niedrigen Stacheldrahtzaun, vor ihm erheben sich die Berge, er macht sich auf den Weg hinauf. Das blasse Grün geht über in Grautöne, ein dunkles Camouflage-Muster, und darüber spannt sich der Himmel, gesättigtes Blau scheint über den Bergspitzen zu schweben.

Tim bewegt sich immer weiter hinauf, mit angestrengten Atemzügen, er spürt, wie seine Kehle trocken wird, und wünscht sich, er wäre so schlau gewesen, die Wasserflasche aus dem Auto mitzunehmen.

Nach zehn Minuten erreicht er die Bergkuppe, hockt sich hin, sucht Schutz hinter einem großen Felsblock mit scharfen Kanten. Unter ihm breitet sich eine grünende, blühende Senke aus. Die Palmenkronen sind von kräftigem Grün und am Boden breiten sich Flecken von rotem Mohn und blauen Lilien aus.

Eine Weile hält er sich noch hinter der Klippe versteckt.

Dieser Ort ist verlassen, außer ihm ist kein Mensch zu sehen.

Er steigt hinab, unter die Palmen. Direkt vor ihm öffnet die Senke sich, hier sind die Palmen gefällt worden, und neben einem Eisentor ist ein großes Schild in den Boden gerammt worden. Es gibt keinen Zaun daneben, das Tor verhindert nur die Weiterfahrt auf einem Weg, der aus der Mulde hochführt, weiter über einen anderen verbrannten Hügel, den Weg, dem er laut GPS hätte folgen sollen.

Er geht um das Schild herum, liest. Eine große Informationstafel über das Bauvorhaben, von der Sonne verblichen, grau vom Regen des Winters. Ganz oben auf dem Schild befindet sich ein Logo, S. A. Lluc Construcciones.

Er macht ein Foto von dem Schild, geht zurück in die Senke, erwartet dort ein funkelndes Glasgebäude, in dessen Fenstern sich die Kronen kräftiger Platanen spiegeln und wo Forscherinnen mit Schutzbrillen in klinisch reinen Labors über Mikroskope gebeugt stehen und versuchen, das Rätsel Krebs zu lösen – das alles unter einem Schild mit dem Namen Sabina Kant.

Wo sind die Ausgrabungen? Die Archäologen?

Die Spuren von Dinosauriern? Dieser riesigen prähistorischen Wesen, die hier gefunden worden sein sollen.

Er wendet sich in der Mulde nach Norden, schräg zum Berg hin, und unter zwei Palmen findet er das, was die Ausgrabung sein muss, ein metertiefes, quadratisches Loch, fünf mal fünf Meter.

Daneben liegt eine zusammengeknüllte schwarze Plane, beschwert mit zwei großen Steinen.

Tim schaut in das Loch hinunter. Sucht mit dem Blick nach Knochenresten, kann aber nichts entdecken, und sicher braucht man ein geübtes Auge, um Millionen Jahre alte Knochenreste aufzuspüren. Auch wenn sie einem Riesen gehört haben sollen.

Auf einem Campingtisch neben einem der Palmenstämme liegen zwei kleine Hacken, vielleicht sind die Archäologen ja zu einer frühen Mittagspause fort, oder sie sind heute noch gar nicht eingetroffen. Aber trotz Plane, Tisch und den Hacken hat er das Gefühl, dass die Ausgrabung aufgegeben wurde.

Ein Stück weiter wurde ein weißes Rohr in den Boden eingelassen, mit gegossenem Beton fixiert, und unter einer anderen Plane hat jemand ein rotes Kreuz auf die trockene Erde gesprüht.

Er bleibt still stehen. Da hört er, wie sich ein Auto nähert. Hinter einer Palme sucht er Schutz, erwartet, dass gleich ein Fahrzeug über der Kuppe zu sehen ist, doch das Motorengeräusch verschwindet wieder, scheint wie von der Erde, dem Himmel und den Berghängen verschluckt.

Er geht zurück in die Richtung, aus der er gekommen ist. Den Hügel hinauf, zum Auto, geduckt, versucht, der Sonne so wenig Angriffsfläche wie möglich zu bieten.

S ie setzen sich nach drinnen, ins Kühle. Die Touristen können ruhig draußen an den Tischen schwitzen, unter der blau-weiß gestreiften Markise. An den Wänden hinter Tim und Axel Bioma hängen alte Schwarz-Weiß-Porträts toter Schauspieler, Ava Gardner und Audrey Hepburn, River Phoenix und Heath Ledger. An einer anderen Wand hängen Ansichtskarten, die Gäste aus Los Angeles, Santiago de Chile, Maui, Kuala Lumpur, Nairobi geschickt haben.

Die Stühle, auf denen sie sitzen, sind klapprig, und Axel Bioma bestellt sich ein Bier, ohne Tim zu fragen, was dieser trinken möchte.

»Du zahlst«, sagt Axel und wischt sich den Schweiß von der Stirn, zieht sein Prada-Hemd mit stilisiertem Hawaiimuster zurecht.

»Dieses Café wird von Juden betrieben«, sagt er. »Wusstest du das? Hätten sie nicht so gutes Bier hier, würde ich nie herkommen. Juden hassen die Schwarzen, und wir hassen sie. Das Gleiche gilt für Zigeuner. Es gibt nichts Schöneres als gegenseitigen Hass. Auch nichts Menschlicheres. Das Bier ist irgendeine importierte israelische Marke. Du solltest es probieren.«

Tim bestellt sich auch ein Bier. Er hat Axel angerufen, ihn gefragt, ob sie sich im Portixol treffen können, nur wenige Hundert Meter von der Redaktion des *Diario de Mallorca* entfernt. Er hatte gesagt, dass er Hilfe bei einigen Informationen brauche, und Axel weiß, dass Tim sich für einen Gefallen immer revanchiert, deshalb ist er gekommen.

»Was willst du nun eigentlich?«, fragt Axel, öffnet den nächsten Knopf seines Hemds und schaut auf den Strand und die badenden Menschen, Silhouetten in dem harten Gegenlicht.

»Was weißt du über das Krebszentrum, das auf dem Gelände unterhalb der Serra de Tramuntana gebaut werden sollte, in der Nähe vom Parc Bit?«

»Ich weiß das, was wir im *Diario* geschrieben haben. Ich selbst habe für einige der Artikel Recherchen angestellt.«

»Was ist da passiert? Stimmt diese Sache mit den Dinosauriern?«

Tim sagt nichts darüber, dass er vor Kurzem erst an Ort und Stelle gewesen ist. Darüber, was er dort gesehen hat. Sein Bier kommt, und er trinkt einen großen Schluck, presst dann die Lippen zusammen.

»Du hast recht, das ist das beste Bier, das ich je getrunken habe.«

Axel streckt sich.

»Ich bin ein Connaisseur«, sagt er, dann starrt er zwei junge Typen an, die mit nackten, muskulösen, eingeölten Oberkörpern draußen auf dem Bürgersteig vorbeiflanieren. Er pfeift. Beugt sich zu Tim vor.

»Im Sommer bin ich dauergeil.«

Tim grinst.

»Wie schön für dich.«

»Das ist nicht schön, Tim. Nur anstrengend.«

Axel trinkt wieder von seinem Bier.

»Warum willst du das alles wissen?«

»Spielt das eine Rolle?«

»Nein, eigentlich nicht. Das war ein richtiges Prestigeprojekt«, sagt er. »Ich weiß noch, wie die Stadtverordneten das Ganze zu Marketingzwecken nutzen wollten. Du weißt, in dem Stil, dass sie lieber die Fünf-Sterne-Hotels und Palmas Kulturschätze ins Licht rücken als die Schweinereien in Magaluf oder El Arenal. Das Zentrum sollte ein Bild des neuen, progressiven Mallorcas bieten, wo wir uns nicht nur sonnen und besaufen, Drogen nehmen und herumvögeln, sondern auch Durchbrüche in der Krebsforschung erreichen. Zusammen mit dem IT-Zentrum soll es eins von Europas Silicon Valleys werden, Talente sollen nicht nur durch das Wetter und den ganzen *easy fucking lifestyle* hierhergelockt werden.«

»Das klingt wie etwas, was die Tourismuslobby lieben würde.«

Axel Bioma schaut einem anderen jungen Mann in weißem ärmellosen T-Shirt nach, der sich an der Bar eine Flasche Wasser kauft.

»Genauso sehr, wie ich es lieben würde, den da in den Arsch zu ficken.«

»Nun mach mal halblang.«

»Nein, ehrlich, Tim. Das klingt wirklich eher nach etwas, das korrupte Politiker gern anschieben würden. Sie lieben teure Bauten mehr als ihre eigenen Kinder, und hier gab es ja offensichtlich eine Chance, sich öffentliche Mittel zu erschleichen und Geld einzutreiben über Kickbacks von dem Deutschen und der Baufirma.«

Tim wünschte, Axel würde nicht so laut sprechen, er will nicht, dass einer der sonnenverbrannten, verschwitzten Touristen da draußen hören kann, worüber sie reden.

»Du bist also erstaunt darüber, dass das Bauvorhaben gestoppt wurde?«

Axel schüttelt zunächst den Kopf, dann nickt er.

»Für einen Saurierknochen, ja. Da muss was anderes dahinterstecken. Seit wann interessiert man sich auf dieser Insel für Oberschenkelhalsknochen aus der Urzeit?«

»Was meinst du mit was anderes?«

»Was weiß ich? Streit darüber, wer sich was in die Tasche steckt? Worüber streiten sich denn korrupte Menschen so? Doch immer um Geld in irgendeiner Form. Immer.«

»Habt ihr nachgeforscht?«

»Ein bisschen. Aber wir haben nichts gefunden. Du weißt, was für Nebelkerzen entzündet werden können. Und die Transparenz gegenüber der vierten Gewalt tendiert gegen null. Was heißen soll: Wir haben absolut nichts gefunden.«

Axel schaut auf seine Fingernägel, sie glänzen frisch poliert.

»Vielleicht sind ja diese Grabung und dieser Riesendinosaurier tatsächlich der Grund. Ich weiß es nicht«, sagt er.

Tim trinkt sein Bier aus und Axel schreit einem dunkelhaarigen Mann, der hinter dem Tresen Gläser poliert, quer durchs Lokal zu: »Kriegen wir noch so ein Okkupanten- und Siedlerbier?«

»Coming right up, Axel.«

»Weißt du mehr über dieses Bauvorhaben?«, fragt Tim. »Wie haben sie überhaupt den Dinosaurier gefunden?«

»Ich habe einen der Arbeiter interviewt. Einen aus der Dominikanischen Republik. Offensichtlich haben sie da angefangen zu graben, wo einer der Grundpfeiler des Hauses gegossen werden sollte, und schon am ersten Tag haben sie einen Knochen entdeckt. Und der Bauleiter soll daraufhin die Arbeit augenblicklich gestoppt haben.«

»Schon merkwürdig, dass sie den Knochen nicht einfach versteckt und dann so getan haben, als wenn nichts wäre, oder?«

»Ganz genau. Der Dominikaner war total überrascht, das kann ich dir sagen. Er und seine Kollegen brauchen die Arbeitsstunden, sie wollten weitermachen, aber nein, nein. Es war absoluter Baustopp.«

»Und dann fingen sie mit den Ausgrabungen an?«

»Soweit ich weiß, sind sie noch dabei.«

»Hast du die Nummer dieses Dominikaners?«

»Aber natürlich. Ich verrate doch immer gern meine Quellen.«

»Ich bin dein Freund, Axel.«

»Sicher. Aber das Geld, Tim, entweder man hat es oder man hat es nicht. Ich habe schon lange ein Auge auf so ein Hemd von Balenciaga geworfen, da unten im Corner, weißt du.«

Tim zieht seine Brieftasche heraus. Er schiebt fünf von Peter Kants Hundert-Euro-Scheinen über den Tisch.

»Das Hemd kostet siebenhundert.«

Noch zwei Scheine auf dem Tisch.

Axel nimmt das Geld, steckt es sich in die Hosentasche und holt sein Handy heraus. Er tippt eine Weile darauf herum. Sagt dann einen Namen. Eine Nummer. Eine Adresse.

Tim steht auf.

»Vergiss nicht, dass du hier ein Fremder bist«, sagt Axel. »Du kannst in richtig tiefen Wunden herumstochern, ohne dass du es merkst.«

»Ich versuche nur, ein Versprechen einzuhalten.«

»Meine Mutter hat immer gesagt, dass Versprechen dazu da sind, gebrochen zu werden. Möge sie in Frieden ruhen.«

Heiß, heiß, heiß wie in der Hölle.

Tim verlässt das Café, versucht Schatten zu finden, als er am Club Náutico vorbeigeht, doch den gibt es nicht, und sein Auto steht dort, wo er es geparkt hat, in der Schweißflammensonne, und drinnen sind mindestens fünfzig Grad. Er setzt sich hinein, zieht die Tür zu, schaut die Straße entlang, hoch zur Fassade vom Las Palmeras, wo die verschwommenen Konturen des Neonschilds langsam von der gelb geputzten Hausmauer geschluckt werden.

Der Schweiß bricht ihm in den Achselhöhlen aus. Er schaltet den Motor ein, die Klimaanlage. Dann lehnt er sich auf dem Fahrersitz zurück und ruft die Nummer an, die er von Axel Bioma bekommen hat.

Eine Frau meldet sich mit schleppender Stimme.

»Ja bitte?«

»Ich würde gern mit Rafa Vasquez sprechen.«

»Und wer spricht da?«

Wer da spricht?

»Mit wem spreche ich denn?«

»Mit seiner Ehefrau.«

Kindergeschrei im Hintergrund, Streiterei, Weinen.

»Ich heiße Carl Stuhlman«, sagt Tim. »Ich bin Archäologe, aus Deutschland. Von der Universität in Karlsruhe. Ich würde Ihren Ehemann gern darüber befragen, wie er den Dinosaurierknochen gefunden hat.«
»Da müssen Sie zum Friedhof fahren«, sagt die Frau. »Und mit einem toten Mann reden.«

Tim parkt seinen Wagen, geht langsam an ihnen vorbei. Einige scheinen einen Totenschädel statt eines Kopfs zu haben. Sie sitzen vor den Cafés auf den schmutzigen Bürgersteigen im Schatten zerfranster Sonnenschirme, trinken Kaffee und billigen Schnaps aus Wassergläsern, bewegen sich unbeholfen. An den Fenstern der Cafés kleben Schilder, die verkünden: Erst bezahlen, dann bestellen.

Son Gotleu.

Das Palma der Roma.

Der Nigerianer.

Des Voodoo.

Die Stadt der Armen, der achte Höllenkreis der Stadt, es heißt, nur Son Banya sei schlimmer.

Zwei Kilometer vom Meer entfernt, einen Kilometer vom Zentrum, gut hundert Meter von der Umgehungsstraße. Die Häuser, die meisten in den Fünfziger- und Sechzigerjahren gebaut, haben Risse in den von der Sonne ausgetrockneten Fassaden, in blassen Pastelltönen gestrichen.

In Son Gotleu sind immer viele Menschen auf der Straße, denn niemand hat einen Job, zu dem er gehen müsste, und an den Straßenecken, vor den Ladenräumen mit Sperrholzplatten vor den Fenstern, stehen dunkelhaarige Männer zusammen und verkaufen Haschisch, Heroin und Kokain. An anderen Straßenecken stehen Frauen, müde und abgetakelt, mit schlecht verborgenen Stichwunden in den Unterarmen, in schwarzen Lederröcken und dünnen T-Shirts.

Tim geht weiter ins Viertel hinein.

Manchmal kommt es zum Streit zwischen den Nigerianern und den Roma, der zu Straßenkämpfen ausarten kann, dann stecken sie sich gegenseitig die Autos in Brand und stechen dem, der am nächsten steht, ein Messer in den Bauch, und nur dann überqueren sie die Calle de Indalecio Prieto und betreten das Revier der anderen. Die Roma leben im Osten, die Nigerianer im Westen. Im Osten stehen nur niedrige Häuser, sodass die Roma nicht unter den Fußsohlen anderer leben müssen.

Die Priester der Nigerianer lenken ihre Gemeinden mit Voodoo, ziehen Steuern ein, zwingen die Frauen zur Prostitution, indem sie ihnen damit drohen, verflucht zu werden, mit Ritualen, und als Tim das heruntergekommene Mietshaus erreicht, in dem Rafa Vasquez' Frau Lolita wohnen soll, liegt davor eine aufgeschlitzte schwarze Katze auf dem grauen Asphalt, die Eingeweide neben dem restlichen Körper und in den Augen lange Nadeln.

Die Haustür ist offen, und er betritt das Treppenhaus, sieht innen die Graffiti, die Signatur von Valtònyc, dem lokalen Rapper, der zu dreieinhalb Jahren Gefängnis verurteilt wurde, weil er den König und die lokalen Machthaber beleidigt, ja, ihnen den Tod gewünscht hat. Das rostige Treppengeländer ist zur Seite gedrückt worden. Tim geht hoch in den dritten Stock, bleibt dort vor der Tür stehen, deren ananasgelbe Farbe abgeblättert ist. Von drinnen ist Kindergeschrei zu hören.

Zwei, drei Kinder.

Er klopft an.

»Ich komme«, schreit eine Frauenstimme.

Die Tür wird geöffnet, und eine Frau um die fünfunddreißig mit dunkler, pockennarbiger Haut schaut heraus, dichtes, schwarzes Haar umrahmt die runden Wangen, und ihr Blick ist müde, traurig, nein, noch etwas Schlimmeres, resigniert auf eine Art, die nur einer hilflosen Verzweiflung folgt.

Weißes Top, schwarze Leggings. Frisch nachgezogene rote Lippen.

»Hast du mich angerufen?«
»Ja, das war ich.«
Sie begrüßen einander mit hastigen Wangenküssen, und sie lässt ihn herein, und auf einem blauen Sofa im Wohnzimmer hüpfen und schreien Zwillinge, Mädchen, vielleicht fünf Jahre alt, und außerdem ein kleiner verrotzter Junge, vielleicht drei Jahre alt, und er fällt hin, aber weich, und auf dem weißen Steinfußboden liegen Packungen mit Keksen und Schokoladendonuts.

Sie führt ihn in eine limettengrün gestrichene Kochnische, lehnt sich an eine Arbeitsplatte, auf der sich schmutzige Teller, leere Flaschen und Zigarettenstummel stapeln. Zeigt auf den einzigen Stuhl im Raum.

»Setz dich.«

Eines der Mädchen fängt an zu weinen, aber Lolita Vasquez reagiert nicht darauf, und am liebsten wäre Tim ins Wohnzimmer gegangen, um das Kind zu trösten.

»Kümmre dich nicht drum, die kommen schon allein klar.«

Erst jetzt bemerkt Tim den Marihuanageruch, sieht, wie zugedröhnt Lolita Vasquez ist, wie langsam ihre Augenlider sich bewegen, er sieht, dass sie weit, weit weg ist.

»Ich weiß nichts von den Dinosauriern«, sagt sie. »Außer dass Rafa derjenige war, der den Knochen gefunden hat.«

»Hat er etwas darüber erzählt?«

Sie sieht ihn an.

»Ich muss morgen die Miete zahlen, und ich habe nicht einen Euro.«

Er zieht seine Brieftasche heraus, im Wohnzimmer schreit das Mädchen immer noch. Er gibt Lolita Vasquez einen Zwanzig-Euro-Schein.

»Der Knochen wurde vom Regen freigelegt. Er hat ihn gefunden, als er montagmorgens dort angekommen ist, er hat den Bobcat gefahren, und dann wurde der ganze Mist gestoppt. Und danach hat er stattdessen an der Calle Manacor angefangen.«

»Wer war außer ihm noch dort?«

»Keine Ahnung. Woher soll ich das wissen? Andere Arbeiter, der Vorarbeiter? Wer weiß? Vielleicht war er an dem Morgen auch ganz allein dort.«

Sie schließt die Augen.

Schluckt.

Als sie die Augen wieder öffnet, ist ihr Blick hart, entschlossen. »Der Unfall ist an der Calle Manacor passiert. Da ist er gestorben. Wie ein Schwein in einer Schlachterei.«

»Was ist denn passiert?«

»Das lag an der Elektrizität«, fährt sie fort. »Sie haben im Treppenhaus gearbeitet, und Rafa ist gegen ein Eisengeländer gekommen, das mit einem Stromkabel Kontakt hatte.«

Sie reißt die Augen auf.

»BZZZZZZZZZZZZZZZ«, sagt sie, »und dann war Schluss mit Rafa.«

Das Mädchen hat aufgehört zu weinen, und jetzt hört Tim die Geräusche eines Zeichentrickfilms. Das klingt wie Pokémon, spanisch synchronisiert.

Lolita legt ihm die Hand auf den Arm, streichelt ihn. Schiebt die Brust vor, beugt sich zu ihm, sodass ihr warmer Atem seinen Hals trifft, und sie drückt die schwarzen Leggings an ihn, der Oberschenkel ist weich, die Hüften fester, aber auch sie zeigen Speckrollen.

»Die Kinder sind jetzt beschäftigt«, flüstert sie. »Dreißig Euro. Im Schlafzimmer. Jetzt. Was hältst du davon, cariño?«

Tim zieht sich zurück. Er hebt die Hände, hält sie hoch gegen Lolita Vasquez, die ihn ausdruckslos anschaut.

Dann holt er seine Brieftasche heraus. Zieht fünf von Kants Hundert-Euro-Scheinen heraus.

»Für die Miete. Und für die Kinder.«

Sie nimmt die Scheine, sieht ihn lächelnd an:

»Ich wusste nicht, dass Archäologen so gut bezahlt werden.«

Die Fliegen tanzen im Nachmittagsschatten um die Eingeweide der Katze herum. Sie spucken und fressen und spucken und fressen. Ihr Walzer gibt Tim das Gefühl, als wäre seine ganze Welt vergiftet.

Er ruft beim örtlichen Bauamt an und bittet darum, mit Joaquin Horrach sprechen zu können. In der Zentrale wird ihm gesagt, dass Señor Horrach für diesen Tag das Büro verlassen habe und Tim gern versuchen könne, am nächsten Tag noch einmal anzurufen, aber Horrach sei ein viel beschäftigter Mann.

»Und mit wem habe ich es zu tun?«

»Ich bin Journalist, aus Dänemark. Paläontologie ist mein Spezialgebiet.«

»Was?«

»Dinosaurier, ich schreibe über ausgestorbene Arten.«

Ein Klick, kein weiteres Wort.

Ein Typ mit Rastazöpfen kommt auf Tim zu. Das Weiße in den Augen ist ganz gelb, er trägt ein dünnes Basketballtrikot, schlampig in den Bund einer langen Shorts gestopft.

»What you want, man? Fuck? Drugs? What's your thing?«

»Nothing.«

Der Typ geht weiter und Tim schaut ihm nach, holt sein Handy heraus und ruft Simone an, bittet sie, ihn im Las Cruces zu treffen.

»Ich komme in einer Stunde. Möchte hier nur vorher ein paar Sachen fertig machen. Wilson hat nach dir gefragt.«

»Ist er in der Nähe?«

»Ein paar Meter entfernt.«

»Kann ich mit ihm sprechen?«

Sofort hört er Wilsons raue Stimme am anderen Ende der Leitung.

»Tim, wie geht es dir? Ich habe eine Untreuesache, die wäre perfekt für dich.«

»Sorry, mich hat so eine blöde Sommergrippe erwischt. Ich liege mit Fieber zu Hause im Bett.«

Er hustet, versucht, krank zu klingen.

»Die Polizei war vermutlich wegen Kant und Shelley bei dir? Und wegen Kants Frau?«

»Das war sie«, antwortet Wilson.

»Ja, und?«

Die Frage ist zu direkt, aggressiv, Tim weiß das, aber da surren die Fliegen in den Katzengedärmen, die Sonne brennt ihm im Nacken, und oben in Vasquez' Wohnung schreien zwei der Kinder.

»Du bist neugierig«, sagt Wilson. »Haben sie mit dir Kontakt aufgenommen?«

»Nein«, lügt Tim, weiß, wie gewagt das ist.

»Okay«, sagt Wilson. »Ich habe ihnen nichts gesagt. Wenn wir unser Material der Polizei geben würden, hätten wir bald keine Klienten mehr.«

Simone kommt eine halbe Stunde später als angekündigt. Sie begrüßt Ramón und Vanessa, die Aschenbecher mit einem Handtuch auswischen, setzt sich dann neben Tim, bestellt ein Bier und lässt ihren Blick auf seinem Gesicht ruhen, als fragte sie sich, wer das eigentlich ist, den sie da sieht.

»Du wirkst klapprig«, sagt sie.

»Das ist mein fünftes Bier heute.« Er hält ihr das Bier zum Toast hin. »Du siehst auch nicht gerade aus, als wärst du in Topform.«

Sie hat Ringe unter den Augen, und zum ersten Mal sieht er eine Andeutung von Falten auf ihrer Stirn.

»Das ist wegen Hassan«, erklärt sie, und Tim fällt ein, dass er das letzte Mal wieder vergessen hat, nach ihm zu fragen, obwohl er sich das doch vorgenommen hatte.

»Du kannst mir alles erzählen, das weißt du«, sagt er.

»Er liegt in der Krankenstation des Gefängnisses. Einer seiner Landsleute hat ihn angegriffen, hat versucht, ihn in der Dusche mit dem Messer abzustechen.«

»Aber er ist durchgekommen?«

»Ja, aber der andere ist schlechter dabei weggekommen.«

Tim will ihr eine Hand auf die Schulter legen, den zuverlässigen Papa spielen, doch so etwas funktioniert bei Simone nicht. Also begnügt er sich damit, ihr einen besorgten Blick zuzuwerfen. Wenn Hassan jemanden mit dem Messer verletzt hat, bedeutet das weitere Jahre hinter Gittern, ganz gleich, was zuvor passiert ist.

»Sie mussten dem, der Hassan angegriffen hat, eine Niere entfernen.«

Ein neuer Ton ist jetzt in Simones Stimme, da ist nichts mehr von der Leichtigkeit der Liebe, die sich trotz allem darin befunden hat, wann immer sie von Hassan sprach.

»Ich schaffe es langsam nicht mehr mit all diesem Mist, Tim.«

»Gib nicht auf«, sagt er.

»Um verrückt zu werden wie du?«

Sie lächelt, und ihre Zähne sind gelb, zu viel Kaffee, zu viele Zigaretten, zu wenig Pflege.

»Er ist ein harter Bursche«, sagt Tim, und Simone nickt.

»Zu hart.«

Tim ruft Ramón zu sich, der in Richtung Toiletten verschwunden ist, sicher, um dort zu putzen. Bestellt zwei Wodkashots, weiß, dass Simone jetzt einen genauso sehr braucht wie er. Gleichzeitig ist Schnaps eigentlich das Letzte, was er jetzt braucht, er muss einen klaren Kopf behalten.

Sie trinken beide die Hälfte ihres Shots.

»Nichts über den Briten«, sagt sie. »Seine Gespräche, die Kreditkarte. Ist schwierig, da ranzukommen.«

Er prostet ihr mit dem Schnapsglas zu, beide trinken ihr Glas aus und lassen es dann auf den Tresen knallen. Ramón schüttelt den

Kopf, und Marta kommt herein, lässt sich an ihrem üblichen Tisch in der Ecke nieder. »Leck mich am Arsch«, grölt sie in den Raum.

»Du kleiner Sexprophet!«

Simone lacht, winkt Ramón zu sich, der ihren Wunsch nach einem weiteren Wodka erfüllt.

»Irgendwas Neues von Natascha Kant?«

Simone schüttelt den Kopf.

Sie trinkt ihren zweiten Wodka, und er tut es ihr gleich. Sie spülen mit Bier nach und verziehen das Gesicht, schnauben.

»Was willst du jetzt wissen?«, fragt sie.

Er berichtet ihr von der Ausgrabung, von dem Baustopp, von Horrach. Er berichtet von dem Bauarbeiter Rafa Vasquez, der den Knochen gefunden haben soll und anschließend an einem Stromschlag starb.

»Ich möchte, dass du so viel wie möglich rauskriegst. Über diese ganze Geschichte.«

»Auch darüber, wie Vasquez gestorben ist?«

»Guck mal, ob du da was findest.«

Ein dritter Wodka.

»Ich bezahle deine Arbeitszeit«, sagt Tim.

»Darüber reden wir später«, sagt Simone. »Wenn überhaupt.«

Hinter ihnen ist inzwischen der Abend aufgezogen, in der Luft draußen auf der Straße lockt das Versprechen einer angenehmeren Temperatur, das Licht wird dunstig, fast staubig gelb, während es zwischen die Häuser fällt, über den Rand des Planeten rinnt, um in einem anderen Land zu erwachen, auf einem fremden Kontinent, und fremden Menschen verkündet, dass jetzt ein neuer Tag beginnt, ihr Leben sich fortsetzt.

»Womit genau bist du bloß beschäftigt?«, fragt Simone, und ihr Blick ist getrübt, resigniert. Sie grinst, will eine Zigarette aus dem Paket, das sie aus ihrer Handtasche fischt, anzünden, aber Ramón sagt ihr sofort, dass sie zum Rauchen rausgehen muss, worauf sie das Päckchen wieder einsteckt.

»Ich versuche, Natascha zu finden. Suche Puzzleteile, eins nach dem anderen. Ja, genau das tue ich.«

»Du sagst mir nicht alles.«

Tim überlegt, ob das stimmt, und ja, das tut er nicht. Gerade im Moment sind es nur vermisste Gesichter, die miteinander verschmelzen, Begierden, weitere Begierden, Gier und Geld, Geld und noch mehr Geld.

»Emme«, sagt er.

»Was ist mit ihr?«

»Es kann sein, dass ich da einer Sache auf die Spur gekommen bin.«

Simone starrt vor sich hin, sagt nichts, atmet nur langsam, schwere, tiefe Atemzüge.

»Noch einen Wodka«, sagt sie dann. »Aber einen doppelten bitte.«

Bevor Emme verschwand, tranken sie nie Alkohol daheim. Aber an jenem Abend taten sie es. Rebecka und er saßen am Küchentisch und tranken Wodka mit Orangensaft, richtiges Rattengift. An diesem Nachmittag hatte Emme ihn überredet, ihr zu erlauben, nach Mallorca zu fahren, und beim Essen hatte er Rebecka mit Unterstützung von Emme ebenfalls überredet, es zu erlauben. Daraufhin war die Tochter voller Keckheit, Selbstvertrauen und Freude zum Hötorget aufgebrochen, um den Triumph zusammen mit Julia und Sofia zu feiern, und zwar mit einem Kinobesuch, *Jurassic World* wollten sie gucken, in 3-D.

Sie tranken.

Bis die Flasche leer war, und sie lachten, sagten solche Dinge, wie Eltern sie sagen.

Sie ist jetzt groß, wir müssen uns trauen loszulassen, sie ist ein vernünftiges Mädchen, schließlich ist sie unsere Tochter.

Sie schliefen auf dem Sofa ein. Dicht aneinandergekuschelt in einem sanften, aber heftigen Rausch.

Emme weckte die Eltern, als sie nach Hause kam. Schaute sie mit einem missbilligenden, beinahe verächtlichen Blick an, als sie Richtung Badezimmer beziehungsweise Schlafzimmer wankten.

»Jetzt könnt ihr absolut nichts mehr dagegen sagen, wenn es mir auf Mallorca auch so geht«, zischte sie. »Das ist euch ja wohl klar.«

»Wir sind deine Eltern«, nuschelte Rebecka. »Du hast uns nicht zu sagen, was uns klar sein soll.«

»Ganz genau«, stimmte Tim zu. »Wir lassen dich allein nach Mallorca reisen. Wie dumm kann man eigentlich sein?«

Simone ist schon vor einer Weile gegangen, inzwischen ist es draußen dunkel geworden. Tim hält sich am Bartresen fest, um nicht umzukippen. Ramón weigert sich, ihm noch etwas zu bringen, und Tim will sich darüber nicht aufregen. Er zahlt. Rutscht vom Hocker, fast stolpert er über seine eigenen Füße, kann sich aber noch aufrecht halten, und die anderen Gäste interessiert es nicht, wie betrunken er ist, so etwas haben sie schon häufiger gesehen, und er bleibt in der Tür hinaus zur Calle Reina Constanza direkt neben Martas Tisch stehen, worauf Ramón ihm hinterherruft:

»Geh nach Hause, Tim.«

Marta schaut zu ihm auf.

»Ja, geh nach Hause. Zeit schlafen zu gehen.«

Aber Tim geht nicht nach Hause.

Er nimmt sich ein Taxi nach Son Gotleu, geht in das Café der Totenschädel, und hier nehmen sie gern sein Geld und dann seine Bestellung entgegen. Er trinkt mit denen, die genau wie er aus den sauberen, ordentlichen Clubs rausgeworfen wurden.

Er trinkt.

Zeigt Fotos von Emme.

Habt ihr sie gesehen? Ist sie hier gewesen?

Wer ist sie?
Meine Tochter.
Sie ist vor drei Jahren verschwunden.
Duro, hombre, muy duro, lädst du mich auf einen Drink ein?
Braune Kacheln. Sein Gesicht ist ein zersplitterter Spiegel, und ein Südamerikaner, mager wie ein Heroinjunkie, steht hinter dem Bartresen aus bernsteinähnlichem Kunststoff, er hat Seemannstätowierungen auf den Unterarmen.
Wo bist du gewesen? Surabaya, Sydney.
Er lässt die Totenköpfe in Son Gotleu hinter sich, die Roma und die Nigerianer, die ihn unermüdlich fragen, was er will.
Was er haben will.
Was er sucht.
Ich suche nach Emme, schreit er einen von ihnen an. Vielleicht ist es der Chinese in der Bar unten in Pere Garau, den er anbrüllt.
Er wird wie eine Welle ohne Meer durch die Stadt getrieben. Flüstert ihren Namen, schreit ihren Namen, ihren hohlen Namen, zeigt allen, die ihm zu nahe kommen, ihr Foto, und er schwankt, stolpert, fällt hin, fummelt an seinem Handy herum, versucht aufzustehen, wo bin ich, was mache ich hier? Liegt das Meer in dieser Richtung?
Ich muss ein Bad nehmen.
Dann werde ich wieder klar im Kopf.
Die Stadt, das ist Lärm, Licht und Bewegung, ein Auto, das hupt, ein wütender Mann, der ihn auffordert, endlich zu gehen, zu verschwinden, der wissen will, was er verdammt noch mal da eigentlich treibt. Die Stadt ist heiß, einsam, alle Farben des Spektrums, die in ihm zu einer einzigen vermischt wurden, und ein Schmerz in der Hand, ist es die Haut, die aufgerissen wurde, er versucht sich aufzurichten, graue Pflastersteine unter ihm, rote Ziegel, und es duftet nach Popcorn, und hört er da jemanden reden?
»Ist das nicht Tim Blanck?«
Hände unter seinen Achseln.

»Qué pasa, hombre? Un poco de ayuda? Sí, sí.«
Emme.
Es stinkt nach Müll.
Fliegenkotze.
Haben sie dich gesehen?
Ich bin eine leere Nachricht, genau wie du, und dieses Bett ist hart, rau und ungehobelt wie die Bodenplatte eines billigen Sargs.

P apas Wange kratzt, er ist nicht rasiert, hatte wohl gestern keinen Nerv mehr, sich zu rasieren, haben Mama und Papa sich gestritten? Dann habe ich es jedenfalls nicht bemerkt, ich spitze die Lippen, und obwohl ich kaum seine Haut berühre, pikst es ein bisschen, und er riecht wie die Laken im Bett zu Hause, in dem großen Bett. Er ist süß, ich weiß, dass Mama sauer werden wird, weil er mir den Umschlag gegeben hat, das Geld, und jetzt, als ich die Lippen fester auf seine Wange drücke, verschwindet das Kratzige, er ist nur noch weich, und ich ziehe mich schnell zurück, sage nichts mehr, mach nur die Autotür zu und laufe durch den Regen zur Drehtür der Abflughalle, mit dem schweren Koffer.
Dann der Typ im Flugzeug, der mit dem Bier.
Trotz allem ziemlich cool.
Sitzt im gleichen Transferbus. Ganz hinten. Da, die Kathedrale. Ist es die, über die sie im Katalog geschrieben haben? Aber fuck, wen interessiert das schon.
Ich sehe ihn am Strand, den Typen, wir feiern mit ihm, er fragt, ob wir nicht was kaufen wollen, doch das ist zu teuer, aber eigentlich würden wir natürlich gern. Keiner wird was erfahren, und es ist schließlich nicht das erste Mal, nur dieses Zeug hier haben wir noch nicht probiert, Cola, fuckin' cocaine, natürlich müssen wir das auschecken, und ich gebe ihm zweihundert Euro für – sind das wirklich fünf Gramm? Das hätte ich mir ohne Papas Umschlag nie

leisten können, und Julia googelt, was das normalerweise kostet, wir haben zu viel bezahlt, aber Sofia meint, dass es immer so teuer ist, wenn man es aus vierter Hand kauft.

Saure Fische.

Die hat er mir auch mitgegeben, ich esse einen.

Trinke auf dem Balkon.

The Tribal ist ausgeknockt, vollgekotzt am Pool, der gelbe Schwimmreifen, und mir ist ganz schwindlig und wir testen es auf der Toilette, wooooooowooowoow!!!!!

Ein Selfie für Papa. Er wird den Spaß verstehen.

Yeeha!!

Man fliegt, und alle Lichter sind so deutlich, alle Gesichter auch, es scheint, als könnte ich jeden Riss in den Lippen erkennen und als wäre alles um mich herum einfach nur krass schön!

Ein Lakritzshot. No, fuck no.

Ein Himbeershot.

Und noch einer und noch einer, und der Tribal-Typ ist auch hier, oder? Noch eine Line, in der blauen Toilette an einem Ort, von dem ich absolut nicht weiß, ob ich überhaupt hier bin.

Bum bum bum

Holz gegen den Rücken.

Bum bum rums. Und wieder.

Etwas Oranges. Schwarze Striche.

Etwas brennt. Brennt nicht.

Wo bin ich?

Mein Kopf ist heiß, es ist viel zu hell, und bum bum rums.

Tim fühlt sich wie am gesamten Körper mit heißem Öl eingerieben, es stinkt nach saurem, altem Mageninhalt. Er blinzelt in den blauen Himmel und spürt sofort die unbarmherzige Hitze des Morgens.

Er kann sich an Simone erinnern. Er kann sich an das Las Cruces erinnern.

Er kann sich an die Männer mit den eingefallenen Gesichtern erinnern und an das Bier, das einen Euro kostete.

Er kann sich an Schreie erinnern.

Farben.

Mühsam kann er jetzt Filmplakate auf einer Infowand zwanzig Meter entfernt ausmachen, vor einem Haus aus roten Backsteinen. *On Chesil Beach, Au revoir là-haut* und eine überarbeitete Version von *Chinatown*. Eine Anzugschulter in dunklen Nadelstreifen, ein Hut, Rauch, der zu Faye Dunaways Haar wird, ranzig gelb, trockener als trocken. Wie seine Kehle.

Ein kleiner blauer Fleck auf der Hand.

Dann spürt er einen Schlag auf den Kopf. Nicht hart, aber auch nicht wirklich sanft, ein orangefarbener Klaps, und eine Frau schreit:»Was machst du, Abel? Was machst du?«

Orange, schwarz.

Der Basketball trifft auf die Plakate, ein Bengel in rot-weiß gestreiftem T-Shirt läuft ihm hinterher, schreit, Verzeihung, Señor, der Ball ist einfach auf Ihrem Kopf gelandet, und jetzt steht eine rundliche, orange- und grünfarbige Frau über ihm, mit einem noch runderen, fast verkohlten Gesicht, und sie fragt:

»Sind Sie okay, Sir?«

Tim stellt fest, dass er liegt, auf einer Bank, und er zieht sich mühsam in eine sitzende Stellung hoch. Jetzt erkennt er, wo er ist. Am Centro Cultural S'Escorxador, dem alten, aus roten Backsteinen gebauten Schlachthof, den man zu einer Foodhall umfunktioniert und wo man auch das städtische Programmkino untergebracht hat.

Sein Blick fällt auf elfenbeinweiße Plastikstühle. Einen giftig gelben Tisch, rote Markisen. Die Schatten der Bäume bedecken die beigerosa Steinplatten auf dem Boden, sie erinnern ihn an eine Wange, übersät mit geplatzten Äderchen.

Tim.

Du Idiot.

Er packt die Rückenlehne der Bank, drückt sich hoch, allein das Aufstehen verursacht ihm Schwindel, es wird ihm schwarz vor Augen, er spürt die Hand der Frau auf der Schulter, und er blinzelt, zwinkert, versucht zu sehen, aber in seinem Gehirn nimmt nur das Licht in verschiedenen Farbtönen Gestalt an.

»Ich bin okay«, sagt er, und dann versucht er wieder etwas zu sehen.

»Das sieht aber nicht so aus.«

Ein Ball, der geschlagen wird, tock, tock, papp, papp, auf die Erde, jetzt ein längeres Geräusch, zusammengesetzt, als wären die Synapsen langsam in der Lage, das richtige Geräusch anzunehmen, es ist ein Telefon, das klingelt, dazu der Straßenlärm, warnende Sirenen, ein früher Morgen, der woanders, in weiter Ferne, eine Nacht ist. Eine Nacht, in der jemand widerstrebend, aber gleichsam gezwungenermaßen Tims Nummer gewählt hat. Auslandsvorwahl, Kolumbien, und dann die Stimme einer Frau.

Worte wie Peitschenhiebe.

»Möglich, dass ich deine Tochter gesehen habe.«

Was sagt sie da?

»Was? Wer spricht da?«

»Soledad.«

»Aber du bist doch abgereist.«

Die Worte scheppern im Mund, bringen das Gehirn in Aufruhr.

»Ich bin zu Hause in Kolumbien. In Medellín.«

Die Stadt ist am anderen Ende der Leitung zu hören. Lärm, Rufe, Motoren.

»Du hast Emme gesehen?«

Er bringt die Worte nur stöhnend heraus, will dem Licht entfliehen.

»Wo hast du sie gesehen?«

Soledad flüstert ihm in der Medellín-Nacht ins Ohr.

Er sieht sie vor sich, auf einem Balkon, das Licht der Stadt schießt zu ihrem Körper hoch. Ihr dünnes Hemd flattert im Wind, der von den Bergen her weht.

»Ich weiß nicht, wer es war, der diese Zusammenkunft angeleiert hat. Mir wurde nur gesagt, dass ich zu einer Bushaltestelle gehen sollte. In Magaluf. Nahe der neuen Sporthalle und dem Hotel mit dem Affen auf der Fassade. Dort sollte mich ein Auto abholen.«

Die Sporthalle. Genau dort, wo Emme das letzte Mal gesehen wurde.

Ein Ball prallt auf den Asphalt.

Warum ruft sie an? Aber das ist jetzt nicht wichtig.

»Und was ist dann passiert?«

»Es kam ein Auto und hat mich abgeholt. Ich kann mich nicht mehr an den Mann erinnern, wie er aussah, er hat mir eine Augenbinde umgebunden, dann sind wir losgefahren. Es war Nacht und ich habe im Auto einen Drink bekommen. Der schmeckte bitter, aber ich habe ihn trotzdem getrunken.«

»Sie haben dir also Drogen gegeben?«

»Ja.«

»Und wo hast du Emme gesehen?«

Tim steht jetzt aufrecht. Er fängt an, in der Sonne hin und her zu schwanken. Spürt die Kopfschmerzen nicht, versucht den Basketball zu ignorieren, der an seinen Füßen vorbeirollt.

»Alles erscheint mir jetzt irgendwie verschwommen«, sagt Soledad, und dann atmet sie eine lange Reihe von Worten aus, als wollte sie dem Wind von den Bergen mit ihrem Atem etwas entgegenhalten. »Die Männer in dem Haus, zu dem wir gefahren sind, ihre Gesichter sind für mich wie Masken ohne Konturen, blinkende Lichter, vielleicht war ich einfach high, und dann gab es da einen Mann, der war schlimmer als die anderen. Ein richtig böser Mann.«

Sie verstummt, atmet schwer, bevor sie fortfährt.

»Die anderen Mädchen, die sind auch ganz undeutlich für mich, aber ich glaube, dass ich deine Tochter dort gesehen haben könnte, sie kann da gewesen sein, in dieser rosa Jacke. Blonder, jünger, ängstlicher, ich glaube, ich kann mich an ihre verängstigten Augen erinnern. Vielleicht kam sie nach mir. Aber ich weiß nicht, das ist jetzt schon so lange her.«

»Sie hatte Angst?«

»Ja, ich meine mich zu erinnern, dass sie so einen ängstlichen Blick hatte. Wenn sie es denn war.«

»Wo wart ihr? Wessen Party war das? Und an welchem Datum?«

»Ich weiß es nicht. Ich weiß nicht, wo wir waren, kann mich auch nicht mehr an den Wagen erinnern. Weder an die Farbe noch an das Modell. Und auch nicht mehr, an welchem Tag das war.«

»Woran kannst du dich dann erinnern?«

»Ich erinnere mich daran, dass ich am nächsten Morgen in meinem eigenen Bett aufgewacht bin. Ich habe mich gefragt, wie ich dorthin gekommen bin, ich hatte Wunden am ganzen Leib und jede Körperöffnung tat mir weh. Aber die Wunden waren versorgt worden. Ich muss also bei einem Arzt gewesen sein.«

»Erinnerst du dich an den Arzt?«

»Nein, ich erinnere mich nicht. Vielleicht war er deutsch.«

Dann verstummt Soledad, und er lässt sie in Ruhe nachdenken, und der Junge hat aufgehört, den Ball auf den Boden zu schlagen, er sieht Tim an, konzentriert und wachsam.

»Ich habe meinen Sohn hier. Theo«, sagt Soledad. »Er ist neun. Er schläft jetzt, im Zimmer nebenan. Ich kann ihn sehen, wie er atmet.«

Er sollte nach ihrem Sohn fragen.

Aber stattdessen fragt er: »Und sie trug eine rosa Jacke?«

»Vielleicht erinnere ich mich auch eher an eine rosa Gardine, an eine Hose. Aber das war sie wohl. Ich denke schon.«

»Und wieso erinnerst du dich erst jetzt daran? Das stand doch in jeder Zeitung, im Fernsehen wurde darüber berichtet.«

»Ich habe nie etwas davon gesehen. Ich war zu beschäftigt mit anderen Dingen.«

Tim atmet schwer, pustet die Luft aus, hoch in die Berge, hoch in die Wolken, lässt seinen Atem über den Pazifik treiben, weiter über Waikiki, in Tokio zwischenlanden, vielleicht arbeitet dort eine Freundin von Soledad als Hostess in einer Bar in Ginza, für einen Geschäftsmann mit einer Schwäche für Lateinamerikanerinnen, und er denkt an die rosa Jacke, an dieses Gespräch, vielleicht hat Soledad doch nicht diese Jacke gesehen? Aber wenn da eine Jacke war, von einer jungen Frau genäht, die gerade achtzehn geworden ist, die in einem stickigen Raum über eine Nähmaschine gebeugt diverse Kilometer von Peking entfernt hockt? Schickt sie vielleicht irgendwohin Geld? Ihrer Mutter in Shenzhen? Und vielleicht hat diese junge Frau eine Tante. Vielleicht ist sie eine der Chinesinnen, die ihre Arbeit in Pere Garau verrichten, eine, die massiert und den Leuten Nadeln in den Körper pikst, die Teigbällchen dämpft oder zwanzig Stunden am Tag in einem Kiosk arbeitet.

»Wo bist du?«, fragt Soledad.

»Bei S'Escorxador.«

»Es ist schön dort.«

»Und heiß.«

»Ich wünschte, ich könnte Genaueres sagen«, fährt sie fort.

»Das kannst du«, sagt er und hört an seiner eigenen Stimme, dass sie klingt, als wäre er bereit zu töten, um eine Antwort auf die folgende Frage zu bekommen.

»Wer hat dir diesen Auftrag vermittelt?«

»Du darfst aber niemandem verraten, wer dir das gesagt hat.«

»Te prometo.«

»Ich kann mich an eine schwarze Haube erinnern«, berichtet sie. »Ketten. Haken in lackierten Wänden, Männer, Frauen, vielleicht war ich auch allein in dem Raum.«

»Versuche dich an mehr zu erinnern.«

»Ein Messer vielleicht. Die Wunden am nächsten Morgen sahen aus, wie von einem kleinen Messer verursacht, oder einer Ahle, klein und tief. Ich habe immer noch helle Punkte auf der Haut.«

»Und wer hat dir diesen Job verschafft?«

»Das war Mamasan Eli. Weißt du, wer sie ist?«

Nach diesen Worten bricht Soledad das Gespräch ab. Tim hält das Handy vor sich, spürt, wie die Sonne auf seinen Schädel brennt, die Übelkeit, die sich um die Gedärme windet, weiter hoch in den Magen. Das grelle Licht lässt das Gehirn gegen die Innenseite der Schädeldecke schlagen, und dann sieht er den Basketball, orange und schwarz kommt er wieder auf ihn zugehüpft, die rosa Turnschuhe des Jungen, seine runtergerollten weißen Sportsocken unter den dunklen Schienbeinen, und Tim fängt den Ball mit einer Hand, er schwankt, doch es gelingt ihm, das Gleichgewicht zu halten.

Er geht in den Schatten unter dem gewölbten Dach des alten Schlachthofs, steckt sich das Handy in die Jeanstasche und wirft dem Jungen den Ball zu.

Fünf, sechs Mal machen sie das, der Ball geht hin und her zwischen ihnen, und das Geräusch des Balls, wenn er auf den Asphalt aufprallt, lässt Tims Gehirn klar werden.

Ein letztes Mal wirft er dem Jungen den Ball zu, Abel, und dessen Mutter sitzt lächelnd auf einer Bank, dann winkt er Abel zum Abschied zu und geht fort, durch die Gassen, die zu den alten Lagerhäusern führen. Die roten Ziegelsteine zerquetschen seinen Brustkorb beinahe, und er muss unbedingt etwas trinken, geht in eine Toilettenanlage, registriert den Uringestank, dreht den Wasserhahn über dem einzigen Waschbecken auf, aber es kommt kein Wasser.

Er verlässt das Schlachthofgelände.

In einem Café auf der anderen Straßenseite bestellt er sich eine Flasche Wasser ohne Kohlensäure und einen Cortado.

»Sie hätten nicht zufällig eine Kopfschmerztablette?«

Eine halbe Minute später liegt eine Paracetamol vor ihm und er schluckt sie schnell, spült sie mit gierigen Schlucken Wasser runter. Dann vibriert das Handy.

Eine SMS von Simone.

Er kann die Nachricht nicht lesen, die Buchstaben auf dem Display verschwimmen, zittern, bis sie immer wieder verschwinden, was liest er da eigentlich, und wie sehr er es auch versucht, er kann sich nicht auf die Buchstaben konzentrieren, obwohl er das doch unbedingt müsste. Stattdessen ruft er Rebecka an, will ihr von seinem Gespräch mit Soledad berichten, und die Freizeichen erzeugen ein Echo in ihm, mehrere Male, weit durch das All hindurch, über Europas Berge und Täler hinweg, über weit entfernte Meere und Flüsse, und weiter bis zu einem Paar gründlich gewaschener Hände, dieses gehört einer

Person, die weiß, dass sie jetzt das Telefon nicht in die Hand nehmen sollte, denn dann muss sie die ganze umständliche Waschprozedur noch einmal durchmachen, aber Rebecka kann nicht an sich halten, sie denkt: Ich muss, ist mir doch scheißegal, ich gehe ran, und sie sagt nur: »Tim.«
»Ich bin's.«
Er hat einen Kater. Das kann sie an seiner heiseren Stimme erkennen, wie er die Worte hervorkrächzt, leise und müde, vom hinteren Teil der Zunge, als wünschte er sich, dass sie nur außerhalb der Mundhöhle existierten, nicht gegen den Gaumen vibrierten und Unruhe im Gehirn verursachten, wo es auch so schon ziemlich durcheinander hergeht.
Neben ihr steht die Anästhesistin Erika Andersson, eine peinlich korrekte Mittdreißigerin, altklug und Mitglied einer Freikirche, ihre strengen Lippen sind hinter dem Mundschutz verborgen, aber der Blick, den sie Rebecka zuwirft, ist voller Verachtung, du hättest das Gespräch nicht annehmen dürfen. Die beiden OP-Schwestern, zeitweilige Aushilfen, deren Namen Rebecka bereits vergessen hat, kümmern sich nicht darum. Rebecka ist hier die Chefin, das wissen sie, und sie können schon einmal anfangen, dem Patienten etwas

zur Beruhigung zu geben, es handelt sich um einen komplizierten Bruch im Knie, vielleicht unmöglich wieder vollständig herzustellen, und sie erwidert den Blick der Gottesanbeterin, hört Tim zu, unterbricht seinen Monolog nicht, und er berichtet ihr von einem Callgirl, das Emme auf einer Party gesehen haben will, von einer Puffmutter, von nächtlichen Autofahrten, von einem Bauvorhaben, das gestoppt wurde, einem Dinosaurierknochen, er berichtet irgendetwas vollkommen Unverständliches, was einen Bauarbeiter betrifft, der durch einen elektrischen Schlag gestorben ist.

»Ich komme näher ran, Liebling«, sagt er. »Ich komme näher ran.«
Aber ich bin nicht dein Liebling.
Will sie sagen.
Will sie nicht sagen.
Sie will ihn bitten, mit all dem aufzuhören. Nicht aufzuhören. Ihr Gesicht im Spiegel, in dem scharfen Licht zweier nackter Leuchtstofflampen, ein Licht, das noch härter wird durch seine Reflexion in dem Waschbecken aus Edelstahl.

»Hörst du mich, Rebecka? Bist du noch dran?«
»Natürlich höre ich dich, ich bin doch nicht taub.«
»Was glaubst du?«
»Ich muss jetzt auflegen, Tim. Ich bin auf dem Weg zum OP. Die anderen warten und ich muss mich noch einmal einwaschen, weil ich jetzt ans Telefon gegangen bin.«
»Ist das alles, was du zu sagen hast?«
»Vielleicht solltest du noch einmal mit dieser Puffmutter reden?«
Sie betont das Wort »Puff«, sagt diesen Teil des Wortes extra laut, damit die Freikirchliche sich erschrickt, aber diese ist bereits gegangen, dreht und schraubt an ihren Bedienelementen im OP herum.

Rebecka möchte ihm sagen, er solle vorsichtig sein.
»Ich lege jetzt auf«, sagt sie.
Ein Druck mit dem Finger, der ein Klick bedeutet.
Anschließend wäscht sie sich manisch, desinfiziert die Hände und Unterarme, reibt mit dem Handtuch fest über die Haut, sodass

diese rot wird, sauber, sauber wie der Gott, auf den die Narkoseärztin so stark ihre Hoffnung setzt und für den Rebecka nicht viel übrig hat, denn welcher Gott lässt bitteschön ein sechzehnjähriges Mädchen verschwinden, einfach so, als hätte es sie nie unter uns gegeben, wäre sie nie einer von uns Menschen gewesen, und Rebecka geht in den Operationssaal, dort liegt ein großer, dicker Mann auf dem Tisch, sie hat vor einer Stunde mit ihm gesprochen, er ist Wasserski gefahren und hat die Kontrolle verloren, ist irgendwo bei Ljusterö gegen einen Anleger geprallt, und jetzt ist er betäubt, Erika Andersson richtet den Daumen nach oben, Rebecka antwortet mit einem Nicken, und dann schaut sie hoch in die Sonne, in die Operationslampe, lässt sich blenden, erinnert sich daran, wie Tim und sie auf dem Balkon einer Wohnung saßen, die sie ein paar Monate nach Emmes Verschwinden gemietet hatten, sie saßen in der milderen Septembersonne dicht beieinander, versuchten, die Unruhe des anderen zu übernehmen, den anderen zu befreien, und wenn auch nur für ein paar Sekunden, eine Minute, und sie wussten beide, dass das sinnlos war, aber sie versuchten es, wir haben es versucht, Tim, und ich möchte dich jetzt in meinen Armen halten, wie ich es damals getan habe, möchte dich wiegen, deine Wärme spüren, deinen harten Körper, deinen Duft, wie die Sonne ihn rau, südländisch macht, zitrusartig von dem 7 Up, das du trinkst, mit winzigen Schweißperlen von all den Tausenden von Malen, die ihr euch bis zu diesem Augenblick geliebt habt, bevor diese Momente in der eigenen, halbgeborenen Trauer und Sehnsucht begraben wurden, hart und doch zerbrechlich, und sie atmet ihn ein, riecht ihn, seinen Duft, trocken wie die Mittagsluft in Palma,

Wo Tim Bier trinkt. Er sollte das nicht tun, aber das ist das einzig Mögliche an einem Tag wie diesem.

Ihm gegenüber streicht sich Simone das Haar aus der Stirn. Fummelt an ihrem Zigarettenpäckchen herum.

Sie sitzen in einem Café an der Plaza de Toros, ein paar Straßen von ihrer Wohnung entfernt, fast in Fußwegentfernung zum Gefängnis.

Die Kacheln an den Wänden hinter der Bar sind vergilbt, und der dickbäuchige Mann hinter dem Tresen trägt ein hellblaues Havannahemd. Sein graues Haar hat er in öligen Strähnen quer über den kahlen Schädel gekämmt.

Draußen, auf der Calle del Archiduque Luis Salvador, braust der Verkehr vorbei, und über ihren Köpfen brummt eine verstaubte Klimaanlage, die eigentlich bereit zu sein scheint, jeden Moment in Pension zu gehen, aber trotzdem immer noch eine ordentliche Arbeit verrichtet. An den Wänden hängen verblasste Fotos von Toreros aus den Sechziger- und Siebzigerjahren, von Manolete, dem Größten aller Zeiten, und Bilder von Palmas Stierkampfarena, die damals ihre goldenen Jahre hatte, als die Touristen massenweise in die Arena strömten. Jetzt gibt es nur zwei *corridas* im Jahr, im August, und dann sammeln sich vor der Arena die Tierrechtsaktivisten, schreien und werfen Beutel mit Blut auf die Toreros, wenn die in ihren weißen Autos ankommen.

»Verdammt, Tim, was hast du gestern gemacht, nachdem wir uns getroffen hatten?«

»Nach was sieht es denn aus?«

»Höllenbesäufnis und dann den Rausch im Blumenbeet ausgeschlafen?«

»So ungefähr.«

Sie lächelt. Er erwidert das Lächeln, registriert, dass ihr das hellrote Kleid steht, das sie trägt, dass sie heute frischer aussieht als gestern, trotz des Wodkas, vielleicht hat sie gute Nachrichten von Hassan bekommen.

Er trinkt das restliche Bier in einem Zug, dann bestellt er sich eine Coca-Cola mit extra viel Eis.

»Ich habe über einiges nachgedacht«, sagt Simone und schaut hinaus auf den Straßenverkehr.

Die gelbe Hitze, die Sonne, die grell auf die sandfarbene Fassade ihnen gegenüber strahlt, wie still die Strahlen sind, wie mit Chlor in die Ziegel hineingeätzt.

»Horrach ist einer der mächtigsten Päpste in der lokalen Politik«, sagt sie. »Stammt aus einer ur-mallorquinischen Familie. Aber er scheint keinem der reichen Clans anzugehören. Eher ist er ein Streber. Erst vor Kurzem hat er angefangen, sich in die Politik einzumischen. Als die Konservativen Verluste hinnehmen mussten.«

Tim reibt sich die Augen, spürt, wie Bier und Cola helfen.

»Er hätte anordnen können, dass die Bauarbeiten fortgesetzt werden«, sagt Simone. »Feststellen, dass der Fund unbedeutend ist. Er hat die Macht, er hätte ohne Weiteres dafür sorgen können, dass der Dino von der Geschichte vergessen wird. Aber er hat sich entschlossen, das Geschehen voll und ganz ins Scheinwerferlicht der Medien zu ziehen. Und das ist merkwürdig. Nicht einmal die Linken, denen er angehört, würden einen Dinosaurier einem Krebsforschungszentrum vorziehen.«

Tim nickt.

»Ich weiß, das passt nicht ganz zusammen.«

Simone schaut auf die Stierkampfplakate, bevor sie weiterspricht.

»Auf höchster Ebene sind es die Bundesgesetze, die alles regeln. Aber Horrachs Entscheidung hat das Ganze für eine lange Zeit blockiert. Es gab kaum Möglichkeiten für Kant, Beschwerde einzulegen. Vielleicht hätte er irgendwann doch noch sein Forschungszentrum kriegen können, aber bis dahin hätte es vermutlich mehrere Jahrzehnte dauern können.«

»Also wollte Horrach auf jeden Fall den Bau stoppen.«

»Ja, und wohl kaum, weil er so auf Dinosaurier steht.«

Tim nimmt einen Schluck von der Cola.

»Glaubst du, dass Peter Kant versucht hat, ihn zu bestechen?«, fragt Simone. »Um ihn dazu zu bringen, auf diesen Dinosaurier zu scheißen?«

»Mir gegenüber hat er nichts in der Richtung angedeutet. Er hat diesen Bau überhaupt nie erwähnt.«

»Eins ist jedenfalls sicher«, sagt Simone. »Das Bauunternehmen, das die Arbeiten hat ausführen sollen, muss viel Geld verloren haben, als der Bau gestoppt wurde.«

Tim versucht sich an den Namen auf dem Schild oben an dem Gelände zu erinnern. Dann fällt ihm ein, dass er ja ein Foto gemacht hat. Er sucht es auf dem Handy. Hält es Simone hin.

»S. A. Lluc Construcciones«, liest sie laut.

»Kannst du die mal für mich überprüfen?«

»Ja, klar.«

»Und Rafa Vasquez?«

»Darüber stand nur eine kleine Notiz im *Diario de Mallorca*. Ein Unfall unter vielen anderen auf einer Baustelle. Ausländische Arbeiter kommen doch die ganze Zeit auf irgendwelchen Baustellen zu Schaden oder sterben dort. Daran muss nichts Verdächtiges sein. Das interessiert niemanden.«

Außer seine Frau. Und seine Kinder.

»Vielleicht war der Dinosaurier ja nur ein Fake?«, überlegt Tim.

»Ein genau dort platzierter Knochen. Als Grund, damit die Bauarbeiten gestoppt werden können.«

»Und Vasquez hat das möglicherweise kapiert. Womit er zu einer Bedrohung wurde«, ergänzt Simone. Sie fährt sich mit der Zungenspitze über die Lippen.

»So langsam würde mich gar nichts mehr wundern.«

»Und wer kann an diesem Baustopp verdient haben?«
»Horrach?«
»Und über ihm?«
»Wer weiß«, sagt Tim. »Du weißt doch selbst, wie das abläuft. Über ihm kann auch unter ihm sein. Denk an Kant. Jemand hat seinen Selbstmord inszeniert. Warum? Die dahinterstecken, können ihn nicht ohne Mitwissen der Policía Nacional verübt haben. Und da müssen wir ziemlich weit nach oben gucken, bis zu Juan Pedro Salgado. Und Gott weiß, wer noch alles darin verstrickt ist.«
»Das muss mit dem Mord an Shelley zusammenhängen.«
»Auf jeden Fall. Aber wie?«
Simone lächelt ihn an, besorgt, aber sie lächelt.
»Sieh zu, dass du nicht der Nächste bist, der einen Stromstoß bekommt.«
Sie lächelt immer noch. Aber jetzt ist es ein schiefes, müdes Lächeln.
Er berichtet von Soledads Anruf, von der obskuren Zusammenkunft, dass es Mamasan Eli sein soll, die Soledad dorthin geschickt hat.
»Und du glaubst, dass all das auf irgendeine Art und Weise miteinander zusammenhängt?«
»Eigentlich habe ich keinen Grund, das zu glauben.«
»Aber du hast so ein Gefühl?«
»Ich weiß nicht, Simone. Ich hoffe nur. Du weißt, wie sehr ich hoffe.«
»Glaube und Hoffnung ist was für Narren, Tim. Und du bist kein Narr.«
»Der Meinung sind sicher nicht alle«, sagt er. »Wie läuft es mit Hassan?«
»Er war derjenige, der den anderen angegriffen hat. Sie haben es auf Video.«
»Und wie geht es ihm?«
»Wie er es verdient.« Sie schlägt mit zwei Fingern kräftig auf das

Zigarettenpäckchen. »Der Zustand des Mannes, den er angegriffen hat, hat sich offensichtlich verschlechtert.«

Simone steht auf. Streicht das Kleid glatt, das ihr so gut steht.

»Ich muss zurück zu Heidegger«, sagt sie. »Wilson zeigen, was ich für großartige Leistungen bringe.«

»Grüß ihn nicht von mir«, sagt Tim, und da ist sie auch schon fort.

Tim ruft wieder bei der Baubehörde an. Diesmal hebt eine andere Telefonistin ab.

»Señor Horrach hat für heute das Haus verlassen.«

Obwohl doch der Arbeitstag kaum begonnen hat.

»Möchten Sie eine Nachricht hinterlassen?«

»Nein danke. Ich rufe morgen wieder an.«

Ein alter Mann mit glänzender, pigmentgefleckter Glatze hat die Bar betreten, setzt sich unter eines der Stierkampfplakate. Er hustet, zieht ein Taschentuch heraus. Spuckt hinein.

»Ist alles okay mit dir, Ivan?«, ruft der Mann hinter dem Tresen.

Ivan schnaubt, als hätte er soeben ein Stierhorn in die Lunge gerammt bekommen, sodass ihm jeden Moment das Blut aus den Mundwinkeln schießen könnte.

Die Svedins sind noch nicht wieder zurück auf der Insel.

In der Rezeption des Gran Hotel del Mar ist das Personal freundlich, ein junges schwedisches Mädchen mit blondem Pferdeschwanz erklärt, dass das Paar am nächsten Morgen zurückerwartet wird, und fügt hinzu: »Soviel ich weiß, ist der Posten des Security-Chefs noch nicht besetzt.«

Sie mustert ihn.

»Harte Nacht?«

»Palmanacht«, antwortet Tim nur.

Er fährt zur Klinik des deutschen Schönheitschirurgen, doch die ist geschlossen. Stundenlang bleibt er im Wagen auf dem Parkplatz sitzen, aber Hans Baumann taucht nicht auf. Während der Wartezeit recherchiert Tim die Privatadresse des Arztes, in Bendinat, direkt am Strand, doch als er dorthin kommt, ist das große Haus leer und stumm.

Schließlich fährt er nach Hause, und jetzt kommt Wasser aus der Dusche, fünf Minuten läuft es, bis es wieder versiegt.

Er setzt sich an den Computer, spürt Mamasans Privatadresse in El Molinar auf. Er kann auch Horrachs Adresse ausfindig machen, in einem Mitgliederverzeichnis des Club Náutico, das eine Antikorruptionsinitiative unkommentiert auf einer Website veröffentlicht hat. Er findet Fotos von Horrach im Rathaus von Palma, bei Tagungen, bei Bauprojekten, bei Wahlveranstaltungen.

Es ist früher Abend, als Tim die Wohnung verlässt, er setzt sich ins Auto und fährt aus dem Zentrum hinaus, an der Kathedrale vorbei, die in dem diffusen Dämmerlicht bläulich und orange schimmert, sie scheint vom Boden der Insel abheben zu wollen, um hinaufzuschweben und ein Teil des Himmels zu werden. Aber sie steht fest und sicher auf dem Boden, den Kamerablitzen und Selfiestangen Hunderter von Touristen ausgesetzt.

Erst Horrach. Dann Mamasan Eli. Das ist der Plan.

Er biegt auf die kurvige Straße in Richtung des Villenvororts Genova ab, passiert den kleinen Ortskern. Das Meer liegt an diesem Abend ruhig da, und oben auf dem Berg steht die Madonnenstatue und blickt auf die Dächer hinab und weiter über die Bucht von Palma, deren samtweiche Wasseroberfläche, weit bis nach Afrika, wo die Menschen an dem elektrischen Zaun rund um Ceuta hängen bleiben und sterben.

Weiter aufwärts, nach rechts, nach links. Die Straße wird mit jeder Kurve enger, die weißen Mauern an beiden Seiten immer höher.

Schließlich erreicht er Horrachs Haus. Durch ein Eisentor kann er eine Einfahrt mit einem runden Springbrunnen in der Mitte sehen, in dem Engel Wasser aus ihren Mündern spucken. Von den

Bäumen hängen große rote Blüten, das Haus ist im Haciendastil gebaut, frisch weiß verputzt.

Tim parkt direkt gegenüber dem Tor, so, dass gerade noch ein Auto vorbeikommen kann. Als er aus seinem Wagen steigt, hört er Kinderlachen, Wasserplätschern, fröhliche Worte auf Spanisch, und er zögert, ist das wirklich so eine gute Idee, und er kommt zu dem Schluss, dass es eine schlechte Idee ist, er es aber trotzdem tun muss.

Er tritt vor die Gegensprechanlage und klingelt. Wartet auf eine Antwort.

»Papa, Papa, mira, mirame!«

Eine offene Garage ein Stück weiter hinten im Garten. Ein silberner Mercedes, ein älteres Modell, ein roter Alfa Romeo.

Eine Stimme in dem rostbraunen Lautsprecher unter dem Tastenfeld.

»Wer ist da?«

»Ich bin ein Freund von Peter Kant. Ich kümmere mich um sein Erbe. Und dafür bräuchte ich einige Informationen über den Baustopp auf dem Gelände unterhalb der Serra de Tramuntana.«

Eine längere Pause.

»Und was habe ich damit zu tun?«

Es ist Horrach, der da spricht.

»Um den Wert festlegen zu können«, sagt Tim. »Der wird für die Nachlassverwaltung gebraucht.«

»Tut mir leid, aber da kann ich Ihnen nicht helfen.«

Der Kontakt wird unterbrochen, und Tim schaut zum Haus, dann klettert er kurzerhand über den Zaun, kümmert sich nicht weiter um die Überwachungskamera, die ihn aus der Baumkrone der Palme direkt hinter der Mauer anschaut. Dann ist er auf dem Grundstück, läuft schnell die Einfahrt hinunter, vorbei an der Garage mit den Autos, weiter bis zur Haustür, doch ein paar Meter vor seinem Ziel zögert er, zwischen den Jubelrufen der Kinder erklingt Hundegebell, es kommt näher, und er rechnet schon damit, dass zwei Dobermänner oder Schäferhunde um die Hausecke biegen, an ihm hochspringen, ihm in die Kehle beißen, doch dann stellt er fest, dass die Hunde sich auf dem Nachbargrundstück befinden, und hinter einer Hecke üppig blühender Hibiskusbüsche sieht er den in der Sonne glitzernden Pool. Zwei Kinder, Jungs, lassen sich darin in gelben Schwimmreifen treiben, und ein schwarzhaariger Mann in rosa Badehose und mit sonnengebräuntem Oberkörper kommt aus dem Haus, nähert sich dem Pool, bleibt aber an dessen Rand stehen, sagt etwas zu den Kindern, dann geht er wieder, und einen Moment lang kann Tim sein Gesicht sehen, bevor der Mann wieder aus seinem Blickfeld verschwindet.

Joaquin Horrach.

Er ist es. Tim erkennt ihn von den Fotos wieder.

Er umrundet die Büsche, geht in die Richtung, in der Horrach verschwunden ist. Der Mann sitzt mit dem Rücken zu Tim, auf einem Stuhl an einem runden, weiß gestrichenen Eisentisch, dreht sich um, als er Schritte hinter sich hört. Sein Gesicht ist schmal, auf den Wangen kurze schwarze Bartstoppeln, und die braunen Augen füllen sich mit Angst, als er Tim erblickt, feststellen muss, dass sich ein fremder Mann ihm und den Jungs nähert. Tim wirft ihm einen beruhigenden Blick zu, und Horrach macht eine Miene, als geschähe etwas, das er bereits erwartet hatte, aber von dem er gleichzeitig nie geglaubt hat, dass es passieren könnte.

Auf einem Liegestuhl weiter hinten im Garten, unter einem wilden Zitronenbaum, liegt ein junges Mädchen, fünfzehn Jahre alt, sechzehn? Sie schaut von ihrem goldglänzenden Handy auf, erblickt Tim, verliert aber gleich wieder das Interesse an ihm und widmet sich erneut ihrem Telefon.

Drinnen im Haus putzt eine Frau mit langem braunem Haar eine Silbervase. Tim bleibt neben Horrach stehen, hebt die offenen Hände hoch, und Horrach zieht den Bauch ein, weitet den Brustkorb, er hält ein riesiges Glas Gin Tonic in der Hand, Eiswürfel und Wacholderbeeren schwimmen in dem Drink. Er öffnet den Mund.

Vielleicht will er um Hilfe rufen oder den Jungs sagen, sie sollen ins Haus gehen, aber Tim gibt ihm mit einem auf die Lippen gelegten Zeigefinger zu verstehen, dass er leise sein soll, und Horrachs Blick ändert sich, wird ruhig.

Jetzt erinnert Tim sich daran, dass er den Mann früher schon einmal gesehen hat, im realen Leben. Horrach war derjenige, der Salgado bei der Einweihung des Clubs in El Arenal auf die Wangen küsste. Das Foto im Internet hat nicht die Erinnerung daran geweckt, aber jetzt, wo er den Mann leibhaftig vor sich sieht, fällt es ihm wieder ein.

Sie kennen einander. Alle hier sind miteinander verknüpft. Auf welche Art und Weise auch immer. Ein Körper, Hunderte von Köpfen. Die tausend Köpfe der Hydra.

»Wer sind Sie?«, fragt Joaquin Horrach.

»Wie ich gesagt habe, ich bin ein Freund von Peter Kant.«

»Ach ja. Möchten Sie einen Drink? Meine Frau kann Ihnen einen mixen.«

»Ich trinke nie vor dem Essen.«

Joaquin Horrach streckt sich, schaut zu den Jungs hinüber, die fröhlich schreien und sich gegenseitig mit zwei pumpgunähnlichen Wasserpistolen bespritzen.

Das Teenagermädchen tippt auf ihrem Handy herum. Sieht unendlich gelangweilt aus.

Horrach erhebt sich, geht an Tim vorbei zu einem Esstisch, der unter einer Pergola steht, umgeben von Rattanstühlen. Ein Laptop liegt auf dem Tisch, und Joaquin Horrach klappt ihn zu, schnell, etwas zu schnell, Tim würde ihn am liebsten wieder öffnen, sehen, was auf dem Schirm zu sehen ist, doch er lässt es bleiben, lässt es zu, dass Horrach auf einen der Stühle niedersinkt. Er selbst bleibt stehen, leicht vorgebeugt.

»Sie haben also Fragen zu dem Bauvorhaben?«

»Ja.«

»Was wollen Sie wissen?«

»Warum haben Sie es stoppen lassen?«

Joaquin Horrach schmunzelt, drückt das kalte Glas gegen den Bauch.

»Als Vorsitzender des Bauausschusses war ich gezwungen, die Bauarbeiten zu stoppen. Über Dinosaurier kann nicht einmal ich entscheiden. Das sind Bundesgesetze, die bei archäologischen Funden greifen. Glauben Sie mir, ich möchte gern das Gebäude dort stehen sehen, und wir werden alles tun, damit die Ausgrabungen so bald wie möglich beendet sind.«

»Und Rafa Vasquez?«

»Wer ist das? Carme, kannst du bitte einen Gin Tonic für unseren Gast mixen?«

Tim weiß, dass er sich jetzt angreifbar macht. Aber er muss die Sache hier in Gang bringen, alles auf eine Karte setzen.

»Sie haben Peter Kant getötet«, sagt er. »Sie und Salgado und vielleicht noch andere. Die Frage ist nur, warum?«

»Nimm zehn gefrorene Wacholderbeeren, nicht mehr. Und auf keinen Fall eine Zimtstange.«

Joaquin Horrach schwenkt sein Glas, die Eiswürfel in seinem Drink schmelzen schnell, sie sind jetzt kaum noch größer als die Wacholderbeeren.

»Die Ausgrabungen werden bald beendet sein«, sagt er. »Aber dann musste Ihr Freund ja einen Mann aus Eifersucht erschlagen. Und sich auch noch selbst das Leben nehmen. Damit ist die schöne Idee vom Forschungszentrum ja wohl geplatzt. Wer weiß, was jetzt passiert?«

»Sie haben auch Gordon Shelley erschlagen.«

Joaquin Horrach leert sein Glas in einem Zug. Stellt es auf den Tisch.

»Diese Insel hat schon immer Menschen mit viel Fantasie angelockt. Chopin, George Sand, Robert Graves. Carme, unser Gast sieht durstig aus, beeil dich doch bitte mit dem Drink. Und mach mir auch noch einen.«

»Wissen Sie, wem S. A. Lluc Construcciones gehört?«

Hinter sich hört Tim wieder Wasserplatschen, neue Rufe, dann das Geräusch des Eisentors, das geöffnet wird, und zwei polternde Männerstimmen.

»Joaquin! Alles in Ordnung?«

Die Jungs nehmen keinerlei Notiz von den ankommenden Männern, das Mädchen auf dem Liegestuhl winkt ihnen mit einer Hand zu. Dann setzt sie sich eine große schwarze Sonnenbrille auf.

»Die Kavallerie«, sagt Horrach.

Zwei Wachmänner in roten Uniformhemden, die ihre Anabolikamuskeln sehr ansehnlich betonen, stellen sich neben Tim. An ihren Gürteln hängen Schlagstöcke.

»Er wollte gerade gehen«, sagt Horrach.

Sieht Tim an, dann seine Tochter. Schließlich lächelt er, und Tim ist überzeugt davon, dass Horrach weiß, wer er ist, dass es keinen Zweifel daran gibt, dass der Mann mit ihm spielt, ihn verhöhnt.

Tim sagt nichts, ballt die Fäuste, zählt bis zehn.

Dann hält er dem Hausherrn ein Foto von Natascha hin.

»Das hier ist Peters Frau«, sagt er. »Sie ist verschwunden. Wissen Sie, wo sie ist?«

Wieder lächelt Horrach ihn an.

»Haben Sie die Zeitung nicht gelesen? Sie haben sie gefunden.«

Wieder Kindergeschrei, schwere Atemzüge der Wachleute, und hinten am Liegestuhl klingelt ein Handy, spielt einen der Sommerhits ab. Tim erkennt die Melodie, weiß aber nicht, zu welchem Song sie gehört.

»Keiner, der verschwindet, ist für ewig weg«, sagt Horrach, und seine Frau kommt auf die Terrasse, in den Händen ein Silbertablett mit zwei Gin Tonics. »Unser Gast muss leider jetzt gehen, Carme, er wird seinen Drink ein andermal nehmen. Aber trotzdem vielen Dank, die sehen perfekt aus.«

Die Frau stellt das Tablett auf den Tisch, verschwindet wieder ohne ein Wort.

Joaquin Horrach wendet Tim den Rücken zu und geht zum Pool, er holt einen hellblauen Ball aus einer Holzkiste, stellt sich an den Beckenrand und ruft den Jungs zu:

»Los, jetzt spielen wir Wasserball.«

Er wirft den Ball, springt in den Pool, dessen Wasserfläche vom Gewicht seines Körpers gespalten wird.

Tim sitzt in dem heißen Wagen, er trinkt Wasser aus einer neuen Flasche, lauwarm, während er auf die Homepage des *Diario de Mallorca* geht.

Ein Foto von Juan Pedro Salgado. Grauer Seidenanzug, hellblaues Hemd, grüner Seidenschlips.

Eine Pressekonferenz in dem Raum, in dem auch Tim und Rebecka ihre abhielten.

Blaue Wände, blaue Stühle, nur wenige Menschen an Ort und Stelle, ein leeres Meer, fast genauso unendlich wie das reale.

Die verschwundene Natascha Kant ist in Thailand.

So lautet die Überschrift.

»Erwachsene Menschen haben das Recht, zu verreisen.«

So wird der Polizeichef zitiert.

Tim liest den Artikel, die spanischen Wörter bereiten ihm Kopfschmerzen, und er trinkt noch ein wenig, leert dann die ganze Flasche und geht den Text durch.

Man hat Natascha Kants Handy lokalisiert, zuerst in Bangkok und dann auf Phuket. Man hat an beiden Orten Geldauszahlungen von ihrer Visakarte registriert. Sie soll eine Reise nach Singapur gebucht haben, dann weiter in die thailändische Hauptstadt. Und die Schlussfolgerung daraus ist eindeutig: Natascha Kant hält sich freiwillig fern. Es war nicht möglich, sie persönlich zu erreichen, aber es wird angenommen, dass sie sich im thailändischen Sonnenparadies befindet. Man glaubt, dass die Blutspuren im Haus von ihr selbst arrangiert wurden.

Tim startet einen Videofilm der Pressekonferenz.

Die vom *Diario de Mallorca* entsandte Journalistin, eine kecke junge Frau mit hoher Stimme, fragt, warum Natascha Kant sich denn fernhalten und warum sie eine Blutspur hinter sich lassen sollte.

»Vielleicht hat sie gefürchtet, unter Verdacht zu stehen«, antwortet Salgado. »Möglicherweise wusste sie, was ihr Mann getan hat. Oder aber sie hatte Angst und wollte ihm entkommen.«

»Wird sie gesucht?«

»Nein, momentan wird sie keines Verbrechens verdächtigt, die Ermittlungen sind hiermit offiziell abgeschlossen.«

Damit endet der kleine Film.

Draußen, auf der anderen Seite der Mauer, kann er immer noch die Jungs schreien hören, das Wasser, das spritzt.

Nataschas Pass im Tresor. Sie kann nicht in Thailand sein, es sei denn, sie hat einen zweiten Pass.

Er ruft Agnieszka an.

Diese meldet sich. Auch sie hat die Nachrichten gesehen.

»Ich habe eine SMS von ihr gekriegt. Nicht mit ihr gesprochen. Sie hat geschrieben, dass es ihr gut geht. Dass sie in Thailand ist.«

»Aber sie hat nicht angerufen?«

»Natascha hätte angerufen, nicht nur SMS geschickt. Das weiß ich. Da stimmt was nicht. Und warum Thailand? Sie muss doch Peters Beerdigung regeln. Und all das. Jemand täuscht das alles vor. Jemand lügt.«

Er nimmt eine andere Straße zurück in die Stadt, die Autobahn, die wie eine Kluft aus dem Berg herausgebrochen wurde, eine Furche, in der nichts ruhen darf. Bei Son Dureta biegt er ab, fährt an dem stillgelegten Krankenhaus vorbei, ein paar Unabhängigkeitsaktivisten haben an eine der Wände ein Plakat gehängt, auf dem sie auf Katalanisch fordern, dass die Regierung in Madrid die Separatisten begnadigen soll, die sich außerhalb des Landes auf der Flucht befinden.

Er fährt an Mamasan Elis Geschäftsräumen vorbei, wird langsamer, aber hinter dem Fenster rührt sich nichts, und mehrere der Fotos sind abgenommen worden. Er folgt der Avenida Gabriel Roca in Richtung Portixol und El Molinar, sieht Menschen, die am Meer entlangschlendern, vorbei an der rostorangefarbenen Fassade des Anima Beach Club, und unten auf dem Spielplatz in der Mulde vor der Stadtmauer schlafen Obdachlose auf den Bänken, die im Schatten stehen.

Er fährt in die alten Gassen mit den kleinen Häuschen, in denen früher Fischer gewohnt haben, die inzwischen aber von reichen Deutschen, Briten und Skandinaviern gekauft wurden, um sie als schicke Ferienhäuser zu benutzen oder auch via Airbnb zu vermieten und so in der Hauptsaison fünftausend Euro die Woche mit ihnen zu verdienen.

Mamasan Elis Haus ist klein, gelb mit azurblauen Fensterläden, und es sieht verriegelt aus.

Er parkt ein paar Straßenecken weiter.

Tim klingelt, mehrere Male, aber niemand kommt, um zu öffnen, und dann klopft er an die Tür, lauscht, das Ohr an das warme Holz gepresst, aber er kann niemanden da drinnen hören. Also wartet er einige Stunden lang im Auto, doch sie kommt nicht.

Daheim in seiner Wohnung schaltet Tim den Fernseher ein. Sieht sich die Lokalnachrichten an. Nichts Neues über Natascha Kant.

Er sitzt auf dem Bett.

Er will Mamasan Eli nach den Partys fragen, darüber, was sie ihm letztes Mal nicht erzählt hat, will fragen, welche Party oder Zusammenkunft es war, zu der sie Soledad an dem besagten Abend geschickt hat, eigentlich müsste sie das wissen, aber sicher ist das nicht. Sie kann Mädchen, auch Jungs, zur Verfügung stellen, ohne zu wissen, wo sie dann landen. Sie können von einer Nacht mit rücksichtslosem Appetit geschluckt werden, ohne dass Mamasan Eli auch nur die geringste Ahnung hat, wo oder wie. Aber warum, das ist kein Geheimnis. Geilheit. Macht. Und Gewalt. Soledads Narben, »ein Mann, der war schlimmer als die anderen. Ein richtig böser Mann.«

Er sitzt still auf dem Bett, versucht an nichts zu denken, nur aus dem Fenster zu schauen, auf das Licht der Straßenlaternen, das immer stärker zu werden scheint, je dichter die Dunkelheit der hereinbrechenden Nacht wird.

Das ist eine Illusion.

Er sieht etwas, aber es ist nicht das, was passiert.

N ur wenige Minuten später.

Ein Motor, der aufheult, das laute Quietschen von Autobremsen, von Gummi, das am heißen Asphalt abgerieben wird, Wagentüren, die geöffnet werden, und Tim springt vom Bett auf, rennt zum Fenster und schaut hinunter auf die Straße.

Ein Streifenwagen.

Policía Nacional.

Das gelbe, fast fluoreszierende Licht der Straßenlaternen lässt das blaue Autodach glänzen, es steigen drei Personen aus, zwei große Männer in Uniform, die zwei, die ihn das letzte Mal abgeholt haben, dazu einer in Zivil, in einem grauen Seidenanzug, dessen Stoff wie reines Silber glänzt.

Das ist Salgado. Sein geöltes Haar, das in der Bar Bosch leicht wippte, als er behauptete, seine besten Ermittler arbeiteten an Emmes Fall, sein Rücken, als Tim Kants Abschiedsbrief fotografierte.

Sie klingeln an der Gegensprechanlage, aber nicht bei ihm. Die Klingeltöne surren im Gebäude herum, und er hört aufgeregte Stimmen aus den anderen Stockwerken.

Tim verlässt das Schlafzimmer, geht ins Wohnzimmer. Schaltet aber kein Licht ein.

Er hört, wie die Polizisten ins Haus gelassen werden. Wundert sich, dass sie nicht die Türen eingetreten haben.

Sie laufen die Treppen hoch.

Tim eilt zum Versteck, reißt die Tüte mit den fast hunderttausend Euro an sich. Er nimmt seine Pistole, schiebt sie schnell in den Hosenbund, und da klopfen sie schon an der Tür, jetzt sehr energisch.

»Tim Blanck«, brüllen sie, »Tim Blanck, sind Sie da?«

Tim reißt das Fenster in der Toilette weit auf, stellt sich auf die Toilettenbrille, wirft Pistole und Plastiktüte hinaus, auf das Wellblechdach zwei Meter tiefer, hört einen dumpfen Knall, das Scheppern von Metall.

»Öffnen Sie, machen Sie die Tür auf, sonst schlagen wir sie ein.«

Tim windet sich durch das Fenster, bleibt stecken, kann sich weiterdrehen, er muss durchpassen, und da hört er, wie die Tür aufgesprengt wird, wie sie aus den Scharnieren gerissen wird, auf dem Boden landet, dann Salgados Stimme.

»Wo ist er? Verteilt euch.«

Tim drückt sich mit den Händen von der Hauswand ab, spürt den rauen Putz unter den Handflächen, und dann ist er draußen, fällt auf das Dach, auf die Tüte, stützt sich mit den Händen ab, schützt den Nacken, rollt zur Seite ab, genau wie er es beim professionellen Training gelernt hat, trotzdem kann er nicht verhindern, dass nun nicht nur ein dumpfer Aufprall zu hören ist wie von der Pistole und dem Geld, sondern ein Donnern, das seine Position laut in die Nacht hinein verkündet, HIER! HIER IST ER. HIER!

Sie trampeln jetzt in seiner Wohnung herum.

Hierhin.

Dorthin.

Er steht auf. Ergreift die Pistole, die Plastiktüte, läuft übers Dach, da hört er wieder Salgados Stimme, »ich kann ihn sehen, er flieht«,

und Tim erwartet im nächsten Moment eine Kugel in seinen Körper einschlagen zu spüren, dem überwältigenden Druck nachgeben zu müssen. Zwei Meter bis zum ersten Balkon. Darauf eine orangefarbene Gasflasche, ein Kinderfahrrad.
Er nimmt Anlauf.
Muss es dorthin schaffen.

U watch me dad

Er fliegt durch die Luft, taumelt eine Sekunde lang, bevor er mit dem Schienbein gegen das Balkongeländer schlägt, aber nicht besonders hart, und dann gelingt es ihm, den Körper aufzurichten, auf den Steinplatten zu landen, ohne zu viel Lärm zu machen, und er klettert über das Geländer, nimmt wieder Anlauf, zwei Meter bis zum nächsten Balkon, den muss er erreichen, sonst stürzt er in die Tiefe, und hinter ihm brüllen sie, »da ist er, schieß doch«, aber es schießt niemand, und rund um ihn herum gehen in den Häusern die Lichter an und

do da jump

Er schafft es, spürt, wie sein Gewicht auf die Erde stürzen will, aber er schafft es, landet auf dem nächsten Balkon, kippt dabei einen Plastikeimer um, der wiederum eine Plastiktüte mit leeren Flaschen zum Klirren bringt.

Keine Kugeln, es ist kein Schuss zu hören. Nur ein Kind, das schreit, und Hunde, die bellen.

Er springt weiter hinunter auf die Zisterne, dann in den Innenhof des Nachbarhauses, der harte Asphalt lässt die Knochen knacken und die Waden schmerzen, aber er schafft es, und Salgado brüllt: »Wir schnappen ihn uns auf Las Avenidas.«

Aber das werden sie nicht schaffen.

Die Glastür zum Treppenhaus ist verschlossen, er packt die Pistole am Lauf, hebt sie hoch, schlägt zu und zerschmettert das Glas neben dem Schloss, streckt die Hand so vorsichtig er kann hindurch, dabei aber weiterhin möglichst schnell, öffnet das Schloss, und dann springt er durchs Treppenhaus, durch die Haustür hinaus und bleibt im Nachtlicht und in der Nachtwärme auf der Allee stehen, überlegt, in welche Richtung er laufen soll, weiß, dass er keine Zeit zu verlieren hat, und er entscheidet sich dafür, geradeaus zu rennen, über die breite Straße, in dem alten Gewirr von Gassen zu verschwinden, aber vielleicht erwischen sie ihn trotzdem noch?

Die Pistole im Hosenbund.

Er sollte es schaffen, die Allee zu überqueren, bevor sie um die Häuserecke gelaufen kommen. Er rennt los, muss einem Taxi ausweichen, das mit gelöschtem Taxischild und Passagieren auf der Rückbank herangefahren kommt, und der Fahrer hupt, verdammt, kann er nicht aufhören zu hupen.

Tim entdeckt direkt vor sich eine schmale Gasse, wirft sich dort hinein, läuft so schnell er kann zwischen den viele hundert Jahre alten Steinhäusern um sein Leben.

Horcht auf Schritte hinter sich.

Stimmen.

Rufe.

»Er ist hier rein verschwunden.«

Ein Müllcontainer direkt vor ihm, einer dieser städtischen, blauen, und er stinkt nach verrottetem Müll, scharf und fast süßlich wie eine Leiche.

Soll er hineinklettern?

Nein.

Er drückt vorsichtig gegen eine Haustür.

Sie ist offen.

Eine von vielen Haustüren.

Er geht hinein.

Nimmt die Pistole in die Hand und wartet, wenn sie kommen, werde ich schießen, ein Schatten nähert sich draußen auf der Straße, dann noch einer, und sie bleiben stehen, sprechen leise miteinander, er kann nicht hören, was sie sagen, aber es sind Polizisten, und er umklammert die Waffe, küsst den Lauf, weiß selbst nicht, warum er das tut, und dann erinnert er sich, erinnert sich an den

Kuss, den er am Flughafen von Emme bekam, bevor sie aus dem Auto stieg, wie sie sich über den Beifahrersitz streckte, und ihre Lippen waren kalt, so kalt, und sie streckt sich ihm entgegen, wo bist du jetzt, Emme? Ich will das Bild nicht sehen, nicht jetzt, Emme, und die Schatten, sie bewegen sich weiter vorwärts, langsam, haben sie mich gehört, er steht ganz still, will zurückweichen, aber es gibt keine Möglichkeit dafür, keinen Weg, und da sieht er ein graues Hosenbein aus Seide, ein fleischiges Gesicht, das fast schwarz ist, eine Hand mit einer noch dunkleren Pistole, und er führt seine Pistole an die Lippen, atmet, schwer, leise, ich kann deine Atemzüge spüren, Emme, ich komme jetzt zu dir, geh nicht fort, sei vorsichtig, bleib bei mir, atme, bleib am Leben.

Das hier ist das wahre Leben, kann Emme noch denken, überwältigt von all dem Licht, den Geräuschen und Stimmen, stolpert sie in jemanden hinein, der neben ihr steht.

Es gibt so viele hier, es scheint, als wären die Menschen in ihr drinnen, obwohl sie das nicht will, und das Licht, die Lampen, die sich an der Decke drehen, sind die ganze Zeit in ihrem Schädel, und das ist ein Gefühl, als würde das Gehirn auslaufen, als könnte es nicht mehr unterscheiden zwischen dem, was ihre Gedanken sind, und dem, was rundherum passiert, und wie sehr sie auch versucht, auf dem Tanzboden das Gleichgewicht zu behalten, den Takt von der Stimme, vom Bass und den synthetischen Drums zu unterscheiden, sie schafft es nicht. Aber ohne Vorwarnung erkennt sie eine Hand, die ihr eine Wodkaflasche entgegenstreckt, gehalten von wippender, schweißiger Haut, und sie nimmt die Flasche, lauwarmes, glattes Glas, trinkt, und das ist gar nicht so stark, und dann fällt sie hin, der Rock rutscht über dem Bauch hoch, die Beine sind gespreizt, und hat sie eigentlich einen Slip an oder nicht? Ja, niemand hat ihn ihr ausgezogen, und sie spürt die Blicke auf ihrem

Körper, die sehen eine betrunkene Hure, ein kleines Mädchen aus einem Land im Norden, das zu viel getrunken hat, und dann liegt sie draußen vor dem Bad Girlz auf dem Asphalt, auf dem Rücken, schaut hoch in das dunkle, mit Lichtpunkten betupfte Gewölbe, den Sternenhimmel, und sie befindet sich in einer taumelnden Welt, fällt aus ihr heraus, weiß irgendwie, dass sie nach Hause kommen muss, Papa und Mama sind so weit weg, und wo bin ich hier eigentlich noch mal? Die Geschehnisse haben keine eigene Ordnung. Keine Zeitenfolge. Es ist, als sähe ich den gleichen Film immer und immer wieder. Aus unterschiedlichen Kameraeinstellungen.

Bitte.

Helft mir.

Kann mir nicht jemand helfen?

»Get out of here, bitch.«

Das Wasser.

Sie kann es hören. Welches Wasser? Das Meer. Eine Dusche? Ein Ozean vor langer, langer Zeit.

Sie hat jetzt Angst.

Wo sind alle, die mich gernhaben?

Tim sieht Salgados Schuhe, sie glänzen in der Dunkelheit, und die Männer fluchen jetzt.

»Dieser Hurensohn, er ist uns entwischt.«

»Verdammt.«

Salgado sieht ihn an, direkt durch das Türglas, zieht die Augenbrauen hoch, starrt ins Hausinnere, hat er mich jetzt gesehen? Tim zielt auf ihn, hat den Finger am Abzug, krümmt ihn, doch dann erkennt er, dass Salgado sich selbst betrachtet, er muss sein eigenes Spiegelbild sehen und nicht das Treppenhaus dahinter.

»Zurück zum Wagen.«

Sie gehen. Verschwinden in die gleiche Richtung, aus der sie gekommen sind, und Tim hört, wie sich ein paar Stockwerke über ihm eine Tür öffnet und wieder schließt, er hört einen Mann und eine Frau reden, dann wird das Licht eingeschaltet und die Sandsteinmauern werden sichtbar, die grünen Rahmen um die Briefkästen, die Pistole, ihr dunkles, oxidiertes Metall, und er muss weg, bevor die beiden kommen. Aber wenn nun Salgado und die anderen beiden umgekehrt sind, wenn sie im Augenwinkel mitbekommen haben, wie das Licht anging, und glauben, dass er doch hier sein muss, in diesem Hausflur?

Er steckt die Pistole weg.

Hört die beiden die Treppe herunterkommen.

Sieht sie. Ein junges Paar in Jeans und Wanderschuhen, Ökotypen, die nach selbstgedrehten Zigaretten riechen, und er nickt ihnen zu, geht zur Treppe, als wollte er jemanden besuchen, und das Pärchen verschwindet auf Palmas Straßen.

Das Licht erlischt. Tim zieht die Dunkelheit vor. Die Schatten, die nun die Macht übernehmen.

Er wartet zehn Minuten ab.

Umklammert fest die Tüte mit dem Geld.

Dann geht er hoch zum Kaufhaus El Corte Inglés. Dort überquert er Las Avenidas zusammen mit einer Gruppe Chinesen auf dem Weg nach Pere Garau. Er versucht, eins zu werden mit der Menschenmenge, unsichtbar, und anscheinend gelingt ihm das ganz gut. Er überquert als ein Teil der anonymen Menge die Calle Manacor, läuft durch heruntergekommene Straßenzüge und steuert Milenas Wohnung an, vielleicht ist sie ja da, vielleicht ist heute ihre freie Nacht.

Er hält sich dicht an den Hausfassaden, dort, wo das Straßenlicht nicht hinreicht, das Kinn gesenkt.

Milenas Hauseingang.

Eine einfache Tür aus massivem dunklem Holz, Tim klingelt.

Mach doch auf. Bitte, sei zu Hause.

Aber sicher ist sie im Club. Ihre freie Nacht hat keinen festen Wochentag, sie entscheidet das selbst, solange es kein Freitag oder Samstag ist.

Heute ist irgendein Tag und keiner. Es ist eine Nacht, die kommen wird und gehen wie alle anderen vor ihr. Es ist eine Nacht wie alle Nächte, und jetzt klingelt er noch einmal, hat das Gefühl, dass sie zu Hause ist, aber nicht öffnen will, also klingelt er ein drittes Mal, dieses Mal länger, und jemand ruft aus einem Fenster zwei Stockwerke höher:

»Hör endlich auf, da ist niemand zu Hause.«

Doch er lässt nicht locker, klingelt wieder.

Endlich hört er ihre Stimme aus der Gegensprechanlage.

»Ja.«

»Ich bin es. Kann ich raufkommen?«

Sie sagt nichts.

»Hörst du mich?«

»Ich höre dich.«

»Dann lass mich rein.«

»Das kann ich nicht.«

Tim spürt, wie ihm der Asphalt unter den Füßen weggleitet, er will hinein, durch die Tür gehen, hoch zu ihr, spüren, dass er eine Freundin hat, aber das hat er nicht.

»Du musst gehen«, sagt sie.

»Ist jemand bei dir?«

Ein Seufzen. Unmöglich zu entscheiden, ob das ein Seufzer des Eingeständnisses oder der Enttäuschung ist. Angst liegt auch darin, sicher hat sie mit Soledad gesprochen. Aber was ist das für eine Angst? Die der Schuldigen oder der Unschuldigen? Und was sollte sie sich in diesem Fall zuschulden haben kommen lassen?

»Leo schläft. Ich will ihn nicht stören.«

Bullshit. Wie oft haben sie sich so laut geliebt, dass der Junge aufgewacht ist, und bis jetzt hat es sie noch nie gestört.

»Hast du mit Soledad gesprochen?«

Sie antwortet nicht. Aus dem Lautsprecher ist nur ein Schweigen zu hören.

»Ist jemand bei dir?«

»Und wenn dem so wäre, dann ist es ja wohl meine Sache.« Dann lässt sie die Taste los, und er bleibt in der lauwarmen Luft stehen, hört das Rauschen der Stadt, die erfüllt ist von Träumen, Sehnsüchten und Schönheit, und nichts davon teilt er, all das ist ihm weggenommen worden und hat ihm den Rücken zugedreht. Rebecka. Er war derjenige, der ging. Aber sie ist nicht nachgekommen.

Zurückgeblieben sind nur Emme und sein Wille, sie zu schützen, ihr zu helfen. Zurückgeblieben ist die Sehnsucht nach ihr. Und nicht einmal dessen ist er sich noch sicher. Wie sie aussieht, was sie bedeutet, was für ein Gefühl es ist, sie an der Hand zu halten, ist sie heiß oder kalt, glatt, nass oder trocken, schreit sie oder flüstert sie, weint oder lacht sie, und er steht hier auf der Straße und möchte noch einmal bei Milena klingeln, und wie ein Wahnsinniger, der er ja auch ist, drückt er den Klingelknopf immer und immer wieder, aber es ist vorbei.

Er wagt sich vor zu seinem Auto, das ein paar Querstraßen weiter steht, doch gut hundert Meter davor zögert er, versteckt sich so gut es geht hinter einem Parkautomaten. Er versucht herauszufinden, ob jemand Wache hält, ob jemand in einem der Autos rundherum sitzt und nach ihm Ausschau hält, darauf wartet, dass er kommt, aber alles scheint ruhig zu sein.

Schnell geht er die letzten Schritte zum Auto. Öffnet den Wagen auf der Fahrerseite, springt hinein, spürt die Hitze, die sich im Inneren gestaut hat, und dann startet er, biegt nach links in die Calle General Ricardo Ortega ein, dann rechts auf Las Avenidas, und er überlegt, ob er zu Simone fahren soll, verwirft diesen Gedanken aber wieder, sie hat es nicht verdient, mitten in der Nacht geweckt zu werden.

Ein Polizeiwagen kommt ihm entgegen, und er vergisst vor

Schreck zu atmen, aber der Wagen fährt einfach vorbei, kein Blaulicht wird eingeschaltet, keine Sirene.

Er fährt zu Mamasan Elis Büro, parkt dicht an der Steinmauer, wo sie hoffentlich sein Auto nicht bemerkt, wenn oder falls sie morgen früh zur Arbeit kommt.

Er klappt die Rückenlehne nach hinten. Lehnt sich zurück.

Stopft sich das Geld unter das Hemd, schließt die Augen, und die Autos strömen hinter ihm vorbei.

Jetzt ist er ein schwarzer Wald, die Bäume sind Schatten. Er fällt in einen traumlosen Schlaf.

Tim wird von einem hustenden Motor aus dem Schlaf gerissen, als Mamasan Eli ihr Auto abstellt. Kurz darauf schlägt sie die Tür ihres schwarzen Minis zu. Er richtet sich auf, und Mamasan Elis braune Augen starren ihn an, sie hält nach beiden Seiten Ausschau, fummelt an den Autoschlüsseln herum, es sieht aus, als würde sie am liebsten wieder in den Wagen springen. Doch dann zögert sie, schaut zur Haustür, als schätzte sie den Abstand bis dorthin, sie macht den Eindruck, als hätte sie es eilig, als sollte sie eigentlich gar nicht hier sein.

Tim zieht die Tüte mit dem Geld unter dem Hemd hervor. Das Plastik klebt ihm an der Haut, und er schiebt das Geld unter den Fahrersitz, steigt aus dem Wagen und schüttelt sich den Schlaf aus dem Kopf. Die Haut auf dem Rücken ist klebrig vom Schweiß und das Gesicht vom Schlaf aufgedunsen und warm.

Roxy, Belle.

Modelos, Hostesses.

»Wir gehen rein«, sagt er, lässt seine Stimme dunkel klingen, fasst sie am Arm.

»Du solltest nicht hier sein«, sagt sie, aber sie folgt ihm zur Tür, ihre Hand zittert, als sie versucht, den Schlüssel ins Schloss zu schieben, und er flüstert, »ruhig, immer ruhig«, zieht sein Hemd ein Stück hoch und zeigt ihr die Pistole. Zunächst sieht sie erschrocken aus, doch dann wird ihre Hand ruhig, als verstünde sie, dass er sie vor wem auch immer schützen kann, und sie stehen in der staubigen Luft der Rezeption von Carmen Modelos nebeneinander, starren auf den brummenden Getränkekühlschrank, und sie nimmt eine Coca-Cola heraus, streckt sie ihm entgegen.

»Du siehst aus, als könntest du eine gebrauchen.«

Sie sieht heute nicht gerade bezaubernd aus. Ungeschminkt wirkt sie zehn Jahre älter, müde, mit dunklen Flecken auf den Wangen und Falten um die Augen, und sie trägt locker sitzende Trainingsklamotten aus dünner, grauer Baumwolle. Anscheinend ist sie auf dem Weg irgendwohin, das hier ist offenbar nur ein Zwischenstopp.

»Was willst du?«, fragt sie. »Ich kann dir nicht helfen. Ich habe schon viel zu viel gemacht.«

»Das kannst du doch.«

Er hat die Coladose noch nicht geöffnet, sie ist hart und kalt in der Hand.

»Wo finden diese Partys statt?«, fragt er. »Diese Zusammenkünfte?«

»Welche Zusammenkünfte?«

»Stell dich nicht so dumm«, erwidert er. »Ich bin das Ganze inzwischen verdammt leid.«

Er schreit.

»SOFORT! SAG ES MIR SOFORT!«

Sie geht einen Schritt zurück, mit erhobenen Handflächen.

»Ich weiß es nicht«, sagt sie. »Ich habe keine Ahnung. Ich habe die nur mit Mädchen versorgt.«

»Wer sind *die*?«

»Du weißt, dass ich mein Todesurteil unterschreibe, wenn ich dir das sage.«

»Du bist schon tot.«
»Kann sein.«
Sie lässt sich auf den Stuhl hinter dem weißen Schreibtisch sinken. Holt einen Schlüssel aus der Tasche, öffnet eine Schublade und zieht ihren silberglänzenden Laptop heraus.
Klappt ihn auf.
Ruft Tim zu sich. Er stellt sich hinter sie.
Fotos.
Sie muss mir etwas geben, denkt er. Alles zu leugnen, traut sie sich nicht.
Nackte Mädchen, erigierte Geschlechtsteile, roter Plüsch, rotes und gelbes Licht in dunklen Zimmern, hauchdünne Spitzengardinen vor Fenstern mit geschlossenen Läden.
Geschlechtsteile, die penetriert werden. Die geleckt werden. Jemand pinkelt einer Frau in den Mund auf einem Bild, dessen hartes Licht die dunkle Haut mahagonifarben erscheinen lässt.
Die Mädchen sind jung, und am liebsten würde er Mamasans Kopf auf die Schreibtischplatte donnern, doch er zügelt sich.
Ein paar ältere Körper.
Soledads könnte darunter sein.
Aber keine Gesichter.
Man sieht weder die Gesichter der Männer noch der Frauen oder Mädchen. Und keine Gewalt, nichts, was anschließend die Behandlung durch einen Arzt erforderlich machen würde.
»Was ist das hier?«
»Eine der Veranstaltungen.«
Keine Emme auf den Fotos. Er hätte sie wiedererkannt. Gesehen, dass sie es ist.
»Wo ist das? Woher hast du die Fotos?«
»Eines meiner Mädchen hat sie gemacht. Heimlich.«
»Gab es viele solcher Veranstaltungen?«
Mamasan Eli antwortet nicht.
»Und die jungen Mädchen, sind das auch deine?«

»Die jungen sind Freundinnen meiner Mädchen, Töchter, Cousinen. Einige sind vierzehn, die eine oder andere vielleicht auch erst dreizehn. Aber die meisten sind zumindest fünfzehn. Das sind alles Menschen, die es sich nicht leisten können, Nein zu sagen, wenn es um Geld geht. Jedenfalls nicht, wenn es um so viel Geld für nur einen Abend Arbeit geht. Und frag mich nicht, was das für Mädchen sind. Das werde ich dir niemals erzählen. Ich weiß es häufig selbst nicht.«

»Es soll da einen besonders bösen Mann geben.«

»Sind nicht alle Männer böse?«

Sie spürt seine Verachtung.

»Wie kannst du mich verurteilen, Tim? Wo du nicht einmal selbst auf deine Tochter aufpassen konntest.«

Er boxt mit aller Kraft auf den Laptop, der fliegt vom Schreibtisch, auf den weißen Steinfußboden, wo er sich mehrmals um sich selbst dreht, bevor er anscheinend unbeschädigt direkt vor der Haustür liegen bleibt.

Mamasan Eli sitzt reglos hinter dem Schreibtisch. Aber ihre Hand zittert wieder.

Ich will dir doch nicht wehtun, möchte er am liebsten flüstern. Ich bin nicht so einer.

»Das hier sind Menschen, die nichts haben«, sagt sie. »Die eine Familie zu Hause haben, die auch nichts hat. Dann verkauft man das, was man verkaufen kann. Und man stellt keine Fragen. Man geht mit verbundenen Augen mit und wird direkt in die Nacht gefahren. Man sieht nur zu, dass man so gut wie möglich bezahlt wird. Und ist dankbar für den Job.«

Er legt ihr die Hände auf die Schultern. Jetzt zittert sie am ganzen Körper, ist heiß, und er sieht ihren Hals, der sonst fast vollkommen unter ihrem schwarzen Haar verborgen ist.

»Und dabei hast du ihnen geholfen. Einen Job zu kriegen.«

Sie nickt.

»Und hast ein paar Prozent dafür kassiert.«

»Wir tun doch alle, was wir tun müssen«, sagt sie.
»Wer hat dir den Auftrag erteilt?«
»In Magaluf«, sagt sie. »Die Haltestelle, wo sie die Mädchen abgeholt haben, liegt in Magaluf. Gegenüber der neuen Sporthalle.«
»Und wer hat dir den Auftrag erteilt?«
Jetzt schließt sie die Augen, er schiebt die Hände dichter an ihren Hals.
»Wer sind die Männer auf den Bildern?«
Haut unter seinen Fingern, das Blut, das warm durch die Halsschlagadern strömt.

Tim versucht es erneut. Er nimmt die Hände von ihrem Hals, massiert stattdessen ihren Nacken, bewegt die Finger langsam entlang der obersten Wirbelknochen, lässt sie oberhalb des Hirnstamms ruhen, drückt, trommelt mit den Fingerspitzen wie ein beharrlicher Regen.
»Wer sind die Männer?«
Mamasan Eli antwortet nicht.
»Wer hat dir den Auftrag erteilt?«
Sie schüttelt den Kopf, damit er die Finger dort wegnimmt, und ihre spitzen Schlüsselbeine bewegen sich unter dem Stoff ihres Hoodies.
»Wer?«
Er legt ihr wieder die Hände auf die Schultern, drückt sie auf den Stuhl.
Fest.
»Du solltest dir die Zähne putzen«, sagt sie. »Du stinkst aus dem Mund, Tim.«
Wie alles hier.
Alles ist ein einziger stinkender Schlund.
Er sieht ein, dass sie nichts sagen wird, er müsste die Wahrheit

schon aus ihr herausprügeln, ja vielleicht sogar foltern, und das würde er nie tun.

Einem Dänen eins auf den Schädel verpassen.

Sicher.

Die Lippen eines niederländischen Kreditkartenbetrügers platzen lassen.

Sure.

Den Arm eines Vorortghettokids brechen, der die kleine Schwester seines Kumpels vergewaltigt hat. Es gibt Schlimmeres.

Aber eine Frau? Es muss eine Grenze für dreckige Sachen geben.

Er lässt ihre Schultern los.

Geht um den Schreibtisch herum und schaut sie an. Er hält ihren Blick fest, lange, herausfordernd.

Sie steht auf, hebt den Laptop auf, setzt sich wieder, tippt auf der Tastatur herum, und auf irgendeine Art und Weise gelingt es ihr, ihn dabei die ganze Zeit nicht aus den Augen zu lassen.

»Ich lösche jetzt alle Fotos.«

»Wohin willst du? Denn du bist doch auf dem Weg irgendwohin?«

»Es gibt ein Haus am Atlantik«, sagt sie. »Das gehört seit Generationen unserer Familie. Aus Granit gebaut, auf einer Klippe am Meer, dort, wo immer der Wind weht.«

»Ich dachte, du wärst inzwischen Vollzeitmallorquinerin.«

»Nur fast.«

Sie atmet vernehmbar. Lange, schwere Atemzüge.

»Das Haus liegt in Galicien«, sagt sie. »Ich spreche auch Galicisch.«

»Debes consultar túa conta«, sagt sie dann.

Mamasan Eli verschwindet in dem Raum hinter der Rezeption, er hört sie dort herumwühlen, Schubladen aufziehen, Sachen übereinanderschmeißen, und Tim greift zur Pistole.

Die Worte hallen in ihm nach.

Debes consultar túa conta.

Diese Sicherheit, als sie das zu ihm sagt, und gleichzeitig das Zögerliche, fast Verlogene.

Er öffnet die Übersetzungs-App.

Tippt die Worte ein.

Galicisch.

Du musst dein Konto kontrollieren.

Hat sie ihm etwas geschickt?

Sie wühlt weiter, und er schaut bei seinen Mails auf dem Handy nach, aber da ist nichts Neues. Keine SMS. Nichts auf WhatsApp.

Was versucht sie damit zu sagen?

Was ist mit dein Konto gemeint?

Was soll das sein, was mir gehört?

Auch wenn die Worte auf Galicisch sind, beginnt er langsam zu verstehen, was sie bedeuten. Dass sie eine andere Bedeutung haben können, als die App aufzeigt.

Kontrolliere deine Eigenen.

Sind damit die Schweden gemeint?

Er beginnt zu ahnen, worauf sie hinauswill. Das Fest in Deià, an dem auch Gordon Shelley teilnahm. Wer sonst sollte das sein als die Svedins? Das Foto mit der Jacke. Nach dem er die beiden noch nicht hat fragen können. Aber wenn der Mann am Empfang recht hat, sind sie inzwischen zurück.

Er erinnert sich daran, wie Bente Jørgensen auf der Terrasse direkt neben ihm auftauchte, ihm über den Unterarm strich, die Stimme über Steinplatten und über Gäste plätschern ließ, weiter über Meer und Himmel. Ihr Mann. Roger Svedin. Das Jobangebot, keep your friends close but your enemies closer.

Ihm ist übel.

Dann kommt Mamasan Eli zurück und er unterdrückt die Übelkeit.

In einer Hand hält sie eine blaue Ikea-Tasche, voll mit Papieren und Ordnern.

»Das werde ich verbrennen«, sagt sie.

Sie nimmt den Laptop, legt ihn auch in die Tasche.

»Kannst du mir die Tür aufhalten? Ich will jetzt los.«

Er lässt sie vorangehen, fragt, ob er die Tasche tragen soll, aber sie lehnt sein Angebot dankend ab.

Sie wirft die Sachen auf die Rückbank des Mini. Dann setzt sie sich auf den Fahrersitz und schaut zu ihm hoch. Setzt sich die braun melierte Sonnenbrille auf, mit riesigen Gläsern, die fast die halben Wangen bedecken.

»Es ist noch nicht zu spät«, sagt sie. »Noch kannst du die Insel verlassen.«

Sie schaut geradeaus, startet den Motor.

»Aber ich weiß, dass du das nicht tun wirst.«

Sie biegt auf die Straße ein, fährt Richtung Krankenhaus hoch, während sie in ihr Handy spricht, und dann biegt sie ab, in die erste Straße rechts, vielleicht fährt sie ja wieder zurück in die Stadt, zu ihrem Haus in El Molinar.

Tim setzt sich ins Auto. Legt die Hände auf das warme Lenkrad.

Er fährt in Richtung Paseo Marítimo. Im The Boat House isst er zwei Croissants, trinkt einen Saft und zwei Cortado. Im Internet sucht er nach Neuigkeiten über Nataschas Verschwinden oder anderes, was ihn betreffen könnte. Aber er findet nichts.

Er fährt entlang der Avenida Joan Miró zum Gran Hotel del Mar. Hundert Meter vom Hotel entfernt parkt er, im Schatten einer hohen Pinie, mit riesigen Zapfen unter langen Nadeln.

Er nähert sich dem Hotel.

Langsam.

Die Pistole im Hosenbund, die Tüte mit Geld in der Hand.

Langsam geht er an dem kleinen Garten vorbei, der ihm beim letzten Mal, als er hier war, aufgefallen war, der mit den Stufen, die in ein dschungelähnliches Grün führen.

Da sieht er den Mann, der hinter einem Auto hervortritt. Er trägt eine Polizeiuniform, und er führt beide Hände vor den Körper, zielt mit einer Pistole auf Tim und drückt ab.

Zum Schluss verrieten Julia und Sofia den Namen des geschlossenen Instagram-Kontos, @Magaluf2015Yeahyeah

Er hatte ihnen versprochen, ihren Eltern davon nichts zu verraten. Und er hielt sein Versprechen.

Sie schickten ihm den Kontonamen, den Code zum Einloggen, und er saß am Küchentisch an der Calle Reina Constanza, in der beißenden Winterkälte, er war gerade erst hier eingezogen. Ein harter Februarregen peitschte seitwärts gegen die Fensterscheibe, und während er wartete, dass der Computer mit seiner Arbeit fertig war, fragte er sich, warum sie das Konto nicht gelöscht hatten, aber sie waren nun einmal Teenager, dachten nicht so weit.

Dann sah er die Fotos.

Sie ziehen Lines auf der Toilette des Hotelzimmers.

Drehen Joints.

Halten eine Dose mit weißen Tabletten gegen eine Lampe hoch, deren Schirm das gleiche Gelb zeigt wie ein Maishähnchen.

Auf einem Selfie mit Bildunterschrift starren sie alle drei mit aufgerissenen, drogenblanken Augen in die Kamera.

Da hoes doin da drugs.

Emme Kristina Blanck.

Wer warst du? Wer bist du? Wie habe ich das hier nicht sehen können?

Ein paar Fotos wurden vor der Reise gemacht.

Alle drei rauchen daheim auf ihrem Sofa, das Fenster weit aufgerissen. Tim kann sich an den Abend erinnern, er war mit Rebecka im Kino, anschließend in Rolfs Kök.

Auf einem anderen Foto drei Pillen auf dem Tisch. Emme kam an diesem Abend erst spät nach Hause. Sie war auf irgendeinem Fest in Bromma.

»Dann habt ihr also nicht nur Marihuana von diesem Inder gekauft? Hättet ihr mir das nicht früher sagen können? Wer hat euch die anderen Drogen verkauft?«

Das wollen sie nicht verraten.

Aber er hat sie dazu gebracht, es doch zu erzählen. Indem er ihnen drohte, die Fotos aus Stockholm ihren Eltern zu zeigen.

»Wer war das? Wie hieß er?«

»David.«

»Wie weiter?«

»Wir wissen es nicht.«

»Wie sah er aus?«

»Groß, süß. Ein bisschen wie Ansel Elgort. Vielleicht so zwanzig. Er war mit im Flugzeug auf dem Hinflug.«

Bilder aus den Clubs, unscharf, mit lang gestreckten Silhouetten darauf. Die Gesichter nicht zu erkennen, als hätte es sie nur in diesem Augenblick dort gegeben, als hätten sie sich danach wieder zurückgezogen, um niemals wieder zu erscheinen.

Die blendenden Lichter, die lockende Dunkelheit zwischen ihnen.

Auf den Fotos auf Instagram kann er sehen, dass Emme glücklich ist. Sie ist so, wie sie ist, wie sie sein will. Verwegen und unsicher, sicher und suchend, naiv offen gegenüber dem, was ihr über den Weg läuft. Manchmal verurteilend, bevor sie überhaupt nachdenkt.

Ihr schmollendes Teenagergesicht ist in seinen Vateraugen unglaublich schön. Die Wangenknochen, die schneller wachsen als die Nase, Lippen, die zu groß sind für das Kinn. Die Zahnspange, die ihr Lächeln schluckt. Ein Gesicht, das darauf wartet, seine Form zu finden.

Er hat Rebecka nie das Instagram-Konto gezeigt. Die Fotos liegen immer noch dort, sie gehören ihm, er hat das Konto so geändert, dass er es jetzt verwaltet, nur er kann es löschen.

Die Bilder sind sein Fotoalbum.

Er schaut sie nur selten an. Aber es gibt sie.

Eine scharf aufflammende Hitze in der Seite. Tim fällt nach vorn, versucht die Pistole zu fassen zu bekommen, und ein weiterer Schuss zischt über seinen Kopf hinweg, schlägt in die weiße Mauer hinter ihm ein.

Dann noch ein Schuss.

Die Kugel trifft das rote Blech eines parkenden Autos.

Tims weißes Hemd färbt sich rot.

Es brennt, aber er kann keinen Schmerz spüren. Er hebt vorsichtig den Kopf. Entdeckt einen weiteren Polizisten mit gezogener Waffe, es sind die beiden, die bei ihm zu Hause gewesen sind. Salgado kann er nicht entdecken. Beide Beamten schießen, aber Tim duckt sich wieder zwischen den Wagen, die Kugeln erreichen ihn nicht. Am liebsten würde er sich auf den Asphalt sinken lassen, gegen eine gelbe Karosserie lehnen, ausruhen, aber dann wäre alles vorbei. Dann werden die beiden ihm eine Kugel in den Kopf jagen, und anschließend wird alles schwarz werden, alles, was ihn ausmacht, wird verschwinden, und das darf nicht geschehen.

Ein Bürgersteig.

Ein paar Sonnenanbeter auf dem Weg vom Strand schreien, andere, die auf dem Weg zum Meer waren, laufen zurück in Richtung Cala Mayor, vorbei am Schild des Gran Hotel del Mar, und die eckigen Buchstaben spiegeln sich in der Tür eines Autos, das auf der anderen Straßenseite steht.

Ein Lexus.

Ist das Roger Svedins Auto?

Kugel zersplittern die Windschutzscheibe des Autos, hinter dem er Schutz gesucht hat, das Glas spritzt auf die Straße, die Scherben hüpfen wie eckige Glasmurmeln über den Asphalt, solche, wie er in der Sandkiste in die Löcher hat kullern lassen, als er noch ein Junge war.

Er schaut zur Seite.

Das Tor zum Garten ist nur angelehnt, und dahinter ist die Treppe, die sich ihren Weg hinauf in das dichte Grün bahnt, Palmen, Farne, die Sonne, die sich immer mal wieder auf den Blättern zeigt, die sich nur langsam in einem ganz leichten Wind bewegen.

Sie sind näher gekommen.

Zu nahe.

Er zieht seine Pistole heraus und hebt sie über den Kopf, schießt in die Luft, er will nicht nach vorn schießen, fürchtet, einen Unschuldigen zu treffen, aber diese Schüsse sollten sie dazu bringen, in Deckung zu gehen.

Tim steht auf.

Er läuft, macht vier kurze Schritte über die grauen Pflastersteine des Bürgersteigs, drückt das schwarze Eisentor auf, schlägt es hinter sich zu, hört das Klicken des Schlosses und läuft durch den kleinen Garten, die Pistole in der einen, nach unten gestreckten Hand, die Tüte mit dem Geld in der anderen.

Es sticht. Brennt.

Er dreht sich um.

Er hört ihre Schritte, kann sie aber nicht sehen. Sieht nur hinter dem Tor ein blaues Auto vorbeifahren. Schatten auf weißem Stein.

Die Treppe hinauf.

Ein Schuss schlägt auf einer Treppenstufe über ihm ein, ein Steinsplitter trifft ihn an der Stirn, ritzt ihn direkt an der Augenbraue. Erneut dreht er sich um. Und jetzt schießt er auf die Konturen der uniformierten Männer, die am Tor zu sehen sind, und das hindert sie daran, herüberzuklettern.

Sie schreien.

»Stehen bleiben! Stopp! Wir wollen nur mit Ihnen reden.«

Jetzt ist er mitten in all dem Grün, ein Tunnel aus Blättern und Zweigen entlang eines gepflasterten Wegs, und er eilt nach oben, erreicht eine Terrasse mit großen Farnwedeln und hohem Gras zwischen den Steinen.

Leere Liegestühle um einen nierenförmigen Pool.
Ein Lattenzaun. Weiß. Auf der anderen Seite der Pool.
Das Blut wird aus der Wunde gepumpt. Sterbe ich jetzt? Was wird dann in der Zeitung stehen? Welche Lüge werden sie über mich erfinden?
Sie sind jetzt auch in dem Garten.
Tim kämpft, um über den Zaun zu kommen, während das Blut sein Hemd durchtränkt.
Zum ersten Mal bricht sich der Schmerz durch das Adrenalin seine Bahn, und es pocht hart und schonungslos in seiner Seite, Schneidbrenner wie die Sonne am Strand von Ko Chang, als er einschlief und Emme ihn mit einem Eimer Eiswasser weckte, den sie ihr in der Bar gegeben hatten. Damals die Kälte, jetzt die Hitze.
Er eilt weiter durch dichtes Piniengestrüpp, gelangt auf einen Hinterhof, auf dem ein rostiger Grill steht und knallgelbe Gartenschläuche in einem Knäuel liegen. Der Boden ist von Tannennadeln bedeckt.
Er stolpert um das Haus herum. Ein kleines, weiß verputztes Haus mit vielleicht vier Wohnungen, Handtücher über den Balkongittern, ein paar Badehosen mit Schachbrettmuster.
Das Blut schießt jetzt nur so aus ihm heraus, und als er auf die nächste Straße gelangt, den oberen Teil der Umgehungsstraße von Illetas, sieht er alles doppelt.
Aber er darf keine Spuren hinterlassen.
Er presst die Hand gegen die Wunde, versucht das Blut zurückzuhalten. Nur für ein paar Sekunden. Versucht den Blick zu schärfen und läuft über die Straße, es gelingt ihm, auf eine Mauer zu springen, die Hand immer noch fest auf die Wunde gepresst. Er fühlt das Gatter gar nicht, hat keine Zeit, sich um Glasscherben oder Schmerzen zu kümmern. Aber die Mauer ist oben glatt. Hier glaubt jemand noch an das Gute im Menschen. Dass die, die hier rüberwollen, unschuldig sind, so wie ich.
Das anschließende Grundstück führt hoch zu einem verriegel-

ten Haus mit einer Terrasse, umzäunt von einem massiven Zaun, und er zieht sich über ihn, kriecht durch das trockene Gras, aalt sich weiter bis zum Haus. Jetzt fließt das Blut wieder, aber wenn er aufsteht, könnten ihn möglicherweise die beiden Polizisten unten von der Straße her sehen.

Sirenen sind zu hören. Sie können mir helfen. Es gibt auch gute Polizisten.

Oder aber nicht.

Er kriecht auf die Terrasse.

Hört sie.

Sie sind jetzt ganz nah.

Stehen unten auf der Straße, nur gut zehn Meter entfernt.

»In welche Richtung ist er verschwunden?«

»Keine Ahnung.«

»Mierda.«

»Hijo de puta.«

Tim kriecht um das Haus herum, hier hört er sie nicht mehr. Sie müssen weggegangen sein, vielleicht jeder in eine andere Richtung, haben nicht mitgekriegt, dass er in diesem Garten verschwunden ist. Aber sie könnten zurückkommen.

Er kriecht weiter voran, wirft die Tüte mit dem Geld immer ein Stück vor sich, windet sich dann weiter, nimmt die Tüte und versucht aufzustehen, aber die Beine tragen ihn nicht. Er rutscht auf feuchtem Lehm bis zu den Farnwedeln, auf warmer Erde, und er spürt, wie das Leben aus ihm herausrinnt.

Aus ihm gepumpt wird, Herzschlag für Herzschlag.

Er rutscht zurück, wieder hinter das Haus, bleibt auf der Terrasse liegen.

Auf dem Rücken.

Tim schaut zu einer gewölbten Betondecke hoch, deren hellgraue Farbe abblättert, und einem Kronleuchter, der verstaubt an einem schwarzen Stromkabel hängt.

Ein Ventilator.

Bin ich in meinem Schlafzimmer?
Nein, nein.
Er legt die Pistole neben sich.
Nimmt das Handy hoch.
Lässt es fallen.
Wem kann ich vertrauen?
Wem?
Simone.
Aber sie können uns zusammen gesehen haben. Sind ihr vielleicht auch gefolgt.
Wer kann mir jetzt helfen? Rebecka, aber du bist tausend Kilometer entfernt. Ich bin hier.
Wo bin ich, Rebecka? Er legt das Handy hin. Windet sich aus dem Hemd, dreht es zu einer lockeren Kordel, nimmt das eine Ende in den Mund, beißt darauf, als er das andere Ende so tief und so fest er nur kann, in die Schusswunde drückt. Er muss den Blutfluss stoppen.
Sonst stirbt er. Ich darf nicht sterben – das Versprechen – wem kann ich vertrauen.

    wem
            wie
            wann
                    er fällt
                        aus einander, ist eine Ste
  so lid
        ta
        ble tte
                  pa, pa da

Nadeln.
Es brennt und sticht wie von Nadeln in ihm.
Das muss zusammengenäht werden.

Er tastet nach dem Telefon.
Findet es.
Sucht Mai Wahs Nummer heraus.
Ruft an.
Antworte, du musst antworten.
Elektrizität in ihm.
Warum solltest du mir helfen, Mai?
Mir schmecken ja nicht einmal deine Teigbällchen.

Er darf nicht wegdämmern.
»I come, Mr Tim. Clear I come. Big problem, no problem.«
Tim presst die Hand auf das Hemd, es ist feucht und heiß, und es stinkt nach Eisen.
Polizeiwagen sind vorbeigefahren, Badegäste promenieren in beide Richtungen, und er hat sie Niederländisch sprechen gehört, Deutsch, Norwegisch, Schwedisch und Englisch, aber kein Spanisch.
Die Hausnummer hat sich in ihm eingeätzt, die kleine gebrannte Kachel neben der Pforte zum Garten. Blaugrüne Ziffern, 38. Er muss bereit sein, falls jemand kommt, falls sie ihn von Hunden aufspüren lassen, oder aber falls die Hausbesitzer eintreffen.
Mai Wah.
Kommt sie?
Sie muss kommen.
Sie hat gesagt, dass sie sofort losfährt.
Dann scheint es ihm, als würfe ihm jemand ein glühend heißes Zwanzig-Kilo-Gewicht auf den Bauch, er krümmt sich zusammen und ein noch heißeres Messer wird in seinen Eingeweiden gedreht, drückt glühende Kohlestückchen auf die Knochen, und er darf nicht schreien, aber er wimmert, und langsam verschwinden die Decke, die Kristalle, der Ventilator, und alles wird schwarz.

»Mr Tim, aufwachen, Mr Tim, jetzt.«

Ihre Stimme ist eine Fata Morgana, eine Oase, Palmenkronen, die sich unter einer Schweißflammensonne ausbreiten, eine Brise in einer Höllenwüste.

»Mr Tim!«

Ja.

»Hinsetzen.«

Wo bin ich? Tat mir der Rücken weh? Habe ich einen Massagetermin?

Er ist hier in Illetas, auf der Terrasse fremder Menschen, und wenn Mai Wah sagt, dass er aufstehen soll, dann muss er das tun.

Aber wie?

Der ganze Körper schreit jetzt vor Schmerzen, ihre Hände pressen sich gegen seinen Rücken, drücken ihn hoch, und er hilft mit, stellt die Ellenbogen auf die Steine, dann die Hände, und es dröhnt wie eine Motorsäge in seiner Bauchseite.

»So viel Blut. Aber hat jetzt aufgehört.«

Er setzt sich auf, schaut direkt vor sich, in einen vertrockneten Busch, und unter dem liegt ein schlaffer roter Wasserball, Tim dreht den Kopf zur Seite, und da kniet Mai Wah, lächelt breit, und sie trägt einen dunkelroten Pullover, der die Blutflecken schluckt. Ihre Hose hat die gleiche Farbe.

»Wir müssen zu Auto.«

Er atmet, hyperventiliert, versucht über die Schmerzschwelle zu gelangen, die Qual auf sich zu nehmen, er muss das schaffen.

»Ich zähle bis drei. Un, do, tre.«

Es ist Mai Wah, die zählt, er nimmt Anlauf, und sie zieht ihn hoch, dann steht er auf seinen Füßen. Der Körper möchte sich wie ein Klappmesser in der Mitte zusammenfalten, aber er hält dagegen.

Ihre Hand unter seinem Arm.

Das Geld.

Die Tüte liegt ein Stück weiter weg. Die Pistole drückt gegen seinen Rücken. Er fragt sich, wie die dorthin gelangen konnte. Er zeigt auf die Tüte, und Mai Wah beugt sich hinab, nimmt sie hoch, gibt sie ihm.

»Auto direkt an Pforte.«

Sie führt ihn zur Mauer und zur Pforte, lässt seinen Arm los. Die Pforte lässt sich öffnen, und sie schaut auf die Straße hinaus, dreht den Kopf in beide Richtungen.

»Freie Fahrt. Komm, schnell.«

Er versucht zu laufen, kann aber nur gehen, spürt die Pistole in seiner Hand. Jetzt ist kein Mensch auf der Straße, keine Polizisten, eine offene hellblaue Autotür, ein schmutziger Sitz, und er zieht sich hinein, die Tür wird zugeschlagen, ein Motor startet, und Mai Wah klappt die Sonnenblende herunter.

»Kopf runter.«

Er duckt sich, nimmt den Schmerz entgegen, und sie fährt, angemessen zügig, durch das Villengebiet von Bendinat hindurch, und bald sind sie draußen auf der Autobahn.

»Kannst dich aufsetzen, Mr Tim.«

Er will fragen, wohin sie fahren, doch bevor er so weit kommt, hat er den Kopf gegen die sonnengewärmte Glasscheibe in der Seitentür gelehnt und ist in seinem Nebel verschwunden.

Er sieht alles glasklar, aber er scheint der Welt, in der er sich befindet, nicht mehr anzugehören. Ein Wohnwagen, ein altes, buckliges Modell, cremefarben, mit einem kleinen Fenster und einer Tür, die mit chinesischen Schriftzeichen bemalt ist. Ein Gemüsefeld, das mit Sonnenblumen und Blumenkohl bepflanzt ist, struppige Kräuter und üppiger Pak Choi, eine Palme, dickbäuchige Olivenbäume und eine wild gewachsene Hecke, die das Grundstück direkt am Wohnwagen einzäunt. Die Hitze drückt ihn in den Beifahrersitz, der Schweiß läuft ihm über die Kopfhaut, und seine Lippen sind trocken, der Hals noch trockener, er muss unbedingt etwas trinken.

Mai Wah geht um das Auto herum, in den Wohnwagen hinein, kommt zurück. Ohne ein Wort streckt sie ihm die Hand entgegen,

Tim ergreift sie und sie hilft ihm hoch. Er stolpert die zehn Meter vom Auto bis zum Wohnwagen. Drinnen gibt es nur einen Raum. Eine Kochplatte, ein gemachtes Bett, rosa Laken mit türkisfarbenen Papageien darauf.

»Da kannst du liegen.«

Tim sinkt auf dem Bett nieder, schaut auf die heruntergelassenen grauen Rollos. Mai Wahs Schrebergartenparzelle, hierher hat sie ihn gebracht.

Zu ihrem Gemüse.

Hierher, wohin sie immer Wasser bringt, da hier nichts aus den Wasserhähnen kommt. Hier, ein paar Kilometer außerhalb von Palma, am Rande von Marratxí.

Vogelgezwitscher, die Motorengeräusche der Autos nur in der Ferne.

Sie kocht etwas. Ihre Arme bewegen sich, ihr rot gekleideter Rücken, dann kommt sie mit einem Teller zu ihm, und im Wohnwagen ist es heiß, aber nicht unerträglich heiß, ein weißer Plastikventilator dreht sich ununterbrochen neben ihm.

Auf einem Teller liegt ein grüner, stinkender Brei.

Sie setzt sich neben ihn.

»Wird wehtun. Aber muss sein.«

»Okay.«

Sie lächelt, er versucht, ihr Lächeln zu erwidern, aber der Schmerz übermannt ihn erneut, und Mai Wah muss das erkannt haben, denn in dem Augenblick zieht sie vorsichtig das blutige Hemd aus der Schusswunde, und das zerreißt ihn, ein Gefühl, als würden ihm die Eingeweide herausgerissen, als würde sein Bauch stattdessen mit flüssigem Blei gefüllt.

Ihm wird schwarz vor Augen.

»Gut, Mr Tim.«

Sein Blick wird wieder klarer, ihre Hände arbeiten warm an der Wunde, als sie vorsichtig Kräuter darauflegt.

»Kannst du die Kugel rausholen?«

Sie schüttelt den Kopf.

»Kräuter verhindern nur eine Weile Infektion. Muss zum Doktor.«

»Das geht nicht.«

»Nicht dumm sein, Mr Tim.«

»Wasser.«

»Keine gute Idee.«

»Aber sonst sterbe ich. Ich brauche Flüssigkeit.«

Sie stellt ein Wasserglas neben ihn, auf das kleine Wandregal, auf dem chinesische Klatschzeitschriften liegen. Sie gibt es ihm nicht in die Hand, als wollte sie nicht dazu beigetragen haben, seinen Zustand zu verschlechtern.

An der Decke hängt ein Fernseher.

Ein kleiner, dünner Bildschirm.

»Ich fahre jetzt weg, Wasser holen, Kanister«, sagt Mai Wah. »Du okay?«

Er nickt. Lächelt. Und jetzt beginnt es zu brennen, ein Schmerz, der kein Heilungsschmerz ist.

»Komme zurück, so schnell wie möglich«, sagt sie, und die Worte verschwinden in seinem Kopf, lösen sich auf, und Mai Wah wird zu einer Kontur, während sein Bewusstsein dahintreibt, fort.

»Schalte Fernseher ein. Kannst du gucken. Hält dich wach.«

Bilder auf dem Bildschirm.

Dann geht sie.

Das Handy. Wenn es eingeschaltet ist, kann man es aufspüren, er wühlt in seinen Taschen, macht das Telefon aus, fühlt sich für eine Sekunde sicher. Er versucht den Blick auf die Fernsehnachrichten zu fokussieren, zwei Streifenwagen stehen vor dem Gran Hotel del Mar mit eingeschaltetem Blaulicht, die Stimme der Nachrichtensprecherin ertönt: »Die Polizei erwiderte heute das Feuer, als ein rumänischer Einbrecher zu schießen begann. Er war bei einem Einbruch im südlichen Mallorca, nahe Palma, auf frischer Tat ertappt worden. Der Dieb konnte unglücklicherweise entkommen, er ist verantwortlich für eine große Anzahl von Einbrüchen in diesem Sommer auf der Insel.«

Der Abend dämpft das Licht in dem Wohnwagen, wie auch Tim selbst, er trinkt etwas, lauscht, ob er Mai Wahs Auto hört, doch das tut er nicht. Die Stunden vergehen, draußen bricht die Dunkelheit herein, die Grillen klagen, und er atmet schwer, versucht, nicht an den Schmerz zu denken, an die Hitze, das Pochen in der Seite, die Machete, die ihm direkt durch den Körper zu gleiten scheint, von den Eingeweiden hinauf durch die Lunge und weiter bis zur Kehle. Dann fängt er mit einem Mal heftig an zu schwitzen, es hämmert in der Wunde, und der Körper wird immer heißer.

Fieber.

Hohes Fieber.

Viel zu hohes Fieber, und im Fernseher sieht er Gesichter, Fußballspieler, jemanden, der singt, aber die Töne sind ein einziges Durcheinander, unmöglich zu verstehen.

Ich brenne.

So fühlt es sich also an, wenn der Tod sich nähert.

Die Wohnwagentür öffnet sich, und da erscheint Mai Wahs rundes Gesicht. Sie kommt auf ihn zu, legt ihm eine Hand auf die Stirn.

»Doctor now. Otherwise die.«

»Nein.«

»Doch. Ich keinen Doktor kennen. Du?«

Sie lächelt. Nicht Mai Wah.

Sondern Rebecka.

»Meine Frau ist Doktor, ruf an.«

O 0 46
703 3
14 2
  0 2
2

Er bringt die Ziffern nur stammelnd hervor, die Schweißtropfen rinnen ihm von der Stirn, über die Schläfen, sogar das Kissen unter seinem Kopf wird nass.

»Ruf an«, sagt er. »Ich kann nicht.«
»Ein Doktor?«
»Meine Frau.«
»Jetzt nicht verschwinden, Mr Tim. Hierbleiben.«

Dann kann er Mai Wahs Stimme kaum noch hören, Tim ertrinkt in einer Finsternis, die ihn vom Hinterkopf her überrollt, ein Tsunami, der von innen gegen die Stirnknochen knallt, und Tim fährt krampfartig mit den Fingern über das Bettlaken, wie spät ist es eigentlich? Emme, sie sitzt am Strand, gräbt mit einer rosa Schaufel eine Grube, und neben ihr steht ein gelber Eimer voll mit Wasser, »Kein Doktor?«, wer sagt das?

»Doch, Doktor. Sie ist Ärztin.«

Ich sage das.

Er versucht die Augen zu öffnen, doch die Lider gehorchen ihm nicht, sind wie festgeschraubt an den Wangenknochen, und er atmet schwer, es riecht nach verdorbenem Fleisch, das ist der Tod, der stinkt, und Menschen reden, werfen Worte in einen Raum, in dem er sich nicht mehr befindet.

»Mit wem spreche ich?«

Eine spanische Nummer, eine andere als die, die sie kennt.

»Friend Mr Tim.«
»Wessen Freund?«
Sie war gezwungen, zu antworten. Da spielt es keine Rolle, dass Anders soeben das Essen auf den Tisch gestellt hat, ihr zuruft, sie solle kommen, sie musste rangehen, und wer ist das, mit dem sie da spricht, wem gehört diese Stimme mit dem asiatischen Akzent, und was sagt sie?
»Mr Tim. You are doctor?«
»Yes I am. Who is this?«
»Mr Tim say, I must call you. Been shot bad. Very bad. Needs doctor. You are doctor?«
»I'm a doctor, yes.«
Rebecka steht im Flur der Wohnung. Schaut auf die frisch lackierten Wandpaneele, glänzend weiß, perfekt abgeschliffen von Anders, die leichten Sommerjacken an den Kleiderhaken, die weißen und schwarzen Sneaker auf dem Schuhregal.
»Rebecka, Essen«, ruft er.
»Ich bin am Telefon. Tut mir leid. Sorry, I talked to someone here.«
Shot, angeschossen.
Ist Tim angeschossen worden? Sie spürt, wie ihr Magen sich zusammenkrampft, wie es sie hinunter aufs Parkett zieht, aber sie muss sich aufrecht halten, das hier ist ein Operationssaal, in dem eine Aorta platzt, und das Licht der Flurlampe brennt ihr in die Augen, eine OP-Leuchte.
»Kann das nicht warten?«, ruft Anders. »Das Essen steht auf dem Tisch.«
Und jetzt schreit sie:
»KANNST DU NICHT EINFACH MAL DIE KLAPPE HALTEN? ICH REDE ON THE FUCKING PHONE!«
Und er wird still.
»Sorry.«
»I'm friend of Mr Tim. He shot, needs doctor. He is in my trailer. You doctor?«

»Yes.«
Er kann sonst nirgendwo hin, es muss irgendetwas passiert sein, das ihn davon abhält, ins Krankenhaus zu gehen.
»Very bad, think not make it.«
Und jetzt liegt er daheim bei dieser Frau und stirbt.
»Can I speak to Mr Tim?«
»Not here.«
»Not there?«
»Mean his mind not here.«
Bewusstlos, er ist bewusstlos.
»Need operation to take out bullet, antibiotics.«
»I can be there tomorrow.«
»Maybe too late.«
Sie hört das Geräusch von raschelndem Stoff, ein Stöhnen, einen lang gezogenen, unterdrückten Schrei, und jetzt ist Tim da, er muss aufgewacht sein und die Geräusche seines physischen Leidens dringen direkt in sie ein, bis ins Mark, und es ist der Verlust, den sie hört, die Sehnsucht, der Kummer, oder was immer das auch ist, ihr gemeinsames schwarzes Loch, das ihr Leben geschluckt hat, und sie schaut auf, sieht Anders, der neben ihr steht, seinen auffordernden Blick. Was soll das? Das Essen ist fertig.
»FAHR ZUR HÖLLE!«, schreit sie. »Das ist ein Privatgespräch.«
Sein Gesicht verliert alle Konturen, er dreht sich um und trottet in die Küche, zieht einen Stuhl heraus, ein Topfdeckel rutscht auf den Tisch, dumpf, und sie denkt an ein Flugzeug. Dann hört sie Tims Stimme, rasselnd, schwach, fast piepsig, als knotete der Schmerz ein grobes Seil um seinen Brustkorb.
»Rebecka?«
»Ja. Was ist passiert?«
»Sie haben auf mich geschossen.«
»Wer?«
»Die Polizei.«
»Die Polizei hat auf dich geschossen?«

»Ich denke schon.« Und als er das letzte Wort gesagt hat, bricht seine Stimme, und er stöhnt, flüstert sich selbst zu: »Bleib hier.«
»Ich komme«, sagt sie. Will nicht fragen, warum er dieses Mal die Kontrolle verloren hat. Du bist es, den ich jetzt versorgen muss. Du.
»Bring saure Fische für sie mit, vergiss nicht den Umschlag mit dem Geld. Saure Fische, rote. Vielleicht auch Stimorol-Kaugummi.«
»Ich komme.«
Sie fragt nicht, was passiert ist, nicht warum oder wie, spürt nur, dass Emme dort mit am Telefon ist, etwas, das Emme ist, das, was mit ihr passiert ist, sie spürt, dass dies hier auf irgendeine Weise mit ihrer Tochter zu tun hat, und sie hört ein Knacken, dann ist da wieder die Stimme der asiatischen Frau.
»He's sleep again«, und: »You WhatsApp?«
»Yes.«
»I send way.«
Ein Bild von Emme erscheint, wenn es nun Emme ist, wie auf die glänzend weiße Farbe der Wohnungstür projiziert, und Rebecka will die Tür öffnen, hinausrennen, zusehen, dass sie nach Mallorca kommt, aber wie kommt man verdammt noch mal dorthin, um diese Uhrzeit? Was muss ich unbedingt mitnehmen?
»I will get a flight.«
»Fast one.«
Die Verbindung wird unterbrochen, und Rebecka hält das Telefon vor sich, konzentriere dich, denke klar, und sie geht auf die Homepage von Skyscanner, sicher hat Norwegian noch einen Flug so spät abends, wie spät ist es überhaupt, zwanzig nach acht. Sie tippt die notwendigen Angaben in das Feld für eine Hinreise, und da, da taucht er auf, der Flug, 21.50 Uhr, Palma, Mallorca, 4976 Kronen, und sie bucht ihn.

»Musstest du so schreien?«
Anders sitzt am Küchentisch, er isst langsam von einem hohen

Berg an Essen auf einem elfenbeinweißen Teller, sie registriert den Duft von grünem Chili und Knoblauch und den grasartigen Geruch von frisch gehacktem Koriander. Er trinkt ein Bier, direkt aus der Flasche, und sie möchte ihn um Entschuldigung bitten, aber sie bringt es nicht über sich, Worte wie Verzeihung zu sagen, oder ich habe es nicht so gemeint.

»Ich fliege nach Mallorca«, sagt sie.

Anders legt die Gabel nieder.

»Wann hast du denn wieder Urlaub?«

»Ich fliege noch heute Abend.«

»Aber wir wollten doch heute Abend ins Kino.«

»Ich muss packen.« Und sie dreht sich um, lässt ihn allein in der Küche zurück, mit seinem Hipster-Chili, doch er steht auf, läuft hinter ihr her, jetzt ist er wütend, und er schreit ihr in den Nacken.

»Es gibt nichts, was du tun könntest, Rebecka. Sie ist fort, sie kommt nicht zurück, begreifst du das denn nicht? Das hier ist jetzt dein Leben, du und ich, verstehst du das nicht?«

Im Schlafzimmer zieht sie die schwarze Reisetasche aus einem Schrank, wirft sie auf das Bett, sie liegt dort wie eine leblose Inkarnation von Emme in dem weißen Nachthemd, und sie schmeißt wahllos Kleidungsstücke in die Tasche, Hosen, ein paar T-Shirts, ein Kleid, ein Paar Jeans, und Anders steht schweigend hinter ihr, eine flehende Stille.

»Ich muss fahren.«

»Was ist passiert?«

»Nichts.«

Sie schaut zu ihm hoch, und er ist besiegt. Die Geschichte, die Vergangenheit, haben sie der Gegenwart und der Zukunft beraubt, und er weiß das, er hat aufgegeben, er kann nicht mehr.

»Wenn du jetzt fährst, brauchst du nicht zurückzukommen.«

»Das hier ist meine Wohnung.«

»Aber ich werde nicht mehr hier sein, wenn du wieder nach Hause kommst.«

Du warst nie hier, will sie sagen, aber sie will nicht grausam sein.

Warum mehr Schaden verursachen als nötig? Wenn man das möchte, dann kann man ein Sadist sein, denkt sie, und sie steckt den Pass ein, verschließt die Tasche, nimmt sie in die Hand, geht um ihn herum und verlässt die Wohnung, während sie gleichzeitig ein Taxi ruft.

Stockholm durch die Autofenster. Aber es ist lange her, dass sie hier gewesen ist.

R ebecka schläft im Flugzeug, in Reihe fünfunddreißig von fünfunddreißig Reihen, Fensterplatz hinter lärmenden Kindern. Sie war gezwungen, die Tasche mit all den Sachen, die sie im Karolinska geholt hat, aufzugeben. Skalpelle, chirurgische Fäden, Betäubungsmittel, Narkosepräparate, sterile Kompressen, Antibiotika, medizinischen Alkohol, ein zusammenklappbares Infusionsgestell, Infusionsbeutel dazu, Blutplasma, Kühlakkus, eine Menge anderer Medikamente, außerdem ein grünes OP-Tuch und ein Kittel. Während sie die Sachen in der Tasche verstaute, fiel ihr ein, dass sie gar nicht wusste, wie schwer verletzt Tim war, ob er überhaupt noch am Leben war, wo er angeschossen worden war, aber das spielte keine Rolle, sie musste einfach zu ihm, tun, was sie tun konnte. Sie begegnete einem Kollegen, der auf dem Weg in den OP war, und grüßte ihn kurz, offenbar schien es ihm gar nicht sonderbar, dass sie hier war.

Das Dröhnen der Triebwerke übertönt das Kindergeschrei, und der Schlaf bringt Träume mit sich, die sie nicht träumen will. Tim liegt auf einer sandigen Lichtung in einem dichten, tropischen Wald, er winkt sie zu sich, aber sie steht am Waldrand und die Wurzeln der Bäume haben sich um ihre Knöchel gewunden, sie kommt nicht frei, und Tim reißt die Augen auf, schaut hoch zur

Decke des Wohnwagens, ihm ist klar, dass er trinken muss, das Fieber hat die gesamte Flüssigkeit aus seinem Körper vertrieben, da, ein rundes Gesicht, freundliche dunkle Augen, und eine Plastikflasche wird fest auf seine trockenen Lippen gepresst.

Das Wasser ist kalt. Er trinkt gierig, möchte ins Delirium fallen, voll und ganz, denn vielleicht kommt Emme dann zu ihm. Aber stattdessen schläft er wieder ein, und der Schlaf bildet eine dünne, eisige Membran zwischen ihm und dem Wachzustand. Er spürt, wie Mai Wah neben ihm Wache hält, wie sie ihm eine Art von Geschichte erzählt, von einem Kind, das sie gern sehen möchte, das sie in einem Krankenhaus in Shenzhen geboren und dann nach Schweden verkauft hat, wie sie gezwungen wurde, von dem Geld etwas an die Herrschenden der Provinz zu geben, und sie spricht von einem durchtrennten Leichnam auf Eisenbahnschienen kurz vor Madrid, von ihrem Mann, der sich das Leben genommen hat, sagt, dass sie gar nicht so alt ist, wie er glaubt, sie erzählt ihm, dass ihre Tochter jetzt neunzehn Jahre alt ist, ein chinesischer Mann in Stockholm hat sie gefunden, sie studiert Mode, will lernen, sich eigene Jacken zu nähen, nicht die Kleidung anderer zusammenzunähen, in einer Fabrik ohne Fenster, und Mai Wah sagt, dass sie weiß, dass sie das Schlimmste getan hat, was eine Mutter tun kann, ihr Kind verkauft. Dafür will sie jetzt Buße tun, andere pflegen, retten, sie sagt: »Als du angerufen hast, Mr Tim, da bin ich gekommen. Natürlich bin ich gekommen.«

Es brennt, sein ganzer Körper brennt, und die Räder eines Jets treffen auf den Asphalt, der auf einem Feld auf einer Insel ausgekippt wurde, und Rebecka wartet auf ihre Tasche, die asiatische Frau hat einen Kartenausschnitt geschickt, und Rebecka traut sich nicht, ein Taxi zu nehmen, wer weiß, was der Fahrer sagen wird, also mietet sie ein Auto, das ist am sichersten so.

Müde Passagiere um sie herum. Schlafende Kinder in den Armen der Eltern. Struppiges blondes Haar, ein mintgrünes Jackett an einem distinguierten Herrn, der im Flieger in der ersten Reihe gesessen hat, und sie denkt an After Eight, Minzplätzchen, Schokoladenflecken, Ben & Jerry's, das braune Blattmuster auf der Auslegeware im Hotel Okura in Osaka, als sie dort zu einer Konferenz war und die ausländischen Kollegen hatten ihr Beileid ausgesprochen, gefragt, sie mitleidig angeschaut, und sie verließ Osaka und Japan fünf Tage früher als geplant, sie hatte keine Kraft mehr, hatte aber auch keine Kraft, nach Hause zu kommen, also nahm sie sich ein Zimmer im Radisson Sky City, checkte dort erst aus, als Anders sie zu Hause erwartete.

Hier herrscht eine verschwitzte Hitze, ein Gepäckband setzt sich in Bewegung, und was, wenn die Tasche jetzt nicht kommt, dann stirbt Tim, aber dann taucht sie aus dem Loch in der Wand auf, und Rebecka drängt sich vor, ergreift sie, eilt zu dem roten Schalter von AVIS, we try harder, so try fucking hard to rent me a car.

Etwas in ihrem Inneren sagt ihr, dass es eilt, es eilt mehr als jemals zuvor, und sie hört ihn röcheln, er versucht zu atmen.

Aber das ist schwer, so schwer. Als zöge jemand seine Lunge nach unten, auf einen schlammigen Boden, auf dem haufenweise Tote liegen, nackt, mit offenen Augen, aber er nimmt all seine Kraft zusammen, bekommt ein wenig Luft in die Lunge, spürt, wie das Herz arbeitet, ein müder Gaul auf einem staubigen Acker, und jemand hält seine Hand, drückt sie fest, jedes Mal, wenn er einatmet, wie um ihm eine Portion zusätzlicher Kraft zu geben, noch ein paar Milliliter Luft dazu. Kommst du nicht bald, du musst bald kommen, und das Lenkrad ist kalt unter ihren Fingern, sie folgt dem GPS in die mallorquinische Nacht, hinaus in die Vororte, weiter hinaus auf den engen Straßen, die wie von Mauern eingegrenzte Schnitte schwarzes Gebiet durchschneiden, und sie vertraut dem Gerät auf dem Armaturenbrett, möchte am liebsten schneller fahren, aber sie bleibt vernünftig, schließlich muss sie ankommen, denn wenn sie nicht ankommt, dann war alles vergebens, dann ist alles zu Ende, und Tim sieht sich selbst von oben, Mai Wahs schwarzen Kopf, ihre Hand auf seiner, und die kleinen Papageien auf der Bettwäsche sind grau in dem schwachen Licht der Wandlampe des Wohnwagens, und sie kriechen hervor, kra kra, Enchilada, Mezcal, Hoffnung, Schneeflocken, Croissantkrümel, und dann ein starkes, blendendes Licht, die hellsten Scheinwerfer, die er jemals gesehen hat, ihr Licht strömt durch das Fenster zu ihm herein, und dann sieht er Rebecka.

Aber nicht Emme.

Will sie hier nicht sehen. Will es doch.

Jemand zerrt an ihm, er kann nicht länger gegen das ankämpfen, was seine Lunge nach unten zieht, sie langzieht, sodass niemand jemals wieder Luft hineinpumpen kann.

Die asiatische Frau tritt aus dem Wohnwagen heraus. Sie hält sich die Hände über die Augen, um nicht von den Autoscheinwerfern geblendet zu werden. Sie trägt glänzende gelbe Shorts und einen lila Kittel.

Wer ist sie? Wie ist Tim hier bei ihr gelandet, ausgerechnet bei ihr? Sie ist wohl fünfundfünfzig, mindestens, oder vielleicht auch jünger, früh alt geworden, und Rebecka schaltet das Licht und den Motor aus, steigt aus, gibt der Frau die Hand, stellt sich vor.

»Ich bin Tims Ex-Frau.«

»Mai Wah. Akupunkteurin. Tim kommen zu mir, wenn Rücken wehtut. Tim guter Mann. Okay?«

Okay.

»Wo ist er?«

Mai Wah zeigt zum Wohnwagen. Rebecka sieht die Beete, die Sonnenblumen, die sich zum Berg hin aufrichten, der Himmel über ihnen wird erhellt von Sternen, die alle hinter einem dünnen, gelben Schleier versteckt zu sein scheinen. Das hier ist ein Schrebergarten. Eine einsame Glühbirne an der Seite des Wohnwagens

verbreitet ihren Schein in die Nacht, und Glühwürmchen tanzen über etwas, das aussieht wie Blumenkohl.
»Lebt er?«
Die Frau nickt.
»Schnell jetzt.«
Rebecka nimmt ihre Tasche mit den Medikamenten und den Krankenhausutensilien heraus, folgt der Frau in den Wohnwagen, und der Geruch eines Körpers, den das Leben verlassen will, schlägt ihr entgegen. Es ist ein Geruch, den sie ab und zu bei Operationen erlebt, im Aufwachraum, und in Einzelzimmern in der Chirurgie, wo die Leute zum Sterben liegen, die Patienten, denen sie nicht mehr helfen können. Das ist eigentlich kein Geruch, eher ein Empfinden, von etwas, das sich in den Aussonderungen des Menschen ändert, etwas, das den um den Sterbenden Stehenden zuflüstert, dass es nun bald ein Ende haben wird. Und dann sieht sie ihn, hört seinen schweren Atem, Gott sei Dank, es ist noch nicht zu spät, und durch seinen Verband an der Seite sickert Blut. Sie setzt sich neben ihn, flüstert:
»Ich bin hier, Tim. Ich bin jetzt hier.«
Er öffnet die Augen, aber er schafft es nicht, den Blick auf sie festzuhalten. Sie will ihm zuflüstern, er solle seine Kräfte sparen, denn er wird sie noch benötigen.
Am liebsten würde sie neben ihm auf die Knie fallen, seine Wärme spüren, die Muskeln, seinen Atem einatmen, den Kopf in seine Achselhöhlen bohren, die Wange auf seinem Brustkorb ausruhen lassen, schlafen, schlafen, bis alle Müdigkeit verschwunden ist, doch sie kann das nicht tun, nicht jetzt, und seine Arme sind trotz allem immer noch kraftvoll, wie sie da auf den türkisen Papageien liegen, und sie wiederholt es:
»Ich bin hier, Tim. Ich bin jetzt hier.«
»Emme«, sagt er.
Rebecka, will sie erwidern, Rebecka, Rebecka, Rebecka, du verdammter Idiot, aber sie schweigt.

Happy go lucky.

Es ist nicht so, wie es in ihrem Beruf laufen sollte. Aber so ist es nun einmal. Der grüne Operationskittel ist übergezogen. Es wird schon gut gehen.

Mai Wah sitzt hinter Tim, sein Kopf liegt auf einem Kissen auf ihren Knien. Rebecka hat den Verband und die Kräuter entfernt, die Wunde gesäubert, festgestellt, dass die Infektion sehr viel weiter fortgeschritten wäre, wenn da nicht die Kräuter gewesen wären.

Sie merkt, dass ihre Hände kurz davor sind, zu zittern. Wie die Nervosität sich in ihr ausbreitet. Aber sie holt tief Luft, konzentriert sich. Sie muss ruhig und methodisch vorgehen, obwohl sie am liebsten weit über diese ganze verdammte Insel hinausschreien möchte. Das ist nicht Tim, der hier liegt. Das hier ist ein Feldlazarett im Sudan, in Afghanistan, in Syrien, und ein unbekannter Mensch liegt hier, jemand, von dem sie nichts weiß, der ihr nichts bedeutet, und sie will gar nicht wissen, woher seine Wunde stammt, das hier ist einfacher als ein Armbruch, dass es schiefgehen könnte, ist eigentlich gar nicht in Betracht zu ziehen. Die Infusionsbeutel hängen an der Decke, an kleinen Haken. Das zusammenklappbare Gestell, das sie mitgebracht hat, findet keinen Platz. Ein Beutel für Nährstoffe, einer für Flüssigkeit, einer für Plasma und ein weiterer für Antibiotika, vier Schläuche führen in zwei Zugänge, die sie in seiner Armbeuge gelegt hat, und er atmet bereits ruhiger, scheint stabil genug für das zu sein, was jetzt kommen muss. Aber im Grunde genommen kann sie das gar nicht einschätzen.

Wie sieht es in ihm aus? Hat die Kugel die Leber perforiert, die Niere, die Milz? Einen Teil des Darms zerrissen? Wenn dem so ist, muss er ins Krankenhaus, sie kann die Leber nicht hier flicken, das ist sowieso fast unmöglich, ganz gleich, wo man sich befindet, so happy go jetzt, Rebecka, mach ihn auf, schneide dich zur Kugel vor, die da tief in ihm stecken muss, denn es gibt kein Austrittsloch.

Sie wartet eine Weile, lässt den Tropf noch wirken, lässt ihn Tims Körper mit Leben füllen.
Sie muss ihn jetzt betäuben.
Mai Wah gibt sie die Anweisungen, ihn gut festzuhalten, dann tauscht sie den Nährstoffbeutel mit der Narkoseflüssigkeit aus, lässt diese vorsichtig in ihn hineintropfen. Sein Gesicht entspannt sich, und sie schiebt ein Augenlid hoch, die Pupille zieht sich zusammen, als sie das Licht einer kleinen Taschenlampe aufs Auge richtet.
»Sleep?«
Rebecka nickt.
»Ich fange jetzt an«, und sie reicht Mai Wah die Taschenlampe. »Leuchte mir, damit ich was sehen kann. Von der Seite und leicht von oben.«
Mai Wah nickt.
Rebecka nimmt das Skalpell, schneidet in Tims Fleisch, öffnet ihn, immer weiter, bis zur Kugel, sieht, dass diese haarscharf an den vitalen Organen vorbeigestreift ist, dass es die Infektion ist, die ihn sterben lassen könnte, nichts anderes.
Sie holt die Kugel heraus, wirft das kleine, runde, blutige Metallteil auf den Boden, und Mai Wah lacht, doch in dem Moment zuckt Tim, ein Bein krampft, dann die Arme und der Bauch und die Brust, und Rebecka sieht, dass der Tropf zu schnell fließt, was ist da passiert? Die Sperre muss weggerutscht sein, und sie steht schnell auf, richtet sie, wenn das Betäubungsmittel überdosiert wird, kann das Herz krampfen, und dann stirbt man.
Sein Brustkorb hebt sich nicht mehr, sie stürzt sich auf ihn, aufs Herz zu, drückt das Brustbein so fest nach unten, wie sie nur kann, und Mai Wah presst ihre Lippen auf Tims, küsst Luft in seine Lunge, und Rebecka nickt, recht so, recht so, und die beiden Frauen arbeiten schweigend, drücken und pusten, werden nicht von Panik ergriffen, und dann bleibt Rebecka still stehen, fühlt mit der Hand auf seinem Brustkorb, und das Herz wallt unter den Rippen.

Mai Wahs Ohr vor seinem Mund.

»Breath«, sagt sie.

Rebecka reinigt die Wunde, desinfiziert sie, näht sie zu, legt eine kleine Drainage, die er ein paar Tage behalten muss, und sie reguliert noch einmal die Narkose, sieht, dass er tief und friedlich schläft, so hat sie ihn seit Langem nicht mehr schlafen sehen.

»Okay?«, fragt Mai Wah.

Rebecka nickt.

»I leave now.« Mai Wah erhebt sich, krabbelt von dem blutigen Wohnwagenbett herunter. Sie stellt sich neben Rebecka, legt ihr die Hand auf die Schulter, drückt leicht zu, ganz vorsichtig. »You good, Mr Tim, good man.«

Rebecka hört ein Auto starten.

Jetzt sind sie allein, sie und Tim.

Ihre Hände sind rot, klebrig, sie ist von Blutflecken übersät, eigentlich sollte sie sich waschen, aber sie ist zu müde dazu.

Sie sinkt auf dem Bett neben ihm nieder. Legt sich so nah an ihn, wie sie kann, ohne die Tropfschläuche zu behindern, spürt seinen warmen Körper neben ihrem.

Draußen atmet die Nacht immer schwerer, und die Erde dreht sich um ihre eigene Achse. Die Glühwürmchen sind zur Ruhe gegangen, die Sterne haben sich zurückgezogen.

Sie schlafen sich durch die letzten Reste der Nacht.

Rebecka wacht von einem Sonnenstrahl auf, der sich durch einen Spalt zwischen dem Rollo und dem Fensterrahmen hereinschmuggelt und ihr Augenlid trifft.

Sie streckt sich, und sie spürt ihn, seinen Körper, diesen festen Körper, und sie weiß sofort, das ist nicht Anders, der fühlt sich nicht so an, und dann erinnert sie sich daran, wo sie ist, was sie getan hat. Die Hitze würgt sie jetzt, hier drinnen muss es hundert

Grad heiß sein, und sie streckt sich nach dem Ventilator, schaltet ihn ein. Tim schläft, er atmet ruhig, und sie legt ihm die Hand auf die Stirn, kein Fieber mehr.

Sie fährt mit dem Finger die Linien seines Gesichts nach, von dem kleinen Riss über der Augenbraue bis zur Schläfe und hinunter zu den Lippen, die immer so schmal aussehen, wenn er schläft, fährt mit den Fingern über seinen Nasenrücken, spürt die kleine Ausbuchtung, fürs Auge nicht sichtbar, aber für die Fingerspitzen fühlbar, dieses diskrete Knorpelknötchen, das er sich in ihren Flitterwochen zugezogen hat, als er mitten in der Nacht auf die Toilette gehen wolle, aber kein Licht einschaltete, um sie nicht zu wecken, und da schlug er mit der Nase gegen die Schranktür des Hotelzimmers. Er fluchte vor Schmerz, dann war er aber sofort wieder still, legte sich neben sie, man weckt nicht diejenige, die man liebt, sagte er, und sie will ihn jetzt nicht wecken, stattdessen bewegt sie die Lippen, lässt den Mund Worte formen, welche das auch immer sein mögen, und vor dem Fenster liegt der Comer See, ihr Hotelzimmerfenster ist in dieser Nacht geöffnet, und der Vollmond spiegelt sich im Wasser des Sees, lässt die zarten Wellen zu weißem Gold werden, und da weckte er sie, zog sie mit sich ans Fenster, wollte, dass auch sie das sieht, denn schöner konnte die Welt nicht werden als in einer Nacht, wenn der Himmel hell und das Wasser mit Staub betupft ist, und dazu sie zwei, nackt und noch jung, noch ohne jedes Wissen darüber, was vor ihnen lag.

Er schläft, auch der kleinste Muskel in seinem Gesicht ruht, wie müde muss er gewesen sein, diese Insel ist ein Mörser, der ihn zerstampft, zu Körnern, zu Pulver, zu Staub. Er liegt hier wie ein Schatten in dem Wohnwagen, zusammen mit ihr, und in diesem Augenblick kennt ihre Zärtlichkeit keine Grenzen. Das hier ist sie, das sind sie, das Paar, das sie nicht sein wollten oder konnten. Sie möchte ihm etwas geben, was als das reine Gute zu beschreiben wäre, dass er Ruhe in seinem Herzen findet, auch wenn das unmöglich ist. Sie möchte ihm seine Sorgen abnehmen. Sie möchte, dass er frei von ihnen ist. Das ist ein unmöglicher Traum, aber das macht die Liebe aus, unmögliche Träume zu träumen und auf diese Art den Geliebten sein Leben führen lassen, wie es hätte sein sollen und wie es geworden ist.

Schlaf, Tim, schlaf.

Seine Wange ist rau unter ihren Fingern.

Er wird große Schmerzen haben, wenn er aufwacht.

Sie möchte ihn fragen, was eigentlich passiert ist. Warum die Polizei auf ihn geschossen hat. Was weißt du von der Jacke? Dann fällt ihr Blick auf das Blut, auf dem Bett, auf sich selbst, und sie sieht ein, dass sie eigentlich gar nichts wissen will, sie will nur weg von hier, dass sie unterginge, wenn sie bliebe, dass es hier für sie im Augenblick zu gefährlich ist und dass sie nicht untergehen darf, so wie er es momentan tut. Sie dürfen nicht alle beide untergehen.

Je weniger ich weiß, umso besser.

Wie in irgend so einem blöden Gangsterfilm. Aber das hier ist echt.

Rebecka steht auf. Schaut aus dem Fenster. Überlegt, das Karolinska anzurufen, sich krankschreiben zu lassen, aber sie ruft nicht an. Fühlt nur, wie die Sonne sie auf den Boden des Wohnwagens drückt, wie sie auf den Wangen brennt.

Er wird es schaffen.

Die Antibiotika haben die Entzündung besiegt.

Die restlichen Infusionen tun das Übrige.

Er braucht Ruhe.

Sie zieht sich von ihm zurück. Geht auf dem kleinen Gang des Wohnwagens hin und her, will eigentlich rausgehen, ihn aber auch nicht allein lassen. Sie setzt sich ein Stück von ihm entfernt hin. Kein Brustkorb hebt sich wie seiner, bis zum Grund gefüllt, bis an den Rand geleert. Was hast du gefunden, Tim? Dann möchte sie bleiben. Will aber nicht. Mein Platz ist nicht hier.

Sie findet in einem kleinen Schrank neben der Wohnwagentür ein sauberes Laken. Vorsichtig wechselt sie das Laken unter Tim aus, dreht ihn, zieht das blutige Tuch herunter, schiebt das saubere unter ihn, glättet es. Sie nimmt von dem einen Arm den Tropf ab, zieht den Zugang, desinfiziert die Wunde in seiner Armbeuge und klebt dann ein Pflaster auf die kleinen Blutstropfen, die heraussickern. Sie öffnet den Verband über der Schusswunde. Die Haut ist blau, die Stiche sind schwarz, aber es gibt keinerlei Anzeichen für eine Infektion. Es blutet nicht mehr, und die Wunde braucht die Drainage nicht mehr, also zieht sie den Schlauch heraus, legt ihn auf das blutige Laken, bevor sie die Haut mit Alkohol säubert und eine neue Kompresse anlegt.

Die Kugel liegt auf dem Boden, neben der fleckigen gelben Fußleiste. Rußig und voller Kratzer, dunkelbraun von getrocknetem Blut.

Sie zieht sich den OP-Kittel aus, hat darunter nur ein rosa Top an.

Wenige Zentimeter höher oder tiefer, dann wäre er gestorben. Dann gäbe es keinen Tim mehr.

Aber er ist zäh. Widerstandsfähiger als alle, die ihr bisher begegnet sind. Er schafft das, was andere nicht schaffen. Das hat sie schon beim ersten Mal begriffen, als sie ihn sah, aus der Ferne in der Bar, und sie spürt es auch jetzt.

Sie legt sich wieder neben ihn. Ganz nahe. Er ist warm und fest, wie ein schlafendes Raubtier, die betäubten Tiger, die sie in Chiang Mai streichelten.

Sie gibt ihm einen Kuss auf die Stirn, und er zuckt mit den Augenlidern, als wollte er aufwachen, und sie küsst ihn wieder und immer wieder, jetzt auf die Lippen, man weckt den, den man liebt, manchmal muss man ihn aufwecken, und er erwidert ihren Kuss, sie weiß nicht, ob es an dem Raum hier liegt, aber sie spürt es, den Druck seiner Lippen, er ist bei ihr. Sie flüstert ihm seinen Namen ins Ohr. Tim, ich bin hier. Tim, ich bin bei dir, und das ist Rebeckas Stimme, Rebeckas Atem an meinem Hals, und jetzt ist er wach, sie ist hier, sie ist gekommen, und es juckt in der Seite, etwas drückt in ihn hinein und gleichzeitig heraus, ich lebe, und Rebecka ist hier, und es gibt nichts Schöneres als ihre Lippen, weich und warm, ihre Zunge, die Lippen, ich fühle sie jetzt auf meinen, und er versucht sich aufzusetzen, aber sie hält ihn zurück.

Ruhig, ruhig, ich mache das hier, und ihre Hände bewegen sich über seine Brust, die Finger trippeln über das Haar, die Stirn, den Hals, kreisen die Brustwarzen ein, und sie küsst ihn jetzt unten, bin ich nackt, und ich spüre sie, schaue in ihre braunen Augen, und du bist wirklich hier, Rebecka, du bist hier.

Du solltest immer hier sein.

Er hebt die Arme.

Streichelt ihren Rücken, die Hände suchen sich ihren Weg unter das Top, fühlen die warme, feuchte Haut, sie ist wie seine eigene, und sie nimmt ihn in sich auf, als hätte sie das vermisst, und er hat das vermisst, er versucht sie zu sehen, aber es scheint, als wäre sein Blickfeld nur einen halben Meter tief. Sie setzt sich rittlings auf ihn, und er entspannt sich, lässt die Hände aufs Laken sinken, schaut hoch zu der Silhouette, die Rebecka ist, zu den weißen Konturen in der Hitze, ein nackter Körper in einem Fenster, in dem sie das Wasser schimmern sahen, als er sie geweckt hatte, und sie müssen leise sein, dürfen Emme nicht wecken, die keuchende Luft von dem Ventilator ist eine Feder auf ihrer Haut, und sie bewegt sich, umschließt ihn, langsam und warm und vorsichtig, aber die Wände sind voller Blut, sterbe ich jetzt, ist das möglich, ist das zu gefährlich, aber Rebecka kennt sich aus, sie würde das niemals tun, wenn es gefährlich wäre.

Sie bewegt sich vorwärts, vorsichtig, ganz vorsichtig, sie atmet, ist hier, findet die Punkte, die sie finden will, benutzt ihn, wie sie es tun soll, weiß, wie das zu tun ist, und sie sagt, Tim, Tim, Tim, und er flüstert, der Papagei, der er ist, flüstert, du bist hier, du bist hier, du bist hier.

Über den Wohnwagen fliegt ein Flugzeug hinweg, ein viel zu tief fliegendes Passagierflugzeug, und ihre Gedanken und ihr Flüstern ertrinken in dem Lärm der Jetmotoren, und sie lehnt sich wieder zurück, reibt, bewegt sich, und er ist jetzt sie, in diesem Augenblick, der sich zu Sekunden ausdehnt, sind sie miteinander verschmolzen, mehr ist nicht nötig, sie sind zusammen, und alles ist vertraut, eine einfache, reine Vertrautheit aus Liebe und Zusammengehörigkeit, nicht ein Mensch sein zu müssen, gemeinsam sind sie ein Tier, aber auch eine hastige, wunderbare Leugnung der Natur. Er versucht zu atmen, und sie versucht zu atmen. Doch dann geben sie auf, es hat keinen Sinn, dass Luft jetzt ihre Lungen füllen soll, und sie bewegt sich heftiger, als sie eigentlich will, seine und ihre Feuchtigkeit ist ein und dieselbe, ihre Finsternis, und alles wird weiß, alles wird zu etwas, verschwindet, und sie wird ruhig, zögert, flüstert. »Das habe ich vermisst, Tim«, und dann schlafen sie ein, ohne Schmerzen, aber erschöpft, vom Leben ausgelaugt, aber lebendig.

Als er wieder aufwacht, ist sie fort.

Mai Wah steht in der winzigen Küche des Wohnwagens. Sie rührt in einem dampfenden Metalltopf, der schräg auf einer blauorangen Gasflamme steht.

»Madame had to leave.«

Sie zieht einige Schachteln aus einer Plastiktüte, die auf dem Boden steht. Wirft sie neben ihn aufs Bett.

»Madame told you take this. Read pack. I can do needle too.«

Er spannt sich an und schafft es, sich hinzusetzen. Möchte etwas gegen die Schmerzen haben. Diese beißende, zermalmende Brandqual. Dieses aggressive Jucken.

Paracetamol. Etwas mit Codein. Antibiotika. Mehr Penicillin.

Mai Wah wirft ihm eine andere Tüte zu.

»Money.«

»I will pay you.«

»No insult me, Mr Tim. Okay?«

»Gun?«

Mai Wah zeigt auf eine der Küchenschrankschubladen.

Tim nickt.

»Thank you.«

»No problem, Mr Tim.«

Rebecka war hier. Sie ist wieder abgereist, schaut durch ein Flugzeugfenster hinaus, hinunter auf Mallorca, auf die verbrannten Felder, auf Steinhäuser, die wie Wüstenblumen aus der Erde wachsen, sie lässt den Blick über grüne Abhänge und graue Berge streifen. Sie sucht nach einem rosa Punkt, einen pigmentierten Staubkorn, nach einem Atemzug, einem Zeichen von Leben.

Als Rebecka nach Hause kommt, ist Anders fort.

Mit ihm alle seine Sachen.

Die Kleidung.

Die Hälfte von dem, was sie gemeinsam gekauft haben.

Er hat nach sich auch sauber gemacht. Der Kühlschrank ist Meister-Proper-sauber, und unter der Toilette ist nicht ein einziger kleiner Fleck zu entdecken. Er hat die Farbe neben der Wohnungstür ausgebessert, unten an der Wand, wo man mit Schuhen und Taschen dagegenkommt. Kein Zettel, keine Nachricht, keine SMS, nichts auf WhatsApp.

Sie legt sich aufs Bett, starrt an die Wand, auf die Mark-Rothko-Reproduktion, die schon lange dort hängt, und nicht ein Mal in den letzten drei Jahren hat sie bemerkt, wie das rote Feld an den Rändern vibriert, in Gelb übergeht und dann in Blautöne versinkt, dem Abgrund entgegen. Sie erinnert sich an den Text unter dem Bild, mikroskopisch klein. Ein Zitat des Künstlers, »Silence is so accurate«.

Selbst hier bei einem Druck auf billigem Papier fällt das Gemälde in sie hinein, aus der Wand heraus, es rinnt davon und wieder zurück, und sie atmet tief, füllt die Lunge wieder mit Luft, spannt das gesamte Zwerchfell an, hebt den Blick hoch zur weißen Decke.

Now what?

Das Fieber kommt zurück, und Tim erhöht auf eigenen Entschluss die Antibiotika-Dosis, und er schläft, schwitzt, trinkt. Mai Wah bringt ihm Essen, saubere Kleidung, gekauft auf einem chinesischen Basar, sie sitzt neben ihm auf dem Bett des Wohnwagens und wacht darüber, dass er die Teigbällchen isst, achtet darauf, dass er jeden einzelnen teigigen Bissen runterschluckt. Er versucht hochzukommen, der Schmerz zieht in die Seite, brennt, und Mai Wah lässt ihm eine Bettpfanne dort, die sie jedes Mal, wenn sie kommt, leert. Schließlich gelingt es ihm aufzustehen, vorsichtig, er hält sich am Spülbecken fest und spürt, wie die Beine zittern, sie wollen ihn im Stich lassen, aber er schafft es, er steht aufrecht, und das Fieber ist verschwunden.

Er bittet Mai Wah, ein Telefon mit Prepaidkarte zu besorgen. Sie kommt mit einem gebrauchten Samsung zurück.

Er überträgt seine Kontakte, Fotos, schickt Simone eine SMS. Das Risiko geht er ein, er vertraut ihr. Sie muss sich Sorgen gemacht haben, da er nichts von sich hat hören lassen.

Wo bist du?
Die Polizei hat mich angeschossen.
No shit?
No shit. Hast du vom Schusswechsel in Illetas gehört? Das war ich, auf den die Polizisten geschossen haben.
Was hast du da gemacht?
Das ist eine lange Geschichte.
Sie ruft an, aber er lehnt das Gespräch ab.
Bist du okay?
Ich bin okay. Nur schwach. Gibt's was Neues?
Noch nicht. Ich melde mich. Wilson wundert sich, wo du bist.

Fuck Wilson.
Wo bist du?
Auf Mallorca.
Fuck you, Tim, und dann ein purpurfarbenes Herz, eine fröhliche Fratze.

Er ruft Rebecka an, mehrere Male, aber sie antwortet nicht. Am vierten Tag schickt sie eine SMS an das Prepaidhandy. *Du kannst die Drainage jetzt entfernen. Leg dich lang hin und ziehe sie ganz gerade heraus. Es sollte nicht bluten. Wenn die Wunde geschlossen ist, kannst du auch die Fäden ziehen.*

Aber die Drainage ist bereits weg. Rebecka hat sie gezogen, als sie noch hier war, als er schlief, sie muss das vergessen haben.

Es ist Nacht, als er ihre Nachricht bekommt. Er ist allein, und durch das Fenster des Wohnwagens sieht er den Himmel über Palma, wie er von den Lichtern der Stadt erleuchtet wird. Er kann hier nicht länger bleiben. Natascha. Sie muss irgendwo sein, am Leben. Agnieszka hat ein Recht auf ihre Tochter.

Er legt sich lang auf die Matratze. Der Verband muss gewechselt werden. Er umfasst das Wundpflaster und dann zieht er. Es zieht in den Stichen, ein harter, kalter Schmerz breitet sich bis zur Lunge aus, ergreift sein Herz, und er grunzt vor Qual, wie ein einsamer Eber auf einem einsamen Pfad, schreit laut auf, doch dann lösen sich Haut und Wunde von der Watte, und es blutet wieder, aber nur ganz wenig, dort, wo die Drainage saß. Er drückt die Wunde zusammen, mit den Fingern, stoppt so das leichte Bluten, findet eine Schere in einer Küchenschublade, schneidet die Wundfäden auf, fürchtet, die Haut könnte nicht zusammenhalten, wenn er den Faden herauszieht, doch das tut sie. Er verbindet die Wunde wieder, dann schläft er zwölf Stunden am Stück, und als er aufwacht, ist der Verband immer noch strahlend weiß. Er hinkt hinaus ins Mittagslicht, in die Hitze, zu den fast brennenden Büschen, und zwingt sich selbst, tief einzuatmen.

Es ist der siebte Tag.

Mai Wah trifft in der frühen Morgendämmerung ein. Sie bringt ihm eine weitere Ladung sauberer Kleidung. Ein Paar Jeans, ein schwarzes T-Shirt, ein Paar blaue Espadrilles mit Hanfsohle.

»You not ready, Mr Tim. Not ready.«

Er sitzt auf einem Campingstuhl vor dem Wohnwagen, rosa Licht streift über die Bergkämme der Serra de Tramuntana, zieht aus den Tälern und Schluchten hoch, und sie stellt sich vor ihn, auf ihrer Stirn steht der Schweiß, gerade hat sie ihre Pflanzensprösslinge direkt aus den Fünfzehn-Liter-Kanistern gewässert.

»Stay more days. Get strong.«

Er schüttelt den Kopf.

Sie verlässt den Schrebergarten wieder, steckt noch einmal den Kopf durch das heruntergekurbelte Seitenfenster und sagt ihm, er solle warten, sie sei in gut einer Stunde wieder zurück.

Fünfzig Minuten später ist sie zurück, ihrem Auto folgt ein blauer Škoda, und zuerst glaubt Tim, sie hätte ihn verraten, ist bereit, aus dem Wohnwagen zu springen, übers Feld zu fliehen, aber dann sieht er, dass der Wagen von einem älteren chinesischen Mann gefahren wird.

Tim geht zu den Autos.

Mai Wah kommt ihm entgegen. Zeigt auf den Škoda.

»Car for you. Not safe with yours.«

Das Auto in Illetas. Er hat ihm nicht einen Gedanken gewidmet. Die Karten mit Emmes Foto hinter der Sonnenblende, die Wasserflasche, die Isomatte. Vielleicht wird das Auto dort einfach stehen bleiben, oder aber die Polizei beschlagnahmt es, aber das zu begründen dürfte ihnen schwerfallen.

Der Chinese steigt aus. Er grüßt nicht, sondern geht geradewegs zu den Gemüsebeeten, wo er sofort anfängt, Unkraut zu rupfen.

»Old friend«, sagt Mai Wah und fährt sich mit dem Zeigefinger über den Mund, als verschlösse sie einen Reißverschluss.

»How much for the car?«

»Pay me later.«
»No.«
»Three thousand, okay?«
Er gibt ihr viertausend Euro aus der Tüte mit Peter Kants Geld.
»Too much, Mr Tim.«
Über ihnen die flammend roten Farbnuancen des Himmels, Farben, die in ständiger Bewegung sind, sich miteinander vermischen und wieder trennen.
Als er sie umarmt, pocht es in seiner Seite, aber er drückt sie, und sie erwidert seine Umarmung. Ihr Körper ist dort, wo er dachte, er wäre weich, erstaunlich fest, und er flüstert »Danke«, dann lassen sie einander wieder los. Er setzt sich ins Auto, wirft die Geldtüte auf den Beifahrersitz und fährt davon.

An einer Tankstelle im Industriegebiet Son Moix hält er an, gegenüber einer Bowlinghalle, nicht weit entfernt von dem Parkplatz, auf dem er sah, wie Gordon Shelley in einem Range Rover Sex hatte.
Aus einem ankommenden Toyota springen mehrere Kinder heraus, und die Mutter schreit ihnen hinterher, nicht so zu rennen. Hinter den großen Fenstern der Halle sieht er silbrige Heliumballons, die an der Decke schweben.
Auf der Tankstellentoilette wäscht Tim sich das Gesicht und die Achseln, er spürt den Geruch des wochenalten Schweißes auf dem Körper, vermischt mit dem Gestank nach eingetrocknetem Urin. Das T-Shirt, das er von Mai Wah bekommen hat, klebt auf der Haut.
Sein Gesicht im Spiegel.
Magerer.
Die Haut an den Wangenknochen hängt, die Falten auf der Stirn sind tiefer geworden, und über einer Augenbraue hat er eine dünne, fast nicht erkennbare Narbe.

Das Telefon klingelt.
Simone.
»Wo bist du?«
»Ich wasche mich gerade.«
Sie gibt sich mit dieser Antwort zufrieden.
»Und was machst du?«, fragt er.
»Ich komme gerade von der Krankenstation des Gefängnisses.«
Tim wird sofort klar, dass er wieder einmal vergessen hat, nach Hassan zu fragen, als sie SMS-Kontakt hatten, als Simone ihn gefragt hat, wie es ihm gehe, dabei muss es eine ziemlich schlimme Zeit für sie gewesen sein. Er möchte wirklich gerne ein guter, fürsorglicher, verlässlicher Freund sein. Aber momentan geht das einfach nicht, eigentlich ist es noch nie gegangen, seit Simone und er sich kennen, aber irgendwann muss er es ihr sagen, sie um Verzeihung bitten.
»Wie geht es ihm?«
»Er erholt sich. Aber derjenige, auf den er losgegangen ist, der ist wirklich übel dran. Inzwischen ist er hirntot, er hat nach der Messerattacke eine Schwellung der Hirnrinde erlitten. Sie wollen die Geräte abstellen, die ihn noch am Leben halten, dann wird Hassan wegen Mordes angeklagt.«
Ein Zögern in ihrer Stimme.
»Er macht echt alles kaputt, dieser Idiot«, sagt sie.
»Da kann ich dir nicht widersprechen. Aber er hatte sicher seine Gründe dafür.«
»Es ging um irgendwelche Drogengeschichten. Die Marokkaner gegen eine der südamerikanischen Banden. Salvatrucha, glaube ich.«
Sie atmet schwer.
»Vielleicht überführen sie ihn aufs Festland, wenn es ihm besser geht. Nach Burgos. Aus Sicherheitsgründen.«
»Dürfen die das?«
»Du weißt genau, dass sie das dürfen. Und du, wie geht es dir?«

»Ich bin wieder auf den Beinen und unterwegs.«

»Gut. Dann kann ich dir sagen, was ich rausgekriegt habe. S. A. Lluc Construcciones, das Bauunternehmen, das Kants Krebszentrum bauen sollte, gehört López Condesan. Weißt du, wer das ist?«

»Sollte ich?«

Tim hat sich von seinem Spiegelbild losgerissen, sich auf dem Toilettensitz niedergelassen und liest die Graffiti auf der Wand ihm gegenüber.

Libre a Valtònyc!
Turistas = terroristas

»Anscheinend ist er das Oberhaupt der Familie Condesan. Das ist eine der ältesten Familien hier auf der Insel. Offenbar mit einem Stammbaum bis zurück ins dreizehnte Jahrhundert. Bestimmt waren die schon beim Bau der Kathedrale dabei. Da kannst du dir denken, welche Kontakte er vermutlich hat.«

Tim zwingt sich, den Schmerz in der Wunde zu ignorieren. Kalter Schweiß steht ihm auf der Stirn.

»Das Merkwürdige ist nur, dass ich kaum was über sein Vermögen habe herauskriegen können, in erster Linie sind das alles nur Gerüchte darüber, wo er überall seine Finger mit drin hat. So ist er zum Beispiel nicht so ein Schwergewicht wie die Familie Barceló oder die Escarrers, denen die Hotelkette Meliá gehört. Vielleicht ist er beteiligt an einer Privatjetgesellschaft. Dazu viel Grundbesitz. Einige Immobilien. Ich habe ein gescheitertes Projekt mit einem Mietshaus in Zusammenhang mit der Krise gefunden. Außerdem kursieren Gerüchte darüber, dass er Geschäfte mit Sergio Gener macht. Dass die S. A. Lluc irgendwo in Son Dameto bauen sollte, ein neues Wohngebiet, mit Grundstücken, die Gener der Stadt abgekauft hat und dann als Baugrund hat eintragen lassen.«

»Hätte dieser Condesan Geld mit dem Bau des Zentrums verdient, wäre dieser sicher nicht gestoppt worden«, überlegt Tim.

»Nein, garantiert nicht.«

Der Schmerz hat sich gelegt. Er steht auf.

»Ich glaube, ich werde bald Listen über Gordon Shelleys Telefongespräche und SMS besorgen können«, sagt Simone. »Das war fürchterlich umständlich, dieser Anbieter ist sehr viel schwieriger zu hacken als Nataschas, aber ich glaube, ich kriege es hin.«

Tim fährt weiter hinunter in die Stadt. Am liebsten würde er zu seiner Wohnung fahren, zu Milena, an einen Ort, wo er heute Abend schlafen kann und genau weiß, dass er nicht mit einer Pistolenmündung im Mund wieder aufwachen wird. Aber so einen Ort gibt es hier nicht, nicht in dieser Stadt, also fährt er auf die Autobahn, am Flugplatz vorbei, durchquert das Flachland im Osten Mallorcas, und in der Felsenstadt Campos gelingt es ihm, von einer britischen Pensionswirtin ein Zimmer zu mieten, obwohl er keine Ausweispapiere hat.

»Sie sehen aus, als könnten Sie eine Dusche gebrauchen«, sagt die Frau, sie ist schätzungsweise Mitte fünfzig, hat blondiertes kurzes Haar und trägt ein Kleid aus schmutziggelbem Stoff mit kleinen blauen Blümchen darauf.

»Zum Zimmer gehört ein eigenes Badezimmer.«

»Haben Sie eine Plastiktüte und etwas Klebeband?«

Sie fragt nicht, was er damit will. Verschwindet nur in einem der hinteren Räume und kommt bald mit den Dingen zurück, um die er gebeten hat.

Das Zimmer hat rot-weiß gestreifte Tapeten, ein schmales Bett ist mit einer Tagesdecke mit Leopardenmuster bedeckt und ein kleines Fenster geht auf einen Hinterhof hinaus, auf dem vertrocknete Yuccapalmen in Terrakottatöpfen stehen, und mit einer Pforte zur Straße.

Tim zieht sich nackt aus. Er reißt ein Stück von der Plastiktüte ab, es ist eine Einkaufstüte von Eroski, und das klebt er über die Wunde, hofft, dass es hält.

SKI liest er auf dem Plastik auf seinem Bauch, und wieder passiert es, es wird immer wieder geschehen, Emme im roten Skianzug, in Sälenfjällen, ein bitterkalter Tag, an dem sie lieber im Warmen hätte bleiben sollen, bei heißer Schokolade und Zimtschnecken und *Findet Nemo*, stattdessen will sie Ski fahren, hoch und runter auf dem vereisten Hügel.

Das Wasser aus dem Duschkopf hüllt ihn warm ein. Genauso warm wie das Blut in seinen Adern. Er seift sich ein, reibt das Fett vom Körper, den Gestank, steht mitten in der flachen Duschwanne, sieht sein Schulterblatt in dem Spiegel über dem Waschbecken, wie es langsam in dem Dunst verschwindet, der sich auf das Glas legt. Das Plastik hält dicht. Morgen muss er eine Apotheke finden. Neues Verbandsmaterial kaufen, damit er die Wunde versorgen kann.

Er zieht die Tagesdecke vom Bett, legt sich auf den glatten Bettbezug. Die Stadt draußen vor dem Fenster ist still.

Auf dem Handy schaut er sich die Titelseite des *Diario de Mallorca* an. Die Hauptschlagzeile berichtet davon, dass die Stadt soeben Baupläne für ein *urban resort* genehmigt hat, im Stadtteil Nou Llevant, auf einem großen, bisher unbebauten Grundstück gleich hinter dem Redaktionsgebäude der Zeitung, unterhalb vom Parque Krekovic.

Ein Foto von dem Gelände. Eine riesige Rasenfläche, umgeben von heruntergekommenen Mietshäusern. In Nou Llevant befindet sich einer der zentralen Drogenumschlagplätze, und links auf dem Bild ist ein Hochhaus zu sehen, von dem Tim weiß, dass dort in erster Linie südamerikanische Einwanderer leben.

Er scrollt nach unten.

Da sieht er das Foto.

Joaquin Horrach und Roger Svedin, die sich die Hand schütteln. Er liest den dazugehörigen Artikel. Joaquin Horrach ist als Repräsentant der Stadt gekommen, er ist derjenige, der offiziell den Vorschlag für das neue Resort zur Genehmigung vorgelegt hat. Und es ist Roger Svedins Unternehmen Gran Hotels Group, das als Besitzer der entstehenden Immobilien auftritt, die von der S. A. Lluc Construcciones gebaut werden sollen.

Die Männer lächeln in die Kamera, aber ihre Augen sind eiskalt, wie oft bei Männern, die glauben, sie könnten mit allem durchkommen.

Condesans Unternehmen.

Selbst hier taucht es wieder auf.

Wird auch dieser Bau gestoppt werden? Durch einen noch größeren Dinosaurier?

Vielleicht auch nicht. Weiter unten ist zu lesen, dass das Unternehmenskonsortium, das dahintersteht, als Minderheitsgesellschafter des Hotels selbst fungieren wird.

Joaquin Horrach wird interviewt, er zieht politische Erwägungen heran.

»Nou Llevant«, sagt er, »ist seit Langem einer von Palmas am meisten vernachlässigten Stadtteilen. Dieses Luxusresort im Stil den Four Seasons, mit bester Lage nahe am Strand und dennoch zentral, wird das gesamte Viertel und seine Bewohner aufwerten. Wir sprechen hier von Hunderten neuer Arbeitsplätze. Und zwar nicht nur für eine Saison, sondern, dank der Nähe zum Kongresszentrum, fürs ganze Jahr.«

Am liebsten würde Tim Axel Bioma anrufen, hören, was er von der ganzen Sache hält. Gleichzeitig möchte er nicht, dass Bioma seine aktuelle Nummer bekommt.

Er schickt eine SMS an Agnieszka.

Haben Sie etwas von Natascha gehört?

Nichts. Aber suchen Sie bitte weiter. Ich fühle es, dass sie lebt, ich weiß es.

Er schaltet das Handy aus und schließt die Augen. Hört die Klimaanlage surren. In Gedanken begibt er sich zu Peter Kants Haus, sieht Natascha Kant vor sich, wie sie den Sex mit Gordon Shelley genoss, oder tat sie das gar nicht?

Sie starrte ins Nichts. Er starrte sie an. Er schaute sie viel zu lange an, das ist ihm jetzt klar. Ein Blick darf nicht zu lange auf gewissen Dingen verweilen, sonst weiß er zum Schluss nicht mehr, was er sieht.

Die Nacht atmet noch, als Tim davon aufwacht, dass das Laken unter ihm nass vom Schweiß ist. Aber er hat kein Fieber, keine Infektion. Es ist nur die Hitze, mit der sein Körper zurechtzukommen versucht.

Er starrt in die Dunkelheit, das Surren der Klimaanlage ist verstummt. Er schaltet die Nachttischlampe ein und das Zimmer füllt sich mit einem zögernden Licht, als wäre sein ganzes Leben nur eine Erinnerung.

Die Uhr auf einem alten, verschnörkelten Schreibtisch zeigt 5.34.

Er würde gern einen Kaffee trinken, möchte aber nicht die Pensionswirtin aufwecken.

Auf dem Handy sieht er, dass Simone ihm eine Nachricht geschickt hat.

Öffne dein Gmail-Konto.

Es ist heiß im Zimmer, aber das durchgeschwitzte Laken fühlt sich kalt an seinem Körper an. Er holt ein trockenes Handtuch aus dem Badezimmer, legt es unter sich aufs Bett und öffnet sein Mailkonto.

Simone hat ihm Listen von Gordon Shelleys Telefongesprächen und SMS geschickt. Eine Konversation hat sie in der langen PDF-Datei rot eingekringelt.

Er liest eine Nachricht, die von einer unterdrückten Nummer an Shelley geschickt wurde. Eine Anweisung, ein Auftrag.

Verführe Natascha Kant. Werde ihr Geliebter.

Wer ist Natascha Kant?

Es ist nicht ganz klar, ob Gordon Shelley weiß, wer der Auftraggeber ist, oder nicht. Aber offensichtlich kennt er Natascha nicht.

Eine Antwort mit weiteren Informationen. Ihre Adresse, welche Autos sie fährt. Die Adresse der Wohnung ihrer Mutter.
What's in it for me?
20 000 Euro.
I'm in.
Dann weitere Anweisungen.
Sie wird bei der Einweihung einer neuen Bar im Gran Hotel del Mar sein. Diesen Donnerstag. Nimm da Kontakt auf.
Will do.

Tim spürt, wie die Müdigkeit ihn lähmt. Als er sich wieder hingelegt hat, kann er sich nicht dazu überwinden, das Handy noch einmal einzuschalten.

Er sucht nach der Fernbedienung für die Klimaanlage, findet sie jedoch nicht.

Was habe ich in Peter Kants Schlafzimmer gesehen? Er fragt sich, was stimmt und was nur eine Illusion ist, eine Manipulation und warum.

Deine Frau hat einen anderen.

Weil wir es wollen. Wir, die den Brief geschickt haben.

Ihm kommt das Bild in Erinnerung: Natascha Kant und Gordon Shelley, die Hand in Hand unter den Ahornbäumen auf dem Paseo del Borne spazieren gegangen sind.

Liebe. Liebelei. Die etwas anderes war. Für beide oder nur für einen von ihnen? Das spielt letztlich keine Rolle. Denn Korruption ist immer gegenseitig, auch wenn sie nur von einer Seite intendiert ist.

Nichts bleibt mehr, außer Männer in Anzügen, die ein Spiel spielen, Gesichter, verborgen hinter Masken, ein Theaterstück, von dem niemand weiß, wo es anfängt oder aufhört, wo der point of no return ist oder worum es eigentlich geht. Alle wissen nur, dass es in Gang gesetzt wurde, es wurde vor Tausenden von Jahren in Gang gesetzt, und jetzt muss man es weiterspielen. Nimm meine Hand, aber das ist nicht meine, küsse meine Lippen, aber das sind nicht

meine, dring in mich ein, aber nicht ich bin es, die du kennst, denn ich bin nicht hier, das, was du kennst, ist etwas anderes.
Verführe die Polin.
Natascha Kant.
Auf den Bildern, die er geschossen hat, sah sie unendlich glücklich aus, als hätte sie eine Liebe gefunden, die sie gar nicht verdient hatte. Von der sie in ihrem tiefsten Innern gar nicht glaubte, dass es sie gäbe.

I'm in.
I'm ready.
Why am I doing this?
Who are you?
Tim ist wach. Er trinkt den Kaffee, den seine britische Gastwirtin ihm vor einer halben Stunde brachte. Liest weiter in den Unterlagen, die er von Simone bekommen hat. Sieht, wie Gordon Shelley sich verändert, anfängt zu zweifeln, infrage zu stellen, vielleicht beginnt er sogar, Natascha wirklich zu lieben. Fragen zu stellen, die er besser nicht stellen sollte, aber Tim hat so eine Ahnung, dass es gar keine Bedeutung hat, was Shelley fragte oder was nicht.
Es zieht in der Wunde, juckt, und das ist ein gutes Zeichen, Fleisch, das sich rekonstruiert, der Wundschorf, der zu Narbengewebe wird.
Mehrere Anrufe und SMS gehen an einen Andrew, der offenbar der Kapitän einer Yacht ist, auf der Gordon Shelley ab und zu arbeitet.
Hast du heute ein paar Stunden Zeit? Das Deck schrubben?
Sure. Ich komme gegen elf.
Dann der dreizehnte August, der Tag des Mordes. Eine Nachricht von diesem Andrew früh am Morgen.

Großreinemachen, große deutsche Gruppe morgen, kannst du?
Wann?
Jetzt?
Ich komme in einer Stunde.
Wird den ganzen Tag dauern.
Okay.
Die Bilanz eines Lebens. Tim liegt im Bett und fühlt sich wieder wie der Voyeur Tim. Der Unanständige, fast Dreckige, dem es immer besser gefällt, in das Leben anderer zu schauen, damit er sein eigenes nicht leben muss. Aber das hier ist jetzt sein eigenes Leben, diese Listen in diesem feuchten, heißen Zimmer.
In welchem Hafen liegst du? Adriano oder Portals?
Adriano, 19J.
Könnte das Boot immer noch dort liegen? An dem Ankerplatz? Dieser Andrew kann der letzte Mensch gewesen sein, der Shelley lebend gesehen hat, abgesehen von seinem Mörder.
Tim steht auf. Zieht sich an. Wäscht sich das Gesicht und reibt sich die Zähne notdürftig mit dem Zeigefinger sauber. Er nimmt die Tüte mit dem Geld, steckt die Waffe in den Hosenbund und verlässt die Pension.

Auf dem Weg zum Port Adriano fährt er an Hans Baumanns Klinik vorbei, sie ist immer noch geschlossen. Von dort braucht er noch eine Viertelstunde, um zum Hafen zu kommen.

Eine zwölf Meter hohe Betonmauer zum Meer hin. Mehrere Hundert Meter lang, unüberwindbar wie ein Bunker, der für den Krieg gebaut wurde. Ein gewaltiger Wellenbrecher, ein Schutz gegen Wellen und Stürme für die Yachten der Oligarchen, der ehemaligen KGB-Chefs und der nigerianischen Ölfürsten. Der ganze Hafen ist vom Torso der Insel amputiert worden, abgeschnitten, und der rote Fels der Klippen ist freigelegt worden und sieht aus, als blutete er in der Sonne.

Überall Menschen. Bootspersonal in weißen Polohemden und

Seglerschuhen. Gruppen erwartungsvoller Chartergäste, Menschen, die versuchen, reich auszusehen, aber von der Lederstruktur ihrer gefakten Louis-Vuitton-Taschen verraten werden. Die wirklich Reichen, die erwarten, dass das Meer sich teilt, wenn die Golfwagen sie über den Kai fahren, damit sie an Bord gehen können.

Tim sucht nach Liegeplatz 19J. Geht an einer großen Gruppe von Tierskulpturen vorbei, gefertigt aus etwas, das geöltes Blech zu sein scheint. Elefanten, Krokodile, ein Löwe, ein Gnu, ein Auerochse, alle begleitet von einer Band Banjo spielender Frösche.

Er verirrt sich zwischen den richtig fetten Yachten, mit Namen wie Skyfall, No Timing, Gattopardo, Veyron, registriert auf Teneriffa und in Valletta, Malta.

Liegeplatz 19J wird von einem langen Sunseeker mit herabgelassenem Anker belegt. Tim nähert sich langsam dem Schiff, auf dem Kai ist keine Polizei zu sehen. Keine Menschen, die nicht hier hineinpassen.

Er macht die letzten Schritte auf das Boot zu. Wird von dem Licht geblendet, das sich am Eingang eines Restaurants in einer Goldverkleidung spiegelt. Auf dem Kai liegt eine grauschwarze Matte mit dem Text »Welcome aboard«, und daneben ein schlampig zusammengerollter Plastikschlauch.

»Andrew! Bist du hier?«, ruft er zum Boot hin. »Ich muss mit dir reden.«

Keine Antwort.

Tim springt über die Reling, schaut sich um, ob auch niemand sein Rufen bemerkt hat, aber alle auf dem Kai scheinen mit ihren eigenen Dingen beschäftigt zu sein.

Noch zögert er.

Salgado und seine Handlanger könnten hier auf mich warten. Mich ins Bootsinnere locken, mich töten. Vielleicht sind sie auf Simone gestoßen und sie hat mich hierhergelockt, genau wie Mamasan Eli mich nach Illetas gelockt hat.

»Natascha!«, ruft er. »Natascha!«

Vorsichtig bewegt er sich übers Teakdeck voran, vorbei an einem Tisch samt zwei Klappstühlen, die Polster haben Flecken, vermutlich von Roséwein. Er schiebt die Tür zum Salon zur Seite, erinnert sich an den Dänen auf dem Boot beim Opium, das scheint tausend Jahre her zu sein, alles in seinem Leben fühlt sich an, als wäre es schon sehr, sehr lange her, und die Tür ist offen, eigentlich sollte sie verschlossen sein, wenn Andrew nicht an Bord ist, und Tim steigt hinein, ruft erneut. Andrew, Natascha, bekommt aber wieder keine Antwort.

Maßgenaue Einrichtung in glänzendem Jakarandaholz. Weiße Gardinen vor den Fenstern. Eine Pantry mit Geräten aus gebürstetem Stahl und ein eingebrannter Topf auf einem Gasherd.

Eine geschwungene Treppe direkt vor ihm führt hinunter in die Kajüte. Sicher gibt es mehrere Kabinen da unten.

Er schiebt einen gebeugten Arm hinter den Rücken, zieht die Pistole aus dem Hosenbund.

Hält sie ausgestreckt vor sich.

Jetzt ruft er nicht mehr, sondern geht vorsichtig die Treppe hinunter, gelangt in einen kleinen dunklen Flur mit Wandtäfelung aus Kirschbaumholz, auf beiden Seiten befindet sich eine Tür.

Er öffnet eine.

Schnell.

Schiebt die Pistolenmündung hinein, sein Blick fällt in eine leere Schlafkabine mit einem benutzten Bett. Überall auf dem Boden liegen Modezeitschriften verstreut.

Hier unten ist es ganz still. Tim legt das Ohr an die andere Tür, lauscht, aber er hört kein Geräusch, kein Rascheln von Stoff, keine Muskeln, die angespannt werden, kein adrenalingepushtes Atmen. Hier gibt es nur seine eigene Lunge, sein eigenes Zwerchfell, das sich bewegt.

Ein schwacher, süßlicher Geruch.

Ranzig.

Widerstrebend dreht er den runden Messingknauf. Drückt die

Tür nach innen, hält die Waffe vor sich und sieht augenblicklich den Körper, der auf dem Bett liegt, die blutige Bettwäsche, das Gesicht mit dem Einschussloch in der Stirn, die offenen Augen.

Der Gestank schlägt ihm entgegen. Er weicht zurück. Zwingt sich selbst zur Ruhe. Er hat schon oft den Geruch von ermordeten Menschen in der Nase gehabt, wird sich aber nie an ihn gewöhnen.

VIER

Es stinkt nach verrottendem Fleisch, und ich kann nicht aufstehen, also krieche ich, ich muss zum Hotel, das müsste in dieser Richtung liegen, zu den Bergen hin.

Emme versucht, den Kopf zu heben, aber der Nacken sperrt sich, und von den Sternen regnet es orangefarbenes Licht, von so einer Lampe, wie sie in dem Raum hängt, in dem Mama arbeitet. Wie eine Sonne in der Nacht erscheint sie. Und der Himmel rundherum glänzt wie geputztes Leder, wie die schwarzen Schuhe, die Papa immer zur Arbeit anzieht.

Wie. Konnte. Er. Mich. Nur. Fahren. Lassen.

I'm cool. U watch me.

Aber nichts ist chill.

Papa.

Muss ich hier liegen bleiben?

Sofia und Julia sollen kommen und mich holen.

Ich will aufstehen, aber wo sind die Beine. Das Telefon. Where is my iPhone?

Kann ich kriechen?

Los, auf alle viere.

Und sie kriecht, es knackt unter den Knien, brennt, aber sie kriecht weiter auf das Licht zu, die gelben Zitronenhälften aus Licht, ein rotes Schild mit einem Namen, ebnny, neby, hil.

Jetzt werde ich nass, ist das die Hüpfburg draußen im Wasser, kommt das Licht von dort?

Das Licht verschwindet. Alles ist so dunkel, wo seid ihr alle, ich will nicht hier sein, nicht so.

Ich muss zurück zu den anderen.

Aber wo sind sie? Wo seid ihr?

Julia, Sofia.

Ich weiß nicht, wo ich bin.

Das Licht strahlt wie in einer Turnhalle. Gelb, hart.
Dann spürt sie eine Hand auf der Schulter. Warm, glatt, härter als das gelbe Licht. Wessen Hand ist das?

Tim fährt auf der Autobahn in Richtung Palma. Die Sonne wird im Rückspiegel reflektiert, dünne Strahlen wie spitze Nägel in seinen Augen.

Er schiebt das Bild des toten Kapitäns Andrew beiseite. Die weiße Skipperuniform, die Goldtressen auf den Schultern. Das Laken und die Wände, die mit Blut bespritzt waren. Sein Blick wandert über die staubigen Abhänge, und im Radio reden sie über den Wassermangel. Darüber, dass die Duschen am Strand abgesperrt werden sollen, dass die Hotels mit einem, zwei oder drei Sternen nur zwischen zehn und fünf Uhr Wasser für die Gästezimmer bekommen, dass Thompson und TUI Palma Stadt und die mallorquinische Regionalregierung dazu aufgefordert haben, den Beschluss wieder aufzuheben, dass die Pflanzen auf den Feldern im Binnenland sterben oder gar nicht erst aus der Erde herauskommen.

»Wir sind bereit, die Stadt für das Wasser zu bezahlen«, sagt eine Repräsentantin von TUI. »Unsere Gäste fordern das. In dieser Hitze müssen die Menschen duschen können. Es sind Menschen, von denen wir hier sprechen, keine Rindviecher.«

Die Ferien, das ist die Zeit der langen Duschorgien, zur Abkühlung, der Sand soll weggespült werden, Frottee auf feuchter, abgekühlter Haut.

Die Hitze vibriert über den Bergen, fällt hinunter aufs Meer, und im Sonnenlicht scheint die Wasseroberfläche nicht mehr zu glitzern, nein, das Wasser sieht aus, als kochte es. So viel Wasser. Und trotzdem viel zu wenig.

Tim erinnert sich an das Terrain, auf dem Kants Krebsforschungszentrum gebaut werden sollte. Die Palmen, voll mit Chlorophyll, wobei die Blätter doch eigentlich viel trockener sein sollten, mit braunen Rändern.

Er streckt sich zur Rückbank aus, nach der Wasserflasche, die immer dort liegt, aber hier gibt es keine Flasche, denn dies ist ein anderes Auto.

Die blühenden Blumen.

Trotz fehlenden Regens.

Er fährt raus, wieder weg von der Stadt, hoch zu Peter Kants Traum, dem Traum von einem Bauwerk zum Gedenken an das Mädchen, das es nicht mehr gibt.

»Dieses Jahr haben wir einen schrecklichen Sommer, was das Wasser betrifft«, sagt der Radiosprecher. »Wir können nur auf viel Wasser im Winter hoffen, sodass die Reservoirs Cúber und Gorg Blau überlaufen werden.«

Kompressen zum Sauberhalten, Gaze, Wundalkohol. In einer Apotheke in Llucmajor kauft Tim das, was er braucht. Dann fährt er weiter zur Baustelle. Genau wie beim letzten Mal fährt er um den Bergrücken herum, parkt an dessen Fuß. Er versteckt das Geld unter dem Vordersitz, bewegt sich dann langsam, aber stetig bergauf, stolpert über die spitzen Steine, fällt aber nicht hin. Sein Atem geht heftig, drückt Luft tief in die Lunge. Oben auf dem Grat hockt er sich hinter einen großen Felsblock, kann keinerlei Bewegung zwischen den Palmen entdecken.

Er steigt hinunter. In die Vegetation, zwischen Mohnblumen und Nelken, und da merkt er es. Wie sumpfig der Untergrund ist, das Wasser drängt sich durch die Hanfsohlen seiner Espadrilles. Er beugt sich hinunter, taucht einen Finger in eine Pfütze unter einem Farnwedel, steckt sich die Fingerspitze in den Mund, und das Wasser ist frisch, lauwarm, aber klar. Es läuft jetzt unter seinen Füßen weiter, und er geht an die Stelle, wo die Ausgrabung stattfinden soll. Das Schild steht immer noch dort, aber das Loch, das man gegraben hatte, ist jetzt zu einem Drittel mit Wasser gefüllt. Die Quelle muss irgendwo hier sein, denn er kann sehen, wie es an einer Ecke blubbert, vielleicht ist es ja auch ein Dinosaurier, der da unten atmet, gut bewahrt in der Erde, noch nach Millionen von Jahren am Leben.

Aber das ist Wasser.

Wasser, das aus der Erde herausströmt.

Er zieht sich die Schuhe aus, stellt sie auf den Tisch mit den archäologischen Utensilien, krempelt sich die Hosenbeine hoch und steigt ins Loch hinab, watet dort zu der einen Ecke, und das Wasser ist wunderbar kühl an seinen Schienbeinen. Er beugt sich vor. Presst die Fingerspitzen dorthin, wo es unter der Erde zu kochen scheint, aber seine Finger werden von einem noch kühleren Wasserstrom zurückgedrückt.

Motorengeräusche.

Er dreht sich um, doch es ist noch nichts zu sehen von dem Fahrzeug, das offenbar auf dem Weg hierher ist.

Er watet durch das flache Wasser zurück, steigt aus dem Loch, nimmt die Schuhe in die Hand und eilt über den feuchten Boden, ein Stück die Böschung hoch, und wirft sich dann der Länge nach zwischen zwei Felsblöcke, in den Schatten, und sofort brennt es in der Taille. Ein Wagen fährt auf der anderen Seite der Senke über den Scheitel. Ein weißer Lkw mit einer großen gelben Maschine auf einem Anhänger, gefolgt von einem schwarzen Mercedes. Beide Fahrzeuge fahren hinunter in die Senke und halten dort an. Aus dem Mercedes steigt ein Mann in Jeans und hellblauem Hemd. Er trägt ein gelbes Basecap, die Augen sind von einer schwarzen Ray-Ban Wayfarer verdeckt. Zwei Arbeiter in orangefarbenen Overalls steigen aus dem Lkw. Der Mann mit dem Basecap winkt ihnen mit ausholenden Bewegungen zu.

»Vamos, vamos.«

Er setzt sich auf den Fahrersitz, streckt die Beine durch die offene Tür hinaus. Dann zieht er sich die schwarzen Schnürschuhe aus, beugt sich über die Rückenlehne und holt ein Paar Gummistiefel hervor, die er sich mühsam anzieht.

Tim erkennt den Mann wieder. Die unscharfen, aber harten Züge und die spitze Nase, die unter der Schirmmütze hervorragt, dazu die Sonnenbrille. Er hat ihn schon irgendwo gesehen, kann aber nicht sagen, wo.

Die Männer in den Overalls rollen die schwere Maschine vom Anhänger herunter. Sie ist gut zwei Meter lang, hat drei Paar schwarze Treckerreifen und am vorderen Teil etwas, das aussieht wie eine Kanone. Das ist ein Bohrer, so einer, wie man ihn benutzt, wenn man nach Erdwärme bohrt.

In seinen Gummistiefeln geht der Mann jetzt zu den Arbeitern und weist sie zu einem Platz in der Oase, kaum hundert Meter von Tim entfernt, und auf dem Weg zermalmen die Räder der riesigen Bohrmaschine die Blumen.

Tim macht mit seinem Handy Fotos, zoomt das Gesicht unter dem Basecap heran, während die Arbeiter den Bohrkopf justieren und auf die Erde richten. Einer von ihnen drückt auf einen Knopf auf dem Bedienungspanel des Bohrers, und schon füllt sich das ganze Tal mit Motorenbrummen, dann einem hackenden Geräusch, während das Metall sich mühsam durch den Kalkstein arbeitet.

Der Mann spricht ins Telefon, schiebt seine Mütze zurecht.

Tim wäre am liebsten aufgestanden, um das Tal herumgangen und hätte nachgesehen, was auf der Seite des Lkw steht, aber dann würde er sich verraten, und inzwischen ist die Sonne höher gewandert, er ist ihren Strahlen ausgesetzt, trotz des Felsbrockens, und sein Atem ist schwerer geworden, er versucht möglichst still zu liegen, doch die Hitze kennt keine Gnade.

Der Bohrer hackt und bohrt. Stundenlang.

Der Gummistiefelmann schimpft mit den Arbeitern.

»Wie lange braucht ihr noch? Was meint ihr? Geht das hier nicht auch ein bisschen schneller?«

Hacken, Bohren. Noch eine Stunde.

Dann wird das Hacken von einem monotonen Geräusch unterbrochen, obwohl der Bohrer sich weiterhin ruhig weiterbewegt, hoch und runter, hoch und runter. Die Arbeiter, die bisher auf einem Felsen im Schatten eines Pinienbaums gesessen haben, schrecken auf, sie ziehen sich weiter von der Maschine zurück. Und Tim sieht, wie sie anfängt zu ruckeln und zu zittern, und dann wird sie nach hinten gerissen, hoch in die Luft, und aus einem Loch im Boden schießt eine Wasserkaskade hoch, zwanzig Meter in den Himmel, und die riesigen Handflächen der Palmenblätter werden von dieser Kraft zur Seite gedrückt.

Der Mann rennt zum Wasserstrahl hin. Er breitet die Arme aus, lässt sich von dem herunterfallenden Wasser, den Millionen von Tropfen, die zum Himmel hochschießen, um dann wieder auf die Erde zu fallen, berieseln, dass seine gelbe Mütze dunkel von der Feuchtigkeit wird.

»Warum hat das nur so lange Zeit gebraucht?«, schreit er die Arbeiter an. »Wir haben doch gewusst, dass es hier zu finden ist.«

Er wischt sich die feuchten Wangen ab. Grölt direkt hoch in die Berge.

»Sí, sí! Ahora es nuestro turno. NUESTRO TURNO!«

Die Arbeiter teilen die Freude des Mercedesfahrers nicht. Sie stehen jetzt unter einer Palme, vor dem Regen aus der Quelle geschützt, und warten, dass er sich wieder beruhigt.

Vielleicht zehn Minuten müssen sie dort warten, bis der Mann sie erneut anschreit, und dann holen sie weitere Geräte aus dem Lkw, bauen sie über dem Wasserstrahl auf, der langsam wieder in der Unterwelt verschwindet.

Hinter den Bergen zieht die Dämmerung auf. Tims Kehle ist rau und der Nacken brennt von der Sonne. Die Arbeiter rollen den Bohrer zurück auf den Anhänger, und ihr Boss wechselt wieder zu den glänzend geputzten Schnürschuhen. Er fährt als Erster davon, und als der Lastwagen hinter ihm wendet, versucht Tim die verblichenen Buchstaben an der Seite zu entziffern, aber sie erscheinen nie im richtigen Winkel, und schon bald hört er nur noch das Geräusch der Motoren, die Richtung Palma verschwinden. Er steht auf, schaut hinunter in die Senke, auf den kleinen, flachen See, der sich zwischen den groben Baumstämmen gebildet hat. Vertrocknetes Laub und kleine Äste schwimmen auf der ruhigen Wasseroberfläche. Tim bürstet sich Erde und Staub von den Kleidern. Die Berge in der Ferne glühen jetzt in den letzten Sonnenstrahlen des Tages.

Er schickt das Foto von dem Mann mit dem Basecap an Axel Bioma. Damit hat Axel dann auch die Nummer seines Prepaidhandys, aber das kann er jetzt nicht ändern.

Wer ist dieser Mann?

Er steckt das Handy in die Gesäßtasche. Dann geht er zurück, den Bergrücken wieder hoch. Das Telefon brummt.

Neue Nummer?

Ja. Wer ist der Mann?

Was treibst du da?

Don't ask.

It's my job to ask questions. Comprendes?

Ich bohre nach Wasser auf meinem neuen Grundstück.

Okay, das ist López Condesan.

Tim steht neben seinem Auto, hält das Handy ein Stück von sich, liest den Namen noch einmal.

López Condesan.

Der das Krebsforschungszentrum bauen sollte. Und jetzt ist er hier und bohrt nach Wasser. Auf einem Grundstück, das ihm nicht gehört.

Tim steht vor dem Hotel in Magaluf, in dem Emme gewohnt hat.

Unter dem Balkon, auf dem Emme saß. Von dort oben hat sie das Selfie mit dem Meer und dem Pool im Hintergrund gemacht.

Das Fenster dahinter ist dunkel. Die Balkontür steht offen, Musik strömt heraus, vielleicht ist das OMI, »Cheerleader«, das aus dem Zimmer herausrinnt, wie ein Sommerregen in seine Ohren tropft, *she is always right there when I need her, she is,*
always,
und vielleicht waren das auch die Worte, denen Emme gelauscht hat, in der Fotosekunde, OMIs tropfende Töne.

Menschen bewegen sich in dem Zimmer, er kann ihre Silhouetten sehen. Sie bewegen sich, als feierten sie ein heimliches Fest.

Der Schatten auf dem Pool, von einer Palme, die das Licht des Hotelempfangs verdeckt, sieht aus wie ein Tyrannosaurus Rex, der Körper, der Kopf, ein aufgerissenes Maul mit Reißzähnen.

Er war in der Rezeption, in dem Zimmer. Hat nach Spuren gesucht, danach, was ihr passiert sein könnte, aber nichts gefunden. Es wurde nur ihre Tasche gefunden, der Pass, das Flugticket, Kleider, Kylie-Jenner-Schminke und ein blauer Bikini, den sie im letzten Sommer gekauft hat.

Zum Schluss fand er doch noch denjenigen, der den Mädchen Drogen verkauft hatte. Ende September. Über die Passagierliste des Flugs und indem er sich immer weiter durchgefragt hatte.

David Persson jobbte in der Bar am Nikki Beach, er dealte mit Kokain und Tabletten, um sein Einkommen etwas zu verbessern. Groß und extravagant, mit flackerndem Blick, das dunkelbraune Haar zu einem Pagenkopf geschnitten, ein schiefes, selbstsicheres Lächeln auf den schmalen Lippen.

Tim trank mit David einen Kaffee im Personalraum des Clubs,

von der Terrasse drängten sich gedämpfte Rhythmen von der Loungemusik durch die Decke hindurch, und David berichtete Tim, dass er Emme im Flugzeug kennengelernt und ihr dort ein Bier ausgegeben hatte. Als er sie am nächsten Abend in Magaluf wiedersah, hatte er ihr Kokain verkauft.

»Warst du mit den Mädchen an dem Abend zusammen, als Emme verschwunden ist?«

»Nein.«

»An einem anderen Abend? Einer Nacht?«

»Nein, ich habe ihnen nur dieses eine Mal was verkauft. Danach habe ich sie nicht wiedergesehen.«

Wieder lächelte er, es war fast höhnisch, wie Tim fand, ein Lächeln, das sagt, ich weiß etwas, das du nicht weißt, ich kenne Dinge von deiner Tochter, von denen du nicht die geringste Ahnung hast, und Tim musste tief durchatmen, seine Wut runterschlucken, vielleicht wollte sie das ja wirklich, vielleicht wollte sie Drogen nehmen, erleben, was es bedeutete, high von Kokain zu sein und durch das nächtliche Licht zu schweben, natürlich wolltest du das, Emme, so warst du, so bist du, du tust so etwas.

»Ich habe noch nie jemanden wie sie getroffen«, sagt David Persson. »Das sollen Sie wissen. Nach dem wenigen, was ich gesehen habe, wirkte sie einfach fantastisch.«

Tim spürt, wie die Wut abnimmt. So einfach zu durchschauen ist er inzwischen.

»Sie war fröhlich. Schien wirklich glücklich zu sein, mit ihren Freundinnen auf Mallorca sein zu dürfen.«

»Wolltest du dich mit ihr verabreden? Mit ihr was unternehmen?«

»Nein. Sie hatte keine Zeit für mich.«

»Und da bist du wütend geworden?«

David stand auf, schaute Tim an.

»Nein, nein, und nochmals nein, was glauben Sie denn, was ich für einer bin?«

Die Musik aus den Lautsprechern über ihnen klingt jetzt dumpfer.

»Ich könnte einem Mädchen nie wehtun. Und ihr schon gar nicht.«

Tim glaubte ihm. Diesem jungen schwedischen Dealer. Der neben ihm stand, nur wenige Kilometer von der Stelle entfernt, an der Emme verschwand, und erklärte:

»Ich finde, das war richtig, dass Sie sie haben fahren lassen. Die Welt soll man kennenlernen, wenn man jung ist. So ist es nun einmal. Auch wenn es nicht alle schaffen.«

Tim ist wieder in Magaluf, er geht hinunter zum Strip. Inder und Pakistani fragen ihn, ob er Hasch kaufen will, und vielleicht hat auch einer von ihnen Emme etwas verkauft. Er geht am Coco Bongo und am Benny Hill vorbei. Die rot verschwitzten britischen Touristen auf den abgescheuerten Barhockern gucken sich irgendein Fußballspiel an, und er dreht eine Runde in den Clubs, zeigt Emmes Foto, und die Türsteher bitten ihn zu gehen, zu verschwinden.

Das Auto hat er auf dem Parkplatz vom Carrefour abgestellt.

Als er zurückkommt, steht es unberührt da.

Das Geld liegt immer noch unter dem Fahrersitz.

Er setzt sich hinein, holt die Sachen heraus, die er in der Apotheke gekauft hat. Dann zieht er das Hemd hoch, Blut ist durch die Kompresse gesickert, er schnuppert, aber es riecht nicht eitrig.

Er nimmt den Verband ab.

Die Haut hat sich rund um die Wunde blau und rot verfärbt, und es kommen einige Tropfen Blut, aber nur sehr wenige, sie suchen sich einen Weg hinunter zu seinen Jeans.

Er macht ein Foto. Schickt es an Rebecka.

Sieht das okay aus? Es blutet ein bisschen.

Die Antwort kommt nach ein paar Minuten.

Das sieht gut aus. Mache einen neuen Verband und beweg dich nicht so viel, dann hört es auf zu bluten.

Kein Grund zur Besorgnis.

Er geht auf die Homepage des *Diario de Mallorca*. Da steht nichts über einen ermordeten Mann auf einem Boot im Port Adriano, nichts über Kant, Shelley oder Natascha.

Alles geschieht und es geschieht doch wieder nicht. Es ist nicht zu sehen, nicht zu riechen. Wie eine duftlose Blume, die es nur noch in der Erinnerung gibt.

Sergio Gener ist auf Kaution entlassen worden, er ist nach einem Knasturlaub in Asturien zurück. Landete am Nachmittag, und fünfhundert Angestellte seiner Clubs, Kneipen und Charterboote erwarteten ihn am Flughafen, empfingen ihn wie einen Helden, der dem Zorn höherer Mächte ausgesetzt gewesen war.

Tim steckt das Handy ein, lehnt sich auf dem Sitz zurück, legt die Hand auf die Pistole und schließt die Augen. Er hört hämmernde Musik. *She is not there when*, und das Brausen der Autobahn und der Lärm von Tausenden Feiernden in Magaluf wiegen ihn in den Schlaf.

Er wacht davon auf, dass ein roter Toyota auf dem Platz neben ihm parkt. Eine Frau in seinem Alter steigt aus, wirft die Autotür fest zu und geht zu dem großen Supermarkt, dessen schwarze Fenster die frühen Sonnenstrahlen schlucken.

Tim reibt sich die Augen. Er nimmt den säuerlichen Geruch seiner eigenen Ausdünstungen wahr, und er reibt sich kräftig die Stirn, reißt dabei den Schorf über der Augenbraue ab, sodass wieder Blut heraussickert, und lässt zu, dass es einen dicken Tropfen bildet, der gerinnt und neuen Schorf bildet. Irgendwann wird diese Wunde verschwunden sein. Im Unterschied zu der Korruption auf dieser Insel. Wenn man den Wundschorf entfernt, kommt immer wieder neuer, dann wird die Wunde niemals kleiner.

Er zieht sein Handy heraus. Keine Mitteilungen in der vergangenen Nacht, keine versäumten Anrufe.

Er schickt Axel Bioma eine SMS.
Ich brauche deine Hilfe.

Wobei?
Es geht um den Mann auf dem Bild, das ich dir geschickt habe.
Unter anderem.
Es dauert eine Minute, bis Axel wieder antwortet.
Ich bin in der Redaktion. Komm her.
On my way.

Die Menschen kommen und gehen unter dem hohen Deckengewölbe des Empfangs vom *Diario de Mallorca*, und die Pflanzen in dem verglasten Innenhof lassen durstig und von der Hitze erschöpft die Blätter hängen. Tim muss der Wache vor der Tür seinen Ausweis zeigen, die Geldtüte wird gescannt. Die Pistole hat er im Auto gelassen.

Als er angeben soll, wen er treffen will, zögert er zunächst, will schon umkehren, der Wachmann könnte mit Salgado bekannt sein, Menschen, die diese Lobby durchschreiten, könnten an diesem Handel beteiligt sein, worum es sich dabei auch immer handeln mag.

Wer sieht mich?

Vielleicht wartet die Polizei hier schon auf mich, vielleicht ist die Familie involviert, der die Zeitung gehört. Und sie sind der Wahrheit über den Fall Kant, Natascha oder den Schusswechsel nicht den kleinsten Schritt näher gekommen.

Alles hängt miteinander zusammen.

Nichts hängt zusammen.

Die Kameras an der Decke. Und die Frau mit dem kurzen rot gefärbten Haar, die eine Brille mit Bügeln im Tigermuster trägt, schielt sie nicht merkwürdig zu mir herüber? Tim senkt den Kopf, versucht sein Gesicht zu verbergen. Dann hört er eine bekannte Stimme, die ihn ruft, aus einer Tür, die hinter dem weißen Rezeptionstresen geöffnet wurde.

»Hast du in einem Mähdrescher geschlafen?«

»Bin nur ein bisschen müde.«

Tim versucht Axel Biomas Gesichtsausdruck zu deuten. Was weiß er? Hat er von dem Schusswechsel gehört? Von dem Mord auf der Yacht? Aber Axels Mienenspiel verrät nichts. Er trägt ein blaues Hemd, das aussieht, als habe es ein Vermögen gekostet.

»Balenciaga«, sagt er. »Habe ich mir von dem Geld gekauft, das du mir gegeben hast. Hübsch, oder?«

»Ja, steht dir.«

»Er gehört zu mir«, sagt Axel zu einer der Frauen an der Rezeption, und zusammen gehen sie in ein Großraumbüro, in dem vielleicht zwanzig Menschen über Bildschirme gebeugt sitzen und konzentriert arbeiten.

»Komm, wir gehen runter in den Keller«, sagt Axel.

Sie nehmen die Treppe nach unten, und Axel öffnet eine schwere graue Metalltür. Dahinter befindet sich ein großer Archivraum mit Regalen, die sich vom Boden bis zur Decke hin erstrecken, und auf den Regalen stehen schwarze Aktenordner in endlosen, ordentlich zurechtgerückten Reihen. Auf einem Schreibtisch stehen zwei Laptops.

Axel bedeutet Tim, Platz zu nehmen. Und Tim kommt der Aufforderung nach, legt die Plastiktüte mit dem Geld unter den Stuhl, ist dankbar dafür, dass Axel nicht nach dem Inhalt fragt.

»Du willst also mehr über López Condesan wissen?«, fragt Axel, ohne sich hinzusetzen.

»Ja, das will ich. Und noch so einiges anderes.«

»Was heißt das, anderes?«

»Anderes.«

Ein Hauch von Angst huscht über Axels Gesicht.

»Bevor ich hier irgendetwas tue«, sagt er, »erzählst du mir ganz genau, worum es eigentlich geht.«

Ich weiß ja selbst nicht genau, worum es geht, denkt Tim. Ich weiß gar nichts. Noch nicht. Es scheint, als werde alles, was passiert ist, was passiert, in ein schwarzes Loch gesogen, in dem die Zeit gesammelt wird und alles gleichzeitig geschehen kann und dann vielleicht deutlich wird.

»Es ist sicherer für dich, wenn ich nichts sage.«

Axel schaut ihn an.

»Okay, dann erzählst du eben nichts.«

Tim versucht den Computer vor sich in Gang zu bekommen, aber es passiert nichts.

Axel streckt sich vor, drückt auf einen Knopf auf der Rückseite des Geräts, und auf dem Bildschirm erscheint sogleich eine Seite mit weißem Hintergrund und einem blauen Suchfeld.

»Die Geräte sind mit einer Datenbank verknüpft, in der alle Artikel der Zeitung aus den letzten fünfzig Jahren gespeichert sind. Man hat die mal im Rahmen so eines bescheuerten Festland- und EU-finanzierten Kulturprojekts eingescannt. Der Gedanke dabei ist, dass sie der Allgemeinheit zugänglich bleiben sollen, aber das will eigentlich niemand. Kann gut sein, dass du hier etwas über López Condesan findest.«

»Danke«, sagt Tim.

»Ich bin in einer Stunde wieder da«, sagt Axel und dreht sich um, verlässt das Archiv und schließt die Tür fest hinter sich.

Tim tippt Joaquin Horrachs Namen in das Suchfeld.

Fügt ein + hinzu.

Gibt López Condesans Namen ein.

Drückt auf Suchen.

Das System arbeitet langsam, kämpft sich durch die Datenmenge.

Dann ist die Suche beendet. Und an erster Stelle wird ein Link zu einem Artikel über die Privatschule Lluís Vives gezeigt, wie sich dort einige Schüler in Wohltätigkeitsarbeit ausgezeichnet haben. So viel kann Tim in der blauen Überschrift erkennen.

Er klickt auf den Link und kommt zu einem Artikel mit einer kurzen Einleitung über eine Spendensammlung für ein paar lokale

Fischerfamilien. Die Fischer waren bei einem Sturm umgekommen, kurz vor Karthago.

Tims Blick fällt auf das Schwarz-Weiß-Foto, das den Artikel illustriert. Es zeigt drei Schüler, in der dunklen Schuluniform mit hellem Revers, weißem Hemd und einfarbiger Krawatte. Sie stehen nebeneinander und lächeln in die Kamera. Mit sich selbst äußerst zufrieden, junge Männer, die schon gelernt haben, arrogant zu sein. Einen von ihnen erkennt Tim sofort.

Das ist Joaquin Horrach, er steht ganz links.

Den Jungen in der Mitte kennt Tim auch. Das ist López Condesan. Langes, lockiges, vermutlich braunes Haar. Aber wer ist der dritte Junge? Der ganz rechts auf dem Foto zu sehen ist? Dünn, groß, mit tief in den Höhlen liegenden Augen.

Dann erkennt Tim auch ihn wieder.

Fünfzig Kilo leichter als heute. Auf einem heutigen Foto wäre er grobschlächtig und schwer. Tim hört noch die Schritte im Treppenhaus, er hört den Mann kommandieren, »er flieht«, erinnert sich daran, wie er selbst aufs Dach gesprungen ist, von einem Balkon auf den nächsten, er sieht den Mann in den Gassen, in der Altstadt, seine seidenen Hosenbeine über den Pflastersteinen, seinen Körper im Fenster des Polizeireviers, in der Bar Bosch, sein Gesicht an der Stirnseite des Bartresens, geflissentlich herbeieilende Kellner in weißen Hemden.

Die dritte Person auf dem Foto ist Juan Pedro Salgado.

Eine jüngere Ausgabe des Mannes, der Tim versicherte, dass seine besten Leute die Ermittlungen zu Emmes Verschwinden übernommen hätten. Der Mann, der versucht hat, ihn zu töten.

Tim sucht weiter, nach Ereignissen in Palmas und Mallorcas jüngster Geschichte, die mit diesen drei Männern in Zusammenhang gebracht werden könnten. Er findet mehrere Fotos von ihnen in unterschiedlichen Zusammenhängen, bei der Einweihung eines Theaters, beim Jahrestreffen des Palma Yacht Clubs, auf der Ehrentribüne, als Real Mallorca noch in La Liga spielte, aber nichts, was ihm weiterhelfen könnte. Nichts Bemerkenswertes, das mit dem Krebsforschungszentrum in Zusammenhang stehen könnte, nichts über die archäologischen Ausgrabungen oder das neue Resort, oder irgendwelche Spuren, die darauf hinweisen, dass die Männer sich gegenseitig Aufträge verschafft haben könnten. Es scheint allen dreien gelungen zu sein, sich aus den großen Korruptionsskandalen des letzten Jahrzehnts herauszuhalten. Sie gehören der Elite der Insel an, stehen aber gleichzeitig immer ein wenig am Rande, wie kleinere Wölfe, die um die Beute kreisen, darauf warten, dass sie an der Reihe sind.

Es ist wie immer, denkt Tim. Alle haben ihre Finger drin, in welcher Weise auch immer, bauen Seilschaften auf und haben sich gegenseitig in der Hand. Man schafft Vertrauen und Abhängigkeiten, klopft einander auf den Rücken. Weil man es so will, aber auch, weil man es muss. Das ist eine Kultur der Verschwiegenheit, bis jemand tatsächlich Gefahr läuft, aufzufliegen, eine Gefängnisstrafe droht, dann will man plötzlich reden, im Austausch gegen Immunität und die Zusage, das Geld behalten zu dürfen, das man mit viel Geschick hat beiseitelegen können. Oder zumindest einen Teil davon.

Ein Polizeidirektor.

Ein hohes Tier in der Baubehörde.

Ein Mann aus einer alten Familie, der es nicht gelungen ist, am Tourismus zu verdienen.

Die drei auf dem Bild sind hochgestiegen, zumindest zum Schluss, in den letzten Jahren, sie können tun und lassen, was sie wollen. Jetzt haben sie möglicherweise gemordet oder einen Mord in Auftrag gegeben, und Tim hat eine vage Ahnung, aus welchem Grund.

Die Tür hinter ihm öffnet sich. Er dreht sich um, sieht Axels Gesicht, seine besorgte Miene.

Tim drückt den Link weg, den Artikel.

»Hast du was gefunden?«, fragt Axel.

»Nichts. Aber vielleicht kannst du mir helfen.«

Axel nickt, setzt sich an den anderen Computer und schaltet ihn ein.

»Was weißt du über die Wasserversorgung der Insel?«

Axel sieht ihn verwundert an, doch dann ändert sich sein Blick, vom Wundern ins Zielstrebige, Professionelle.

»Ich habe einiges darüber geschrieben. Über eine verwahrloste Entsalzungsanlage draußen in Son Malferit. Zuerst war das ein französisches Unternehmen, das hat die Anlage gebaut und sich um den Betrieb gekümmert, so lange hat es funktioniert. Dann übernahm ein lokales Unternehmen das Geschäft, und damit ging es total den Bach runter. Aber Kohle haben sie trotzdem ordentlich verdient.«

Axel hält die Hand hoch und reibt die Finger aneinander, als hielte er Geldscheine zwischen ihnen.

»Vor sechzig Jahren gab es so gut wie keine Vorrichtungen, um die Mengen an Wasser zu speichern, die der Tourismus hier auf Mallorca bald brauchen würde. Also hat man Dämme gebaut, unterirdische Quellen angezapft. Anfangs war es die Stadt, die dafür verantwortlich war, aber peu à peu hat das die Regionalregierung übernommen und das Geschäft privaten Unternehmen überlassen. Ich könnte mir denken, dass es in dem Bereich jede Menge an Korruption gibt. Das fing an, als die Partido Popular nach Franco im Prinzip uneingeschränkte Macht besaß. Am schlimmsten war es, als sie per Schiff Wasser vom Festland herbrachten. Ein PP-Mann, der später Wirtschaftsminister wurde, besaß und betrieb das Unternehmen, das sich um die Fracht kümmerte. Er hat innerhalb nur weniger Jahre Unsummen an Geld verdient. Aber schließlich brauchte die Tourismusbranche Wasser, Wasser, Wasser.«

Axel richtet seinen Hemdkragen.

»Die Leute duschen eben gern.«
»Was ist mit den Wasserquellen? Gibt es private Interessen an denen?«
»Ja, was denkst denn du? Sobald eine bisher unbekannte Quelle entdeckt wurde, konnte der Besitzer des Grundstücks ein Vermögen daran verdienen. Ein bisschen Schmiergeld hier, ein bisschen da, schon lief die Sache.«
Tim nickt.
»Geh mal auf Google Earth.«
Er steht auf, stellt sich hinter Axel, der sich auf die Seite klickt. Tim führt ihn zu Peter Kants Grundstück, langsam, sodass sie zunächst die Berge als grauen Streifen am Bildschirmrand sehen, die Stadt als Konglomerat vor dem Meer und das Binnenland wie einen gelbbraunen Strich dazwischen. Als Axel näher heranzoomt, können sie die Palmenkronen in der Oase erkennen, das schwarze Loch wie einen winzigen Punkt, einen parkenden Lastwagen.
»Ich glaube, so langsam verstehe ich«, sagt Axel, und Angst ist jetzt in seiner Stimme zu hören, aber auch Entschlossenheit.
»Wie viel Wasser könnte es dort geben?«, fragt Tim.
»Woher soll ich das wissen?«
»Verstehst du nichts von Geologie?«
»Nicht die Bohne. Aber ich habe einen Kumpel in Madrid«, erwidert Axel. »Der ist Geologe an der Universidad Complutense. Ich kann ihm das Bild von der Stelle hier schicken. Mal sehen, was er dazu sagt.«
Axel schickt das Foto an seinen Kontakt, zusammen mit einem kurzen Text, der erklärt, worum es geht.
Dann ruft er den Mann an, der auch gleich antwortet.
»Javi! Lange nicht gesehen. Dabei war es so nett das letzte Mal. Hör mal, ich habe dir gerade eine Mail geschickt, ja, mit dem Kartenausschnitt, hast du gerade Zeit, da mal draufzuschauen?«
Axel sagt nichts weiter, scheint darauf zu warten, dass Javi das Bild öffnet.

»Was denkst du, könnte es in dem markierten Gebiet Wasser geben? Mir ist schon klar, dass du uns so auf die Schnelle kein wissenschaftliches Gutachten geben kannst, aber was glaubst du, wenn du einfach mal aus der Hüfte schießt?«

Wieder Schweigen.

Das Surren der Computer, das Knacken von Ordnern in ihrem stillen Verfall. Geräusche lose dokumentierter Erinnerungen.

»Aha, es könnte sich also in so einer Senke eine unterirdische Wasserquelle befinden. Die könnte auch genau dort ihren Ursprung haben? Theoretisch gesehen?«

Axel schaut Tim an, zieht die Augenbrauen hoch, formt die Lippen zu einem lautlosen Pfeifen.

Er bedankt sich bei Javi und legt auf.

»Dann wissen wir jetzt, warum der Bau gestoppt wurde«, sagt er. »Dort unter der Erde können sich Milliarden Euro befinden. Wasser, das den Bedarf der Insel auf Jahrzehnte hin decken kann. Das hat nichts mit Dinosauriern zu tun. Und keiner interessiert sich dafür, das Rätsel des Krebses zu lösen, wenn derartige Summen in Reichweite liegen.«

Tim spürt, wie er von den grauen Deckenplatten heruntergedrückt wird.

»Peter Kant hat es interessiert«, sagt er. »Also musste er verschwinden. Und andere mit ihm.«

»Shelley?«, bemerkt Axel, scheint seine Frage aber schon zu bereuen, als er sie gestellt hat.

»Und Vasquez, der Bauarbeiter«, sagt Tim. Und vielleicht andere, doch er spricht die Namen nicht aus, sieht die weiße, rot gesprenkelte Kapitänsuniform vor sich.

»Lass die Finger davon«, sagt Axel. »Du musst die Insel verlassen. Sofort. Fahr von hier direkt zum Flughafen.«

»Du weißt, dass ich das nicht tun kann.«

Axel atmet schwer, sein Blick ist betrübt, als schaute er auf einen toten Freund in einem offenen Sarg.

»Ich weiß«, sagt er schließlich, und Tim sieht jetzt, dass die Angst schwer und dunkel in seinen Augen liegt.
Eine Angst, unabhängig von schuldig oder unschuldig.
»Du kannst dich raushalten«, sagt Tim. »Aber ich nicht.«
Axel steht auf, schaut sich im Archiv um, scheint nicht zu wissen, wohin er gehen soll, außer dass er aus diesem Keller rauswill.
Er sieht Tim an, als wollte er ihm noch etwas sagen.
»Gibt es etwas, das du mir erzählen willst?«
Axel zögert.
»Nein«, sagt er schließlich.
»Willst du bezahlt werden?«
Axel streicht sich mit der Hand über das Hemd.
»Noch mehr Hemden brauche ich nicht.«

Axel geht, lässt Tim allein zurück. Aber seine Angst hängt weiterhin im Archiv, wie ein Geruch, zunächst fast angenehm, doch dann süßlich, bis ins Unerträgliche.
Tim sucht weiter. Buchstabiert die Namen der drei Männer falsch.
Delgado.
Candesan.
Harrach.
Selgado.
Da trifft er auf ein Bild von Juan Pedro Salgado, ein Kanurennen im Club Náutico Palma. Er ist vor einem klarblauen Himmel schräg von hinten zu sehen, weiße Segel im Hintergrund, Menschen, die Kanus tragen. Salgado hat einen nackten Oberkörper, er ist diverse Jahre jünger, und auf seinem Rücken ist eine Drachentätowierung zu sehen. Tim holt sein Handy heraus, vergleicht das Bild mit dem Fest in Deià, dem Fest, auf dem Emmes Jacke zu sehen gewesen sein kann, und es ist das gleiche Tattoo, es sind die gleichen scharfen grünen Zähne, die gleichen orangen Flammen.
Es gibt noch ein Bild von Salgado zu dem gleichen Artikel, da

sitzt er in einem Kanu, und am Kai daneben steht López Condesan. Tim starrt auf seine Locken, sieht, dass sie rot sind, nicht braun, wie er angenommen hatte, als er das Schwarz-Weiß-Foto sah.

Das gleiche rote Haar, das am Rand des Fotos von Deià zu sehen gewesen war. Oben beim ursprünglich geplanten Krebsforschungszentrum war das Haar unter dem gelben Basecap versteckt gewesen.

Tim reibt sich die Augen, die Gedanken verknüpfen sich in seinem Gehirn, spinnen Fäden, die in ihm vibrieren.

Salgado war auf dem Fest.

Genau wie López Condesan.

Wenn er derjenige auf dem Foto ist. Aber das muss er sein.

Bei Roger Svedin zu Hause. Der gerade die Baugenehmigung für ein Resort bekommen hatte. Und Joaquin Horrach hatte seine Finger bei der Genehmigung im Spiel und López Condesan sollte bauen und Teilhaber werden.

Gran Hotel del Mar.

In dem Gordon Shelley jobbte.

Wo er den Auftrag bekam, Natascha Kant zu verführen.

Alle Fäden verknüpfen sich.

Alle Begierden gehören zusammen. Können ausgenutzt werden.

Polizisten, die beim Koksen gefilmt werden und wie sie mit Prostituierten in einer Diskothek vögeln.

La Familia Condesan.

Er tippt die Worte in das Suchfeld.

Zuerst taucht etwas in der Richtung auf, wie Simone ihm bereits erzählt hat. López Condesan gehört einer der altehrwürdigsten Familien Mallorcas an, deren Stammbaum sich bis zum Kathedralenerbauer Jaume I. zurückverfolgen lässt. Der Familienbesitz in Esporles soll landwirtschaftliche Flächen enormen Ausmaßes umfassen.

Tim findet einen Artikel aus den Siebzigern, in dem ein Familienmitglied seiner Wut freien Lauf darüber lässt, dass es ihm nicht gelungen ist, ein kilometerlanges Küstengrundstück in El Arenal zu kaufen. Und dann ein Artikel über López Condesan selbst. Das misslungene Projekt, über das Simone ihre Andeutungen gemacht hat: ein Gebäude mit siebzig Wohnungen in Son Dameto, das von der Bank übernommen worden sein soll, nachdem der Verkauf 2008 vollkommen zum Erliegen gekommen war und López Condesan mit Schulden in Höhe mehrerer Millionen Euro zurückließ. Aber nichts über irgendeine Verbindung zu Sergio Gener.

Das Letzte, was Tim findet, ist der Leserbrief eines anonymen Einwohners von Esporles, der sich darüber beklagt, dass von der hohen Mauer um den Besitz der Familie Steine herausbrechen und auf die Straße fallen. Das ist gefährlich, schreibt die Person, und schließt damit, dass die historischen Bauwerke der Insel nicht einfach verfallen dürften, sondern für zukünftige Generationen bewahrt werden sollten.

Tim schaltet den Computer aus.

Er nimmt seine Geldtüte und verlässt den Raum.

Tim geht durch die offene Bürolandschaft der Redaktion. Er sucht mit dem Blick nach Axel Bioma, möchte sich von ihm verabschieden, aber Axel ist nicht da. Also geht Tim weiter zur Rezeption, und da hört er Axels Stimme hinter sich.

»Warte mal. Ich habe noch was für dich.«

Tim dreht sich um.

Axel in seinem Hemd, er sieht aus, als wolle er sich selbst davon überzeugen, dass das, was er jetzt tut, genau das Richtige ist.

»Da war noch eine Sache«, sagt er. »Es gab Anzeigen gegen Joaquin Horrach. Wegen Gewalt gegen Frauen. Sexuelle Übergriffe. Mehrere in den letzten fünfundzwanzig Jahren. Sie sind immer unter den Tisch gekehrt worden, die Ermittlungen wurden eingestellt. Aber es geht das Gerücht, dass er es immer noch macht. Dass es ihm gefällt, Frauen zu misshandeln.«

»Und woher weißt du das?«, fragt Tim.

»Selbst in dieser Stadt trifft man ab und zu anständige Menschen.« Soledads Worte klingen Tim in den Ohren. *Ein Mann, der war schlimmer als die anderen.*

Joaquin Horrach. Ist er der böse Mann? Geschützt durch seinesgleichen.

Axel fasst ihn am Arm. Schaut sich um.

»Es heißt, Horrach soll bei seiner Wahlkampagne Hilfe von den Svedins gekriegt haben«, sagt er dann. »Und er wiederum soll Salgado geholfen haben, Chef der Policía Nacional zu werden.«

»Sonst noch was? Etwas Konkretes?«

»Solche Menschen sind wie Rauch«, sagt Axel.

»Haben sie eine Verbindung zu Sergio Gener?«

Axel weicht zurück. Hält die Hände hoch.

»You are on your own from here.«

Tim verlässt die Zeitungsredaktion, geht um das Gebäude herum, schaut hinüber zu den einfachen Mietshäusern in der Calle 327, wo Roma, von denen es heißt, sie hätten sich in Son Gotleu unmöglich aufgeführt, zwischen Müll, Ratten und Kakerlaken ihr Dasein fristen. Dann überquert er die große Straße und geht hinunter in Richtung Hafen, zu den Hochhäusern am Assaona Beach Club. Sein Spiegelbild in den Scheiben des Kongresszentrums ist nur ein verschwommener Klecks.

Er sieht das Bild der drei jungen Männer in Schuluniform vor sich.

Die Zusammenkünfte, zu denen Mamasan Eli Mädchen schickte. Von denen Soledad ihre Narben hat. Wart ihr mit dabei? Waren das eure Zusammenkünfte? Wo fanden die statt? Soledad hat erwähnt, dass sie an einer Bushaltestelle in Magaluf abgeholt wurde, nicht weit entfernt von der Stelle, wo du verschwunden bist, Emme.

Ihr drei könnt es gewesen sein, ihr müsst das gewesen sein. Und Horrach ist der böse Mann.

Bist du ihnen über den Weg gelaufen?

Eine der Bänke neben der blutroten Fahrradspur, die den Strand von der Promenade trennt, ist frei. Tim setzt sich auf die warmen Steine und sieht den Touristen zu, die in voller Sonnenanbetermontur am Strand ankommen und ihre bunten Handtücher auf dem schmutzigen Sand ausbreiten.

Kinder laufen zum Meeressaum, Silhouetten im Gegenlicht, die Sonne verbrennt die Körper, und ein fetter Mann mit schwarzem Haar und breiter Nase trinkt unter einem grünen Golfschirm ein Bier.

Hinter Tim liegt die Stadt.

Der ewige Schatten. Das hier ist die beste aller Welten und gleichzeitig die schlechteste, und ich weiß selbst, zu welcher der beiden ich gehöre.

Du weißt das, Emme. Damals hast du es geahnt, und jetzt weißt du es.

Ich bin ein Schatten.

Als ich bei der Polizei aufhörte, war ein Grund dafür, dass ich besser geregelte Arbeitszeiten haben wollte, wenn du älter wurdest. Das ist die Wahrheit. Aber eine andere, ebenso wahre Erklärung ist die, dass ich einmal die Kontrolle verloren habe. Und zwar ganz und gar. Irreversibel. An einem sonnigen Tag wie diesem hatten wir einen Einsatz in einer Wohnung im Erdgeschoss in einem der schlimmsten Brennpunktviertel von Stockholm. Wir sollten einen Fünfzehnjährigen festnehmen. Er hatte eine Handgranate durch ein Fenster geworfen, ein Achtjähriger war gestorben, und jetzt stand der Fünfzehnjährige in seinem Kinderzimmer, einem Verschlag in der Wohnung seiner alleinstehenden Mutter, die außer ihm noch drei brüllende Kleinkinder zu versorgen hatte, und er grinste mich an. »Ich würd's wieder tun«, sagte er. »Das war ein Hurensohn. Und ich ficke außerdem die kleine Schwester von meinem Kumpel. Sie ist eine Schlampe.«

Ich habe ihn geschlagen, Emme. Er war jünger als du. Ich habe ihn geschlagen, seinen Kopf gegen die Heizung gestoßen, ihm den Arm wie einen Zahnstocher gebrochen, wollte ihn zum Schweigen bringen, und die Kollegen mussten mich von ihm wegreißen. Er wurde auf einem Ohr taub, und ich bekam eine Anzeige, aber der Staatsanwalt ließ die Klage fallen, unter der Bedingung, dass ich meinen Dienst quittierte. Und das tat ich.

Weißt du, wer seinen Arm operiert hat? Ihn gerichtet und die Nerven zusammengenäht, sodass er das Gefühl in den Fingerspitzen behielt und damit wieder einen Granatensplint rausziehen konnte? Das war deine Mutter. Sie hat ihn zusammengeflickt, und als sie begriff, woher seine Verletzungen stammten und von wem, da wurde sie zuerst wütend, dann enttäuscht, fast verwirrt, sah aber schließlich ein, was er getan hatte, und da wurde sie ganz blass, ließ die Sache auf sich beruhen, und das Schweigen zwischen uns enthielt die Einsicht, dass wir tun, was wir glauben, tun zu müssen. Manchmal kann das Falsche richtig sein und umgekehrt.

Ein alter Freund war ein hohes Tier bei der Versicherungsgesellschaft If geworden und hat mir dort einen Job als Versicherungsdetektiv besorgt. Sagte mir, ich solle lieber nichts über die Anzeige wegen Körperverletzung sagen, obwohl es eine betreffende Frage in den Bewerbungsformularen gab.

Lag jemals eine Anzeige gegen Sie vor?

»Darüber bewahren wir Stillschweigen.«

Ein paar Jahre später bat mich dieses hohe Tier um einen Gefallen. Ich sollte einen seiner Nachbarn im Schärengarten dazu bringen, keine Klage gegen eine Baugenehmigung einzureichen, die mein Freund bekommen hatte. Also überwachte ich den Nachbarn, er war untreu, und das dokumentierte ich, gewissenhaft und über lange Zeit, gab dem Nachbarn die Fotos von sich selbst und seiner Geliebten, als sie Sex hatten in einem Bootshaus mit Spinnweben an der Decke.

»Reichen Sie keinen Widerspruch gegen die Baugenehmigung ein.«

Und das tat er dann auch nicht.

Ich bin ein Schatten, Emme. Aber ich werde dich nicht aufgeben.

Da sieht er Milena. Sie kommt die Promenade aus Richtung Stadt herunter, Hand in Hand mit einem älteren grauhaarigen Herrn in purpurfarbenen Shorts. Sie tut so, als sähe sie Tim nicht, und der erinnert sich an ihren Körper in seinen Armen, er muss an ihre Jungs denken, als sie am Tisch saßen und Ziegenknochen abnagten, immer betrunkener wurden und er so tat, als wäre er ihr Vater, davon fantasierte er, als er in jener Nacht in Milenas Armen einschlief.

Sie legt den Arm um den Mann, geht auf den Assaona Beach Club zu, mit leichten Schritten, trotz der Hitze, als könnte sie schwerelos in der Luft gleiten.

Er harrt noch in der Sonne aus. Schickt Simone eine Nachricht.

Weißt du, welcher Anwalt sich um Peter Kants Nachlassverwaltung kümmert?

Sie antwortet nach fünf Minuten, und der Schweiß läuft ihm die Stirn herunter, als er ihre Nachricht liest. Es juckt in der Wunde, aber es tut nicht mehr weh.

Was bist du eigentlich für ein Ermittler?

Drei lachende Smileys.

Dann folgt ein Name.

Nero Caro.

Danke.

Bin froh, von dir zu hören.

Alles ist prima, danke.

Im nächsten Moment krampft sich sein Körper zusammen. Erstarrt.

Er schiebt die Hand zum Hosenbund, doch dann fällt ihm ein, dass die Pistole in dem Wagen liegt, auf dem Parkplatz des *Diario de Mallorca*.

Zwei Polizisten auf Fahrrädern rollen auf ihn zu, mit dunkelblauen Helmen und in weißen Polohemden mit gelben und roten Streifen auf der Brust. Er meint erkennen zu können, wie sie langsamer werden, und am liebsten würde er von der Bank springen, über das Blut des Fahrradstreifens laufen, hinunter zum Strand, über den Sand rennen, ins Meer hinein, schwimmen, bis er nicht mehr schwimmen kann, bis er zu Boden sinkt, die Lunge statt mit Luft mit Wasser füllt und in die Augen ertrunkener Seeleute und Gangbanger guckt, in Emmes Augen.

Aber er bleibt sitzen, und die Polizisten strampeln vorbei, ohne überhaupt Notiz von ihm zu nehmen.

Auf dem Handy stellt er Bilder von Salgado, Horrach und Condesan zusammen. Schickt sie an Soledad.

War einer von denen auf der Party, die du erwähnt hast?

Aber die SMS kommt nicht an. Die Nummer gibt es nicht mehr.

Er sucht nach Nero Caro.

Findet Artikel darüber, wie er dem Bauamt bei Prozessen geholfen hat, gegen Ausländer, die zu nahe am Meer gebaut haben sollten, trotz des Uferschutzes. Auch er ist bei gesellschaftlichen Ereignissen zu sehen und bei einem Empfang, den BMW im Gran Hotel del Mar veranstaltet hat.

Tim merkt sich die Adresse von Nero Caros Kanzlei.

Es knackt in den Knien, als er aufsteht und die Füße auf den blutroten Fahrradstreifen stellt.

Die Tische der Bar Bosch draußen unter den elfenbeinweißen Sonnenschirmen sind von Touristen besetzt, und an der angrenzenden Bushaltestelle warten Südamerikaner darauf, in die Vororte befördert zu werden. Der Springbrunnen um den Obelisken in der Mitte des Kreisverkehrs ist abgestellt, und Autos hupen Menschen an, deren überhitzte Gehirne vergessen zu haben scheinen, was rotes Licht bedeutet.

Der Eingang zu Nero Caros Anwaltskanzlei liegt an der Avenida de Jaume III, unter den Portalen, die zum Paseo del Borne hinaus gelegen sind. Die dunklen Holztüren stehen zum Treppenhaus hin offen und eine Concierge sitzt auf einem gelben Plastikstuhl neben dem Fahrstuhl. Sie würdigt Tim keines Blickes, als er an ihr vorbei und die beiden steilen Steintreppen hoch zur Kanzlei geht.

Ein weißes Schild mit der Aufschrift Caro & Partner, in verschnörkelter Schrift, ist mitten auf der Tür festgeschraubt. Tim klingelt, und aus einem Lautsprecher, der in die weiß gestrichene, raue Steinwand eingelassen ist, ertönt eine Frage.

»Wer ist da?«, möchte eine sanfte Frauenstimme wissen.

»DHL.«

»Wir erwarten nichts von DHL.«

»Ein Paket für Señor Caro.«

Es erklingt ein Summen, und sobald das Schloss sich öffnet, tritt er die Tür mit voller Kraft ein. Ein Raum mit grauen Wänden, ein Tresen mit blauer Kunststoffverkleidung, und dahinter sitzt die Empfangsdame, eine ältere blonde Frau, und sie schreit laut auf, als sie ihn erblickt.

»Wo ist Nero Caro? Ich will mit ihm sprechen. Jetzt.«

Ein Stück weiter den Flur hinunter öffnet sich eine Tür, und ein Mann in den Fünfzigern in einem mattgrauen Anzug, der zu den Wänden passt, kommt heraus, schaut in Tims Richtung.

»Nero Caro?«, ruft Tim, eine Spur zu laut.

Das scharf geschnittene Gesicht des Anwalts scheint die Form zu verlieren, als löse sich das Fleisch von den Knochen.

»Wer sind Sie?«

»Jemand, der ein paar Fragen an Sie hat. Haben Sie Zeit?«

Der Anwalt schaut Tim an. Schweigend, lange. Als versuchte er Tim mit dem Blick einzuschätzen, und dann kommt er zu dem Schluss, mit dem Mann werde ich fertig, was immer er will. Also macht er eine einladende Geste zu seinem Zimmer hin.

»Magda, in den nächsten zehn Minuten bitte keine Anrufe.«

Tim folgt dem Anwalt in dessen Zimmer, in dem eine Wand gänzlich von Bücherregalen verdeckt wird, vollgestopft mit Gesetzestexten. Davor steht ein Schreibtisch in Mahagoniholz. Durch das Fenster sind die Ahornbäume auf dem Paseo del Borne zu sehen, die sich wiegenden Kronen, das Laub, in dem der Wind spielt.

Nero Caro setzt sich, zeigt auf den Besucherstuhl.

»Was wollen Sie und wer sind Sie?«

»Wer ich bin, spielt keine Rolle. Vielleicht wissen Sie es ja auch schon.«

»Ich weiß es nicht. Setzen Sie sich.«

Tim bleibt stehen. Er dreht den Körper ein wenig, sodass die Pistole im Hosenbund zum Vorschein kommt.

»Bleiben Sie einfach ruhig und beantworten Sie meine Fragen, dann passiert nichts.«

Die Hände des Anwalts liegen reglos auf der glänzenden Schreibtischoberfläche. Dann trommelt er mit dem Zeigefinger und Tim lauscht sicherheitshalber zum Empfang hin.

»Peter Kant«, sagt er dann. »Sie kümmern sich um seinen Nachlass.«

»Ja.«

»Und jemand will sein Grundstück haben. Auf dem das Krebsforschungszentrum gebaut werden soll.«

»Davon weiß ich nichts.«

»Wer?«

»Ich habe keine Ahnung, wovon Sie sprechen.«

»Ist es das wert?«, fragt Tim. »Ich meine es ernst.«

Er setzt sich, spürt den harten Stuhlrücken am Schulterblatt. Er atmet schwer, versucht auf die gleiche Art zu atmen wie damals, bevor er die Fassung verlor und den Fünfzehnjährigen misshandelte.

»Ich bin verdammt müde. Und müde Männer machen dumme, übereilte Dinge. Also sagen Sie es mir, wer will das Grundstück haben?«

Er kann sehen, dass Nero Caro nachdenkt, die Situation einzuschätzen versucht und offenbar einsieht, dass Tim es ernst meint.

»Ich weiß, wer Sie sind. Ich habe im *Diario* von Ihrer Tochter gelesen.«

Der Anwalt schaltet seinen Computer ein, tippt auf der Tastatur herum, und aus dem Drucker unter dem Schreibtisch holt er zehn Blatt Papier hervor, die er in einer einzigen Bewegung vor Tim auf den Schreibtisch legt, bevor er sich wieder auf seinen Stuhl setzt.

Tim liest.

Ein Kaufvertrag.

Über Peter Kants Grund und Boden.

Auf der zehnten Seite ist Platz für Unterschriften.

Nicht Horrach, nicht Salgado, sondern López Condesan.

Und daneben Platz für Natascha Kants Unterschrift.

Also lebt sie.

Dessen ist Tim sich jetzt sicher.

»Wo ist Natascha?«

Ihre Augen im Schlafzimmer, der Mann hinter ihr, der jetzt tot ist.

»Ich weiß es nicht.«

Nero Caro lügt nicht. Das kann Tim an seiner Stimme hören, dem Ton, der Angst dahinter.

»Wann soll der Vertrag unterschrieben werden?«

»Es ist noch kein Termin angesetzt worden.«

Tim beugt sich vor, zieht die Pistole heraus, legt sie auf die Mahagoniplatte, ihre silberne Farbe spiegelt sich in dem Lack und reflektiert einige Sonnenstrahlen, die durchs Fenster hereindringen.

»Was wissen Sie von diesen besonderen Partys?«

Der Anwalt sieht ihn direkt an. Versucht so zu tun, als gäbe es die Waffe gar nicht.

»Welche Partys?«

»Die Zusammenkünfte, die Condesan und seine Freunde üblicherweise veranstalten.«

»Ich weiß nichts von solchen Treffen.«

»Aber Sie wissen von Joaquin Horrachs Perversionen?«

Nero Caro schweigt, schaut auf die Pistole.

Tim zieht sein Handy heraus, sucht das Foto von Emme heraus, ihre rosa Jacke. Das zeigt er Nero Caro.

»Haben Sie dieses Mädchen gesehen? Meine Tochter.«

»Ich habe ihr Bild vor mehreren Jahren in der Zeitung gesehen, wie ich schon gesagt habe.«

»Und die Jacke?«

Nero Caro schüttelt den Kopf.

»Ich weiß nichts davon. Ich habe zwei Töchter und bin glücklich verheiratet. Ich mache so etwas nicht mit. Aber Joaquin, von ihm heißt es, dass er manchmal zu weit geht.«

»Wo ist sie?«

»Wer?«

»Natascha.«

Nero Caro schiebt die Vertragspapiere zu einem ordentlichen Stapel zusammen, legt diesen neben die Pistole.

»Sie haben das nicht in sich.«

»Was?«

»Sie würden nie einfach so auf jemanden schießen. Das sehe ich. Sie sind in Ihrem tiefsten Inneren ein guter Mann.«

Tim fährt durch die Stadt, hinaus auf die Ebene, hoch zu den Hügeln, die der Serra de Tramuntana vorgelagert sind, und hinein nach Esporles. Die Straße führt zwischen niedrigen Häusern entlang. Ältere Männer streichen in der Hitze die Gartenzäune und erschöpfte Hunde hecheln unter zerfransten Sonnenschirmen. Weiter oben wird die Straße von einer zehn Meter hohen Kalksteinmauer gesäumt, und dahinter befindet sich Condesans Besitz. Auf der anderen Seite der Mauer erheben sich Kiefern und Palmen, breiten ihre gespreizten Finger aus, und durch die wenigen Lücken in dem dichten Grün kann er einen Palast erahnen, weiß gestrichenen Sandstein unter einem schrägen Ziegeldach.

Er fährt an einem blauen Eisentor vorbei, weiter hoch zur Dorfkirche, auf deren Treppenstufen vier schwarze Katzen schlafen. Er stellt den Wagen ein paar Hundert Meter weiter oben in Esporles ab, in einer der engen Seitengassen. Hunde bellen, als er aus dem Wagen steigt, und zwischen zwei Häusern kann er auf den nächsten Hügel sehen, dessen Grün sich vorsichtig öffnet und Platz macht für Villen, Gutshäuser und Swimmingpools.

Er folgt der Straße auf der Schattenseite in Richtung Palma, an der hohen Mauer entlang, sucht nach einer Stelle, wo er hinüberklettern kann, findet aber keine, und die Steine scheinen locker zu sein, denen ist nicht zu trauen. Wo die Mauer niedriger ist, sind auf ihrer Oberseite Glasscherben angebracht, und er hat keine Isomatte dabei.

Er kommt wieder an dem blauen Eisentor vorbei, und durch die Stangen kann er auf das Grundstück schauen. Riesige Pappeln säumen einen Kiesweg, der voller Unkraut ist, die Rasenfläche im Hintergrund ist verwildert und trocken, und einer Christusstatue weiter hinten im Garten fehlt ein Arm, ein unfreiwilliger Hitlergruß. Eine Kamera schaut vom Steingewölbe über den Zaun hinunter, und Tim senkt den Kopf.

An der Grundstücksgrenze biegt die Mauer nach Osten zum Camino de Cantes ab, und er ignoriert das rote runde Schild, das verkündet: *Camino particular, propiedad privada.* Er folgt dem Kiesweg bis auf ein Feld, auf dem Ziegen unter Mandelbäumen stehen und versuchen, die letzten grünen Gräser aus der Erde zu rupfen. Wiesenkerbel und gelbe Wildrosen wiegen sich im Wind.

Bald findet er das, was er sucht, ein großes Be- und Entwässerungsrohr aus Beton verschwindet unter der Mauer, er schätzt den Durchmesser mit seinem Blick ab. Es sollte möglich sein, dort durchzukriechen, nicht stecken zu bleiben, und das Rohr ist trocken und dunkel, er leuchtet mit dem Handy hinein, sieht aber nur Spinnenweben und Finsternis und dann eine Kakerlake, die schnell aus dem plötzlichen Lichtstrahl wegrennt.

Er zieht die Pistole heraus, legt sich mit vorgestreckten Armen in die Rohrmündung und kriecht langsam hinein. Er stößt sich mit den Ellenbogen ab, windet sich in das Rohr hinein, die Wunde zieht schmerzhaft. Spinnweben legen sich auf sein Gesicht, ein Käfer krabbelt über seine Stirn, und er versucht ihn zu verscheuchen, aber das schafft er nicht, weil die Ellenbogen gegen die Rohrseiten schlagen.

Er presst sich weiter vor. Leuchtet mit dem Handy, schiebt die Pistole vor sich her, sieht kein Licht, weiß aber, dass es am anderen Ende der Röhre eines geben muss.

Er atmet schwer in der stickigen Luft, stemmt sich immer weiter vorwärts, langsam, die Zeit vergeht, Sekunden, Minuten, und er hat das Gefühl, als ginge es aufwärts, vielleicht hat die Röhre ja ihre Mündung ein Stück weiter im Garten des Grundstücks.

Dann sieht er Licht. Zuerst nur einen schmalen Streifen, dann wird der zu einem immer breiteren Kreis, und der vergrößert sich, je weiter er sich ihm nähert, wie ein falsches Versprechen, eine Lüge dahingehend, dass es auf der anderen Seite etwas Besseres gibt.

Er ist angekommen.

Ein Gitter.

Vor der Öffnung sitzt ein Eisengitter, trockenes Gras ist auf der anderen Seite zu sehen. Er kommt nicht weiter.

Aber zurückkriechen, das schafft er nie im Leben. Vielleicht wird er für alle Zeiten hier feststecken. Irgendwann wird man dann den Gestank oben im Palast wahrnehmen, und dann kommt ein Handwerker, geht dem Gestank nach und entdeckt sein verwestes Gesicht. Tim drückt die Hände gegen das Gitter, schiebt die Finger in die Vierecke, presst das Gitter nach außen, sieht auf der anderen Seite kleine weiße und gelbe Zistrosenblüten, unscharf, wie in einem Nebel, und er hat Durst, die Sonne ist über den Himmel gewandert, jetzt werden ihre Strahlen durch das Gitter gefiltert, sie brennen heiß auf seinen Wangen. Es brennt im Hals, brennt in der Wunde.

Kann ich das Gitter wegschießen? Aber dann hören sie mich, dann wissen sie, dass ich hier bin.

Er schiebt die Arme zur Seite, versucht sich abzustoßen, drückt zusätzlich mit dem Kopf gegen das Gitter, immer und immer wieder, spürt, wie die Haut auf der Stirn zerreißt, aber schließlich gibt das Gitter nach und er kann hinauskrabbeln, er schaut nach oben, erwartet die Gesichter von Männern zu erblicken, Pistolenmündungen, doch er sieht nur Büsche, verkrüppelte Pinienbäume und einen großen Gummibaum, dessen dicke Wurzeln sich tief in den Boden zu bohren scheinen. Rechts liegt ein kleines Steinhaus mit kaputtem Dach, und eine Allee aus Palmen und riesigen Pappeln führt hoch zu einem gewaltigen Gebäude, mehrere Hundert Meter weit entfernt.

Tim kommt auf die Knie. Er bürstet sich den Schmutz ab und schiebt das Handy in die Tasche, steckt die Pistole wieder in den Hosenbund.

Dann macht er sich auf, geht die Allee hinauf.

Die frühe Nachmittagssonne scheint grell auf die Steine in der Mauer, sie verbrennt das Grün, das versucht, an ihr hochzuklettern. Tim huscht von Baum zu Baum, dann auf eine offene Rasenfläche zu, die zu der fünfzig Meter breiten Eingangstreppe des Palastes führt. Die Fassade ist verwittert, die Steine von der Zeit abgeschliffen, langsam und gründlich, und große Teile vom Putz sind herausgefallen. Mehrere kaputte Scheiben hinter rostigen Eisengittern.

Er überquert den Rasen. Erwartet jede Sekunde, eine Kugel abzukriegen. Doch schon erreicht er die Treppe, ohne einen einzigen Menschen gesehen zu haben, keine Bewegung. Aber sie erwarten ihn, sie müssen ihn erwarten.

Er steigt die Treppe hoch. Gelangt auf eine riesige gepflasterte Terrasse – mit einem leeren Swimmingpool. Die babyblauen Fliesen sind gesprungen; grüne, vertrocknete Algen liegen tot auf dem Beckenboden. Auf einem Sockel steht die Christusstatue und segnet das Nichts ringsherum, die Augen sind von Vogeldreck blind.

Ein Liegestuhl aus verblichenem Holz unter einem gelben Sonnenschirm.

Darauf liegt ein Mann mit nacktem Oberkörper.

Mit lockigem Haar. Rotem Haar. Ein gelbes Basecap auf dem Boden neben ihm. Sommersprossen auf den Schultern, ein eingesunkener Brustkorb, die Rippen zeichnen sich unter glasartiger, weißer Haut ab.

»Condesan«, ruft Tim. »Sind Sie López Condesan?«

Der Mann setzt sich auf, stellt die Füße neben den Liegestuhl.

Tim schaut zum Haus hoch, zu den Fenstern, aber hinter den Scheiben bewegt sich nichts. Er will mir die Illusion vermitteln, dass wir allein sind, aber das sind wir nicht, das spüre ich.

Tim macht einige Schritte auf Condesan zu.

»Sie wollen Natascha das Wasser nehmen, nicht wahr?«

Er steht jetzt ganz nah vor dem Mann auf dem Liegestuhl, sieht, dass seine Augen blau sind, und blutunterlaufen.

»Und wenn sie unterschrieben hat, werden Sie dafür sorgen, dass sie einen Unfall hat. Oder aber sie erhängt sich, genau wie ihr Mann. Eine Ehefrau, die vor lauter Trauer durchgedreht ist.«

»Weißt du, dass es mein Urururururur-Großvater war, der mit dem Bau dieses Hauses angefangen hat?«, sagt López Condesan und streckt den Rücken. »Nachdem er mit Navarro in Mexiko war und dort kleine Kinder und ihre Mütter getötet und vergewaltigt hat. Kannst du dir das vorstellen? Er ließ den Frauen die Wahl, entweder vergewaltigt zu werden oder zu sterben. Und er hat sie so oder so immer alle getötet. Ihre Kinder auch. Manchmal hat er die Kinder lebendig gekocht, während die Mütter zuschauten. Er war ein Mann der Übertreibungen.«

»Sie haben Shelley auch getötet«, sagte Tim. »Und seinen Freund Andrew.«

Er bewegt sich jetzt noch näher auf Condesan zu.

»Man kann nie wissen, was jemand alles so weiß.« Condesan schaut zum Haus hoch, während er weiterspricht: »Es gibt fünfzig Zimmer da drinnen. Hundert Wandmalereien. Du siehst durstig aus. Willst du Wasser haben?«

»Wo habt ihr Natascha versteckt?«

»Weißt du, was es kostet, so ein Haus zu unterhalten?«

Jetzt lächelt Condesan, mit schmalen, hellrosa Lippen, und aus dem Haus kommen zwei Männer in hellen Anzügen, beide mit gezückter Pistole.

»Wo habt ihr sie?«

Der Staub tanzt langsam in der Luft.

»Da drinnen?«

Tim zeigt auf den Palast.

Condesan steht auf. Geht auf ihn zu, und Tim überlegt, ob er die Pistole ziehen soll, aber vielleicht schießen die Männer dann sofort.

»Ich kann verstehen, dass du sie finden willst«, sagt Condesan. »Aber das hier hat nichts mit dir zu tun. Und im Haus ist niemand. Ich frage mich nur, was wir mit dir tun sollen. Was denkst du selbst?«

»Wo ist Natascha?«, fragt Tim erneut.

»Es gibt sicher genau in diesem Augenblick hunderttausend fremde Mädchen auf der Insel. Wie soll man die alle auf dem Schirm behalten?«

Condesan lässt sich wieder auf den Liegestuhl sinken.

»Und frag mich nicht nach deiner Tochter. Ich weiß nichts von ihr.«

»Sicher? Davon bin ich nicht so überzeugt.«

»Es herrschen momentan gute Zeiten«, erklärt Condesan, »da kann das Alte schon mal zu einer Belastung werden.« Und dann gibt er den Männern ein Zeichen, aber Tim ist vorbereitet, er zieht seine Pistole aus dem Hosenbund, wirft sich nach vorn, und bevor die beiden Wachhunde reagieren können, hat er Condesan schon die Pistolenmündung ans Kinn gedrückt.

Er zwingt ihn aufzustehen.

»Das ist doch nicht notwendig«, sagt Condesan.

Tim führt ihn schweigend an seinen Wachleuten vorbei.

Eine Treppe hinunter auf das blaue Eisentor zu, und Condesan ruft seinen Männern zu, »nicht schießen, nicht schießen«.

Tim geht dicht neben ihm, drückt die Waffe nach oben.

»Wo habt ihr eure Zusammenkünfte?«

»Zehntausend Euro allein für die Reparatur eines Teils der Mauer. Das ist doch Wahnsinn.«

»Dein Freund Joaquin, was macht er mit ihnen? Mit den Frauen, die ihr euch bei Mamasan Eli beschafft?«

Condesan dreht den Kopf, ihre Blicke begegnen sich, als sie sich dem Tor nähern.

»Joaquin ist nicht wie wir«, sagt Condesan, und sein Blick ändert sich, als wäre ihm ein Code eingefallen, von dem er geglaubt hatte, ihn vergessen zu haben.

Der Wind fährt durch eine Baumkrone, Laub raschelt.

»Wenn du mich jetzt tötest, wirst du sie nie finden«, sagt er dann, und Tim wird klar, dass er damit beide meint, Natascha und dich, Emme.

»Dann wissen Sie also, wo sie sind?«

»Nein. Aber du würdest töten, wenn du den erwischst, der deiner Tochter Übles angetan hat, oder?«

»Soll ich schießen?«, brüllt eine der Wachen.

»Nicht schießen. Zieht euch zurück.«

Tim lässt Condesan auf einen Knopf neben dem blauen Tor drücken, und es schnarrt im Schloss. Das Eisengitter schiebt sich zur Seite, und er zieht den stolpernden Condesan mit sich auf die Stadt zu, entlang der Mauer, zum Auto, und ein roter Volvo fährt an ihnen vorbei, er hupt, aber er hält nicht an.

Auf Höhe der Dorfkirche nimmt Tim die Waffe von Condesans Kinn. Dann läuft er zum Wagen. An der Kirche vorbei, in die enge Gasse hinein, erahnt die weiten Ebenen vor der Serra de Tramuntana im Augenwinkel. Er hört Stimmen hinter sich, wartet darauf, dass eine Pistole abgefeuert wird, darauf, den Knall zu hören, das Brennen zu spüren, zu fallen. Doch stattdessen hört er Condesan, der schreit:

»Nicht schießen. Lasst ihn laufen.«

Tim springt in den Wagen, fährt rückwärts auf die Hauptstraße des Ortes und dann hinunter in Richtung Palma. Die Männer stehen neben Condesan an der Pforte, sie folgen dem Auto mit ihren Blicken, heben aber nicht die Waffen. Einer von ihnen tippt auf ein Handy, scheint sich das Nummernschild zu notieren.

Rechts erscheint als lang gezogenes Rondell das Fußballstadion. Vor ihm liegen das Meer und die Stadt. Zwei Striche. Einer ockerfarben, einer blau, und dahinter der Horizont, weiß.

Er hält an, bevor er das Industriegebiet Marratxí erreicht, stellt den Wagen dort ab, wo die Straße breiter wird.

Nimmt seine wenigen Sachen aus dem Wagen. Die Pistole, die Plastiktüte mit Geld.

Dann geht er los.

Er geht geradewegs hinaus auf die verbrannten Felder, auf die Berge in der Ferne geht er zu, biegt dann aber ab. Er durchquert die heiße Landschaft, läuft über spitze Steine und trockenes Gras, zwischen Skorpionen und Käfern hindurch. Begegnet einem einsamen, verwilderten Hund mit zotteligem Fell, der sich nicht traut, ihm näher zu kommen. Er geht und geht, wartet auf die Dunkelheit, ruht sich unter einem Mandelbaum aus, auf einem Feld, das von rostigem Stacheldraht eingezäunt ist.

Als die Abenddämmerung einsetzt, erreicht er Cas Capiscol. Vor einem kleinen weißen Häuschen steht ein Motorrad. Er schaut sich um. Kein Mensch zu sehen. Er schaltet den Motor kurz, findet einen Helm unter dem Sattel, und eine Minute später braust er durch die Stadt.

Er fährt hoch zur Madonnenstatue oberhalb von Genova. Im letzten Dämmerlicht fährt er die gewundene Schotterpiste den Berg hinauf. Diese Statue ist nicht amputiert, sie breitet frisch geputzt beide Arme über den Ort und das Meer aus.

Er setzt sich zu ihren Füßen hin. Von hier aus sieht die Kathedrale klein aus. Neben ihm sitzen zwei Touristen. Sie sprechen Polnisch, sind vielleicht zwanzig Jahre alt und küssen sich, schauen zur Madonna hoch und bekreuzigen sich, und unten in Genova jault ein Hund.

Tim holt sein Handy heraus, sucht nach *lobo,* Son Banya. Und er findet einen Youtube-Film. Klickt ihn an und sieht, wie ein verwirrtes Tier, einen Wolf, der später zu einem Hund wurde, vor einer abgeblätterten grauen Fassade im Müll herumwühlt. Aufgeregte Menschen sprechen in starkem Dialekt.

Das Telefon klingelt.

Er klickt den Film weg.

Mamasan Eli, ihre Nummer erkennt er.

Sie dürfte seine neue Nummer gar nicht haben. Axel Bioma. Simone. Mai Wah. Es gibt einige, die sie bedroht haben könnte, um an seine Nummer zu kommen.

Er nimmt das Gespräch an.

»Eli, meine Liebe, was willst ausgerechnet du von mir? Bist du nicht in Galicien?«

»Es spielt keine Rolle, wo ich bin. Heute Nacht ist eine Zusammenkunft«, sagt sie. »Ist ganz kurzfristig geplant. Sie haben zwei

Mädchen zur Bushaltestelle in Magaluf bestellt. Um elf Uhr an der Sporthalle. Dort wollen sie sie einsammeln.«

Und alles dreht sich in ihm. Er will das nicht, aber die Zeit, das, was geschieht und was geschehen ist, kann er nicht ändern. Er atmet tief durch.

»Wer hat sie bestellt?«, fragt er.

»Das weißt du, Tim.«

»Du legst mich diesmal nicht rein?«

»Eine Falle, meinst du?«

»Genau. Wie bei Illetas.«

»Das kannst du nie wissen«, sagt Mamasan Eli und legt auf.

Er will fragen, warum sie ihm hilft, wenn sie das denn tut, und er muss einsehen, dass er nichts von ihr weiß. Und sie hat recht, man kann nie wissen, ob das stimmt, was man hört oder sieht oder warum jemand das tut, was er tut.

Er schaut sich den Film mit dem Wolf, der ein Hund ist, noch einmal an, dann steht er auf und geht zurück zum Motorrad. Die Stadt ruht, wacht und schläft gleichzeitig, tief unter ihm.

Er denkt an Maria Antònia Munar, die korrupte Königin von Mallorca, der gefangene Wolf im Stadtgefängnis. Ihre Kumpane gründeten Videoproduktionsgesellschaften, hatten Scheinangestellte, und sie finanzierte gefakte Produktionen des Unternehmens mit kommunalem Geld.

Er fragt sich, was wohl mit dem Hund passiert ist, nachdem er eingefangen wurde. Sicher wurde er eingeschläfert. Tim steht neben dem Motorrad und googelt noch einmal, findet aber nichts über das Schicksal des Tieres. Vielleicht ist er ja auch freigelassen worden und streift jetzt um das Gefängnis herum. In dem Hassan vielleicht in einem Bett auf der Krankenstation liegt, und der Wolf, der ein Hund ist, faucht, hat Angst, die einfache, offensichtliche

Angst des Tieres, und Tim weiß jetzt, was zu tun ist, ganz gleich, welches Risiko er dabei eingeht.

Er ruft Simone an. Sagt ohne Einleitung, wobei er Hilfe braucht.

»Ich regle das. Triff mich in einer Stunde im Café an der Stierkampfarena.«

Die Ausrüstung liegt auf dem Tisch. Ein Kabel, eine Kamera, nicht größer als der Kopf einer Stecknadel.

Simone sitzt ihm gegenüber. Sie ist müde, erschöpft. Die beiden sind die einzigen Gäste, hinten an der Bar poliert der alte Besitzer den Tresen mit einem orangefarbenen Lappen.

»Hassan wird noch zwanzig Jahre dazukriegen. Mindestens.«

»Scheiße«, sagt Tim.

»Ich glaube, ich werde ihn verlassen.«

Darauf sagt er nichts.

»Ich werde umziehen«, sagt sie. »Nach Madrid. Ich hab da einen Job gefunden. Bei Google. Kannst du dir vorstellen, dass die so eine wie mich haben wollen?«

»Das kann ich gut«, sagt Tim.

Sie schiebt ihm die Ausrüstung zu.

»In der Kamera befindet sich auch ein Mikrofon. Mit dem Kabel verbindest du sie mit deinem Handy, dann startest du sie auf der Bedienoberfläche, die auf deinem Display erscheint.«

»Sind die Bilder von guter Qualität?«

»Von der besten, die man kriegen kann. Und alles, was du filmst, wird direkt in einer Cloud gespeichert. Ich hab dir da ein Konto eingerichtet.«

Die beiden stehen gleichzeitig auf. Sie hilft ihm, die Ausrüstung anzulegen, kommentiert seinen Verband, die Wunden auf der Stirn, befestigt die Kamera in einem der oberen Knopflöcher des Hemdes, das er vorhin bei Zara gekauft hat, führt das Kabel unter dem Stoff entlang, schließt es am Handy an, und die Bedienoberfläche erscheint auf dem Display.

»So startest du.«
Sie zeigt ihm, wie das Programm funktioniert, dann hält sie inne, betrachtet das Hintergrundbild von Emme auf seinem Handy.
Simone zieht ihn an sich. Ihr warmer Atem in seinem Ohr, als sie ihm zuflüstert:
»Du wirst sie finden. Ich weiß es, Tim.«

Es war einmal ein Mädchen, und das Mädchen ist heute noch ein Mädchen.

Sie bewegt sich, als interessiere sie sonst nichts, wie ein Millionär in der dünnsten aller Lüfte, *aire blanco*, werd jetzt nicht verrückt, Papa, verlier nicht den Verstand.

Geh zur Kathedrale, sag deine hundert Ave Maria auf, tue Buße für deine Tausenden von Sünden. Du weißt so gut wie ich, dass du nicht frei von Sünde bist.

Es ist eine sternenklare Nacht, dieser zwanzigste August. Das Licht des Himmelsgewölbes fällt auf das gefältelte Äußere der Erde, das Volantkleid des Universums, in dem man sich immer und nie verstecken kann.

Sie fällt, fällt immer tiefer durch eine Welt aus Worten und Farben, und Tim hat das Motorrad vor der Sporthalle abgestellt, direkt gegenüber der Bushaltestelle in Magaluf. Versteckt hinter einem Container hat er freie Sicht auf das Wartehäuschen, als es auf 23 Uhr zugeht, 22.52 Uhr, 22.53 Uhr, und da sieht er sie kommen, die beiden jungen Frauen, etwa Mitte zwanzig, in kurzen, eng anliegenden Kleidchen. Das der einen ist bedeckt von Silberpailletten, das der anderen rot-weiß gestreift wie ein Bonbon. Die Mädchen sind durch die Geschichte getaumelt, bis hier zu dieser Bushaltestelle, im Licht des Stadtrands. Wer sind sie, diese Frauen? Hat die Nacht dich in eine von ihnen verwandelt, Emme?

Wissen sie, was sie erwartet?

Ein schwarzer Mercedes hält an der Haltestelle und Joaquin Horrach steigt aus, winkt sie zu sich, ins Auto.

»Vamos, vamos.«

Die Mädchen werden vom Schlund der hinteren Wagentür geschluckt. Sie fällt weich und leise hinter ihnen ins Schloss, und der Wagen fährt davon. Tim startet das Motorrad, fährt vom Parkplatz runter, dreht das Handgas auf, hält aber einen angemessenen Abstand zum Wagen, schaltet den Scheinwerfer aus, um nicht gesehen zu werden, und die warme Nachtluft streichelt sanft seine Wangen. In den Fenstern der Häuser am Meer werden Lichter ein- und ausgeschaltet. Pools vibrieren im Dunkel zwischen den Gebäuden.

Er folgt dem Wagen auf der Autobahn in Richtung Stadt. Spürt Simones Kabel am Körper.

Rotes Bremslicht.

Sanfte Kurven.

Vorbei an Genova, Bonanova, und als Tim glaubt, es würde hoch in die Berge gehen, biegen sie stattdessen zum Zentrum hin ab, nehmen die Ausfahrt nach Son Rapinya, und er folgt ihnen, vorbei an McDonald's und einem geschlossenen Fitnesszentrum.

Die Köpfe der Mädchen zeichnen sich im Rückfenster ab, ihre Schultern, und es ist Emme, der er folgt. Er ruft nach Rebecka und nach sich selbst, spricht flüsternd mit seiner Familie.

Horrach wird langsamer, biegt zu einem der verlassenen Hochhäuser an der Calle Martí Costa ab, folgt der schmalen Straße bis zum zweiten Gebäude, an dem weiße Balkongitter wie senkrecht gestellte Treppenstufen über die Fassade laufen und die großen Fenster im Erdgeschoss mit Gittern versehen sind. Tim fährt weiter, hält sich dicht am Straßenrand, immer noch mit ausgeschaltetem Scheinwerfer. Horrachs Auto hat an dem Rondell angehalten, von dem die Einfahrt zu dem zweiten Gebäude abzweigt. Tim stellt den Motor ab, rollt langsam ein Stück wieder zurück die Straße hinunter. Horrach wartet, dass sich ein elektrisches Tor öffnet. Er fährt

hindurch, und hinter seinem Wagen schließt sich das Tor wieder.
Tim stellt das Motorrad ab, lehnt es gegen den hohen Metallzaun, der das erste Haus umgibt, geht dann auf das Eingangstor zu.

Er hört Horrach reden, die Mädchen kichern, einander etwas zuflüstern, bis ihre Stimmen verklingen.

Keine Wachleute.

Keine anderen Autos.

Tim schaut an dem Haus hoch. Die Fassade ist mit gelben Kacheln verkleidet, in die der Sand der Saharawinde dunkle Spuren eingeritzt hat. Die Fenster sind alle dunkel, und sämtliche Balkone sind leer. Tim zählt fünfzehn Stockwerke, und da sieht er, wie das Licht in der Dachwohnung angeht und die Spitze des Gebäudes hell aufscheint wie ein Leuchtfeuer.

Weitere Autos.

Tim sucht Schutz hinter einem Baum.

Ein BMW und ein Audi Kombi halten vor dem Einfahrtstor. Es wird wieder geöffnet, und die Autos fahren hinein, parken, und heraus steigen López Condesan und Juan Pedro Salgado. Sie nicken einander zu und verschwinden im Haus, steigen in einen Fahrstuhl im Dunkel des Eingangsbereichs.

Tim folgt dem Zaun ein Stück und klettert dann darüber, es schmerzt in den Waden, zieht in der Wunde, und als er auf dem trockenen, harten Boden landet, ist es, als stieße ihm jemand ein stumpfes Messer in die Seite.

Er schleicht sich zum Haus, zwischen Reihen von Sträuchern hindurch, geduckt, hebt vorsichtig den Kopf und schaut zu den erleuchteten Räumen ganz oben.

Möchte Emme dort sehen. Wie einen Schatten, eine Kontur.

Möchte sie nicht sehen.

Natürlich bist du dort. Du warst hier, oder?

Bist immer noch hier. Sag, dass ich dich gefunden habe.

Oder ich werde Natascha dort sehen.

Sie ist hier.

Er rennt über die Einfahrt, die fünf Stufen hoch zur Haustür, legt seine Hand an die Klinke, und er hat Glück, die Tür ist nicht richtig ins Schloss gefallen.

Er traut sich nicht, den Fahrstuhl zu nehmen, sucht nach der Tür zum Treppenhaus, findet sie, und dann beginnt er langsam in der Dunkelheit hochzusteigen, folgt der gewundenen Steintreppe, Stockwerk für Stockwerk. Der Schweiß läuft ihm den Rücken hinunter, über die Stirn, und er gerät außer Atem, ihm wird schwindlig, die staubige Luft steht still, und ihm wird übel, er versucht auszurechnen, auf welcher Etage er ist, verliert aber den Überblick, bleibt stehen, setzt sich, um sich auszuruhen, weiß, dass er weitergehen muss, er muss weitergehen.

Jetzt ist er oben.

Sieht Licht, das unter einer Wohnungstür hervorsickert, und er nimmt an, dass dort der Fahrstuhl ankommt.

Leise Discomusik. Shakira.

Vorsichtig drückt er die Klinke runter, schiebt die Tür auf. Ein großer offener Raum mit weißen Wänden, erleuchtet von Wandlampen, in denen Trauben kleiner Glühbirnen wie Kerzenlicht flackern. Weiter hinten eine Küchenzeile mit glänzend weißen Schranktüren, aber ohne Geräte. Zwei Sofas einander gegenüber, ein Tisch dazwischen. Durch die großen Fenster zeigt sich die Stadt, Millionen von Lichtern sind zu sehen, die zittern, flimmern und vibrieren, wie ein herabgefallener Sternenhimmel in der Dunkelheit.

Ein Flur.

Da muss es Schlafzimmer geben.

Er geht geduckt den Flur entlang, anonyme Rhythmen sind jetzt aus einem der Zimmer zu hören, und hinter der Tür eines anderen Zimmers hört er zwei Männer stöhnen und eine Frau wimmern, und am liebsten würde er die Tür aufreißen, sehen, was da geschieht, zumindest das Ohr an die Tür legen und lauschen.

Er meint Salgados Stimme zu erkennen, auch Condesans.

Aber er geht weiter den Flur entlang. Ins Innerste der Wohnung, wo das Licht nicht mehr hinreicht. Vorbei an zwei Schlafzimmern mit offenen Türen und Spitzengardinen vor dem Fenster, dann passiert er zwei Badezimmer, bis er an eine letzte, verschlossene Tür gelangt. Er ist jetzt der Voyeur, der Mann, der am Pool steht und nicht aufhören kann, auf Natascha Kant und Gordon Shelley zu starren.

Er lauscht. Hört das pfeifende Geräusch einer Peitsche, Leder, das auf Haut trifft, die platzt, Töne aus einem Mund, der mit einem Lappen zugestopft wurde.

Tim presst die Kiefer zusammen.

Hat er das auch mit dir gemacht, Emme? Nein, sag es nicht. Und Tim spürt, wie seine Knie weich werden, wie er auf dem Boden zusammensinkt, wie daheim in der Küche am Tegnérlunden am letzten Abend.

Nein, nein.

Aber ich muss wieder hoch, Emme. Deinetwegen.

Er steht auf.

Hört erstickte Geräusche, mühsam geformte Worte.

Joaquin Horrach mag keine schreienden Frauen hören.

Er sollte die Tür einschlagen.

Aber er sieht ein, dass er warten muss. Blende die Geräusche aus, reiß dich zusammen.

Er geht zurück zu dem großen Raum, findet eine Tür zu einem großen begehbaren Kleiderschrank. Geht hinein, versteckt sich im Dunkel zwischen den leeren Regalen, fühlt, ob seine Mikrofonausrüstung noch an Ort und Stelle ist, kontrolliert, ob sie funktioniert. Er lässt die Tür einen Spalt offen stehen, damit er hinaussehen kann, aber selbst nicht gesehen wird.

Eine halbe Stunde vergeht.

Dann kommen Condesan und Salgado heraus. Und ein paar Minuten später kommt das Mädchen. Die Männer setzen sich nebeneinander auf eines der Sofas, schweigen in dem ewig flackernden Licht der Wandlampen. Das Mädchen steht zögernd beim Fahrstuhl, ihre Augen sind müde, aber nicht resigniert, als hätte man sie unter Drogen gesetzt, deren Wirkung jetzt langsam abklingt. Sie scheint in sich selbst zu ruhen, zu versuchen, nichts zu erwarten.

Die Tür ganz am Ende des Flurs wird mit einem quietschenden Geräusch geöffnet.

Joaquin Horrach kommt heraus, und hinter ihm stolpernd das andere Mädchen, mit leerem Blick. Sie hält sich mit einer Hand den Bauch, und auf ihrer Kleidung sind Spuren von Blut zu sehen. Die Augen sind geschwollen, die Lippen aufgeplatzt.

Condesan und Salgado sehen einander an, und das Mädchen am Fahrstuhl geht langsam zu ihrer Freundin und umarmt sie.

Condesan steht auf.

»Bring sie zu dem Deutschen«, sagt er an Joaquin Horrach gewandt. »Die andere lässt du da raus, wo wir sie aufgesammelt haben. Und dann kommst du wieder hierher. Sofort.«

Horrach nickt. Seine Schultern hängen jetzt, und er sieht keiner der jungen Frauen in die Augen. Schiebt sie nur in den Fahrstuhl, und die drei fahren nach unten.

Condesan setzt sich wieder auf das Sofa. Auf dem Tisch vor ihm liegt ein Briefumschlag.

»Jetzt wäre ein Bier schön«, sagt er.

»Ein Bier ist immer schön.«

Salgado streicht sich die Hosenbeine glatt, die beiden sitzen eine Weile schweigend nebeneinander.

Nach ungefähr einer Viertelstunde steht Salgado auf.

»Dieser blöde Idiot müsste doch bald zurück sein.«

Condesan brummt zustimmend. Schaut auf sein Handy.

»Er ist erst fünfzehn Minuten weg.«

Salgado nickt, verschwindet im Treppenhaus, es vergehen einige Minuten, bis er zurückkommt.
Bei sich hat er eine Frau.
Sie trägt einen blauen Rock und ein weißes Top.
Emme. Das bist du. Ich will das. Ich will das nicht.
Die Frau geht weiter in den Raum hinein. Tim kann ihr Gesicht sehen, ihr blondes Haar, die Augen, die aus dem Fenster starren, sie gucken schräg an ihm vorbei, hinaus auf Palmas blinkende Lichter, die jetzt in der Nacht langsamer atmen.
Natascha Kant.
Sie ist es, du bist es.

Nur wenige Minuten später ist Horrach zurück. Er tritt aus dem Fahrstuhl in den Raum, jetzt mit erhobenem Haupt, und er stellt sich zusammen mit den anderen an den Tisch.
»Das wird sich schon regeln«, sagt Salgado.
Tim holt sein Handy hervor. Ruft die Tastatur auf und klickt auf Aufnahme. Sieht die Tonwellen, das Bild der Kamera im Knopfloch.
Condesan nimmt den Umschlag vom Tisch, öffnet ihn und zieht ein geheftetes Papierbündel heraus, das er Natascha hinhält.
Salgado holt einen Füller aus der Tasche. Reicht ihn Natascha, die den Blick zwischen den drei Männern hin- und herwandern lässt. Sie sucht Halt an der Sofalehne, schaut auf den Stoff, scheint sich zu fragen, was das alles hier soll.
»Unterschreib«, sagt Condesan.
»Wo ist Peter?«, fragt Natascha und hebt den Blick. »Ich unterschreibe gar nichts. Wo ist Peter?«
Ihre Stimme klingt zerbrechlich, aber dennoch trotzig.
»Vergiss ihn, dann kannst du dir ein schönes Leben machen«, sagt Horrach.
»Unterschreib, das ist nur ein Stück Papier, nun unterschreib

schon, dann bist du frei«, sagt Salgado und wedelt mit dem Füller vor Nataschas Gesicht herum.

»Was ist das für ein Vertrag?«

»Es geht um den Grund und Boden des Krebsforschungszentrums. Den überlässt du uns.«

Natascha schließt die Augen, bleibt eine ganze Weile so stehen, bis sie sie wieder öffnet.

»Das müsste doch wohl Peter tun?«

Sie weiß es nicht, denkt Tim. Sie weiß nicht, was mit ihm passiert ist.

»Du kannst das auch tun«, sagt Salgado. »Und du wirst das tun.«

»Und wenn ich nicht will?«

»Siehst du das Fenster da hinten?«, fragt Salgado. »Von hier oben sind es mindestens dreißig Meter bis zum Boden. Und wir wissen, dass deine Mama daheim in Posen sehr traurig sein wird, wenn du von einem Haus hinunterstürzt, genau wie dein Papa.«

»Das war ein Baugerüst«, sagt Natascha und nimmt den Füller, dann den Vertrag. Sie legt ihn auf den Tisch, blättert bis zur letzten Seite und schließlich unterschreibt sie.

Sie versteht es, denkt Tim. Vielleicht hat sie ja verstanden, was passiert ist.

»Und was geschieht jetzt?«, fragt Natascha.

Joaquin Horrach tritt einen Schritt auf sie zu, und draußen vor dem Fenster winken die Hände der Nacht, komm, komm zu uns.

Rebecka ist in ihrer Einsamkeit eingekapselt, sie braucht nicht einmal so zu tun, als sähe sie die müden Kollegen nicht, die an ihr vorbeigehen. Es gibt sie nicht für Rebecka, sie nicken ihr zu, ein paar wenige, die, die wissen, wer sie ist, aber sie erwidert ihren Gruß nicht.

Wegen des Regens und der späten Uhrzeit muss sie lange auf ein

Taxi warten, sie fröstelt, als sie vor dem Eingang steht, spürt, wie die Kälte des Herbsts sich bereits ankündigt, kalte Luft, die ihren Weg durch die dünne Wolle des Pullovers sucht. Sie stellt sich lieber ein Stück vor das Vordach, in Reichweite der Tropfen, sollen sie doch auf Wangen und Stirn regnen, da kann sie den Blick zu dem schwarzen Himmel heben und die Haut feucht werden lassen, aber das Einzige, was sie bekommt, sind ein paar Tropfen auf den Lippen, als sie zu dem Taxi läuft, das schließlich doch noch kommt.

Stockholm schleppt sich durch die Nacht.

Im Supermarkt am Norrtull füllt die Nachtschicht die Regale für den nächsten Tag, ein Zeitungsbote verschwindet in einem Eingang, und ein Nachtwanderer in signalgelbem Trainingsanzug bindet sich die Schuhe vor dem Hotel, dessen Namen sie sich nie merken kann. Auf der anderen Straßenseite hängt ein leuchtender Weihnachtsstern in einem der Fenster des ziegelroten Jugendstilhauses, jemand, der wohl ewig Weihnachten feiern will oder der verschwunden ist, um vielleicht niemals wieder zurückzukommen.

Upplandsgatan 17 bitte.

Nach Hause. Mama.

Sie lehnt den Kopf gegen die Autoscheibe.

Zweiter Stock, Hinterhof, Emme.

Was soll ich tun?

Sie überlegt, ob es vielleicht auf Mallorca auch regnet, denkt an Tim, ob er wohl jetzt unterwegs ist.

Die Taxifahrerin, eine junge, dunkelhäutige Frau mit langen Rastazöpfen, hat eine weiche, angenehme Stimme.

»Zum Morgen hin soll es aufhören zu regnen«, sagt sie.

»Dann werde ich schlafen. Hoffentlich.«

»Morgen soll es schön werden.«

»Sie werden doch sicher auch noch schlafen, oder?«

Und Rebecka möchte von den Worten dieser fremden Frau in den neuen Tag getragen werden, sie hofft, dass sie sich dazu wird aufraffen können, hinaus in die Morgensonne zu gehen, eine Wolldecke und eine Thermoskanne Kaffee mit in den Park zu nehmen, sich auf das noch taufeuchte Gras zu setzen und zu spüren, wie die Sonne die Finger wärmt. In einer Zeitschrift blättern, irgendetwas lesen, vielleicht eine Weile schlafen und mit verschwitztem Rücken und einem leichten Grasabdruck auf der Wange aufwachen, sich erinnern, dass sie wieder in dem Wohnwagen der Chinesin war, mit ihm unter sich, nur sie beide und all ihre Erinnerungen, das Jetzt, das sie teilten, das sie abzuschütteln versucht hat wie Regen, was ihr aber nicht gelungen ist, denn sie ist kein Hund.

»Es soll also schönes Wetter geben?«

»Sie haben es im Radio gesagt.«

»Klingt gut.«

»Klingt ausgezeichnet, wie ich finde.«

Manchmal zieht die Welt sich selbst zu einem einzigen Ereignis zusammen, einem Ding, einem Fleck auf einem Jackenärmel, einer langen Fahrt in einem Fahrzeug, Tropfen auf einem Taxifenster, die langsam schräg nach hinten rinnen, bevor sie aus dem Blickfeld verschwinden. Ein Mensch kann ein ganzes Leben lang einen Suchtrupp nach diesen Tropfen ausschicken, nach ihnen rufen, sie bitten, zurückzukommen, um noch einmal hinunterzurinnen. Ein Regen, eine Nacht. Eine Ewigkeit.

»Ich werde versuchen, schwimmen zu gehen.«

»Das klingt nach einer guten Idee.«

»Draußen bei Tyresö.«

»Ich bade immer unten bei den Anlegern am Norr Mälarstrand.«

»Schon unglaublich, dass es mitten in der Stadt eine Badestelle gibt.«

»In der Bucht von Hongkong würde man sterben, wenn man dort baden gehen wollte.«

»Bestimmt.«

Die Zeit fließt dahin. Rebecka stellt fest, dass sie die eine Hand auf die andere gelegt hat, die Fingerspitzen ruhen auf dem Handrücken, und sie versucht das Gefühl in den ruhenden Fingern von dem Druck auf den Handrücken zu unterscheiden, kann die Empfindungen aber nicht auseinanderhalten, schon gar nicht, wenn sie die Augen schließt und sich darauf konzentriert.

Was ist was.

»Sie wirken müde.«

Rebecka öffnet die Augen. Registriert den süßlichen, blumigen Duft eines Raumsprays, der feuchten Nacht und des Asphalts, von Haarspray, das in zusammengedrehtem Haar klebt. Den Geruch ihres eigenen, billigen Deodorants. Und dann wird ihr übel.

»Ich hoffe, es hört niemals auf zu regnen«, sagt sie, und der Wagen hält vor ihrem Hauseingang, und dahinter liegt ihre Wohnung, mit all den Möbeln, dem Tisch, den Stühlen, dem Bett, den Farbfeldern, mit Schweigen, Luft zum Atmen, zusammengehalten durch die Wände, durch Dach und Boden. Zuhause, Mama, Tim, Papa.

Papa

Vater

Wir sind diese Menschen. Unmöglich, sie voneinander zu trennen.

Komm mit, komm mit.

Wohin soll ich mitkommen? Ich sehe einen schwarzen Rand, er sagt, »come here, come with me«, aber wer ist er?

Die Schminke ist verschmiert, sie ist ganz sicher verwischt.

Fuck you, Kylie!

Will ich mitgenommen werden? Ich sehe Licht, einen grauen Strich, der wie eine Straße aussieht, ich habe das Handy in der Hand, ich drücke drauf, sollte nicht mit ihm gehen, er sagt, »come, come. I'll take you home. I'm a nice person.«

Eine leere Nachricht an dich, Papa. Vielleicht bist du es ja, der gekommen ist? Ist das unser Auto? Aber das ist nicht schwarz.

Papa, Papa.

Ich versuche eine Sprachnachricht aufzunehmen, tippe, aber er fasst mich unter den Armen, und er riecht nach Rasierwasser, duftet dunkel, mir wird übel, ich sage, »Papa, du wärst bestimmt böse, wenn du mich jetzt sehen würdest«.

Wo sind die anderen, und jetzt riecht es nach Leder, Chloé, Mamas Parfüm, und die Fahrzeuglichter huschen draußen am Fenster vorbei, ich bin in einem Auto, und die Straßenlaternen sind vernebelte Sterne, die an unsichtbaren Seilen vom Himmel herunterhängen, sie schaukeln vor meinen Augen, und er sagt, »I'll take you home«, und seine schwarzen Augen im Rückspiegel, ich sehe dort die Jacke, rooooooosa, der Fleck, Schokolade, Twix, Eis, nein, ich muss raus. ANHALTEN, aber ich sitze fest, er hat mich angeschnallt, und jetzt dreht er sich um, ANHALTEN, und da spüre ich das Tuch, rau und warm, er hat es aus der Tasche gezogen, er drückt es mir tief in den Mund, macht mich stumm, ich kann nicht schreien, er grinst, und bald verschwinden die tief hängenden Lichter, verschwinden wie dünnes Eis in heißem Wasser, werden ersetzt von tausend Punkten, und ich will nicht hier sein, ich will nach Hause. Ich will nach Hause, Papa.

Heim zu dir und Mama.

Papa, Papa.

Unter die Bettdecke kriechen, euch in der Wohnung hören, in der Küche oder nebeneinander in dem großen Bett, zu Hause.

Und mein ganzes Ich schreit jetzt, ich bin ein einziger Schrei, aber ich komme nicht frei, meine Zunge sitzt fest, Mama,

Mama,

Pa

    pa

        pa

Tim drückt die Tür des begehbaren Kleiderschranks auf, tritt in den Raum, die Pistole vor sich, und alle vier Personen drehen sich zu ihm um. Salgado öffnet den Mund, will etwas sagen, aber Tim bedeutet ihm, still zu sein.

»Bleibt stehen, wo ihr seid, alle.«

Natascha Kant sieht ihn an, ihre grünen Augen sind weit aufgerissen.

»Nimm die Waffe runter, nicht schießen«, sagt Salgado und scheint gar nicht verwundert darüber zu sein, dass Tim hier ist.

»Lasst sie gehen«, sagt Tim.

»So war es geplant«, erwidert Condesan. »Du hast also hierhergefunden?«

Natascha Kant zieht sich von den drei Männern zurück, stellt sich neben Tim.

»Wer sind Sie?«, flüstert sie.

Das weiß ich selbst nicht, möchte er antworten, sagt aber gar nichts, legt ihr nur seine freie Hand auf den Unterarm, drückt ihn leicht.

»Ich will wissen, was mit meiner Tochter passiert ist«, sagt Tim. »Was du mit ihr gemacht hast.«

Er zeigt mit der Pistole auf Horrach.

»Ich weiß nichts von deiner Tochter.«

»Komm schon, erzähl es ihm, Joaquin«, sagt Salgado. »Ein Vater hat das Recht, es zu erfahren. Stell dir vor, es wäre Belén, die verschwunden ist. Dann würdest du auch wissen wollen, was passiert ist.«

Joaquin Horrach sieht seine beiden Freunde an. Er scheint nicht zu verstehen, was die wollen und warum.

»Joaquin! Verdammt noch mal, erzähl ihm, was du mit seiner Tochter gemacht hast«, fordert Salgado ihn auf und tritt näher an Horrach heran. »Er kommt hier doch sowieso nicht lebend raus.«

»Ich will Klarheit«, sagt Tim. »Das ist das Einzige, was mich interessiert.«

»Lass es ihn doch wissen«, bemerkt Condesan, und Horrach zögert jetzt. Schaut von einem seiner angeblichen Freunde zum anderen, beide nicken.

»Du hast sie an der Bushaltestelle gefunden«, sagt Condesan. »Da, wo wir immer unsere Bräute abholen. Nun erzähl es ihrem Daddy schon. Er verdient zu wissen, was passiert ist.«

Horrach sieht Tim an, die Pistole, die auf ihn gerichtet ist.

Ich puste ihm das Gehirn weg.

Natascha steht so dicht neben ihm, dass er spürt, wie sich ihr Brustkorb hebt und senkt, wenn sie atmet, ihre warmen, weichen Atemzüge an seinem Hals.

Salgado hebt die Hand, zeigt auf Tim.

»Es ist jetzt an der Zeit, Joaquin«, sagt er. »Du bist hier unter Freunden, spuck es aus, dann fühlst du dich besser, das ist das Beste für alle.«

»Du hast sie hier mit hergebracht«, hilft Condesan Horrach. »Nun sag schon, was du mit ihr gemacht hast. Was passiert ist.«

Die Jacke.

Das kann nicht Emmes Jacke gewesen sein.

Das sieht Tim jetzt ein.

Sie kann nicht auf dieser Feier in Deià gewesen sein. Das war eine andere der Tausenden von Jacken, die Zara im Laufe eines Jahres nähen lässt. Und trotzdem hat sie ihn hierhergeführt. Die Finger, die sie genäht haben, die Seeleute, die sie als Fracht transportiert haben, der Wunsch eines Galiciers nach der Weltherrschaft, eine Raupe, die Seide spann, und ein Chemiker und ein Ingenieur, die eine Kopie dieser Seide schufen.

»Ihr wart alle drei auf einer Party bei den Svedins in Deià«, sagt Tim. »Und anschließend bist du losgefahren, hast die Mädchen abgeholt und hierhergebracht. Und dann bist du noch einmal zurückgefahren, um ein weiteres Mädchen zu holen, aber das Mädchen kam nicht, und da hast du sie gefunden.«

Ich will deinen Namen nicht sagen, Emme.

Ich will deinen Namen nicht laut in diesem Raum sagen, denn du warst hier, gewiss warst du hier, oder?

Du warst es, die Soledad hier gesehen hat.

In diesem Gebäude. In diesem Raum.

Mit dem Mann vor mir.

Mit Horrach.

Der jetzt aufs Sofa sinkt und anfängt zu reden.

Sie fühlt, wie hart der Asphalt unter ihren Knien ist. Der Mund ist voll. Ein Fahrstuhl, das klingt wie ein Fahrstuhl, und ich sehe mein Gesicht in einem Spiegel, darin gibt es Tausende von mir, und dann hält der Fahrstuhl an und jemand packt mich an den Armen, eine Tür wird geöffnet, und was ist das für ein Raum? Ist das eine Stadt in der Nacht, die ich sehen kann? Stockholm? Sofia und Julia, kommt bitte her.

NEIN, nein, NEIN.

Ich muss weg von hier, ich darf nicht hier sein, und die Tür schließt sich, es gibt kein Fenster, nur eine brennende Lampe und eine Matratze, und er wirft mich auf die Matratze, zieht mir die Kleider aus, die rosa Jacke, den Rock, PAPA! Wo sind die anderen? Das hier darf nicht sein, und jetzt schlägt sie ihn, versucht ihm die Augen auszukratzen, aber er ist stark, und sie spürt einen Stich, bald wird alles unscharf und trübe, und es zerrt, brennt an den Schultern, was tut er mit mir, warum macht er das, und sie schreit, schreit, wacht auf, und da ist er wieder, er lächelt, erklärt, dass er für eine Weile rausgeht, aber bald wiederkommen wird.

Sie versucht aufzustehen, aber der Körper weigert sich. Der Lichtschein dringt durch die Pupillen in sie hinein, und sie begreift, was hier geschieht, will sich zusammenkrümmen, in eine Ecke der Matratze kriechen, und sie spürt, dass sie einen Körper hat, aber keine Gewalt mehr über ihn ausübt.

Und dann kommt er zurück.

Tim ist an das Sofa getreten, richtet die Pistole auf Horrachs Stirn.

»Wo ist sie jetzt?«

»Joaquin ist frühmorgens aufgestanden, um zu pissen«, sagt Condesan, »und da war sie weg.«

»Wo ist sie?«, flüstert Tim.

»Sie durfte gehen«, sagt Salgado, und Tim möchte zu Boden fallen, die Knie weich werden lassen, auf den Steinfußboden sinken, die Augen schließen. »Wir wissen nicht, wohin sie gegangen ist. Niemand weiß das.«

Tim hält die Pistole dichter an Horrachs Stirn, der Mann auf dem Sofa schließt die Augen, und vor seinem inneren Auge sieht Tim den Pool, Horrach mit seinen Jungs, der Tochter – Belén? – auf dem Liegestuhl, seine Frau, die im Haus eine Vase putzt. Eiswürfel, die im Glas seines Gin Tonic klirren, und der Teufel soll ihn holen, der Teufel soll ihn holen.

Der Abzug ist warm am Finger.

»Das Zimmer, in dem er sie vergewaltigt und gefoltert hat, das liegt ein Stockwerk tiefer«, sagt Salgado. »Das gleiche, in dem Natascha eingesperrt war. Willst du es sehen?«

Joaquin Horrach schaut zu dem Fahrstuhl hinüber, dann zu seinen Freunden, und er versucht aufzustehen, aber Tim hält ihm die Pistole an die Stirn, drückt ihn damit zurück auf die Sitzfläche, lässt den Finger den Abzug umklammern. Langsam. Das Ohr an Rebeckas warmer Haut, an ihrem Bauch, in dem sich das Kind im

Fruchtwasser bewegt. Das Kind im Bett in einem weißen Nachthemd, während die Töpfe in der Küche wie Eiswürfel in einem Drink klirren.

»Wenn du mich erschießt, wirst du sie nie finden«, sagt Horrach. »Du willst sie doch finden?«

»Du weißt also, wo sie ist?«

Horrach nickt langsam, der Schweiß bricht ihm am Haaransatz aus.

»Er weiß nicht, wo sie ist«, widerspricht Condesan. »Sie durfte an dem Morgen gehen, und seitdem ist sie verschwunden.«

»Ich weiß, wo sie ist«, brüllt Horrach, und jetzt registriert Tim einen leichten Pfefferminzgeruch aus seinem Mund. Er muss noch vor Kurzem Kaugummi gekaut haben, auch wenn Tim das nicht bemerkt hat.

»Das weißt du nicht, Joaquin. Keiner weiß, wo sie ist«, sagt Condesan.

»Und du, was bist du für ein Vater, der nicht denjenigen erschießt, der seine Tochter vergewaltigt hat?«, fragt Salgado.

»Was sagst du da?«

Horrach schaut seine Freunde an.

Tim umklammert den Abzug noch fester. Ich sollte das nicht tun, ich verstehe doch genau, was die wollen.

»Du solltest ihn töten«, fordert Condesan ihn auf.

»Tu es«, flüstert Natascha, »tu es.«

Er hat keine Ahnung, wo du bist, Emme. Wo bist du?

Ich kann nicht mehr, Emme, gleich drücke ich den Abzug, lasse seinen Scheißkopf explodieren.

Und dann gibt es nur noch mich.

Meinen Atem.

Ein Herz, das schlägt.

Alkohol, der getrunken wird.

Ein Körper, der in einer kleinen Wohnung auf der falschen Straßenseite älter wird.

Und zum Schluss die Pistole an meiner eigenen Schläfe.
Es gibt keine andere Wahl.
»Schieß«, sagt Condesan. »Erschieß ihn.«
Und Tim drückt ab.
Er schießt ein, zwei, drei, vier Mal, bis Joaquin Horrachs Gesicht verschwunden ist.

Sie wacht von dem Schmerz auf, der an verschiedenen Stellen ihres Körpers aufflammt.

Sie ist nackt, wieder allein, liegt auf einem Bett, und es riecht nach Blut und Benzin, sauren Himbeerdrops und starkem Stimorol-Kaugummi. Der Körper gehört wieder ihr.

Sie versucht aufzustehen, kann sich aber nur auf die Seite rollen, kauert sich dann zusammen, versucht vergeblich loszukommen, obwohl sie gar nicht festsitzt.

Du musst, Emme.
Streng dich an.

Sie konzentriert sich, drückt sich hoch, es gelingt ihr, sich auf den Rand der Matratze zu setzen, sie erblickt mit Matratzen verkleidete Wände, eine heruntergebrannte Kerze, eine offene Tür, und ihre Kleider liegen auf dem Boden. Rock, Top, Jacke.

Wo ist mein Handy? Nicht hier. Aber etwas sagt ihr, dass sie von hier fort muss. Sie darf nicht schreien, kann auch nicht schreien, ihr Mund ist voll, das merkt sie erst jetzt, und sie hebt die Hand zu den Lippen, zieht zwischen ihnen einen Lappen heraus, als wäre der Mund eine Wunde, und jetzt kann sie auch besser Luft holen.

Sie zieht sich an. So schnell sie kann. Rosa BH, Slip, Rock, Top, Jacke. Keine Schuhe. Dafür hat sie keine Zeit. Wo ist das Handy? Nicht hier. Ist das hier eine Art Wartezimmer? Und sie hat Schmerzen, alles tut ihr weh. Dort, wo es nicht wehtun soll. Dort, wo es sich so wunderbar anfühlen kann.

Es reißt, zerrt, brennt, sticht.

Am liebsten würde sie wieder zu Boden sinken, sich zusammenkauern, aber das darf sie nicht.

Sie darf nicht hierbleiben, nicht aufgeben.

Sie verlässt das Zimmer, kommt in einen Flur, dann in einen anderen Raum, in den das Licht hineinscheint. Der Aufzug, sie erinnert sich an einen Aufzug, und sie fährt mit ihm nach unten, geht durch eine Tür hinaus, fort. In der Morgendämmerung kommen ihr keine Autos entgegen, sie wandert die Straße entlang, an einem Stadion vorbei, hinaus auf das offene Land, den Bergen in der Ferne entgegen.

Sie geht direkt in einen flüsternden Wald hinein, und sie blutet an den Schultern, kleine, aber tiefe Wunden, sie brennen. Wie von Glassplittern.

Komm mit, komm mit.

Papa.

Sie ist barfuß, aber sie spürt keinen Schmerz, als Tannennadeln und kleine Steinchen in ihre Fußsohlen drücken, sie spürt nur, wie ihr ganzer Körper brennt.

Sie verschwindet in der Dämmerung, im Dunkel des Tages, und er drückt noch einmal ab, fünf, sechs, und dann ist das Magazin leer.

Tim weicht vom Sofa zurück, wendet den Blick ab von dem, was einmal Horrachs Gesicht war. Er hält die Pistole in der herabhängenden Hand, Natascha steht schweigend und still am Fahrstuhl.

Die Lichter auf der anderen Seite des Fensters blinken, als öffnete und schlösse die Stadt die ganze Zeit die Augen, als wollte sie sehen und doch nicht sehen, und sein Herz schlägt schnell im Schutz des Brustkorbs, die Hände zittern und er zwingt sich selbst, ruhig zu atmen, wendet Salgado und Condesan, die gemeinsam Horrachs Gesicht mit einer dunkelblauen Leinenjacke zudecken den Blick zu.

»Ich habe das alles aufgenommen«, sagt Tim. »Wie ihr sie gezwungen habt, zu unterschreiben.« Er fasst an die Kamera im Knopfloch. Zeigt ihnen, dass sie sich dort befindet. »In Ton und Bild.«

Condesan und Salgado sehen ihn an, sagen jedoch nichts.

»Und die Aufnahmen sind direkt in irgend so eine verdammte Cloud geschickt worden.«

Tim bohrt seinen Blick in Salgados. Seine Lügen, was die Ermittlungen betreffen. Die Fragen nach Emme. Am liebsten würde er auch ihn erschießen, aber es ist jetzt genug.

Salgado verlässt das Zimmer und Tim hört, wie er in einem der Schlafzimmer eine Schublade aufzieht.

»Du hast ihn getötet«, sagt Condesan lächelnd. »Das hast du auch aufgenommen, nicht wahr?«

Er tritt ans Fenster, bittet Tim, zu ihm zu kommen, und die beiden stehen dort nebeneinander, schauen hinaus.

»Wenn man hier lange genug steht«, sagt Condesan, »dann fließen alle Lichter ineinander. Palmas Licht wird zu einer einzigen Lichtquelle, und in dem Licht lieben und hassen wir und tun das, was wir tun müssen, auch wenn es uns widerstrebt.«

Salgado kommt mit einem beigefarbenen Gegenstand zurück, den er den beiden zuwirft. Tim fängt ihn auf, hält ihn in der Hand.

»Das ist ihr Handy«, erklärt Salgado. »Joaquin hat gern Dinge der Mädchen aufbewahrt, wie Trophäen. Das Zimmer, in dem er es getrieben hat, liegt wie gesagt eine Treppe tiefer, falls du es sehen willst.«

Matratzen an den weißen Wänden, eine einsame Glühbirne. Eine abgebrannte Kerze. Ein Eimer mit Kot und Urin in einer Ecke. Ein Schreibtisch mit staubiger Marmorplatte, auf die jemand mit dem Finger ein zittriges, schiefes Herz gemalt hat. Ein paar Haken an einer Wand, eine schmutzige Matratze ohne Laken. Ein kalter Steinfußboden.

Er versucht Emme hier zu spüren.

Begreift, dass sie hier gewesen ist.

Dass sie aufgestanden ist.

Fortgegangen.

Er versucht ihre Angst zu fühlen, versucht sie zu werden, aber alles, was er spürt, das ist ihr Handy in der Hand, das weder warme noch kalte Plastik, und das ist Gottes Antwort an ihn, dass er ihren Schmerz und ihre Angst nicht selbst spüren muss.

Du warst hier. Aber du bist jetzt nicht hier.

Tim gibt Natascha den Helm. Sie setzt sich hinter ihn auf das Motorrad und er startet, fährt los, biegt auf die große Straße ein, spürt Emmes Handy in der Hosentasche.

Das Licht der Straßenlaternen pulsiert über ihnen, eine Illusion von Herzen, die noch schlagen, Leben, das gelebt werden soll. Ihnen kommen Lastwagen entgegen, auf ihrem Weg ins Inselinnere, voll beladen mit allen möglichen Dingen für die Touristen, die sie brauchen oder einfach nur haben wollen.

Der Tag erwacht, als sie der Ringstraße in Richtung Port d'Andratx folgen. Mauern und Abhänge sorgen dafür, dass sie Palma nicht sehen können, nur den Himmel, wie er langsam von der aufgehenden Sonne entzündet wird.

Sie sitzt schweigend hinter ihm, aber er spürt ihren warmen Körper an seinem Rücken, und sie ist still, hat die Arme um ihn geschlungen, scheint traumlos zu träumen.

Er sieht sie wieder im Schlafzimmer vor sich, während Gordon Shelley sie liebt, sieht sich selbst im Garten, wie er den Blick auf ihr ruhen lässt.

Er parkt vor dem schminkefarbenen Tor. Sagt Natascha, sie solle schnell eine Tasche packen, ihren Pass holen und dann wieder zu ihm herauskommen.

»Ich warte hier.«

Er lässt den Motor im Leerlauf brummen.

Schaut in den Rückspiegel, dann nach vorn.

Er behält die Übersicht. Mit der Hand an der Pistole im Hosenbund.

Nach zehn Minuten kommt sie zurück. Hat sich umgezogen, trägt jetzt Jeans und ein weißes T-Shirt. In der Hand trägt sie eine schwarze Reisetasche, die sie auf dem kleinen Gepäckträger befestigt.

Er gibt ihr sein Handy.

»Ruf deine Mutter an.«

Sie nimmt das Gerät, geht ein Stück die Straße hinunter, außer Hörweite, und spricht dann ruhig, ohne große Gesten. Anschließend kommt sie wieder zurück zu ihm, reicht ihm das Handy.

»Meine Mutter will mit dir reden.«

Agnieszka Zabludowiczs Stimme ist ruhig, morgenheiser.

»Danke«, sagt sie. »Ich weiß nicht, wie ich Ihnen danken kann.«

»Passen Sie aufeinander auf«, sagt er. »Und halten Sie sich beide von Mallorca fern.«

Er legt auf, und sie fahren los.

Er nimmt jetzt den Paseo Marítimo, vorbei am Pascha und am Opium, vorbei an der Kathedrale, dem Kongresszentrum, er fährt zu schnell, als dass er sich selbst in dem Spiegelglas sehen könnte, und Natascha hat ihn umschlungen, legt die Wange an seinen Rücken.

Er biegt bei der Abfahrt zum Flughafen ab und parkt vor der Abflughalle. Gemeinsam gehen sie durch die Glasschiebetüren in die Halle, vorbei an den Serviceschaltern der verschiedenen Fluggesellschaften, drängen sich durch Horden von Touristen.

Sie setzen sich ins Illy-Café und trinken einen Espresso.

»Peter ist tot«, sagt sie. »Er ist tot, das kann ich spüren. Und das habe ich da oben in der Wohnung begriffen. Und auch Gordon ist nicht mehr da.«

Tim sagt nichts dazu.

»Die Lufthansa fliegt nach Posen«, sagt er. »Nehme ich doch an, oder?«

Sie nickt, und er trägt ihr die Tasche, als sie zum Lufthansa-Schalter gehen.

Er kauft für sie einen einfachen Flug, bezahlt mit Peter Kants Geld, überlegt, ob er ihr den Rest geben soll. Aber sie hat sicher genug, um zurechtzukommen.

Er folgt ihr bis zur Sicherheitskontrolle, wartet, während ihre Boardingcard an der automatischen Schranke gescannt wird.

Dann passiert sie die lautlose Sperre.

Dreht sich um.

Sieht ihn an, und jetzt ist da etwas in ihrem Blick, nicht flehentlich wie im Schlafzimmer, kein Zögern, keine Angst wie im Hochhaus, da ist etwas anderes, und dann lächelt sie, ein kurzes Lächeln, bei der ihre schmale Oberlippe ganz verschwindet, und er erwidert das Lächeln.

Sie passiert die Kontrollen. Den Metalldetektor.

Verschwindet zwischen den Geschäften.

Er will ihr nachrufen, sei vorsichtig, sei vorsichtig.

Dann ist sie fort.

Eine Drehtür, bei kräftigem Regen.

Eine WhatsApp-Nachricht.

U watch me dad

Zurück in seiner Wohnung lädt er Emmes Handy auf. Er sitzt auf dem Bett, spürt es unter sich schwanken, und die grüne Tagesdecke liegt zerwühlt in einer Ecke. Die Luft ist heiß und schwer, da hilft auch der Ventilator an der Decke nichts.

Draußen auf der Straße ist es still. Drüben im Las Cruces schreit Marta irgendeine Obszönität auf Spanisch.

Er schaltet das Mobiltelefon ein. Zunächst bleibt das Display schwarz, dann zeigt sich der Apfel. Dann die Seite für den Code.

Er versucht sich an ihren Code zu erinnern, er fällt ihm ein.

8990

Warum ausgerechnet dieser Code?

Keine Ahnung, Papa, ist mir einfach so eingefallen.

Er tippt die Ziffern ein, und es erscheint das Foto hinter den ganzen App-Zeichen.

Es ist ein Bild von ihnen dreien, sie und er und Rebecka. Ein Selfie, gemacht in der Markthalle am Hötorget, als sie im Jahr vor ihrem Verschwinden dort vor Weihnachten zusammen einkauften. Sie machen eine Pause im Piccolino, sitzen dort am Marmortresen, und vor Emme steht ein halb aufgegessener Krabbentoast, die dicke Schicht angebrannten Käse hat sie zur Seite geschoben. Ein doppelter Espresso vor ihm selbst, ein Glas Weißwein vor Rebecka. Sie trägt ihren militärgrünen Parka mit einem Kragen aus hellem Kunstpelz, und er kann sich erinnern, wie kalt es an dem Tag war, dass sie sich zitternd durch die Drottninggatan mühten, dass es schneite, Schneeflocken schwebten durch die Luft und lösten sich auf dem warmen Asphalt auf.

Emme lächelt auf dem Bild, sie lächeln alle drei. Sie sitzen dicht nebeneinander, jeder auf einem Barhocker, und keiner von ihnen scheint lieber woanders sein zu wollen.

Er hält Emmes Handy in der Hand, weiß, er sollte Rebecka anrufen, ihr berichten, was er getan hat, was mit Emme passiert ist. Er sollte anrufen, aber nicht jetzt, noch nicht.

WhatsApp.

Messenger.

Ihr Mailkonto.

Periscope.

Snapchat.

Instagram.

Er will sie alle öffnen, die Bilder sehen, die Nachrichten lesen, wo sie eingeloggt war, alle ihre Geheimnisse, durch all diese Dinge soll sie ihm zuflüstern. Aber er legt das Handy weg, sie soll ihren Frieden behalten, du bist sicher vor meinem Kontrollblick.

Er holt tief Luft, hört den gerade erst erwachten Lärm der Stadt, eine Jalousie, die klappert, ein Paar, das sich streitet, ein Motorrad, das losfährt.

Der Handybildschirm erlischt wieder. Er drückt auf die Home-Taste.

Als Hintergrundbild hat sie hier ein Foto von sich selbst, Julia und Sofia am Strand von Magaluf, in einem gelben Bikini, an den er sich nicht erinnern kann. Vielleicht ist David im Hintergrund zu sehen, aber das kann auch jeder andere junge Typ sein. Sie muss den Bikini von dem Geld gekauft haben, das sie vor dem Abflug von ihm bekommen hatte. Und sie macht mit der einen Hand ein Victory-Zeichen, ein Fuck-off-Zeichen mit der anderen, starrt direkt in die Kamera.

Wenn ich das sehe, was du hier auf dem Handy hast, Emme, dann bereue ich meine Neugier. Denn wenn ich dich finde, oder wenn du zurückkommst, dann werde ich dir dein Handy geben.

»Hast du reingeguckt, Papa?«

»Nein, ich habe nicht reingeguckt. Es würde mir nicht im Traum einfallen, in deinem Privatleben herumzuschnüffeln, wenn ich nicht wirklich dazu gezwungen wäre, das weißt du doch.«

Ich habe dich losgelassen.

»Das ist cool«, wirst du erwidern.

Er ruft Rebecka an, berichtet ihr, was passiert ist, was er herausgefunden hat. Was er getan hat, und Rebecka weint leise, lange, und sie hören einander atmen, Minute um Minute, bis ihre Atemzüge zu einem werden. Sie verurteilt ihn nicht, sagt, »die meisten hätten trotz allem gekniffen, in dem Moment«.

Schließlich ist sie wieder still, holt tief Atem, trennt ihre Atemzüge von seinen.

»Dann wissen wir es jetzt, Tim, dann wissen wir, was passiert ist.«

Aber er kann hören, dass sie ihren eigenen Worten nicht glaubt. Sie sind nur wieder eine dieser Beschwörungen, aus denen ihre gemeinsame, im Zerfall begriffene Sprache inzwischen besteht.

»Ich liebe dich«, sagt er.

»Sag das nicht, Tim, warum sagst du das?« Und dann legt sie auf.

Er kann sich doch nicht zurückhalten. Er schaut in die Apps, blättert zwischen ihren Fotos herum.

Erfährt aber dadurch nichts Neues.

Er liest ihre letzte Konversation mit ihm auf WhatsApp.

... me do da jump

Die letzte Antwort. Lässt die Finger über ihre Tastatur gleiten, möchte etwas andere schreiben als

viel Spaß

Möchte auf die leere SMS antworten, die später kam, und er fragt sich, warum er nicht geantwortet hat, nicht versucht hat zu schreiben, aber sie hat keine Verbindung, auf ihrem Schirm erscheinen keine Worte, dabei hätte er schreiben können:

Was willst du?

Nachdem er das Telefon durchsucht hat, duscht er lange und in seinen Gedanken erschießt er Joaquin Horrach immer und immer wieder.

Er geht in alle Richtungen von dem Haus aus, das Emme verlassen hat.

Aufs Meer zu. Auf die Stadt zu.

Über die Autobahn und über die Felder auf Valldemossa zu.

Hinauf in die Serra de Tramuntana.

Er ruft nach ihr.

Sucht den Boden Schritt für Schritt ab.

Sieht, wie alles im *Diario de Mallorca* berichtet wird, im Lokalfernsehen, in *El País* und *El Mundo*. Dass Joaquin Horrach ermordet aufgefunden wurde, dass seine Leiche mit zerschossenem Gesicht im Meer trieb. Dass es sich höchstwahrscheinlich um einen Racheakt handelte, weil er sich weigerte, einem bekannten mexikanischen Kokaindealer eine Baugenehmigung für eine Villa in Bendinat zu erteilen.

Der Bau des Resorts beginnt. Auf einem Bild in der *Última Hora* schüttelt López Condesan Roger Svedin und Bente Jørgensen die Hand, als der erste Spatenstich getan wird.

Der September vergeht, der Oktober, und es wird bekannt gegeben, dass eine Wasserader auf jenem Grund gefunden wurde, wo vor einiger Zeit ein Krebsforschungszentrum gebaut werden sollte. Man fand keine weiteren Dinosaurierknochen, und die neuen Besitzer des Geländes, die Familie Condesan, möchte den Fund nicht kommentieren. Die Regionsverwaltung erhebt Anspruch auf den Erlös, aber das würde Prozesse bedeuten, die Jahrzehnte dauern könnten, deshalb ist lieber ein Vertrag mit einer Laufzeit von dreißig Jahren mit der Familie und deren Unternehmen unterzeichnet worden, im Wert von Hunderten Millionen Euro, und die Stadt trägt zwanzig Prozent des Kapitals bei, das für die Nutzung notwendig ist. Den Rest der Finanzierung übernimmt die mallorquinische Banca March.

Tim fährt ins Inland der Insel, und der blaue Himmel spiegelt sich in einem Pool auf der Meeresseite der Straße.

Fünfhundert Schafe und Lämmer löschen ihren Durst in einer Wassertränke.

Rasensprenger beregnen die Golfplätze, ein Feld mit Tulpen blüht in allen Regenbogenfarben.

Der Regen prasselt auf Tim herab.

Das Gebirge ist im Herbst ungastlich, kühl, rutschig und lebensgefährlich.

Er knöpft seinen schwarzen Regenmantel zu und tastet sich vorwärts.

Hinauf auf die Berge, hinunter in die Täler, die Senken, die Schluchten, jeden Moment kann er den Halt verlieren, auf einer steilen Klippe ausrutschen und für alle Zeit verschwinden, abstürzen und bewusstlos liegen bleiben, gelähmt, hier in den fremden Bergen.

Er glaubt, sie seien hinter ihm her.

Aber sie kommen nicht.

Er ist derjenige, der geht und geht, der sucht und sich sehnt, und vielleicht gefällt es ihnen ja sogar, dass Tim hier im Gebirge ist, eine einsame Gestalt, die sich in Sturm und Hagel vorwärtskämpft, er, der das letzte Versprechen, das er gegeben hat, einlöst.

Er redet mit Rebecka. Sie sprechen über alles Mögliche und nichts. Sie erzählt, dass Anders wieder zurückkommen will, »aber das darf er nicht«, und da lacht Tim, über den grimmigen und gleichzeitig belustigten Ton in ihrer Stimme. Sie macht es wie er. Sie tut, was sie für richtig hält. Aber er bemerkt einen Unterschied in ihrer Atmung, in den Pausen zwischen den Sätzen, als wolle sie ihm etwas berichten, traue sich aber nicht, und er denkt an all die Geheimnisse, die Menschen mit sich herumzuschleppen pflegen und an die sie sich zum Schluss nicht einmal mehr selbst erinnern.

Es ist die letzte Woche im November, als er sich an einem klaren Morgen auf den Weg macht, als die Sonne vom Himmelsgewölbe Besitz ergreift und ein fast aluminiumfarbener Himmel über Mallorca und seinen Bergen glänzt.

Er geht, und seine Wunden sind verheilt. An der Seite ist eine dunkle Narbe geblieben, etwas erhaben, wie schlecht tätowierte Punkte. Er wandert unter der Sonne, über einen Bach, zerreißt sich die Jeans an einem Rosenbusch, hängt über einem Abgrund, kann sich wieder nach oben ziehen, und dann sieht er einen Bachlauf in einer Schlucht hundert Meter tiefer, in der die Palmen zu den spitzen Klippen hochwachsen, die bis ins Universum zu streben scheinen.

Wasser gluckert in dem schmalen Bachbett. Ein paar der letzten Zugvögel des Herbsts baden hier, umgeben von weichen Büscheln weißer Primeln, die sich wohl in der Jahreszeit geirrt haben.

Tim klettert hinab.

Vorsichtig.

Er sucht mit müden Augen.

Was sehe ich da?

Die Sonne wirft sich auf etwas.

Als wollte sie sich von einer Klippe herabstürzen.

Sie wird von irgendetwas reflektiert.

Einem Stück Stoff.

Er läuft jetzt hinunter, auf den Stoff zu, auf das, was da wie ein Staubkorn liegt.

Auf das Rosafarbene zu.

Auf die Knochen.

Die nackt auf der Erde liegen.

Schmutziger rosafarbener Stoff, blonde Haarbüschel, die sich im Wind wie empfindliche Pusteblumen bewegen.

Er drosselt das Tempo, geht langsam auf das zu, was er da sieht.

»*Ist die nicht cool?*«

Ihre Stimme hallt durch das Tal, flüstert, Papa, Papa, Papa, endlich bist du hier, rosa Stoff, Flecken, braune und andere, und er sinkt auf die Knie, legt sich auf den Boden, bleibt neben ihr liegen, hält sie in den Armen, hält das, was sie ist, kippt in sie hinein, und dann fällt er, und die Berge, die Schluchten und Klippen, die Vögel und der unsichtbare Dunst, der sich vom Meer erhebt, Laub und Blüten, die tausend gezackten Augen der dünnen Wolken, alle sehen ihn fallen, und er landet, verschwindet in der unendlichen Schwere und dem Nichts der Erde und des Himmels.

So bleibt er liegen, bis er einschläft.

Er wacht davon auf, dass die Sonne von seiner Wange verschwindet.

Er steht auf, verlässt die Schlucht und geht zurück zum Auto, und ein paar Stunden später sitzt er in einem Flugzeug nach Stockholm. Er sieht, wie die Wolken die Erde ausradieren, und stellt sich Städte und Dörfer vor, Seen, Flüsse und Felder, die vor seinen Augen verborgen da unten liegen.

In Arlanda angekommen nimmt er den Zug ab Terminal fünf bis zum Hauptbahnhof, der Schnee fällt sanft, und in der Dunkelheit des späten Abends geht er zu Fuß zum Tegnérlunden hoch. Er betritt den Hinterhof, das Treppenhaus, geht hoch in den zweiten Stock.

Für ein paar Minuten bleibt er still auf dem Treppenabsatz stehen. Holt tief Luft. Dann legt er den Finger auf die Türklingel.

Rebecka bewegt sich auf der anderen Seite der Tür. Ihre Schritte erklingen dumpf auf dem Holzfußboden, sie geht ihm entgegen, langsam, fast als schwebte sie heran.

Die Tür geht auf, und da steht sie, in einem weißen Bademantel und mit noch weißeren Socken an den Füßen, das Haar zerzaust.

Sie zieht ihn in den Flur herein, schließt die Tür hinter ihm. Er öffnet den Mund, um das zu sagen, was er sagen muss, weshalb er gekommen ist, aber sie bedeutet ihm, still zu sein, legt wortlos seine Hand auf ihren warmen Bauch und flüstert,

... Fortsetzung folgt in »Das dunkle Herz von Palma«

KOMMENTAR DES AUTORS

Verschollen in Palma ist reine Fiktion, und alle eventuellen Ähnlichkeiten mit realen Personen und Geschehnissen sind rein zufällig.

Im Namen der Fiktion habe ich mir gewisse kleine Freiheiten in Bezug auf die Geografie und Ähnliches erlaubt. So breitet beispielsweise die Madonnenstatue nicht ihre Arme über Genova aus.

Ich möchte meiner Frau Karolina Kallentoft danken, dass sie mein ständiges Schreiben erträgt, aber in erster Linie für alle ihre klugen Anmerkungen.

Ein Dank geht auch an meine Agentinnen Astri von Arbin Ahlander und Christine Edhäll sowie meine Verlagslektorin Karin Linge Nordh und meine Lektorin Matilda Lund. Ihr alle wart unersetzlich für das Zustandekommen dieses Buches, und ich bin dankbar dafür, mit Menschen arbeiten zu dürfen, die cleverer und begabter sind als ich selbst.

Ich möchte auch Javier Márquez für seine Hilfe dabei danken, die spanische Bürokratie zu verstehen.

www.tropen.de

Mons Kallentoft / Markus Lutteman

Die Fährte des Wolfes

Thriller
Aus dem Schwedischen von
Christel Hildebrandt
464 Seiten, broschiert
ISBN 978-3-608-50418-7
€ 9,95 (D) / € 10,30 (A)

In den Fängen des Löwen

Thriller
Aus dem Schwedischen von
Christel Hildebrandt
384 Seiten, broschiert
ISBN 978-3-608-50437-8
€ 9,95 (D) / € 10,30 (A)

Das Blut der Hirsche

Thriller
Aus dem Schwedischen von
Ulrike Brauns
400 Seiten, broschiert
ISBN 978-3-608-50456-9
€ 10,– (D) / € 10,30 (A)

Mehr actiongeladene Hochspannung aus Schweden!

Tropen

www.tropen.de

Pascal Engman
Feuerland

Thriller
Aus dem Schwedischen
von Nike Karen Müller
496 Seiten, Klappenbroschur
ISBN 978-3-608-50439-2
€ 17,– (D) / € 17,50 (A)

»Einer der besten schwedischen Thriller der letzten Jahre. Unmöglich aus der Hand zu legen.«
Camilla Läckberg

In Stockholm wird ein exklusiver Uhrenladen überfallen, kurz darauf verschwinden zwei reiche Geschäftsmänner. Vanessa Frank beginnt zu ermitteln und deckt Verbindungen zu einer Klinik in Chile auf, die illegale Organtransplantationen vornimmt. Im Auftakt der Thriller-Serie muss die Kriminalkommissarin sich der Macht des Organisierten Verbrechens stellen. Kann sie allein ein ganzes Netzwerk zu Fall bringen?

www.tropen.de

Pascal Engman
Der Patriot

Thriller
Aus dem Schwedischen
von Nike Karen Müller
472 Seiten, Klappenbroschur
ISBN 978-3-608-50365-4
€ 16,– (D) / € 16,50 (A)

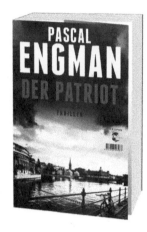

»Der Plot fühlt sich erschreckend real an…
Ein unglaublich spannender Thriller.«
Expressen

Der Mord an einer Journalistin versetzt die schwedischen Nachrichtenredaktionen in Alarmbereitschaft. Massive Drohungen gegen Vertreter der sogenannten »Lügenpresse« sind längst an der Tagesordnung, doch nun macht ein rechtsextremer Serienkiller ernst und hinterlässt in den Zeitungsredaktionen seine blutige Spur. Bis sich ihm August Novak entgegenstellt – ein hochgefährlicher Gegenspieler, der zum Äußersten entschlossen ist.